Rächer des Herzens

Die Autorin

Jennifer Blake gehört seit den 70er Jahren zu den bekanntesten und erfolgreichsten Liebesromanautorinnen. Sie hat bisher eine große Anzahl äußerst erfolgreicher Romane veröffentlicht, die ihr eine große Fangemeinschaft bescheren. Jennifer Blake ist verheiratet, hat vier Kinder und lebt mit ihrer Familie in Louisiana. Die Autorin hat eine eigene Homepage: www.jenniferblake.com

JENNIFER BLAKE

Rächer des Herzens

ROMAN

Aus dem Amerikanischen
von Usch Pilz

Weltbild

Die amerikanische Originalausgabe erschien 2005 unter dem Titel
CHALLENGE OF HONOR.

Besuchen Sie uns im Internet:
www.weltbild.de

Genehmigte Lizenzausgabe für Verlagsgruppe Weltbild GmbH,
Steinerne Furt, 86167 Augsburg

Übersetzung: Usch Pilz
Umschlaggestaltung: Atelier Seidel - Verlagsgrafik, Teising
Umschlagmotiv: John Ennis via Agentur Schlück GmbH, Garbsen
Gesamtherstellung: CPI Moravia Books s.r.o., Pohorelice
Printed in the EU
ISBN 978-3-86365-151-0

2015 2014 2013 2012
Die letzte Jahreszahl gibt die aktuelle Lizenzausgabe an.

Erstes Kapitel

New Orleans, Louisiana
Februar 1840

»Eine Dame möchte Sie sprechen, Monsieur Rio.« Rio de Silva saß mit geschlossenen Augen in einem Ohrensessel, einen Fuß über die verlöschende Glut des Kaminfeuers gestreckt. Er hatte sich nicht die Mühe gemacht, die Stiefel auszuziehen. In der Hand hielt er einen Cognacschwenker. Rio de Silva rührte sich nicht.

»Verleugne mich«, sagte er schließlich in einem Tonfall, der keinen Zweifel daran ließ, wie wenig er Störungen dieser Art schätzte.

»Das habe ich bereits getan«, antwortete Olivier, der *Majordomo*. »Aber es hat nichts genutzt.«

Langsam öffnete Rio die Augen. Der Gesichtsausdruck seines Herrn ließ den *Majordomo* so hastig zurückweichen, dass die Kerze in seiner Hand beinahe erlosch. »Sie soll sich zum Teufel scheren.«

»Sie lässt sich aber nicht abwimmeln.«

Rio studierte Oliviers zimtfarbenes Gesicht. Seine Gereiztheit und der Alkohol, der seine Sinne benebelte, ließen ihn den besorgten Ausdruck auf den feinen Zügen des Dieners geflissentlich übersehen.

Für gewöhnlich empfing Rio keine Damenbesuche. Normalerweise war er derjenige, der das schöne Geschlecht mit seiner Anwesenheit beglückte. Im Schutz der Nacht erklomm er Fassaden und Säulen, kletterte über Regenrinnen auf Balkone oder schlich sich durch Seitentürchen, die eigens zu diesem Zweck unverschlossen geblieben waren. Die Witwen und vernachlässigten Ehefrauen von New Orleans, die sich in ihren Gemächern nur allzu gern die Zeit von ihm vertreiben ließen, schätzten seine Diskretion – und das nicht ohne Grund. Am helllichten Tag mit ihm gesehen zu werden, hätte dem Ruf dieser Frauen unschätzbaren Schaden zugefügt. Eine Dame, die Rio zu dieser späten Stunde in seinem eigenen Haus aufsuchte, riskierte also einen handfesten Skandal. Hinzu kam, dass die Gasse, die die Franzosen *Passage de la Bourse* und die Amerikaner *Exchange Alley* nannten, kein Ort für ehrbare Frauen war. Fuhrwerke und Reiter durften sie nicht passieren. Dabei hatten Makler und Anwälte hier ihre Büros, es gab Herrenschneider, aber auch Bars, Spielhallen und zahlreiche Fechtstudios. Ausschließlich Männer besuchten die enge Gasse und frequentierten die Etablissements. Sah man gelegentlich nach Einbruch der Dunkelheit ein weibliches Wesen im Schatten der Arkaden, so handelte es sich mit Sicherheit nicht um eine Lady.

Rio mied Prostituierte. Es war ihm zuwider, die bemitleidenswerten Kreaturen auszubeuten, die aus schierer Not ihren Körper verkaufen mussten. Deshalb hielt er sich von den Damen jenes Gewerbes fern. Auch an den jungen Mädchen und gut aussehenden Witwen der unteren Gesellschaftsschichten, die ihn sicher nicht zurückgewiesen hätten, fand er keinen Geschmack. Nein, er suchte eine ganz bestimmte Art von Liaison: intensiv, diskret und unkompliziert. Diese Bekanntschaften waren selten von Dauer. Die erfahrenen Frauen aus besseren Kreisen, die ihm die Gunst erwiesen, wollten ihr Vergnügen haben, ohne dabei ihren gesellschaftlichen Status zu gefährden oder gar ihr Herz zu verlieren. Keine dieser Damen hätte je einen Fuß über seine Schwelle gesetzt.

»Wirf sie hinaus«, knurrte Rio.

Hinter sich hörte er das Rascheln schwerer Röcke. »Das hat er bereits vergeblich versucht, Monsieur. Vielleicht wollen Sie diese Aufgabe ja gern selbst übernehmen.«

Wie die Klinge eines Degens schnitt die glockenhelle Stimme durch die Branntweinwolken in Rios Kopf. Der kultivierte Akzent und der ironische Unterton wiesen seine Besucherin als Angehörige der französisch-kreolischen Aristokratie der Stadt aus. Diese Stimme hatte er noch nie gehört, darauf hätte er seinen Kopf verwettet. Und wenn eine junge Dame aus besserem Hause hier allein mit ihm überrascht wurde, bestand durchaus die Möglichkeit, dass er ihn verlor.

Er leerte das Glas und stellte es auf ein Tischchen neben seinem Sessel. Dann erhob er sich. Deutlich schwerfälliger, als es seiner Gewohnheit entsprach, wandte er sich zu der Dame um.

Sie erfüllte den schummrig beleuchteten Raum mit Licht. Anders konnte man es nicht ausdrücken. Ihre helle Haut strahlte vor Gesundheit und Lebendigkeit. Ihr lockiges Haar war zu einer hohen Frisur aufgesteckt, aus der sich eine ganze Kaskade von goldbraunen Korkenzieherlöckchen über ihre Schulter bis auf die Brust hinab ergoss. Das Kerzenlicht ließ ihr Kleid aus golddurchwirkter weißer Seide wie Perlmutt schimmern – ganz besonders das eng anliegende Oberteil, das sich im Rhythmus ihrer schnellen Atemzüge hob und senkte. Den Umhang aus schwerem, bronzefarbenem Satin hatte sie zurückgeworfen. Sein Futter in Rosa und Korallenrot reflektierte das warme Licht der Glut.

Olivier machte einen Schritt auf die Dame zu. Es sah aus, als wolle er sich schützend vor sie stellen. »Mademoiselle, ich bedauere …«

»Lass sie in Ruhe.« Mit einer schnellen Handbewegung

scheuchte Rio Olivier aus dem Zimmer. Dabei wandte er den Blick nicht von seiner Besucherin.

Olivier zog sich unter vielen Verbeugungen zurück. Seine Miene war undurchdringlich. Anders als sonst ließ er die Tür jedoch einen Spaltbreit offen stehen. Rio nahm es gelassen zur Kenntnis. Damen aus gutem Hause beeindruckten seinen schlanken und etwas dandyhaften *Majordomo* nun einmal. Er brachte ihnen Respekt, ja vielleicht sogar fürsorgliche Gefühle entgegen. Rio selbst war gegen derlei Anwandlungen weitgehend immun.

»Nun, Mademoiselle«, sagte er in überzogen freundlichem Ton, »was verschafft mir die Ehre?«

»Tiefe Sorge. Aber offensichtlich war sie umsonst«, antwortete die Dame knapp. »Wenn sich der viel gerühmte Silberne Schatten so auf ein Treffen im Morgengrauen vorbereitet, brauche ich mich wohl nicht um meinen Bruder zu ängstigen.«

Nun wusste Rio, wen er vor sich hatte, und wurde noch ärgerlicher. Mit den geschmeidigen Schritten eines Raubtieres näherte er sich seiner Besucherin. »Mademoiselle Vallier, nehme ich an, wenn Denys Vallier Ihr Bruder ist?«

»Ganz recht, Celina Vallier.«

Als er noch näher trat, weiteten sich ihre Augen, doch sie wich nicht zurück. Eigentlich sprach das für sie, aber es stimmte Rio keinesfalls gnädiger. »Hat Denys Sie hergeschickt?«

»Nein!«

Rio blieb so dicht vor ihr stehen, dass er nur die Hand hätte ausstrecken müssen, um sie zu berühren. »Dann sind Sie aus freien Stücken hier?«

»So ist es.«

Er studierte das trotzig in die Höhe gereckte Kinn und staunte über ihren festen Blick. Diese Frau verwirrte ihn. Vom

Aussehen her entsprach Celina Vallier nicht dem derzeitigen Schönheitsideal. Gefragt waren Zuckerpüppchen mit drallen Rundungen, einem Schmollmund und rosigen Wangen. Aber Celinas feine Züge waren viel zu markant, um einfach nur süß zu wirken. Nach niedlichen Grübchen suchte man in diesem Gesicht umsonst. Besonders auffallend waren ihre ausdrucksvollen, weit auseinanderstehenden Augen von der Farbe des goldenen Weins von Jirez. Rios Blick weidete sich an den hohen Wangenknochen und dem perfekten Schwung ihrer Lippen. Besonders anziehend machte diese Frau jedoch ihre Ausstrahlung, derer sie sich offenbar gar nicht bewusst war. Rio nahm an, dass Celina Vallier tatsächlich so unschuldig war, wie die Farbe ihres Kleides es symbolisierte. Wahrscheinlich kam sie direkt von einer Opernaufführung. In New Orleans war es üblich, die aussichtsreichsten Bewerber um die Hand heiratsfähiger junger Damen in den Familienlogen des Opernhauses zu empfangen.

Für Rios Geschmack war diese junge Frau ein wenig zu kühn. Er wusste nicht, ob er sie für ihren Mut bewundern oder verfluchen sollte.

»Offenbar kümmern die Konsequenzen Ihres Kommens Sie nicht.« Rio hatte einen vieldeutigen Unterton in seine tiefe Stimme gelegt.

»Die Konsequenzen?« Verwirrt sah Celina ihn an. »Ich wollte nur wenig von Ihrer kostbaren Zeit in Anspruch nehmen und Sie fragen, ob es wirklich notwendig ist, jemanden in Gefahr zu bringen, der sicher längst nicht so geübt ist wie Sie. Ich hoffte, es ergäbe sich eine Möglichkeit, das Duell abzusagen.«

Rio musterte die junge Frau abermals eingehend. Aufreizend langsam ließ er den Blick über ihr ovales Gesicht, den schlanken Hals und die weißen Schultern über dem tiefen Dekolleté gleiten. Die glatte, porzellanhelle, von zarten blauen

Venen durchzogene Haut und die wohlgeformten Rundungen luden das Auge zum Verweilen ein. Als er Mademoiselle Vallier wieder ins Gesicht sah, bemerkte er, dass ihr die Röte in die Wangen gestiegen war. In ihren Augen las er Entrüstung. Das war gut so. »Heißt das, Ihr Bruder würde dem Duell gern fernbleiben?«

»Auf gar keinen Fall. Sie wissen so gut wie ich, dass man ihn einen Feigling nennen würde, wenn er es täte. Und wie ich schon sagte, er hat nicht vor... er will...«

»Er weiß nicht, dass Sie hier sind. Und ich nehme an, Sie haben auch sonst niemandem davon erzählt.«

Celina schluckte. Das leichte Zucken in ihrer Kehle weckte in Rio den Wunsch, seine Lippen an dieser Stelle auf die zarte Haut zu pressen. Es dauerte einen Augenblick, bis er sich auf ihre Antwort konzentrieren konnte.

»Ja, das stimmt.«

Rio trat noch ein wenig näher. »Und Ihre Mutter, Ihre Anstandsdame, Ihre Zofe? Wer immer über Ihre Keuschheit wachen mag – wie sind Sie diese Person losgeworden?«

»Meine Zofe wartet unten«, antwortete Celina. Inzwischen sah man ihr das wachsende Unbehagen deutlich an. »Aber ich wüsste nicht, was das zur Sache tut.«

Rios Lippen kräuselten sich zu einem spöttischen Lächeln. »Haben Sie denn kein schlechtes Gewissen, wenn die Dame so lange auf Sie warten muss?«

»Ich hatte nicht vor, diesen Besuch länger als nötig auszudehnen.«

»Tatsächlich?« Rios Tonfall war schmeichelnd.

»Ja, tatsächlich. Eigentlich wollte ich Sie nur bitten...«

»... mich bitten, Nachsicht gegenüber Denys walten zu lassen oder zu dem Treffen im Morgengrauen gar nicht erst anzutreten?«

»Was... was immer Ihnen passender erscheint.«

»Beide Möglichkeiten würden zu meinen Lasten gehen. Sie werden also verstehen, dass ich ein Recht auf eine Entschädigung habe.«

Celina befeuchtete ihre Lippen. Rio widmete dem deutlich mehr Aufmerksamkeit, als man das üblicherweise tat. Nun klang Celinas Stimme schon weitaus weniger fest. »Falls Sie dabei an Geld denken, muss ich Ihnen leider sagen, dass ich nicht über größere Summen verfüge«, erklärte sie. »Aber ich besitze einige wertvolle Schmuckstücke.«

»Derlei Tand interessiert mich nicht.« Rio versuchte, sich nicht anmerken zu lassen, wie geschmacklos er das Ansinnen fand, sich sein Wohlwollen mit Gold zu erkaufen.

»Meine Stute könnte ich Ihnen geben. Sie ist ein wertvolles, hochblütiges Tier und passt zu einem Gentleman sicher genauso gut wie zu einer Lady.«

»Nein.«

»Es tut mir aufrichtig leid, aber etwas anderes kann ich Ihnen nicht anbieten!« Celina presste die Lippen aufeinander. Ihr Blick wurde trotzig.

»Wirklich nicht?« Rio hob eine Augenbraue und wartete.

Celina Vallier mochte unerfahren sein, aber dumm war sie nicht. Diese junge Dame wusste genau, worauf er hinauswollte. Aber entweder glaubte sie, etwas so Ungeheuerliches könne sich ihr gegenüber niemand herausnehmen, oder sie hielt ihn schlichtweg nicht für dreist genug, das Unaussprechliche in die Tat umzusetzen. In Letzterem täuschte sie sich allerdings gewaltig.

Sie richtete den Blick auf einen Punkt in der Nähe seines offenen Hemdkragens und sagte: »Sie sehen mich ratlos. Ich wüsste nicht, woran Sie sonst Gefallen finden könnten.«

»An Ihnen.« Mit Fingern, die vom häufigen Gebrauch des Degens mit einer dicken Hornhaut überzogen waren, berührte er ihre blütenzarte Wange. Dann zeichnete er sanft mit dem Daumen die geschwungene Linie ihrer vollen Unterlippe nach. »Für eine Nacht in Ihren Armen wäre ich zu gewissen Opfern bereit.«

Rio hatte damit gerechnet, dass sie sich schreckensbleich vor ihm zurückziehen würde, vielleicht ohnmächtig wurde oder ihm eine Ohrfeige versetzte. Nichts von alledem geschah. Wie die Berührung einer Feder spürte Rio ihren scharfen Atemzug auf seiner erhobenen Hand. Er sah, wie sie blass wurde und erschauerte. Doch sie stand stockstill.

»Ausgeschlossen.«

Etwas anderes hatte Rio nicht erwartet, und doch zogen sich ob dieser deutlichen Zurückweisung seine Bauchmuskeln zusammen. Sanft berührte er Celinas emporgerecktes Kinn und spielte mit den weichen Kringeln einer Haarsträhne, die auf ihrer Schulter lag. »Und warum, wenn ich fragen darf?« Seine Stimme war ein zärtliches Raunen.

Celina starrte ihm geradewegs in die Augen, wich seinen Berührungen allerdings nicht aus. »Weil allein der Gedanke verwerflich ist. Kein wahrer Gentleman würde so etwas verlangen.«

»Oh, da haben Sie zweifellos recht. Aber wie Sie wohl wissen, bin ich alles andere als ein Gentleman.«

»Das behauptet man aber von Ihnen«, entgegnete sie. Nun schwang in ihrer Stimme eine gewisse Verzweiflung mit.

Fast hätte ihr Ton Rio bewogen, von ihr abzulassen. In einem weniger alkoholisierten Zustand wäre ihm dies wohl auch gelungen. Doch nun ritt ihn ein Teufel, der das Spiel auf die Spitze treiben wollte. Der sich nicht um bewährte Tugenden, gute Manieren oder halb vergessene Träume scherte. »Schließlich geht es um das Leben Ihres Bruders. Was hält Sie davon ab, für sein Wohl ein paar Stunden zu opfern?«

Ihr Blick wurde fest. »Meine Ehre«, antwortete sie.

»Die natürlich viel wichtiger ist als die meine. Darüber

brauchen wir nicht zu streiten.« Rios Lächeln war nicht ohne Bitterkeit. »Aber Sie müssen wissen, für mich ist die Ehre alles, was ich habe.«

Rio schwieg und ließ die Stille ihre Wirkung tun. Endlose Minuten vergingen, während denen Celina ihn eingehend musterte. Nichts schien ihrem Blick zu entgehen, bis er schließlich an der Narbe auf seinem Kinn hängen blieb. Man hätte glauben können, sie wolle bis in seine Seele hineinsehen. Dann rutschte ein Brocken Kohle in die Glut. Die Flammen loderten noch einmal auf und warfen orangefarbene Schatten an die Wände. Sie spiegelten sich in Celinas Augen und erhellten deren Dunkelheit.

»Ich glaube, nun verstehe ich Sie«, sagte sie. »Es lag nie in Ihrer Absicht, mich zu irgendwelchen Intimitäten zu nötigen. Sie wollten mich nur auf die Probe stellen. Ja, und vielleicht wollten Sie mich auch warnen.«

»Ich bewundere Ihren Tiefsinn.«

»Sicher nähmen Sie das Opfer nicht einmal an, selbst wenn ich mich auf der Stelle in Ihre Arme werfen würde.«

Die heiße Woge, die Rio bei dieser Vorstellung durchflutete, überraschte ihn. Mit aller Macht kämpfte er sein Verlangen nieder. Dennoch gelang es ihm nicht, seiner Stimme einen völlig neutralen Ton zu geben. »An Ihrer Stelle würde ich nicht die Probe aufs Exempel machen«, sagte er ein wenig heiser.

»Das habe ich auch nicht vor. Aber verstehen Sie doch, es ist gerade Ihr Ruf als Ehrenmann, der mich veranlasste, mit meinem Anliegen zu Ihnen zu kommen. Wozu sollte Ihnen ein Kampf mit meinem Bruder dienlich sein? Sie sind ein *Maître d'Armes*, ein Fechtmeister, der andere die Kunst des Umgangs mit der Klinge lehrt. Noch nie ist es einem Gegner gelungen, Sie zu schlagen. Sie beherrschen alle Fertigkeiten, alle Finten und sind jedem Herausforderer gewachsen. Das haben Sie bei öffentlichen Schaukämpfen gegen die besten Fechtinstruktoren von New Orleans oft genug unter Beweis gestellt. Wer wollte Sie der Feigheit bezichtigen, wenn Sie in diesem Fall sich nicht auf dem Kampfplatz einfinden? Was ist unehrenhaft daran, wenn Sie einem, der Ihnen nie das Wasser reichen könnte, ein Duell mit vielleicht tödlichem Ausgang ersparen?«

Celina hatte mit Leidenschaft gesprochen, doch Rio konnte sich nicht erlauben, sich davon erweichen zu lassen. »Sie wissen, dass Ihr Bruder erledigt ist, wenn ich nicht erscheine. An der Schande zu sterben ist keinesfalls leichter als an einem Stich ins Herz.«

»Dann fechten Sie mit ihm, aber …«

»… aber tun Sie ihm nichts zuleide?«, fiel er ihr ins Wort. »Zwingen Sie ihn nicht, sich zu verteidigen? Vielleicht wollen Sie mich auch noch bitten, mich ein- oder zweimal von ihm durchbohren zu lassen, damit er als ruhmreicher Sieger vom Felde ziehen kann?«

»Das habe ich nie gesagt!«

»Wohl wahr. Aber gedacht haben Sie daran. Geben Sie es zu.«

Celina war klug genug, ihm nicht zu widersprechen. Stattdessen sagte sie: »Vor drei Jahren fiel mein älterer Bruder, Theodore, auf dem Feld der Ehre. Im Sommer darauf starben meine Mutter und meine jüngere Schwester an Gelbfieber, während sich mein Vater wegen seiner Herzbeschwerden in White Sulphur Springs aufhielt. Denys und ich entgingen dem Fieber nur, weil wir ihn begleiteten. Nun ist Denys der Letzte der Valliers. Wenn er … wenn er morgen sterben sollte, ist das auch der sichere Tod meines Vaters.«

»Wie melodramatisch«, sagte Rio. »Er hätte doch noch Sie.«

»Eine Tochter?« Celinas Lächeln wirkte fast grimmig. »Das ist nicht dasselbe.«

Rio verstand sehr gut, was sie meinte. Die in New Orleans ansässigen Franzosen liebten ihre Töchter, verwöhnten sie und erfreuten sich an ihren entzückenden kleinen Eigenheiten, wie man sich an einem drolligen Kätzchen erfreut. Doch eine Tochter bedeutete immer auch eine gewisse Gefahr für die Familienehre. Deshalb bemühte man sich, so bald wie irgend möglich eine standesgemäße und im besten Falle sogar einträgliche Ehe für sie zu arrangieren. Wenn die Familie aus der Verbindung einen finanziellen Nutzen ziehen konnte, wenn sie dem gesellschaftlichen Ansehen zuträglich war – umso besser. Fand sich kein passender Verehrer oder fehlte das Geld für die Mitgift, so war die Tochter des Hauses dazu verurteilt, sich für den Rest ihres Lebens um die alternden Eltern zu kümmern, einem Bruder den Haushalt zu führen oder die Kinder der Verwandtschaft zu hüten. Ansonsten konnte man sie immer noch ins Kloster schicken. Ein Sohn hingegen sorgte dafür, dass der Familienname erhalten blieb, dass das Geschlecht nicht ausstarb. Ein solcher Stammhalter gereichte seinem Vater zur Ehre, nahm ihm gewisse familiäre und gesellschaftliche Verpflichtungen ab und erbte natürlich den größten Teil des Vermögens. Kurz und gut: Eine Tochter betrachtete man als Bürde, während ein Sohn als Segen galt.

Rio wusste das sehr gut, denn in der spanischen Aristokratie herrschten ähnliche Verhältnisse. Früher hatte er all diese Konventionen und Gesetze als gottgegeben erachtet, obwohl es ihm als Knabe oft peinlich gewesen war, wenn sein Vater ihn den Schwestern vorzog. Doch nachdem seine Eltern und Geschwister in den katalonischen Bergen im Sommerhaus der Familie bei einem Feuer umgekommen waren, hatte nicht zuletzt das ganz auf den Sohn ausgerichtete Erbrecht ihn in höchste Gefahr gebracht.

»Dann hat Sie wohl Ihr Vater zu mir geschickt?« Rio legte bei dieser ungeheuerlichen Frage mit gespielter Unschuld den

Kopf schief. »Wenn er Sie so wenig schätzt, wäre es doch nicht weiter verwunderlich, dass er Ihnen die Aufgabe zuschiebt, bei mir vorzusprechen.«

»Sie kennen ihn nicht, sonst würden Sie nicht so über ihn reden. Sein Stolz würde das niemals zulassen. Außerdem glaubt er ohnehin nicht an weibliche Überredungskünste.«

Rio fand diese Aussage bemerkenswert und hätte viel dazu zu sagen gewusst. Doch er begnügte sich mit einem einzigen Satz. »Er ist ein Narr.«

»Wohl kaum.«

»Wie Sie meinen. Aber sicher gehört auch er zu den Männern, die ihre Töchter lediglich als eine Art Zierrat betrachten. Ich frage mich«, fuhr Rio nachdenklich fort, »was er wohl täte, wenn er wüsste, dass Sie zu mir gekommen sind und damit Ihren Ruf aufs Spiel setzen.«

»Er wird es nicht erfahren.« Celina presste die Lippen so fest aufeinander, dass sie blass wurden.

»Auch nicht von Ihrer Zofe?«

»Sie ist mir treu ergeben.«

»Dazu beglückwünsche ich Sie. Dennoch finde ich es bemerkenswert, dass Sie so viel riskieren.«

»Das war unvermeidbar, denn in gewisser Weise scheine ich der Grund für das bevorstehende Duell zu sein.«

Sie wusste es also. »Ihr Bruder hat es Ihnen gesagt? Das war nicht besonders klug von ihm.»

»Denys und ich waren schon als Kinder ein Herz und eine Seele, und in den letzten drei Jahren sind wir noch näher zusammengerückt. Früher oder später erfahre ich stets alles, was ihn bewegt.«

»Ein Gentleman belastet die Frauen der Familie nicht mit solchen Angelegenheiten.«

»Ach, ich bitte Sie«, sagte Celina. Dabei triefte ihre Stimme plötzlich vor Sarkasmus. »Die Gesetze des *Code Duello* mögen Männern heilig sein, aber eine Frau empfindet sie als lächerlich. Außerdem verstehe ich nicht, warum Sie glaubten, in einer öffentlichen Spielhalle abfällig von mir sprechen zu müssen. Sie kennen mich doch gar nicht. Soweit ich weiß, sind wir uns nie begegnet, haben vor heute Abend nie auch nur ein einziges Wort miteinander gewechselt.«

Das stimmte. Die Väter, Brüder, Vettern und entfernten männlichen Bekannten junger Damen aus gutem Hause mochten sich gelegentlich herablassen, einem armseligen *Maître d'Armes* eine gewisse Aufmerksamkeit zukommen zu lassen. In Bars und Restaurants, in den Spielhallen, beim Pferderennen, bei der Bullenhatz und bei öffentlichen Tanzveranstaltungen mochten sie ihn wohl grüßen und mit ihm sprechen. Vielleicht besuchten sie sogar sein Fechtstudio, imitierten seinen Kampfstil, ließen ihre Westen nach dem Vorbild seiner Westen schneidern oder ahmten seine vollendete Verbeugung nach. Aber nie würden sie ihm die Türen ihrer Häuser öffnen oder ihn zu den privaten Bällen einladen, auf denen ihre Töchter, Schwestern und Cousinen unter den wachsamen Augen ihrer Anstandsdamen das eine oder andere Tänzchen wagten. Diesen wohlbehüteten jungen Damen wurde er niemals vorgestellt.

Vor langer Zeit, als er noch ein junger Mann mit großen Ländereien, einem Vermögen und einer vielversprechenden Zukunft gewesen war, hätte er Zugang zu diesen Kreisen gehabt. Aber jetzt nicht mehr.

»Nein«, sagte er leise. »Wir sind einander nie begegnet.«

»Unsere Pfade haben sich nie gekreuzt?«

»Nein, jedenfalls nicht so, wie Sie es meinen.«

»Ich habe nie jemanden verletzt oder jemandem geschadet, der Ihnen nahestand?«

»Nein.«

»Dann weiß ich nicht, wie Sie dazu kommen, etwas Ehrenrühriges über mich zu sagen. Man könnte fast glauben, es geschah nur in der Absicht, das Duell, das mir solches Kopfzerbrechen bereitet, zu erzwingen.«

»Sie ziehen die falschen Schlüsse.«

Der Zorn ließ Celinas Augen funkeln. »Tatsächlich? Dann erklären Sie mir bitte, was ich mit der ganzen Sache zu tun habe.«

»Man könnte von einem bedauerlichen Versehen sprechen. Zu dem bewussten Zeitpunkt kannte ich nicht einmal Ihren Namen. Ich sprach nur ganz allgemein von der zukünftigen Braut.« Für gewöhnlich rechtfertigte sich Rio nicht für seine Worte und Taten. Doch er fand, dass Celina eine Erklärung verdient hatte.

»Sie wollten dieses Duell.«

»Nein.«

»Aber warum…«

»Ich hatte meine Gründe und möchte nicht darüber sprechen. Aber ich bin bereit, mich in aller Form bei Ihnen zu entschuldigen, wenn das Ihren verletzten Stolz wiederherstellt und Sie dann meine Räumlichkeiten verlassen.«

»Hier geht es nicht um meinen Stolz! Ich lasse es einfach nicht zu, dass Ihre grundlos dahingesagten Worte meinen Bruder das Leben kosten. Wenn Sie falsche Behauptungen in die Welt setzen, sollten Sie auch den Anstand haben, sie zu widerrufen.«

»Das kann ich nicht.«

»Dann stimmt es also doch. Sie haben Denys dieses Duell aufgezwungen.«

»Ich hatte nie die Absicht, mich mit Ihrem Bruder zu messen. Er hörte eine Bemerkung, die für einen anderen bestimmt war, und forderte mich heraus.«

»Für einen…« Celina hielt inne und sagte dann leise: »Oh.«

Rio sah, wie sich diese neue Erkenntnis nach und nach im Ausdruck ihrer sherrygoldenen Augen niederschlug. »Nach einer formellen Herausforderung gibt es kein Zurück.«

»Nicht wenn man die Mühe scheut, das Missverständnis aufzuklären. Genau wie jetzt, in diesem Augenblick mir gegenüber.«

»Genau.« Weiteres sagte Rio nicht, denn er fand, er habe seiner Besucherin schon mehr als genug gesagt.

»Das ist doch Irrsinn! Eine andere Beschreibung verdienen die lebensgefährlichen Spielchen nicht, derer sich unsere Gentlemen heutzutage befleißigen. Wegen irgendwelcher Nichtigkeiten sticht man mit Degen auf einander ein oder erschießt sich gegenseitig mit Pistolen! Das hat nichts mehr mit Ehre zu tun. Das ist pure Idiotie.«

»Es steht mehr auf dem Spiel, als Sie ahnen. Ehre ...«

»Sagen Sie mir, was es ist! Dann kann ich mich Ihrer Meinung vielleicht anschließen. Ansonsten müssen Sie mir zugestehen, dass ich Ihre Auffassung von Ehre nicht teile. Ich kann jedenfalls nichts Ehrenhaftes dabei finden, einen jungen Mann aufzuspießen, der kaum weiß, wie man einen Degen hält, und der nur kämpft, weil aus irgendwelchen obskuren Gründen seine Schwester verleumdet wurde.«

Celina hatte recht, und Rio wusste es. Das erklärte auch, warum er den Branntweinkrug, der auf dem Tisch stand, schon zur Hälfte geleert hatte. Denys Vallier war nicht der Mann, mit dem er bei Tagesanbruch die Klingen kreuzen wollte. Er wollte sich nicht mit ihm messen, hatte kein Verlangen danach, ihn zu verletzen oder gar zu töten.

Abgesehen davon war es nicht der Zweck eines Duells, den Gegner umzubringen. Normalerweise galt die verletzte Ehre schon bei der ersten blutenden Wunde als wiederhergestellt. Doch allzu oft führte ein schwaches Handgelenk, eine ungeschickte Parade oder ein Angriff, der mit mehr Eifer als Finesse durchgeführt wurde, dazu, dass man auf dem Friedhof eine weitere Tafel mit der Inschrift *Mort dans le champs d'honneur* anbringen musste. Gefallen auf dem Feld der Ehre.

»Ich verdiene mit dem Fechten meinen Lebensunterhalt«, sagte Rio. Gegen seinen Willen fühlte er sich zu weiteren Erklärungen verpflichtet. »Entstehen irgendwelche Zweifel an meinem Können, so bin ich erledigt. Die Männer, die mich aufsuchen, um von mir die Kunst des Überlebens zu lernen, werden sich einen anderen Lehrer suchen. Mehr noch – wenn bekannt wird, dass ich von einem Anfänger geschlagen wurde, wird das zahllose weitere Duelle nach sich ziehen. Ich schrecke vor keiner Herausforderung zurück, aber ich suche den Kampf Mann gegen Mann auch nicht nur zum Zeitvertreib.«

»Im Falle meines Bruders wollen Sie offenbar eine Ausnahme machen.« So abrupt, dass sich ihr seidener Rock bauschte, drehte sich Celina um und marschierte in die Ecke des Zimmers, wo die bronzene Napoleonbüste stand. Eine Zeit lang starrte sie die Figur düster an, dann fuhr sie sich mit einer unwirschen Geste über die Augen und wandte sich wieder zu Rio um. »Also gut. Ich lasse mich auf den Handel ein.«

»Den Handel …?«

»Ja, Ihren Vorschlag. Meine Ehre gegen die Ihre. Eine Entschädigung dafür, dass Sie gegen Ihre Prinzipien verstoßen und in Kauf nehmen, dass Ihr Ruf als Fechtmeister Schaden nimmt. Darum ging es Ihnen doch, oder etwa nicht?«

Damit hatte Rio nicht gerechnet. Tränen, flehentliche Bitten und Vorhaltungen hätte er verstanden. Aber dass Celina Vallier nun plötzlich bedingungslos kapitulierte, verwirrte ihn zutiefst.

»Nun? Wie lautet Ihre Antwort?«

»Wissen Sie, worauf Sie sich da einlassen wollen?«

»Sie haben es mir deutlich genug gesagt«, entgegnete Celina spitz. »Ich denke, ich verlange nichts Unmögliches. Ich will, dass Sie meinem Bruder nur eine blutende Wunde schlagen, die ihm keine übermäßigen Schmerzen bereitet. Auf keinen Fall sollen Sie ihn ernsthaft verletzen. Als Gegenleistung werde ich tun, was Sie verlangen.«

Branntwein und erhitztes Blut erwiesen sich einmal mehr als gefährliche Mischung. Rio konnte plötzlich seinen eigenen Herzschlag hören. Seine wildesten Instinkte regten sich und teilten sich binnen Kurzem der Stelle unterhalb seines Hosenbundes mit. Es war unehrenhaft, das Opfer der jungen Frau anzunehmen, das wusste Rio. Eigentlich hätte er mit ein paar deutlichen Worten dafür sorgen müssen, dass Celina Vallier entsetzt das Weite suchte. Das wäre ihr gegenüber am anständigsten und für Rio selbst um einiges ungefährlicher gewesen als irgendein Handel, den sie miteinander schlossen.

Doch die richtigen Worte wollten sich nicht finden. Stattdessen nahm vor Rios geistigem Auge die Vision einer teuflischen Rache Gestalt an. Ihre Wirkung war viel perfider und auf lange Sicht zerstörerischer als ein simpler Stich ins Herz. Er musste lediglich die junge Dame zu seiner Geliebten machen, die sein Feind zu ehelichen gedachte. Dann würde dieser in der Hochzeitsnacht keine jungfräuliche Braut in seinem Bett vorfinden, sondern eine Frau, die möglicherweise sogar ein neues Leben in sich trug. Rios Kind würde zum rechtmäßigen Erben seines Feindes werden. Konnte es eine perfektere Rache geben? Rio musste dafür nur eines in die Waagschale werfen: seine Ehre.

Sollte er so weit gehen?

Konnte er das tun?

Wie im Traum ging er mit langsamen Schritten auf Celina Vallier zu. Er nahm ihre Hand, hob sie an die Lippen und berührte die zarte Haut über den Fingerknöcheln mit seinem heißen Mund. Dann legte er sich ihre schlaffen Finger auf die Schulter, umfasste ihre schlanke Taille und zog sie an sich. Das Gefühl der harten Korsage aus Walbein unter seiner Hand, der Druck der bauschigen Röcke an seinen Schenkeln stachelte Rio noch weiter auf. Celinas Duft, der ihn an sonnenwarme Rosenblüten erinnerte, stieg ihm zu Kopf. Ihrem anklagenden Blick wich er aus, indem er die Lider senkte und nur die weichen, bebenden Kurven ihrer feuchten Lippen betrachtete. Er kostete ihren süßen Geschmack, sog das Gefühl der Weichheit, der verführerischen Unschuld in sich auf wie ein Verdurstender.

Sie wehrte sich nicht. Ein leiser Schauer ließ sie erbeben, dann stand sie reglos, von seinen Armen umfangen. Rio spürte keine Leidenschaft, kein Verlangen, das dem seinen glich, nur stumme Duldsamkeit und unterwürfiges Abwarten.

Das reichte ihm nicht. Er wollte sie seufzen hören, wollte, dass sie sich an ihn drängte und an ihm festhielt. Er wollte, dass sie sich nach ihm verzehrte – nicht mehr und nicht weniger. Wenn er für die Rache seine Seele verkaufen musste, war es nur gerecht, wenn auch sie es tat. Nur dann würde er zufrieden sein. Er wollte seinem Feind eine Frau in die Arme legen, die sich nach einem anderen verzehrte und im Bett ihres alternden Gatten nie Erfüllung finden konnte. Das wäre sein endgültiger Triumph.

Rio beendete den Kuss mit größter Zartheit und trat einen Schritt zurück. »Nicht jetzt«, sagte er heiser. »Erst nach dem Duell.«

»Was dann?«

»Dann werde ich zu Ihnen kommen, denn bis dahin wissen Sie, dass ich Wort gehalten habe.« Genau so würde er es halten. Mochte der Himmel ihm verzeihen. Wie es dann weitergehen sollte, wusste der Teufel allein.

Celina berührte ihre Lippen mit den Fingerspitzen und sah

Rio mit großen Augen an. Er bemerkte, wie blass sie geworden war. »Bitte, ich …«

»Sie brauchen sich nicht zu fürchten«, sagte er leise. »Niemand wird davon erfahren. Ihr ehrbarer Name ist nicht in Gefahr. Auch das verspreche ich Ihnen.«

»Gut.« Ihre Stimme war zu einem kaum hörbaren Flüstern geworden.

Rio fasste Celina am Arm, führte sie aus dem Zimmer und in den Vorraum, wo Olivier und die Zofe warteten. Dann sah er zu, wie die beiden Frauen die Treppe hinabstiegen, und stellte zufrieden fest, dass die Zofe ihre Herrin mit einem Schleier verhüllte und dafür sorgte, dass das Cape das verräterische weiße Kleid gänzlich bedeckte. Langsam verhallten die Schritte und das Rascheln der langen Röcke auf den Treppenstufen.

Rio hätte den Damen gern seine Begleitung angeboten, doch mit ihm gesehen zu werden, hätte ihnen nicht gerade zur Ehre gereicht. Er gab Olivier ein paar Anweisungen und ließ sich von ihm Mantel, Hut und Handschuhe bringen. Dann nahm er seinen Degen und den Stock aus dem Ständer neben der Tür und ging hinaus in die Nacht.

Er folgte Celina Vallier und ihrer Zofe unauffällig durch die enge Gasse bis in die Seitenstraße, die zur Rue Royale führte. Rio ließ die beiden so weit vorausgehen, dass er sie gerade noch sehen konnte. Gelegentlich wurden sie vom Lichtschein der Gaslaternen erfasst, die die Straßenecken erhellten. Sie überquerten die Rue Royale und gingen an den Mauern der Höfe entlang. Der betörende süße Duft von Jasmin drang aus den Gärten. Man hörte das leise Plätschern unsichtbarer Brunnen. Ein oder zwei Straßenecken weiter stand das Stadthaus der Valliers. Im Erdgeschoss befand sich eine Hutmacherwerkstatt, denn in New Orleans galten ebenerdige Wohnräume als zu schmutzig und auch als zu gefährlich. In das schmiedeeiserne Hoftor war eine Fußgängerpforte eingelassen. Geräuschvoll fiel sie hinter den Damen ins Schloss. Minuten später drang der schwache Schein von Kerzenlicht durch die Ritzen der Fensterläden eines Eckzimmers. Es lag hinter dem in traditionellem Blau und Grün gestrichenen Geländer des oberen Balkons.

Rio merkte sich die Lage des Zimmers genau. Sie auszukundschaften war ihm mindestens ebenso wichtig gewesen wie mit eigenen Augen zu sehen, dass die Damen wohlbehalten zu Hause ankamen. Eine Zeit lang blieb er noch auf seinem Beobachtungsposten und verfolgte die Schatten, die sich hinter den Fensterläden bewegten. In ihm stritten sich Zufriedenheit und Zweifel. Ein starker Beschützerinstinkt kämpfte gegen aufkeimenden Besitzerstolz an, und die Vorfreude wurde durch eine unbestimmbare innere Unruhe gedämpft.

Celina Vallier war ihm ausgeliefert. Sie hatte ihm die letzten Schritte auf dem langen, beschwerlichen Weg seines Rachefeldzuges gewiesen. Ihr gegenüber brauchte er kein schlechtes Gewissen zu haben, denn sie durfte sich glücklich schätzen, ihre ersten intimen Erfahrungen mit ihm zu sammeln statt mit ihrem zukünftigen Gatten. Jeder andere Mann wäre besser gewesen als jener. Es durfte nur ein einziges kurzes Treffen geben. Danach würde Rio nie wieder mit ihr sprechen, ihr nie wieder gegenübertreten. Die Geheimnisse, die sie mit in ihr Ehebett nahm und sogar später als Witwe noch weiter hüten würde, waren bei ihm sicher aufgehoben.

So sollte es geschehen, so verlangte es die Gesellschaft, in der sie lebten. Für Reue oder Bedauern gab es keinen Platz und keinen Grund. Rio fragte sich, warum sich diese ungebetenen Gefühle dennoch in sein Herz schlichen.

Neben den immer spürbarer werdenden Gewissensbissen regte sich langsam ein Verdacht in ihm. Er bemühte sich, seine Gedanken zu sortieren.

Celina Vallier war nicht auf den Kopf gefallen, sie hatte Courage und war dabei doch arglos und geradlinig. Dass sie sich plötzlich gegen den Bräutigam auflehnen würde, den ihr Vater für sie ausgesucht hatte, war so weit hergeholt, dass Rio diese vage Idee vor allem seinem übermäßigen Branntweingenuss zuschrieb. Die junge Frau setzte alles daran, ihren Bruder zu retten. Nur dafür war sie bereit, ihren zukünftigen Gatten zu betrügen. Aber wie konnte sie hoffen, dass er weder in der Hochzeitsnacht noch irgendwann danach Verdacht schöpfen würde?

Dennoch hatte sich Celina Vallier auf den teuflischen Handel eingelassen. Nach anfänglichem Widerstand hatte sie sich in all ihrer jungfräulichen Unschuld und Schönheit Rios Willen gebeugt und ihm ihr Wort gegeben.

Rio stieß einen leisen Fluch aus. Dann hieb er mit dem Gehstock in die Luft. Herr im Himmel, was für ein Tölpel er doch war! Sie führte etwas im Schilde. Sie hatte einen Plan. Doch er hatte im Nebel des Alkohols und seiner Gelüste nicht durchschaut, was hinter ihrem Einlenken steckte. Was konnte das nur sein?

Warum, bei allen Heiligen, war sie zu diesem Handel bereit?

Zweites Kapitel

Was hatte sie nur getan?

Wie der Schlag einer Kirchenglocke hallte die Frage durch Celinas Kopf, während sich Suzette an ihrem Rücken mit den Knöpfen des Abendkleides abmühte.

Wie hatte sie nur den Mut gefunden, einen Handel mit Rio de Silva zu schließen und diesen mit ihrem Wort zu besiegeln? Aus Sorge um Denys' Leben war sie zu dem Fechtmeister gegangen, und nun bot sich ihr plötzlich die Möglichkeit, damit die Kontrolle über ihr eigenes Leben zurückzuerlangen! Doch zuerst musste sie sich dem Willen des Silbernen Schattens beugen.

Mit einer geübten Handbewegung zog Suzette ihr das Kleid über den Kopf. Auf dem Weg zu dem Kleiderschrank aus Rosenholz warf sie über die Schulter einen Blick in Celinas Richtung. »Nun?«

»Was, nun?«

»Wirst du mir sagen, was zwischen dir und dem großen *Maître d'Armes* vorgefallen ist, oder soll ich es erraten?«

»Ich dachte, du würdest ohnehin lauschen.« Celina wich dem Blick ihrer Zofe aus. Sie machte sich an den Schnüren ihrer Unterröcke zu schaffen. »Oder hat dich der *Majordomo* zu gut unterhalten?«

»Wir haben über dies und das geredet«, antwortete Suzette mit einem Achselzucken.

»Er sieht ziemlich gut aus, nicht wahr?«

»Meinst du Olivier? Oder sprichst du von Monsieur de Silva?«

Einen Herzschlag lang sah Celina vor ihrem inneren Auge den Fechtmeister, wie er vor kaum einer Stunde vor ihr gestanden hatte. Der strenge Schnitt seiner markanten Züge und die silbernen Linien, die seine grauen Augen wie Blitze durchzogen, waren ihr wie ins Gedächtnis gebrannt. Eine feine Narbe erstreckte sich vom Unterlid seines linken Auges bis hinunter auf das Kinn, zeichnete eine schmale, blasse Linie in die bronzefarbene Haut seines Gesichts. Er war größer als die meisten anderen Männer, die sie kannte. Die muskulösen breiten Schultern verdankte er wohl den vielen Stunden, die er jeden Tag auf der Kampfbahn verbrachte. Körperlich schien er in hervorragender Verfassung zu sein. Er bewegte sich geschmeidig und fast geräuschlos, und unter den eng anliegenden Hosen zeichneten sich deutlich die Muskeln seiner Oberschenkel ab. Seine Selbstsicherheit grenzte an Arroganz und spiegelte sich in der Art, wie er den Kopf hielt, wie er die dunklen Brauen hochzog und nicht zuletzt in dem sarkastischen Ausdruck, der manchmal um seine Mundwinkel spielte. Keine Sekunde lang hatte er sie aus den Augen gelassen, er hatte sie fixiert wie ein Raubtier seine Beute.

In scharfem Ton antwortete sie: »Du weißt sehr gut, dass ich diesen Olivier meinte.«

»Ah ja.« Suzette warf Celina einen vielsagenden Blick zu. »Er ist nicht gerade hässlich, das stimmt. Außerdem ist er kein Sklave. Wusstest du das?«

»Tatsächlich?«

»Er und Monsieur de Silva sind einander in Havanna begegnet. Das hat Olivier mir zumindest erzählt. Olivier ist trotz seiner Hautfarbe ein freier Mann. Seine Großmutter war eine Sklavin, wurde jedoch von ihrem Herrn freigegeben, als sie ihm ein Kind – Oliviers Mutter – gebar. Laut Olivier liebten die Großeltern einander. Seine Mutter wuchs im Haus seines weißen Großvaters auf und wurde sogar in eine Klosterschule geschickt. Später heiratete sie einen Kaufmann aus Boston, der allerdings vergessen hatte, ihr zu sagen, dass in Boston schon eine Familie auf ihn wartete. Noch vor Oliviers Geburt kehrte er dorthin zurück und ward nie mehr gesehen. Olivier aber schickte man nach Spanien, wo er an der Universität von Toledo studierte.«

»Wahrscheinlich machte er deshalb einen so kultivierten Eindruck auf mich«, sagte Celina nachdenklich. Tatsächlich hatte sie gespürt, dass sich hinter der ehrerbietigen Maske des Dieners noch etwas anderes verbarg.

Suzette nickte. »Aber die Geschichte ist noch nicht zu Ende. Nach seiner Rückkehr aus Spanien setzte man Olivier auf der Zuckerrohrplantage seiner Familie als Verwalter ein. Bis zum Tode seines Großvaters führte er das Familienunternehmen. Ein beträchtliches Erbe war ihm zugesichert worden, doch ein naher Verwandter des Großvaters, ein mächtiger, einflussreicher Mann, heuerte ein paar Banditen an, die Olivier eines Nachts kurz nach der Beerdigung auflauerten. Sie richteten ihn übel zu und hätten ihn sicher umgebracht, wenn Monsieur de Silva nicht dazugekommen wäre. Er schlug die Angreifer mit dem Degen in die Flucht. Danach reisten die beiden Männer gemeinsam nach New Orleans – Monsieur de Silva aus geschäftlichen Gründen und Olivier, weil er in Havanna seines Lebens nicht mehr sicher war. Er verdankt dem *Maître d'Armes* sein Leben. Deshalb will er ihm bis ans Ende seiner Tage dienen.«

»Was für eine romantische Geschichte«, sagte Celina. »Glaubst du, sie ist wahr?«

»Ja, bestimmt. Olivier sagt, Monsieur de Silva hält nichts von Sklaverei, weil er in seiner Jugend selbst ein Sklave war. Das kam mir ein wenig seltsam vor. Aber Olivier schwört, es sei tatsächlich so gewesen.«

Auch Celina fand das sehr ungewöhnlich, behielt jedoch ihre Meinung für sich. »Offenbar hast du dich mit diesem Olivier recht gut unterhalten.«

»Ja, wirklich. Ihm zuzuhören fällt nicht schwer, denn er weiß sich sehr gewählt auszudrücken. Leider sieht er nicht ganz so gut aus wie der Silberne Schatten.« Bei den letzten Worten warf Suzette ihrer Herrin erneut einen forschenden Blick zu.

Celina zuckte die Achseln. »Findest du? Ich dachte immer, dir gefiele nur Croquere.«

Bastile Croquere, ein Mulatte, führte in Rio de Silvas Nachbarschaft eine gut gehende Fechtschule und galt gegenwärtig als der schönste Mann von New Orleans. Man bewunderte seine Eleganz und redete gern über seine wertvolle Sammlung von Kameen in Form von Ringen und Nadeln.

Suzette lächelte amüsiert. »Hast du schon das Neueste über ihn gehört?«

Celina schüttelte den Kopf.

»Man sagt, er habe zu einer Opernaufführung ein Kameenarmband getragen, eine überaus feine Arbeit, aus Muscheln geschnitzt. Ein Mann besaß die Unverfrorenheit, ihn wegen der Wahl seines Schmuckes zu verspotten. Croquere forderte ihn natürlich heraus, doch der andere lehnte ein Duell ab.«

»Das wundert mich nicht.« Männer suchten Croquere auf, um sich von ihm das Fechten beibringen zu lassen. Während der Lektionen fanden sie nichts dabei, mit einem Menschen, in dessen Adern zu gleichen Teilen schwarzes und weißes Blut floss, die Klingen zu kreuzen. Doch ein Duell mit einem Mulatten war undenkbar. Wie sollte man im Kampf gegen einen Mann von niederem Rang seine Ehre verteidigen?

»Pass auf, es geht noch weiter. Monsieur Pasquale nahm es auf sich, sich an Croqueres Stelle von dem Spötter beleidigt zu fühlen. Dieser wird seine Meinung über anderer Leute Schmuck in Zukunft wohl lieber für sich behalten.«

»Pasquale, der italienische Fechtmeister?«

»Genau der. Man nennt ihn auch La Roche.« Die Zofe half Celina aus den bauschigen Unterröcken.

»Meinst du, er heißt wirklich so?« Die meisten der etwa fünfzig Fechtmeister, die in der Passage de la Bourse ihre Studios betrieben, hatten sich Kampfnamen zugelegt.

»Wer weiß das schon? Aber glaub nur nicht, dass du mich mit dem Gerede über gut aussehende Männer vom Thema abbringen kannst, *ma chère*. Warum bist du vor Monsieur de Silva davongerannt, als wäre der Leibhaftige dir auf den Fersen?«

»Ich bin nicht gerannt.«

»Als gemütlichen Bummel würde ich unseren Nachhauseweg aber nicht bezeichnen. Hat er dich beleidigt?«

»Nein. Zumindest ...« Celina verstummte. Ihr Blick ging in die Ferne. Sie dachte an das Gefühl, das seine Lippen auf den ihren hinterlassen hatten, an seine Arme, die sie so fest gehalten hatten, als wären sie aus Eisen. Dieser Mann hatte eine gefährliche Gabe. Er brachte sie dazu, sich seinen Wünschen zu unterwerfen und dabei auch noch das Gefühl zu haben, es seien ihre eigenen.

»Ich wusste es! Es war ein Fehler, ihn aufzusuchen. Ich habe es dir doch gleich gesagt: Ein Mann wie er ist nie so edelmütig, wie er dargestellt wird. Du kannst von Glück sagen, dass er nicht über dich hergefallen ist.«

»So weit wäre er nicht gegangen. Er wusste ja, dass du auf mich wartest.«

»Als ob einen wie ihn das kümmern würde. Was immer er zu dir gesagt hat, darf nicht ungesühnt bleiben.«

»Soll ich zu Denys laufen und ihn bitten, de Silva noch einmal herauszufordern? Oder meinst du, ich sollte es meinem Vater überlassen, mit ihm die Klingen zu kreuzen?«

»*Mon Dieu!* Was hat dieser Mann getan?«

»Eigentlich gar nichts«, sagte Celina. Sie drehte sich so, dass die Zofe ihr das Korsett aufschnüren konnte. »Zumindest nichts, was mir unangenehm gewesen wäre.«

»Das wird ja immer schlimmer. Sag mir sofort, was zwischen euch vorgefallen ist. Sonst male ich mir die schönsten Katastrophen aus.«

Celina wusste, dass es sinnlos war, die Bedingungen ihres Handels mit Rio de Silva zu verschweigen. Suzette war schon ihr Leben lang ihre engste Vertraute. Ihr Großvater hatte sie Celinas Mutter zu deren Geburt geschenkt. »Zuzu« hatte Celina die Zofe als kleines Kind genannt, und auch jetzt benutzte sie diesen Kosenamen noch gelegentlich. Suzette war zwei Jahre älter als Celina, und die beiden wuchsen gemeinsam auf, schliefen im selben Zimmer, heckten zusammen allerhand Streiche aus und standen sämtliche Kinderkrankheiten zur selben Zeit durch. Bis zu dem Tag, an dem Celina in die Schule der Ursulinerinnen geschickt wurde, unterrichtete man sie zu Hause gemeinsam. Bei den Nonnen sollte Celina vor allem Musik und Gesang, die Führung eines Haushalts und das Anfertigen feiner Handarbeiten erlernen. Wochenlang vergossen die beiden Mädchen bittere Tränen, wenn Celina zur Schule gebracht wurde. Leibliche Schwestern konnten einander kaum näherstehen.

Suzette schlief längst nicht mehr in dem Kasten, den man unter Celinas Himmelbett hervorziehen konnte. Doch noch immer kümmerte sie sich um Celinas Schlafzimmer, ihre Kleider, ihre Frisur und ihr Wohlergehen. Ein heimlicher Besucher konnte ihr somit unmöglich verborgen bleiben. Für das Treffen mit Rio de Silva brauchte Celina also die Hilfe und Unterstützung ihrer Zofe.

Suzettes hellbraunes Gesicht färbte sich dunkelrot, während sie Celinas Erläuterungen lauschte. Als Celina geendet hatte, stemmte Suzette die Hände in die Hüften. »Er ist der Teufel in Person!«

»Schon möglich«, sagte Celina. »Obwohl ich glaube …«

»Was?«

»Dass das, was er im Sinn hat, nicht ausschließlich teuflisch ist.« Sie ließ sich von Suzette das Korsett über den Kopf ziehen.

»Wie meinst du das?«

»Ich glaube, es ist ihm wichtiger, dem Grafen zu schaden, als in mein Schlafzimmer vorzudringen.«

Suzette legte das Korsett beiseite und holte das Nachthemd aus besticktem Leinen. Sie hielt es Celina so hin, dass diese in die weiten, langen Ärmel schlüpfen konnte. »Und das imponiert dir?«

»Nun, ich muss zugeben, sehr schmeichelhaft finde ich es nicht.« Celina befreite ihren Kopf aus den Falten des Leinenstoffes und lächelte.

»Du kannst von Glück sagen, dass er sein Vorhaben nicht gleich in seinen Räumlichkeiten in die Tat umgesetzt hat. Es war mehr als töricht, ihn aufzusuchen. Aber wann hast du schon je auf mich gehört?«

»Das tue ich oft, und du weißt es auch. Außerdem kann ich beschwören, dass zwischen uns nichts Unschickliches vorgefallen ist.«

»Höre ich etwa Enttäuschung in deiner Stimme?«

»Wenn du es genau wissen willst: Ich hatte furchtbare Angst. Aber Monsieur de Silva ist genau das, was man von ihm behauptet: ein Gentleman und ein großer Fechtmeister. Wenn er zu einem Duell antritt, dann tut er es mit kühlem Kopf. Er plant seine Schritte und ist nicht darauf aus, die Herzen von Männern oder Frauen zu brechen.«

Suzette stieß eine leise Verwünschung aus, strich die Falten des Nachthemdes glatt und stellte sich dann neben Celinas Frisiertisch. »Du sprichst von dem Mann, der Unmögliches von dir verlangt, damit er das Leben deines Bruders verschont! Und da soll ich mich blind und taub stellen?«

»So schlimm wird es schon nicht werden.«

»Nein, nein, ganz sicher nicht. Er wird dir den Hof machen, dir Liebesbriefe schreiben, kleine Liebesgaben schicken und dir süße Komplimente ins Ohr flüstern. Du kannst nicht so dumm sein, das zu glauben.«

»Wann durfte ich je auf diese Dinge hoffen? Wann wurden sie mir je zuteil?« Celina setzte sich an den Frisiertisch und warf ihrer Zofe im Spiegel einen düsteren Blick zu. »Wie der Graf um mich wirbt, ist dir ja bekannt.«

Suzette studierte das Gesicht ihrer Herrin mit nachdenklicher Miene. Sie wussten beide, dass Celinas Debüt im Opernhaus, auf den Bällen und Festen der winterlichen *Saison des Visites* ganze drei Jahre später stattgefunden hatte als üblich. Erst hatte sie die Trauerzeit für ihren älteren Bruder abwarten müssen, dann waren die Mutter und die jüngere Schwester gestorben. Inzwischen näherte sich Celina bereits dem Alter, in dem eine Frau ihr Korsett verbrennen konnte und sich darauf einrichten musste, ihre Tage als alte Jungfer zu beschließen. Doch zum allgemeinen Erstaunen der besseren Gesellschaft hatte sie gleich zu Anfang ihrer ersten Saison die Aufmerksamkeit eines spanischen Adeligen erregt, von dem gerade die ganze Stadt sprach. Er würde wohl den größten Teil der Saison in New Orleans verbringen.

Eine romantische Ader schien der Graf allerdings nicht zu besitzen. Als er bei Celinas Vater vorsprach, hatten sie und der Edelmann kaum ein Dutzend Worte gewechselt – noch dazu ausschließlich in der Öffentlichkeit. Das einzige Kompliment, das sie bis jetzt von ihm zu hören bekommen hatte, galt ihrer guten körperlichen Verfassung. Er befand sie offenbar für geeignet, ihm den Erben zu gebären, den seine beiden verstorbenen Ehefrauen ihm vorenthalten hatten. Die Hochzeit wäre gleich an Ort und Stelle bei einem Glas Branntwein arrangiert worden, hätte es nicht eine gewisse Unstimmigkeit gegeben. Celinas Vater bestand darauf, dass ein großer Teil ihrer Mitgift ihr auch weiterhin ausschließlich selbst gehören sollte. Dem Grafen missfiel das. Zähe Verhandlungen folgten.

»Das ist nun einmal der Lauf der Welt«, sagte die Zofe seufzend. »Ein Mann ehrt seine Gattin und verwöhnt seine Geliebte, während die Frau ihren Gatten ehrt und ihre Kinder liebt.«

»Ja, und offenbar gehört es auch zum Lauf der Welt, dass junge Männer unter den berüchtigten Eichen von Allard reihenweise ihr Leben lassen. Aber Denys wird nicht dazu gehören, wenn ich es verhindern kann.«

»Gegen den Tod anzukämpfen, ist sinnlos, *Mam'zelle.* Man kann ihn nicht aufhalten, ganz gleich, wie sehr man es versucht.« Suzette befeuchtete ein Tuch, damit sich Celina Reispuder und das Karminöl, die einzige Schminke, die sie verwendete, abwischen konnte.

Celina nahm das Tuch, wich jedoch Suzettes Blick aus, denn sie war sicher, sie würde Mitleid und Bedauern darin lesen. Suzette wusste schließlich nur zu gut, was Celina in den vergangenen Jahren durchgemacht hatte. »Ich habe mein Wort gegeben. Nun ist es zu spät.«

»Ich frage mich …«, begann Suzette.

Ein leises Klopfen an der Tür ließ sie innehalten. Unmittelbar darauf steckte eine ältere Frau den Kopf ins Zimmer. Sie trug eine spitzenbesetzte Nachthaube, unter der ihre Locken wie silberne Drähte hervorquollen. Sie war klein und rundlich und hatte freundliche Augen. Ihre schrille Stimme erinnerte an das Zirpen einer Grille.

»Oh wie gut, *chère*. Ich habe Stimmen gehört. Gelobt seien

die Heiligen, dass ihr wieder da seid. Ich habe mir schon Sorgen gemacht.«

»Das tut mir leid, Tante Marie Rose«, sagte Celina. »Aber wir sagten doch, wir würden nicht lange ausbleiben.«

»Ja, aber ich bin sicher, dein Vater hätte es nicht gern gesehen, dass ihr den Krankenbesuch bei Félicité Parmentier ohne mich gemacht habt. Es ist meine Pflicht, auf euch zu achten.« Händeringend betrat die ältere Dame das Zimmer.

»Und dir dabei einen ansteckenden Husten einzufangen? Du weißt, wie empfindlich du bist. Außerdem sind wir ja wohlbehalten zurückgekehrt. Du kannst also beruhigt zu Bett gehen, liebe Tante.«

»Und wie geht es der armen Félicité?«

»Schon viel besser«, antwortete Celina mit Bestimmtheit. Der Vorwand, den sie benutzt hatte, um nach dem Besuch der Opernaufführung im Theatre d'Orleans den wachsamen Augen ihrer Tante zu entkommen, war nicht allzu weit hergeholt. Sie hatte tatsächlich einen Augenblick lang mit der Mutter ihrer Freundin gesprochen. Gern hinterging Celina die Tante nicht.

»Denys ist offenbar nicht mit euch zurückgekommen. Ich habe gerade einen Blick in sein Zimmer geworfen, und das Bett war leer.«

Ihr Bruder schlief außer Haus, damit sich wegen seiner Verabredung im Morgengrauen niemand Sorgen machte. Aber Celina wusste, was sie sagen sollte, wenn jemand nach ihm fragte. Nun war sie froh über seine Anweisungen, denn mit ihrer Hilfe konnte sie den Eindruck erwecken, er sei noch bei ihr gewesen, nachdem sie Tante Marie Rose nach Hause geschickt hatte. »Denys hat vor der Oper Hippolyte Ducolet getroffen. Nachdem sie uns sicher hierher zurückgebracht hatten, wollten sie gemeinsam zu einem Hahnenkampf gehen. Und sicher ist anschließend in Ducolets Junggesellenwohnung noch ein Bett für Denys frei.«

»Ein wirklich ausnehmend netter junger Mann, dieser Hippolyte. Seine Mutter kann stolz auf ihn sein.« Tatsächlich war Hippolyte ein Dandy, der das Leben in vollen Zügen genoss und nur selten vor Tagesanbruch zu Bett ging. Wahrscheinlich hatte Denys ihn deshalb zu seinem Sekundanten erkoren. Er selbst verschlief nämlich regelmäßig und brauchte jemanden, der ihn rechtzeitig für seine Verabredung unter den Eichen weckte.

»Ich weiß deine Sorge um uns zu schätzen«, sagte Celina. »Aber solltest du nicht längst im Bett sein? Du willst doch morgen zum Nähen für die Waisen von St. Joseph gehen!«

»Ja, das stimmt. Aber ich fühle mich so unwohl, dass ich mich vielleicht entschuldigen werde. Es ist wieder meine Leber. Ich hätte auf die Birnentörtchen nach dem Abendessen verzichten sollen. Sie bekommen mir nicht.«

Das entsprach der Wahrheit, doch die Tante griff jedes Mal herzhaft zu und beklagte sich dann hinterher.

»Vielleicht hilft dir ein Kräutertee.«

»Ich war gerade auf dem Weg in die Küche, um mir einen zu machen, da hörte ich euch.«

»Ich bitte dich, Tante Rose, du hättest doch nur läuten müssen.«

»Das sagt dein Vater auch immer. Aber zu dieser späten Stunde möchte ich keine Unruhe mehr ins Haus bringen.«

Tatsächlich verhielt sich die Tante am liebsten so unauffällig wie möglich. Die Schwester der Mutter war nach dem Tod ihres Gatten für eine Woche zu Besuch gekommen – und lebte nun schon zwanzig Jahre im Haus. In all ihrer Bescheidenheit und Anspruchslosigkeit war sie der ideale Gast und fungierte inzwischen als Celinas Anstandsdame. Aber leider wurde sie regelmäßig von Krankheiten aller Art befallen und widmete sich ihren zahllosen Leiden und Gebrechen mit Hingabe. »Soll dir Suzette vielleicht den Tee kochen? Du weißt, wie gut sie sich mit Kräutern auskennt.«

»Ich wüsste nicht, was ich lieber täte«, sagte die Zofe sofort. Sie warf Celina einen ironischen Blick zu, denn sie wusste genau, dass diese nur einen Vorwand suchte, um Tante und Zofe loszuwerden.

»Nein, wirklich«, sagte Tante Marie Rose verlegen. »Das wäre zu viel verlangt. Ich darf doch nicht erwarten... ich würde lieber...«

Celina kam ihr zu Hilfe. »Du weißt selbst am besten, wie du deinen Tee haben möchtest.«

»Genau«, antwortete die Tante mit einem Seufzer der Erleichterung. »Ich gehe jetzt in die Küche und werde dort auch nichts durcheinanderbringen. Ich weiß, wie sehr es deinen Vater ärgert, wenn die Köchin einen Wutanfall bekommt, weil sie etwas nicht finden kann.«

»Ist Vater denn zu Hause?«

»Nein, nein. Er ist immer noch mit dem Grafen von Lérida unterwegs, glaube ich. Ist es nicht großartig, wie gut sie sich verstehen? Aber nun gute Nacht, *chère*. Schlaf gut.«

»Du auch, Tante«, sagte Celina. Sie hörte, wie die alte Dame zur Hintertreppe tappte. Sie führte zur Küche hinunter, die hinter dem Haus lag.

»Für dich wird es nun auch höchste Zeit, dass du ins Bett kommst«, sagte Suzette. Dabei schlug sie die Decken zurück. »Wer weiß, was der Morgen bringt.«

»Du meinst, wer weiß, ob man am Morgen nicht meinen Bruder auf einem Fensterladen ins Haus trägt oder ob mein zukünftiger Gatte meinen Vater nicht in eine Spielhalle zerrt, wo er alles verliert – einschließlich meiner Mitgift.«

»Er wird erst dein Zukünftiger werden, wenn der Ehevertrag unterzeichnet ist. Und dein Vater ist klug genug, nicht über seine Verhältnisse zu spielen.«

»Aber der spanische Edelmann beeindruckt ihn ungemein, und er möchte ihn unbedingt zum Schwiegersohn haben.«

»Er will nur dein Bestes, das weißt du.«

»Er will beweisen, dass er bereit ist, sich um mich zu kümmern, obwohl ich daran schuld bin, dass ...«

»Nein, *chère*«, unterbrach Suzette sie scharf. »Er ist um dein Glück besorgt.«

»Ja, so sehr, dass er mich mit einem um Jahrzehnte älteren Mann verheiraten will, der ein Korsett trägt, das steifer ist als das meine, der süchtig ist nach Karten und hohen Einsätzen beim Poker.«

»Du wüsstest nichts von alledem, wenn Denys es dir nicht erzählt hätte.«

»Es nicht zu wissen, hätte meine Begeisterung für diese Ehe auch nicht gesteigert.«

Suzette zog die weiße Kamelienblüte aus Celinas aufgetürmter Lockenpracht. Dann entfernte sie die Kämme und Nadeln, die die Frisur hielten. »Frauen haben sich seit jeher dem Willen ihrer Familie zu beugen.«

»Das tun sie nur, weil sie weder einen eigenen Kopf noch ein Rückgrat haben.«

»Sie tun es, weil das nun einmal so ist. Sie mögen weinen und betteln, aber am Ende gehorchen sie doch. Was bleibt ihnen auch anderes übrig? Oft lernen sie im Laufe der Zeit, ihren Gatten zu lieben, und werden in ihrem neuen Heim glücklich.«

»Und manchmal geht es ihnen so schlecht, dass sie das Dasein nur ertragen, wenn sie ihre Sinne mit in Orangenblütenwasser gelöstem Laudanum betäuben«, entgegnete Celina gereizt. »Sie tanzen und spielen Karten, als hinge ihr Leben davon ab, stürzen sich in Krankheiten oder sterben im Kindbett. Wieder andere tun schamlose Dinge, nur damit sie von ihrem Gatten getrennt leben können.«

»Schamlose Dinge, *chère*?«

Celina ging nicht weiter darauf ein. »Das alles ist so sinnlos, und ich will nicht genauso enden, wenn ich es verhindern kann.«

»Ja, aber kannst du es denn?«

Celina schwieg. Plötzlich fröstelte sie in dem dünnen Nachthemd. Rio de Silva ging ihr nicht aus dem Sinn – seine Art, wie er sich ihr genähert hatte, der silberne Glanz in seinen Augen und die Anspannung auf seinen Zügen, als er sie berührte. Noch immer konnte sie seine Finger auf ihrer Wange spüren. Sie wusste, dass all ihre Proteste umsonst gewesen wären, wenn er beschlossen hätte, es nicht dabei zu belassen.

»Du zitterst ja, *Mam'zelle*. Komm, lass uns schnell weitermachen, und vielleicht sollte ich dir dann zur Beruhigung deiner Nerven auch einen Kräutertee kochen.«

»Mir fehlt nichts.«

»Das merke ich«, sagte Suzette in vorwurfsvollem Ton. Sie legte die Kamelie und die Haarnadeln beiseite und begann, Celinas Haar zu bürsten.

Celina schloss einen Moment lang die Augen. Sie genoss das Gefühl der Bürste auf ihrer Kopfhaut, die von den Nadeln, die ihr schweres Haar gehalten hatten, ganz wund war. Doch auch dieses Wohlgefühl lenkte sie nicht lange von ihren Gedanken ab. »Was ist, wenn Monsieur de Silva nicht Wort hält? Was ist, wenn Denys stirbt?«

»Ich mache mir mehr Gedanken darüber, was passiert, wenn er das Duell überlebt!«, sagte Suzette grimmig. »Du hast dich auf einen unsäglichen Handel eingelassen, *Mam'zelle*. Wenn du die Abmachung einhältst, bist du ruiniert.«

»Das macht nichts, denn ich werde ohnehin niemals heiraten.«

»Und was willst du deinem Vater sagen? Oder Denys? Welch ein Irrsinn! Ich hätte heute Abend niemals mit dir gehen dürfen.«

»Dich trifft keine Schuld. Wahrscheinlich war es wirklich töricht, mich einzumischen, aber ich dachte ...«

»Du wolltest wieder einmal deinen Bruder retten. Wirst du es denn nie begreifen?«

»Aber ich habe doch nur noch ihn.«

»Dein Vater ist auch noch da.«

»Ja.« Mehr sagte Celina dazu nicht.

Suzette schüttelte den Kopf. »Was geschehen ist, ist geschehen. Und nun ab ins Bett mit dir. Bis zum Morgen ist es nicht mehr lange.«

»Ich werde kein Auge zutun.«

»Über das, was kommen mag, nachzugrübeln, nutzt nichts.« Suzette hielt das Moskitonetz auf, während Celina die Stufen zu ihrem Bett erklomm und sich auf die dicke Matratze legte. »Denk einfach nicht daran.«

»Das ist leichter gesagt als getan«, erwiderte Celina und schloss seufzend die Augen. In ihrer Vorstellung sah sie zwei Männer mit gezückten Degen, die einander im ersten Morgenlicht gegenüberstanden. Sie schlug die Augen wieder auf. »Suzette?«

»*Mam'zelle?*« Die Zofe räumte gerade den Frisiertisch auf und drehte sich zu ihr um.

»Meinst du, wir könnten ...«

»Nein!«

»Aber du weißt doch gar nicht, was ich sagen will«, protestierte Celina.

»Ich kenne dich und warte schon lange darauf, dass dir einfällt, du könntest die Sorge um deinen Bruder noch ein wenig weitertreiben und als Beobachterin zu dem Duell fahren. Aber so etwas gehört sich nicht. Dein Vater wäre außer sich.«

»Er müsste es ja nicht erfahren.«

»Du meinst, du könntest dir zu dieser frühen Stunde eine Kutsche kommen lassen, und er würde es nicht merken? Der

Kutscher würde dich niemals fahren, ohne vorher bei deinem Vater nachzufragen, ob er die Ausfahrt erlaubt.«

»Du könntest mir eine Mietdroschke besorgen, ich würde durch die Seitentür hinausschlüpfen und dich an irgendeiner Straßenecke treffen.«

»Und woher sollte ich das Geld dafür nehmen? Keine von uns besitzt mehr als ein paar Piaster.«

Suzette hatte recht. Celina legte nachdenklich die Stirn in Falten. Ihr Vater war ein vermögender Mann, und sie durfte einen gewissen Betrag für Kleider, Handschuhe, Fächer und Sonnenschirme ausgeben. Die Rechnungen dafür beglich sie allerdings nicht selbst. Sie wurden ins Stadthaus geschickt. Selbst wenn sie auf den französischen Markt ging, feilschten Suzette oder der Butler Mortimer an ihrer Stelle mit den Händlern und händigten ihnen das Geld aus, genau wie sie auch den Korb trugen. Man ging davon aus, dass junge Damen aus gutem Hause kein eigenes Geld brauchten, außer um sich gelegentlich bei einem Straßenhändler ein paar Reiskekse und eine Handvoll Pralinen zu kaufen, oder um in der Kathedrale eine Kerze anzuzünden.

»Es muss doch möglich sein«, murmelte Celina vor sich hin.

»Schlag dir das aus dem Kopf, ich bitte dich«, sagte Suzette. »Stell dir nur vor, was man über dich sagen würde, wenn es herauskäme. Denk an deine arme Tante! Sie würde sich schreckliche Vorwürfe machen, weil sie dich nicht zurückgehalten hat. Außerdem wäre es deinem Bruder sicher furchtbar peinlich, wenn er auf diese Art erfährt, dass du ihm nicht zutraust, seine Belange selbst zu regeln.«

Was die Leute über sie redeten, interessierte Celina nur am Rande. Dass sich ihre Tante Vorhaltungen machen würde, konnte sie sich zwar gut vorstellen. Aber man würde der alten Dame wohl kaum die Schuld für Celinas Eigenmächtigkeit geben. Was Denys betraf, so hatte Suzette recht. Wenn sie zu dem Duell erschien, würde sie ihn vor seinen Freunden unmöglich machen. Und an das, was passieren konnte, wenn ihn ihre Gegenwart in einem kritischen Moment ablenkte, wollte sie lieber gar nicht erst denken.

»Ich wünschte, ich wäre ein Mann!«, sagte Celina voller Inbrunst. »Dann könnte ich durch die Straßen laufen, wie es mir beliebt, und dürfte mir auch dieses Duell ansehen.«

»Aber du bist kein Mann, und deshalb bist du zum Warten verdammt.«

»Ja.« Celina schloss die Augen wieder. »Und ich werde beten, dass Monsieur de Silva Wort hält.«

Suzette schüttelte seufzend den Kopf. »Ich fürchte, genau das wird er tun«, sagte sie grimmig.

Drittes Kapitel

Kurz vor fünf Uhr klopfte Olivier leise an Rios Tür. Rio war bereits wach. Er stand am offenen Fenster und sah zu, wie sich der Himmel über der weiten Biegung des Mississippi rosarot färbte. Rio hatte seine Kleidung mit Bedacht gewählt. Die Hosen aus dehnbarer Wolle machten jede Bewegung mit. Dazu trug er ein frisches Leinenhemd mit Manschettenknöpfen aus Onyx, eine weiße Seidenkrawatte, deren loser Knoten sich mit einem einzigen kurzen Ruck öffnen ließ, eine Weste mit grauen Streifen und einen schwarzen Gehrock. Obwohl er die derzeitige Mode, sich Unmengen von Pomade ins Haar zu schmieren, abscheulich fand, hatte er doch ein wenig davon benutzt, damit ihm die morgendliche Brise keine Strähnen in die Augen wehte. Sein Hut lag neben dem Futteral, in dem der Degen ruhte, den er bei solchen Anlässen zu benutzen pflegte. Zwei weitere Waffen in verschiedenen Größen hatte er zudem für alle Fälle eingepackt.

»*Alà vous café,* Monsieur Rio.«

Rio nahm die Tasse von dem Tablett, das Olivier ihm hinhielt, und trank einen Schluck, bevor er einen Dank murmelte.

»Ein schöner Morgen für ein Duell.«

Rio zuckte die Achseln. Das Wetter war tatsächlich recht gut, nur ein Hauch von Nebel hing in der Luft.

»Sie hätten mit der Krawatte warten sollen«, sagte Olivier

mit einem Blick auf die drei zerknüllten Seidenbänder, die auf dem Bett lagen. »Ich hätte Ihnen helfen können.«

»Ich bin früh aufgewacht.«

Olivier nickte, als habe er sich das gedacht.

»Ich sah keinen Grund, uns beide um den Schlaf zu bringen.«

»Machen Sie sich Sorgen?«

Rio warf Olivier einen finsteren Blick zu. »Dieses Treffen dürfte im Grunde gar nicht stattfinden.«

»Es wird nicht lange dauern.«

»Richtig.« Der Fechtmeister leerte die kleine Tasse mit dem heißen, starken Gebräu und stellte sie auf das Tablett zurück.

»Gestern Abend, der Besuch von Mademoiselle Vallier ...«

»Bitte!«, sagte Rio in scharfem Ton.

Olivier schlug die Augen nieder und verstummte.

Rio hasste diese untertänige Attitüde. Er nahm an, Olivier wollte ihm damit ein schlechtes Gewissen machen und ihn somit zu einer Erklärung nötigen, die er eigentlich nicht zu geben gedachte. »Vor einem Duell an Frauen zu denken ist genauso unangebracht, wie die Nacht zuvor mit irgendeiner Kokotte zu verbringen.«

»Ganz recht«, murmelte Olivier.

»Nicht, dass Mademoiselle Valliers Einmischung von Bedeutung wäre. Aber ich möchte lieber nicht an ihren Besuch erinnert werden.«

»Sie hatten bestimmt nie vor, ihren Bruder zu töten.«

»Ich bin kein Mörder«, bestätigte Rio knapp.

»Nein. Aber ich frage mich, warum Sie das der Dame nicht einfach gesagt haben. Damit wäre die Sache nämlich erledigt gewesen.«

»Ich will, dass sie glaubt, in meiner Schuld zu stehen.«

»Als wenn das von Bedeutung wäre.«

»Sie hält mich für einen Ehrenmann«, sagte Rio trocken.

»Und? Hat sie recht?«

Ein Klopfen an der Eingangstür im Erdgeschoss ersparte Rio eine Antwort. Das mussten Caid Roe O'Neill und Gilbert Rosire sein, selbst Fechtmeister und Rios Freunde, die heute als seine Sekundanten fungieren sollten. Sie kamen pünktlich. Rio nahm es als gutes Omen.

Caid, der Ire, war sein erster Sekundant. Er lebte erst seit Kurzem in der Stadt und hatte die Kutsche gemietet. Der Wagen wartete in der Rue Saint-Pierre auf die Männer. Gilbert nahm den Koffer mit den Waffen an sich. Gemeinsam gingen die drei Fechtmeister durch die Gasse zu der Seitenstraße, wo der Wagen stand. Das Winterwetter zeigte sich außerordentlich mild, deshalb hatte der Kutscher das Verdeck geöffnet. Sie fuhren nur ein kurzes Stück bis zum Haus von Dr. Kiefer, der für das Treffen engagiert worden war. Der Arzt aus Wien galt als fähiger Mann und hatte viel Erfahrung mit Duellen. Mit seiner schwarzen Tasche unter dem Arm trat er, kaum dass die Kutsche angehalten hatte, aus der Tür. Man verbeugte sich und tauschte ein paar Höflichkeitsfloskeln aus, dann ging die Fahrt weiter.

Die Wagenräder holperten über das unebene Pflaster der Rue Saint-Anne und durch den Schmutz der schlammigen Straße am Congo Square. Erst nachdem sie das *Vieux Carré*, die Altstadt, verlassen hatten, ging es ein wenig schneller voran. Man nannte dieses Viertel auch Old Square. Französische Ingenieure hatten das gitterförmige Straßennetz vor über hundert Jahren angelegt und es anschließend mit einer schützenden Mauer umgeben. Aber die Stadt war längst weiter gewachsen. Am Rande des Viertels mit dem Namen Faubourg Marigny standen bereits die skelettartigen Gerüste zahlloser weiterer Gebäude, die ihrer Fertigstellung harrten.

Sie fuhren Richtung Bayou St. Jean und erreichten schließlich die ersten Ausläufer der Allard Plantage. Rio starrte auf das wilde Gewirr aus jungen Palmen, lilafarbenen Astern und hohen Gräsern, das in den Gräben wucherte und sich in der sanften Morgenbrise wiegte. Hinter all diesem Unkraut erhob sich das Zuckerrohr wie eine grüne Wand. Bald würde man es ernten, es mit scharfen Messern schneiden, wenn es am kräftigsten und am gehaltvollsten war. Rio wandte sich ab. Seine Miene war finster.

Nach einer weiteren Meile kam ein Eichenwäldchen in Sicht – der bevorzugte Ort, um Fragen der Ehre zu klären. Wie blanke Spiegel schimmerten die Blätter der Bäume im Morgenlicht. Das Moos, das in langen Strängen von den knorrigen Ästen hing, glich silbernen Spitzenbändern. Unter den Schatten spendenden Bäumen war das Gras dicht und grün. Am Rand des Hains standen zwei große Eichen, die man die Zwillingsschwestern nannte. Dies war der perfekte Platz für ein Duell. Er bot Schutz vor den schrägen Strahlen der Morgensonne, welche die Kontrahenten blenden konnten, und einen nahezu ebenen Boden. Die Kutsche hielt in der Nähe der Bäume, und die Männer stiegen aus.

Der junge Vallier war nirgends zu sehen. Gilbert blickte Rio mit hochgezogenen Augenbrauen an. »Offenbar werden wir allein frühstücken müssen, *mon ami,* und kein Aderlass wird uns zuvor den Appetit verderben.«

»Immer mit der Ruhe, Titi«, sagte Caid lächelnd. Er benutzte den Spitznamen, den die französischen Kreolen mit ihrer Vorliebe für die Verdoppelung von Silben dem Fechtmeister angehängt hatten – sehr zu dessen Leidwesen. »Wir sind ein wenig zu früh hier, weil wir unseren Freund diesmal nicht erst aus dem Bett werfen mussten.«

»Du hast recht. Er macht einen geradezu erschreckend wachen Eindruck, findest du nicht?«

Rio warf seinen Kumpanen einen zynischen Blick zu. Er wusste, dass sie sich an seiner Stelle ebenso gut vorbereitet hätten. Beide waren in jener glänzenden Verfassung, die ihre Profession von ihnen verlangte. Gilbert, von der Abstammung her eigentlich Italiener, sah aus wie ein Franzose. Das lag nicht zuletzt an der französischen Kleidung und den französischen Schuhen, die er mit Vorliebe trug. Auch frisieren ließ er sich von einem Franzosen. Mit seinem umgänglichen Wesen und dem gelegentlich ein wenig überschäumenden Temperament gehörte er zu den wenigen Fechtmeistern, die verheiratet waren. Seine Familie wohnte über dem Studio.

Caid war größer und muskulöser als Gilbert. Seine Figur ähnelte der von Rio. Die keltische Herkunft sah man ihm nicht an. Er stammte zwar von der grünen Insel, gehörte aber zu den dunklen Iren, deren weibliche Vorfahren wohl vor langer Zeit am Strand den spanischen Invasoren in die Hände gefallen waren. Caid hatte lockiges, dunkles Haar, und das Dunkelblau seiner Augen erinnerte an die tiefen Wasser der Nordsee. Im Beisein von anderen gab er sich abwechselnd charmant und ungehobelt. Rios Freunde führten genau wie er die Klinge mit großer Kunstfertigkeit und waren den meisten anderen *Maîtres d'Armes* der Stadt überlegen. Wenn die drei Männer einmal gegeneinander antraten, endeten die Kämpfe meist unentschieden.

Es dauerte nicht lange, bis sie einen Wagen herannahen hörten. Eine Mietdroschke donnerte um die Kurve, an den Strängen ein schäumendes Pferd. Hinter den Rädern stieg eine gewaltige Staubwolke in den Morgenhimmel. Der Kutscher brachte den Wagen zum Stehen, Vallier und seine Leute sprangen heraus, und die beiden Gruppen begrüßten einander. Dann trat Denys Vallier vor. »Es tut mir leid, dass Sie warten mussten, Messieurs. Die Mietdroschke kam zu spät.«

Sich dem Charme dieses höflichen und offenen jungen Mannes zu entziehen war auch für Rio ein Ding der Unmöglichkeit. Denys sah seiner Schwester sehr ähnlich, wobei ihre

Züge fein und aristokratisch wirkten, seine hingegen langsam zugunsten eines männlicheren Aussehens ihre Jungenhaftigkeit verloren. Nach dem Vorbild der Romantiker trug Denys Vallier einen kurzen Bart und lange Koteletten. Rio spürte, wie sich in ihm etwas zusammenzog. Ihm blieb nicht mehr viel Zeit für die Entscheidung, mit der er sich schon die ganze Nacht über herumgequält hatte.

»Kein Problem«, sagte er knapp. »Wir waren eher zu früh hier.«

Denys Vallier deutete eine Verbeugung an, dann entfernten sich die beiden Gruppen etwa zwanzig Schritte voneinander. Dr. Kiefer und der Wundarzt Dr. Buchanan, den Vallier für sich engagiert hatte, breiteten auf sauberen weißen Leinentüchern ihre Instrumente aus. Die beiden ersten Sekundanten begaben sich zur Mitte der Kampfbahn. Beide Parteien verzichteten auf eine Inspektion der Waffen. Man würde Degen benutzen, die den üblichen Abmessungen entsprachen. Die Bahn sollte fünfzehn Schritte lang sein. Die Grenzen wurden mit Kalk markiert. Dann ließ man einen mexikanischen Silberdollar darüber entscheiden, welcher der Kontrahenten die Sonne oder den Wind gegen sich haben sollte und wer die Signale geben würde. Caid gewann. Damit waren die Vorbereitungen abgeschlossen.

Rio hatte inzwischen Gehrock und Weste abgelegt und sich die Hemdsärmel bis zu den Ellbogen aufgerollt. Währenddessen rumpelten weitere Kutschen heran. Darin saßen die unvermeidlichen Zuschauer, die sich bei jedem Duell einstellten. Sie würden den Kampf kommentieren und natürlich Wetten abschließen. Rio ließ sich von der Ankunft der Schaulustigen nicht ablenken.

Viele *Maîtres d'Armes* schätzten es, wenn sie bei ihren Duellen Publikum hatten. Sie betrachteten die Treffen im Morgengrauen als willkommene Gelegenheit, ihre Fertigkeiten unter Beweis stellen zu können und neue Kunden zu werben. Rio hatte für diese Art der Selbstdarstellung nur wenig übrig. Ihn erinnerten die Fechtübungen unter den Zwillingsschwestern eher an die Kämpfe im Kolosseum im alten Rom, wo sich das sensationslüsterne Volk ebenfalls an blutigen Schauspielen ergötzt hatte.

Caid trat an Rios Waffenkoffer, der offen im Gras lag, und untersuchte die Klingen. Mit einem anerkennenden Grunzen drückte er seine Zufriedenheit aus und blickte zu Rio auf. »Deine Wahl?«

Rio zeigte auf eine einfache, solide Waffe und ließ sie sich von Caid reichen. Dann kreiste er mit den Schultern, um die Muskeln zu lockern, und wartete.

Inzwischen fielen bereits die ersten Sonnenstrahlen durch die Baumkronen, ließen die Blätter und die langen Moosgehänge an den Ästen wie Gold und Silber schimmern. In den Zweigen flüsterte die Morgenbrise. Sie war schwer vom Staub und vom Geruch des zertretenen Grases. Ein Stück entfernt keckerte ein Eichhörnchen, und ein Kardinalvogel schwang sich durch das Geäst der Eichen. Die Farbe seines Gefieders erinnerte an frisches Blut. Irgendwo krächzte eine Krähe.

Dann legte sich Stille über den Kampfplatz.

Rio und seine beiden Sekundanten gingen zur Mitte der Bahn, Vallier und dessen Freunde gesellten sich zu ihnen. Die Kontrahenten entboten einander den formalen Salut, dann traten die Sekundanten beiseite.

Caid und Rio sahen einander an, stummes Einvernehmen im Blick. Dann nickte Rio kurz.

»*En garde*!«, rief Caid.

Rios Klinge kreuzte die seines Kontrahenten. Der Klang glich dem einer hellen Glocke. Während sie die Kampfhaltung einnahmen, gestattete sich Rio einen Blick auf sein Gegenüber. Denys Valliers Gesicht war gerötet. Seine Augen glühten vor Eifer, aber Feindseligkeit suchte Rio dort vergebens. Denys Vallier hatte eine gute Haltung, nur sein Arm zitterte ein wenig.

»Beginnt!«

Bei Caids Kommando spürte Rio, dass sich die Konzentration und geistige Wachheit, die für einen guten Fechter unabdingbar waren, wie ein Mantel um seine Schultern legten. Seine Augen fixierten die Spitze des Degens, während der Griff und die Klinge zu Teilen seines eigenen Körpers wurden. Mit einer fließenden Bewegung und absoluter Genauigkeit führte er seinen ersten Angriff.

Schon Sekunden später wusste er, dass er Celinas Bruder mit Leichtigkeit töten konnte. Eigentlich hätte ihn das nicht überraschen dürfen, aber ein wenig mehr Kunstfertigkeit hatte er dennoch erwartet, denn seines Wissens besuchte Vallier regelmäßig Croqueres Studio.

Die Stimmen der Zuschauer wurden leiser und verstummten schließlich ganz. Die meisten von ihnen fochten wenigstens gelegentlich selbst und wussten, dass auch der beste Amateur sich kaum je gegen einen Meister behaupten konnte. Außerdem merkten die Schaulustigen sofort, dass Vallier alles andere als ein begnadeter Fechtschüler war.

Rio spürte Ärger in sich aufsteigen. Er fragte sich, ob es Selbstmordgelüste, Stolz oder Dummheit gewesen waren, die den jungen Mann dazu bewogen hatten, ihn herauszufordern. Vordergründig ging es natürlich immer um die Ehre. Denys Vallier konnte es nicht zulassen, dass jemand in seiner Gegenwart eine abwertende Bemerkung über seine Schwester machte. Nicht zum ersten Mal verfluchte sich Rio dafür, dass er seine Zunge nicht im Zaum gehalten hatte. Aber vielleicht hatte Vallier tatsächlich auch nur die erstbeste Gelegenheit beim Schopf gepackt, sich ein prestigeträchtiges Duell mit einem angesehenen Fechtmeister zu sichern. Schon so mancher hatte gehofft, sich ein wenig im Glanz eines *Maître d'Armes* sonnen zu können, und sich vielleicht sogar Chancen auf einen ruhmreichen Sieg ausgerechnet. Rio hatte wegen solcher Eitelkeiten bereits des Öfteren sein Leben riskieren müssen.

Denys Vallier war wendig und hatte ein gutes Auge. Das reichte für eine notdürftige Verteidigung. Abgesehen davon fehlte es ihm an Können und Finesse. Versuchte er einen Angriff, so tat er es unkontrolliert und mit viel zu steifem Handgelenk. Ohne Rücksicht auf Verluste stürmte er vor und parierte im Gegenzug Rios Angriffe so fahrig, dass dieser Mühe hatte, seinen Gegner nicht aus Versehen aufzuspießen. Rio verlegte sich darauf, den jungen Mann zu beschäftigen, während er nach einer Möglichkeit suchte, das Duell zu beenden, ohne sich und seinen Gegner zum Gespött zu machen.

Inzwischen war Vallier blass geworden. Die Lippen presste er so fest zusammen, dass sie sich bereits bläulich verfärbten. Hin und wieder atmete er stoßweise zwischen zusammengebissenen Zähnen hindurch. In seine Augen, die denen seiner Schwester so sehr glichen, hatte sich ein Ausdruck der Verzweiflung geschlichen. Längst war ihm klar geworden, dass er gegen Rio nicht die geringste Chance hatte, dass es nicht mehr lange dauern konnte, bis der kalte Stahl seine Brust durchbohrte. Es war grausam, ihn zappeln zu lassen, ihm allerhand hoffnungslose Anstrengungen abzuringen, ihm das Gefühl zu geben, er könne sein Schicksal doch noch wenden.

Mehr als einmal hatte Rio im Duell seinen Gegner getötet. Doch dazu war er nur genötigt, wenn sich dieser auf keinen Fall geschlagen geben wollte. Genau wie die meisten Franzosen in New Orleans war Rio ein Verfechter der europäischen Regeln, die zur Wiederherstellung der Ehre lediglich verlangten, dass einer der Gegner mit einer blutenden Wunde vom Felde ging. Die amerikanische Auffassung, ein Duell könne nur mit dem Tod eines der beiden Kontrahenten enden, fand er barbarisch. Hier stand die Rache, nicht die Ehre im Vordergrund. Gegen Denys Vallier nach den amerikanischen Regeln zu verfahren, wäre einem Mord nahe gekommen.

Das Duell zu einem halbwegs guten Ende zu bringen fiel Rio schließlich leichter als gedacht. Es gehörte nicht viel dazu, Valliers rechten Unterarm zu erreichen. Eine leichte Drehung des Handgelenkes genügte schon. Jeder einigermaßen erfahrene Fechter hätte Rios halbherzig geführten Angriff mit Leichtigkeit abgewehrt. Doch sein Degen erreichte ungehindert das Ziel. Rio spürte, wie die Klinge Haut und Muskeln durchtrennte.

Vallier stieß einen erstickten Schrei aus und ließ den Degen fallen. Noch bevor die Sekundanten das Kommando zum Abbruch geben konnten, wich Rio zurück. Er und Vallier machten jeweils auf dem Absatz kehrt und taten ein paar Schritte in entgegengesetzte Richtungen. Ein Murmeln ging durch die Reihen der Schaulustigen – ob aus Mitgefühl oder aus Enttäuschung über das frühe Ende des Duells war schwer zu sagen.

Valliers Arzt begann umgehend, die Wunde zu untersuchen. Mit einem Baumwolllappen, den er zuvor mit Alkohol getränkt hatte, wischte er das Blut ab, presste dann den Daumen in das Fleisch des jungen Mannes und unterbrach damit den Blutfluss. Valliers Freunde inspizierten die Verletzung. Nach einer kurzen Besprechung trat der erste Sekundant vor.

»Dr. Buchanan ist der Ansicht, es bestünde die Gefahr, dass unser Mann verblutet, wenn er das Duell fortsetzt. Deshalb muss es unverzüglich beendet werden.«

Mit Bedauern stellte Rio fest, dass er offenbar eine Arterie verletzt hatte. Das war nicht mit Absicht geschehen, konnte aber nicht immer vermieden werden. Er hoffte, dass wenigstens alle Sehnen intakt geblieben waren, damit Vallier keine bleibenden Schäden zurückbehielt.

Rio übergab Caid den Degen und wandte sich an Gilbert. »Frag bitte, ob ich hinzutreten darf, Titi. Ich möchte gern ein paar Worte mit meinem tapferen Herausforderer wechseln.«

Gilbert Rosière ging zu der anderen Gruppe und kam bald darauf mit der Erlaubnis zurück. In der Zwischenzeit hatte Rio schon seine Ärmel glatt gestrichen und sich Weste und Gehrock übergezogen. Er begab sich nun zu Mademoiselle Valliers Bruder und deutete eine Verbeugung an.

Vallier war blass, sein glühender Eifer verflogen. Fast schüchtern erwiderte er Rios Blick. »Sie wollten mit mir sprechen, Monsieur?«

»Ja«, sagte Rio grimmig. »Kann mein Arzt etwas für Sie tun?«

»Nicht nötig«, antwortete Valliers Doktor. »Ich habe die Blutung unter Kontrolle. Wenn der Arm nicht weiter bewegt wird, hört sie bald ganz auf.«

»Gut.« Rio wandte sich wieder an Vallier. »Erlauben Sie mir zu sagen, dass ich Ihre Verletzung ebenso bedaure wie die Bemerkung, die zu diesem Treffen geführt hat. Ich bitte Sie, nach Möglichkeit beides zu vergessen.«

Sein Gegner hätte sich stur stellen können, hätte nachfragen können, ob dies eine formelle Entschuldigung sei. Doch er verzichtete darauf. Stattdessen streckte er Rio die unverletzte linke Hand hin und sagte: »Mit dem größten Vergnügen.«

Die Großzügigkeit des Jungen ließ sein Ansehen bei Rio wieder steigen. Er ergriff die Hand und sagte: »Wenn Ihre Verletzung verheilt ist, würde ich mich freuen, unter angenehmeren Umständen noch einmal mit Ihnen die Klingen kreuzen zu dürfen. Vielleicht besuchen Sie mich einmal in meinem Studio?«

»Monsieur, ich … das ist zu viel der Ehre«, stammelte Vallier.

Das war gut möglich, aber Rio meinte seine Einladung ernst. Er hatte Celina Vallier etwas versprochen und konnte das Wohlwollen gegenüber ihrem Bruder also gut noch ein wenig weitertreiben. »Dann bis bald.«

»Ich werde kommen.«

Rio nickte und ging dann zu seinen Freunden zurück. Schon wenige Augenblicke später waren sie auf dem Rückweg in die Stadt.

»Was für eine schöne Entschuldigung«, sagte Titi grinsend. »Das hätte ich dir gar nicht zugetraut.«

»Ich habe einen Fehler gemacht und es zugegeben. Mehr nicht«, antwortete Rio gereizt.

Caid warf ihm einen schrägen Blick zu. »Du weißt, dass sich nun jeder junge Heißsporn der Stadt auf deine Zehen stellen oder dir den Ellbogen in die Rippen rammen wird.«

»Unsinn.«

»Warte nur ab. Man wird glauben, du wärest inzwischen zu weichherzig, um noch eine echte Gefahr darzustellen. Oder man hofft, durch eine mäßige Vorstellung dein Mitleid zu erregen und dadurch zu ein paar Privatstunden zu kommen.«

»Ich hatte kein Mitleid mit Vallier.«

»Dann hast du ihn wohl wegen seiner schönen Augen am Leben gelassen. Oder waren es vielleicht eher die Augen seiner Schwester?«

Rio wandte sich dem Freund mit neuer Aufmerksamkeit zu. »Wie kommst du denn darauf?«

»Nun, immerhin hast du deine Bemerkung über sie zurückgenommen. Offenbar glaubst du inzwischen nicht mehr, dass sie nach den drei Trauerjahren aus lauter Verzweiflung jeden Tagedieb heiraten würde. Wer, wenn nicht die Dame selbst, hätte deine Meinung so schnell ändern können?«

»Ich habe nur noch einmal genau darüber nachgedacht.«

»Das kann nie schaden, *mon ami.*«

»Und was soll das nun wieder heißen?«

»Das weißt du sehr gut. Männer wie du und ich mögen Einlass in das Haus einer so freisinnigen Witwe wie Murelle Herriot finden – besonders wenn sie gerade aus Paris zurückgekehrt ist. Dort ist es im Moment *en vogue,* sich mit Bohemiens, Künstlern und allerhand anderem Volk zu zeigen. Hier bei uns in New Orleans sollte man mit einer Dame im heiratsfähigen Alter hingegen keinen allzu engen Kontakt suchen. Wenn du eine gewisse Grenze überschreitest, bist du deine Kundschaft schneller los, als ein Dampfschiff in der Flussbiegung verschwindet.«

»Ich werde daran denken«, sagte Rio gereizt.

»Und dann trotzdem tun, wozu es dich drängt? Nein, vergiss, was ich gesagt habe. So töricht bist nicht einmal du.«

Rio musterte Caid mit forschendem Blick, aber bevor er etwas erwidern konnte, meldete sich Titi zu Wort. »Sollten wir nicht auf den guten Ausgang des Duells trinken? Ich jedenfalls wäre nicht abgeneigt.«

»Wir könnten auch ein Frühstück vertragen«, bestätigte Caid. »Wohin gehen wir?«

Jeder, der im *Vieux Carré* lebte, wo Essen und Trinken seit jeher wie Künste gepflegt wurden, hätte die Wichtigkeit dieser Frage verstanden. Man diskutierte verschiedene Möglichkeiten und entschied sich schließlich für das *St. Louis Merchant's Exchange and Hotel.* Im Restaurant des Hauses kochte der unvergleichliche Alvarez. Außerdem konnte man von dort auf die Rue Saint-Louis und auf den Eingang der Passage de la Bourse hinaussehen. Die Fechtstudios lagen nur wenige Schritte entfernt, und bald würden die Schüler dort in Scharen einfallen.

The Exchange erinnerte selbst zu dieser frühen Stunde bereits an einen Bienenstock. James Hewlett hatte das Handelshaus vor etwa vier Jahren eröffnet und die Geschäfte des alten Maspero aus der Rue Chartres übernommen. Inzwischen galt Hewletts Etablissement als die erste Adresse der Stadt, wo man Geschäfte tätigen, sich sehen lassen und gesehen werden konnte. Im Erdgeschoss des prunkvollen Baus befanden sich das Restaurant und eine Bar. Im ersten Stock wurde Handel getrieben, es gab luxuriöse Gästezimmer mit insgesamt über zweihundert Betten und zwei großartige Ballsäle. Über diesem, nach oben offenem Stockwerk wölbte sich eine gewaltige Kuppel, die der Architekt Charles Bingley Dakin nach dem Vorbild eines Athener Tempels entworfen hatte. Als ›Laterne des Diogenes‹ bekannt, bot die imposante Dachkonstruktion, die jedes Geräusch als Echo zurückwarf, das passende Ambiente für die Geschäfte, die darunter getätigt wurden. In dem weiten Raum, den sie überspannte, wurden Dampfschiffe ebenso versteigert wie Stadthäuser und Grundstücke, Plantagen, Pferde oder Rinderherden. An Samstagen fand hier sogar ein Sklavenmarkt statt.

Betörende Duftschwaden von Kaffee und Zuckergebäck umwogten die Männer, während sie sich zu ihrem Lieblingstisch in der Ecke durcharbeiteten. Bald standen drei Tassen des dampfenden Gebräus mit viel Milch und einem Schuss Branntwein vor ihnen, außerdem eine große Platte mit süßem Gebäck.

Immer wieder wurden die Fechtmeister von Stammgästen ihrer Studios oder von Privatschülern gegrüßt. Sie selbst nickten den anderen Maîtres zu, die im Restaurant die Runde machten. Unter ihnen war auch Nicholas Pasquale. Er war noch recht neu in der Stadt und hatte von den anderen Maîtres d'Armes den Spitznamen La Roche, der Fels, verpasst bekommen, denn er rührte sich beim Fechten kaum je von der Stelle. Als José Llulla, genannt Pépé, das Restaurant betrat, konnten sich die Freunde eines ironischen Grinsens nicht erwehren. Pépé war wie immer von einer Schar Anhänger umringt, die genau wie ihr schweigsamer, aber doch tödlich präziser Meister lange dünne Schnurrbärte trugen, deren Spitzen ihnen bis weit unters Kinn reichten. Niemand wusste, wie viele Männer Llulla auf dem Feld der Ehre niedergestochen hatte. Aber ein makaberer Witz besagte, dass er mit seinen Opfern einen eigenen Friedhof füllen konnte.

Der Vorschlag, dass alle Fechtmeister der Passage einmal in einem Turnier gegeneinander antreten sollten, stammte von Pépé. Diese Vorführung war dazu gedacht, die vielen einzelnen Schaukämpfe abzulösen, die nur dem Zweck dienten, neue Kunden zu werben. Noch war man sich nicht einig, ob das Turnier tatsächlich stattfinden sollte. Einige besonders beflissene Fechter verlangten, jeder Teilnehmer müsse das Zertifikat einer renommierten Akademie vorlegen können. Andere wiesen zu Recht darauf hin, dass dies nur ein Versuch war, Pépé und einige andere Fechtmeister, die ein solches Papier nicht vorweisen konnten, endgültig auszubooten. Ob man sich je einigen würde, stand noch in den Sternen.

Rio wusste, dass sich Pépé zu ihnen gesellen würde, sobald er sie entdeckte. Da der dünne, stets melancholisch dreinblickende Fechter von den Balearen stammte, betrachtete er Rio und sich als Landsleute. Die beiden hatten sich angefreundet, soweit das für Konkurrenten möglich war. Vom anderen Ende des Restaurants her winkte jemand Pépé zu. Ein Dandy mit Don-Quixote-Bart und einer aufwendig bestickten Weste erhob sich, verbeugte sich schwungvoll und wies dann mit der Hand auf einen leeren Stuhl. Offenbar wollte er, dass sich der Fechtmeister zu ihm und seinen Begleitern setzte. Llulla zögerte einen Augenblick, bevor er die Einladung annahm.

»Wer ist denn das?«, fragte Caid mit einem Nicken in Richtung des jungen Don Quixote. »Ich glaube, ich habe den Mann noch nie gesehen.«

»Es heißt, er sei ein Gesandter aus Mexiko«, sagte Gilbert.

Dabei hielt er dem Ober die Kaffeetasse zum Nachfüllen hin. »Er ist auf dem Weg nach Washington und soll verhindern, dass Texas in die Staatenunion aufgenommen wird.«

»Damit wird er sich hier aber nicht viele Freunde machen.« Rio interessierte sich weder besonders für das Schicksal der ehemaligen spanischen Kolonie Texas noch für Mexikos Haltung zum Staatenbund. Doch er wusste, dass die meisten Bewohner der Stadt durchaus eine Meinung dazu hatten. Seit den Tagen der spanischen Herrschaft gab es enge Verbindungen zwischen Louisiana und Texas. Damals war der spanische Monarch das Staatsoberhaupt der südlichen Staaten gewesen, und El Camino Real, die Straße des Königs, hatte Natchez, das nun in Mississippi lag, mit Natchitoches, mit San Antonio in Texas und schließlich mit Mexico City verbunden. In New Orleans hatte man vor vier oder fünf Jahren den Kampf der Texaner um die Unabhängigkeit mit großem Interesse verfolgt und hätte es nicht gern gesehen, wenn sich Mexiko die junge Republik nun einverleibte.

»Die meisten anderen Staaten würden es gutheißen, wenn Texas mit zur Union gehörte«, sagte Caid. »Mexiko kontrolliert bereits große Teile der Ebenen im Westen und der Wüstenstaaten, von der Gegend, die man Kalifornien nennt, ganz zu schweigen. Falls sich die Mexikaner Texas aneignen – was sehr wahrscheinlich ist, wenn man es nicht bald als Staat in die Union aufnimmt –, wird die Grenze in Zukunft entlang der im Louisiana-Purchase-Vertrag festgelegten Linie verlaufen. Damit wären alle weiteren Vorstöße in den Westen unmöglich, und wir müssten New Orleans als eine Art vorgeschobenen Posten betrachten. Die Grenze zwischen uns und Mexiko würde in greifbarer Nähe verlaufen.«

»Das könnte durchaus bald der Fall sein«, sagte Gilbert. »Die Gegner der Sklaverei aus dem Nordosten wollen den Sklavenstaat Texas nicht in der Union haben.«

»Mag sein, aber wer kann es sich leisten, sich ein so gewaltiges neues Territorium entgehen zu lassen?«

»Im Falle einer mexikanischen Invasion wird es Krieg geben«, sagte Gilbert im Brustton der Überzeugung.

»Es könnte auch Krieg geben, wenn man Texas zum Mitglied der Union macht«, hielt Rio dagegen. »In Mexico City wird man das als Landraub betrachten.«

»Was es natürlich auch wäre«, sagte Gilbert mit einem schiefen Grinsen. »Und wenn die Kampfhandlungen beginnen, hocken wir in dieser Stadt mittendrin.«

Caid lehnte sich auf seinem Stuhl zurück. »Das ist gut fürs Geschäft, meine Freunde. Die mexikanische Armee kämpft mit Säbeln. Die Männer, die sich in Texas den nackten Klingen stellen müssen, werden vorher noch ein wenig Unterricht in der Kunst, ihre Haut zu retten, haben wollen.«

Rio nickte mechanisch. Es fiel ihm schwer, noch zuzuhören. Der Tisch, an dem sich die Redakteure aus dem nahe gelegenen Büro der Tageszeitung *L'Abeille* oder auch *The Bee* – die Biene – niedergelassen hatten, leerte sich. Damit war der Blick frei auf den Gentleman, der bei dem mexikanischen Gesandten und Pépé Llulla saß.

Das Gesicht des Mannes war gerötet. Seine schlaffen Wangen trugen eine ungesunde violette Farbe, vor allem an der Stelle, an der sie sich mit seinem Doppelkinn vereinten. Dort saß eine eng geknüpfte, goldfarbene Seidenkrawatte. Pépés teure Kleider wirkten an ihm wie eine Wursthaut. Er hatte sich reichlich gefärbte Pomade ins ergraute Haar geschmiert, um die wenigen verbliebenen Locken dunkler erscheinen zu lassen. Das Morgenlicht, das durchs Fenster hereinfiel, gab den schütteren Strähnen einen Glanz, als wären sie nass. Der Mann trug ein viel zu großes Blumengebinde am Kragen, und die Verzierungen an seiner Uhrkette waren so schwer, dass sie jedes Mal, wenn er sich vorbeugte und nach einem Stück Gebäck griff, geräuschvoll auf der Tischplatte aufschlugen. Rio studierte den Mann genau. Dabei stieg eine so eiskalte Feindseligkeit in ihm auf, dass er erschauerte.

»*Mon vieux*«, sagte Titi und berührte ihn am Arm. »Was ist denn mit dir? Ist dir eine Laus über die Leber gelaufen?«

Rio zwang sich ein Lächeln ab. »Wohl eher ein Elefant.«

»Das ist der spanische Graf«, sagte Caid, der den Hals verdreht hatte, um Rios Blick folgen zu können. »Er beehrt uns mit seinem Besuch, weil er gedenkt, in Baumwolle und Zuckerrohr zu investieren. Außerdem, so heißt es, hätte er nichts dagegen, nebenher noch die Tochter eines reichen Plantagenbesitzers zu ehelichen.«

»Don Damian Francisco Adriano de Vega y Ruiz, Conde de Lérida, wie man ihn auf Spanisch bescheiden nennt«, steuerte Titi bei. »So großspurig wie fett. Aber so mancher ist bereit, angesichts des Titels darüber hinwegzusehen. Er hat in Spanien bereits zwei Ehefrauen begraben, eine davon, so heißt es, in ungeweihter Erde. Sie hat sich umgebracht. Man sagt, er habe ein Auge auf die kleine Vallier geworfen.« Rios Gesichtsausdruck ließ Titi jäh innehalten.

»Was weiß man sonst noch über ihn?«, fragte Rio in einem Ton, der beiläufig klingen sollte.

Titi und Caid tauschten einen kurzen Blick aus. Caid zuckte die Achseln. Titi räusperte sich und fuhr fort: »Der Graf kam vor ein paar Wochen aus Havanna hier an. Er hat seine hübsche Geliebte in einem Haus auf der Rampart einquartiert und besucht sie so regelmäßig, wie andere Männer einen Verdauungsspaziergang machen. Genauso häufig sieht man ihn in den Spielhallen, wo er große Einsätze auf den Tisch legt und inzwischen als schlechter Verlierer bekannt ist.«

»Und weiter?«, sagte Rio, als Titi verstummte.

»Bei den Händlern entlang der Royale und der Chartres steht er bereits tief in der Kreide. Das gilt auch für Hewlett, denn er wohnt in der besten Suite hier im Hotel. Morgens trinkt der Graf am liebsten heiße Schokolade. Er steht nie vor der dritten Tasse auf. Was ihn am meisten plagt, sind seine Hämorrhoiden und seine schwachen Knie. Ich habe gehört, zwei Diener müssen ihm aufhelfen, wenn er endlich wieder einmal erfolgreich auf dem *pot de chambre* Platz genommen hat.« Titi grinste. »Reicht das?«

Rio musterte ihn skeptisch. »Woher weißt du all diese Einzelheiten?«

»Sklaventratsch, das Herzblut von New Orleans. Schließlich bleibt denen, die dich bedienen, nur wenig verborgen. Was wüsstest du denn sonst noch gern?«

»Wie stehen die Chancen für den Grafen, von Monsieur Vallier als Ehemann für seine Tochter in Betracht gezogen zu werden?«

»Gut bis exzellent würde ich sagen. Monsieur Vallier hat gerade eine lange Trauerzeit hinter sich, in der man ihn nur selten zu Gesicht bekam. Doch seit Neuestem sucht er die Gesellschaft einer hübschen Dame namens Clementine, die er kennenlernte, als er mit dem Grafen einen Quadronenball besuchte. Du weißt schon, bei diesen Tanzveranstaltungen wählen die betuchten Gentlemen unter den hübschen Mischlingsdamen die schönsten aus. Außerdem kann man Monsieur Vallier jeden Abend in Begleitung seines neuen *compadre* in Davis' Spielhalle antreffen. In Alvarez' Bar wettet man inzwischen zwei zu eins, dass der Ehevertrag in Kürze unterschriftsreif ist und die Hochzeit noch vor der Fastenzeit stattfindet.«

»Und was sagt Mademoiselle Vallier dazu?«

Titi zuckte die Achseln. »Man hat sie nicht gefragt.« Dieses Versäumnis muss unbedingt nachgeholt werden, dachte Rio. Und zwar bald.

Viertes Kapitel

»Denys!«

Celina stand an der Treppe, die von der oberen Galerie in den Hof hinabführte. Soeben war ihr Bruder durch die Fußgängerpforte getreten. Wie ein Wirbelwind rannte Celina die Treppe hinunter. Die Freudentränen in den Augen nahmen ihr die Sicht, sodass sie fast gestolpert wäre. »Du lebst!«, rief sie und warf die Arme um ihren Bruder. »Ich kann es kaum glauben. Du lebst!«

»Aber natürlich lebe ich, Dummerchen«, murmelte Denys mit rauer Stimme, während er sie an sich drückte. »Glaubtest du, ein kleines Duell mit einem Fechtmeister wäre gleich mein Ende?«

»Ein Duell gegen einen wie de Silva? Na, du bist optimistisch!« Celina schenkte Denys' Freunden zur Begrüßung ein kurzes Lächeln. Dann wandte sie sich wieder an ihren Bruder. »Wie hast du es geschafft, mit heiler Haut davonzukommen? Erzähl es mir. Und lass nichts aus!«

»Das Duell war fantastisch«, antwortete Denys. »Monsieur de Silva sah mörderisch gefährlich aus, das darfst du mir glauben.«

»Aber Denys trat ihm so gelassen gegenüber, als duelliere er sich jeden Morgen vor dem Frühstück«, meldete sich Hippolyte zu Wort. »Wir waren ziemlich überrascht.«

»Besten Dank«, sagte Denys trocken, dem die Spitze nicht entgangen war. »Aber Monsieur de Silva ist überaus großzügig, Lina, wirklich, und unglaublich rücksichtsvoll.«

»Tatsächlich?« Celinas Stimme klang ein wenig belegt. Sie legte den Arm um den Bruder. Gemeinsam stiegen sie die Treppe hinauf, gefolgt von seinen Freunden.

»Ich schwöre dir, er hätte wohl zehn Gelegenheiten gehabt, mich zu töten, aber er tat es nicht. Warum er sich so zurückhielt, ist mir nicht ganz klar. Aber sicher werde ich es noch herausbekommen. Er erwies mir die Ehre, mich volle fünf Minuten lang mit ihm messen zu dürfen, dann beendete er das Duell so gekonnt…«

»Was heißt das, du wirst es herausbekommen?«

»Er hat sich bei mir entschuldigt, Lina! Aber das war hinterher. Erst dachte ich, die leichte Verletzung, die er mit zugefügt hat, wäre für ihn kein Grund, das Duell zu beenden. Aber ich täuschte mich. Der Arzt erklärte, ich dürfe nicht mehr weiterfechten, und de Silva nahm die Entscheidung ohne Murren an.«

»Du bist verletzt? Wo? Lass sehen!« Celina hielt Denys auf der obersten Treppenstufe zurück und musterte ihn eingehend. An seinen Stiefeln und auf dem rechten Hosenbein entdeckte sie Blutflecken. Und dann sah sie den Verband, der aus seinem Ärmel hervorlugte.

»Es ist nur eine Kleinigkeit«, sagte Denys und machte sich von ihr los. »Kaum mehr als ein Kratzer.«

»Das sagst du jetzt! Aber wenn der Arzt deswegen das Duell abbrechen ließ, muss es etwas Ernstes sein.«

»De Silva hat eine Arterie getroffen«, sagte Armand. »Denys hat geblutet wie ein abgestochenes Schwein.«

»Es sah schlimmer aus, als es ist«, widersprach Denys. »Meiner Meinung nach wusste Monsieur de Silva genau, was er tat. Dieser Ausdruck in seinen Augen, *chère*… Du hättest ihn sehen sollen. Diese Entschlossenheit, diese Zielsicherheit, diese tödliche Konzentration. Ich dachte… ich dachte schon, du würdest nun bald die Uhren anhalten, die Spiegel zur Wand drehen und das dunkle Cape heraussuchen müssen, das du erst kürzlich abgelegt hast.«

»Sei still!«, rief Celina erschauernd.

Aber Denys war nicht zu bremsen. »Das ist noch nicht alles, Lina. Du wirst nie darauf kommen, was dann geschah. Der Maestro lud mich zu einer privaten Lektion in seinem Studio ein. Dieses Privileg wird sonst nur den besten und vielversprechendsten Fechtern zuteil.«

»Meines Wissens hat de Silva so etwas noch nie getan«, sagte Hippolyte. Sie hatten die obere Galerie erreicht und setzten sich an den Tisch, der bereits für das Frühstück gedeckt war. »Ich bin noch ganz gelb vor Neid.«

»Und ich erst!«, sagte Armand. »Gelb wie eine Unke.«

»Wie eine Banane«, setzte Hippolyte hinzu. Dabei deutete er auf die kräftigen Stauden, die unten, rings um den mit Steinplatten gepflasterten Hof gepflanzt waren. Sie überschatteten den Brunnen, der in einer Ecke leise vor sich hin plätscherte.

»Gelb wie ein Eidotter!«, sagte Armand mit einem hoffnungsvollen Blick auf den Frühstückstisch, bevor er Hippolyte einen freundschaftlichen Stoß versetzte. »Gelb vor Hunger.«

»Eine solche Einladung ist wohl eine große Ehre?«, fragte Celina, die der Albernheiten, mit denen die jungen Männer ihrer Anspannung Luft machten, langsam überdrüssig war. Dass sie ihrer Erleichterung Ausdruck verleihen mussten, verstand sie. Aber der scherzhafte Wortwechsel konnte sich leicht zu einer freundschaftlichen Rangelei auswachsen, die Denys' Arm sicher nicht guttat.

»Das ist eine Untertreibung«, antwortete ihr Bruder. »Mir fehlen geradezu die Worte, angesichts solcher Großzügigkeit. Ja, mir fehlen die Worte.«

Dennoch hatten er und seine Freunde noch viel zu berichten. Sie beschrieben Rio de Silvas Kunstfertigkeit und seine unerhörte Selbstbeherrschung in allen Einzelheiten. Besonders hoben sie die schlichte Eleganz hervor, mit der er sich bei Denys entschuldigt hatte. Celina merkte bald, dass die überschäumende gute Laune der jungen Männer teilweise den starken Getränken zuzuschreiben war, die sie sich wohl auf dem Heimweg einverleibt hatten. In diesem Fall fand sie das nicht so schlimm. Ihr Bruder hatte sich in große Gefahr begeben, und er war noch am Leben. Das allein zählte für sie.

Die jungen Männer gingen noch einmal Schritt für Schritt das gesamte Duell mit ihr durch. Täuschend echt ahmten sie die Bewegungen und Geräusche nach. Da öffnete sich eine Tür am Ende der Galerie, und heraus trat ihr Vater in einem knöchellangen persischen Morgenmantel, die Schlafmütze mit der Quaste noch auf dem Kopf.

»Papa!«, rief Denys und sprang auf. »Haben wir dich geweckt? Wenn ich gewusst hätte, dass du noch schläfst, hätten wir sicher nicht solch einen Lärm gemacht.«

»Papperlapapp«, sagte der Vater unwirsch. Er trat an den Tisch und begrüßte Denys mit einer kurzen Umarmung. »*Bon Dieu,* warum muss ich von Fremden erfahren, dass sich mein Sohn auf dem Feld der Ehre einem Fechtmeister ausliefern will? Als ich davon hörte, bin ich sofort nach Hause gefahren, aber du warst nicht hier.«

»Ich hätte es dir gesagt, Papa. Aber ich wusste nicht, wo du bist.«

Eine angespannte Stille legte sich über die kleine Gesellschaft. Die leichte Röte, die auf den Wangen des Vaters erschien, hob das dunkle Venengeflecht auf seiner Nase noch stärker hervor. Seine blutunterlaufenen Augen wirkten müder als sonst. »Hm. Nun gut. Du bist noch am Leben. Dafür danke ich der gnädigen Jungfrau und allen Heiligen. Du musst einen Schutzengel gehabt haben. Nach allem, was man so über diesen de Silva hört, kann es nicht anders sein.« Er bedeutete seinem Sohn und dessen Freunden, die sich höflich erhoben hatten, sich wieder zu setzen, und nahm selbst am Kopfende des Tisches Platz. »Und nun berichte, wie es dir gelungen ist, mit dem Leben davonzukommen. Dass du verletzt bist, sehe ich. Aber wie kann es sein, dass die Wunde nicht tödlich war?«

Celina hatte schon mehr gehört, als sie ertragen konnte. Mit der gemurmelten Ausrede, sie wolle nach dem Frühstück sehen, entschuldigte sie sich. Dann ging sie hinunter zur Küche und bat die Köchin, der Herrengesellschaft Kaffee, frisches Brot und Käseomelettes bringen zu lassen. Anschließend schlenderte sie die mit Steinplatten gepflasterte untere Galerie entlang, die Küchengebäude und Wohnhaus verband und wie die obere Galerie als Verbindungsweg zwischen den einzelnen Zimmern in dem Stockwerk fungierte. Über sich konnte sie die Stimmen der Männer hören. Aber sie hatte es nicht eilig, wieder zu ihnen zurückzukehren. Celina lehnte sich gegen eine Säule aus Ziegelsteinen, die mit ockerfarbenem Gips verputzt war. Erst als sie diese feste, bereits von der Sonne gewärmte Stütze im Rücken spürte, merkte sie, wie weich ihre Knie waren.

Sie atmete tief durch und versuchte sich zu beruhigen, indem sie den Blick durch den sonnenbeschienenen Innenhof schweifen ließ. Sie liebte diese ordentliche grüne Oase. Eine riesige Eiche warf bewegte Schatten auf die Pflastersteine, mit denen der Hof ausgelegt war. Ein leichter Wind bewegte die Zweige. Auf den knorrigen Ästen hatten sich dunkelgrüne Farne angesiedelt. Zwischen den Farnwedeln in den seitlichen Beeten duckten sich Winterveilchen. Ein kleiner Vogel labte sich an dem Brunnen unter den Blättern der hohen Bananenstauden und der Palmen, die in dem geschützten Geviert bisher noch keinen Frost gespürt hatten. Der Anblick dieses friedlichen Bildes hätte Celina beruhigen sollen, doch ihre Gefühle waren in Aufruhr.

Rio de Silva hatte sein Wort gehalten. Er hatte ihren Bruder verschont und ihn dabei nicht einmal gedemütigt. Die Einladung in de Silvas Studio sorgte dafür, dass Denys in den Augen der Zuschauer und seiner Freunde keine blamable Niederlage erlitten hatte und nicht zum Gespött werden würde.

Eigentlich hätte sie dankbar sein müssen, und in gewisser Weise war sie es auch. Gleichzeitig war Celina bestürzt darüber, wie leicht sie diesen glimpflichen Ausgang des Duells hatte arrangieren können. Nun fragte sie sich, wann und wie der Fechtmeister seine Belohnung von ihr einfordern würde.

Die Antwort auf diese Frage konnte nur er selbst ihr geben.

Im Laufe des Morgens verabschiedeten sich die Freunde ihres Bruders. Denys wollte sich umziehen, ein wenig ausruhen und dann vielleicht die Nase in seine Bücher stecken. Er studierte bei dem bekannten Juristen Judah P. Benjamin und wollte Anwalt werden. Celina besprach mit dem Vater die Pläne für den Abend. Weil sich Denys schonen sollte, erklärte sich Monsieur Vallier widerstrebend bereit, Celina zu einer Soirée im Haus der Kusine ihrer Mutter, Madame Sonja Plauchet, zu begleiten. Sie legten auch fest, was es zum Abendessen geben sollte. Dann kleidete sich der Vater an und ging mit Mortimer, seinem Butler und Leibdiener, auf den Markt unterhalb der Rue de la Levée. Nach einer Stunde kehrten die beiden zurück. Mortimer trug den Einkaufskorb. Darin lagen ein nasser Grassack mit frischen Shrimps, dazu ein fettes Huhn, vier oder fünf gelbe Äpfel, verschiedene Sorten Salat und allerhand frische Gewürze.

Celinas Vater besprach das Abendessen mit der Köchin. Dann verließ er das Haus, ohne zu sagen, wohin er ging.

Am Nachmittag kam Tante Marie Rose von ihrem Nähkränzchen zurück. Von der Arbeit und dem Tratsch mit den Freundinnen erschöpft, genehmigte sie sich ein Nickerchen. Celina beschäftigte sich eine Zeit lang mit ihrem Stickrahmen. Die zierlichen Stiche in buntem Seidengarn richtig zu setzen, verlangte eine gewisse Aufmerksamkeit und war damit eine willkommene Ablenkung. Gegen Abend nahm sie ein Bad und kleidete sich für die Soirée an. Wahrscheinlich würde sie dort nur Verwandte treffen. Celina wählte für den Anlass ein eher schlichtes, meerblaues Kleid, dessen Rock aus drei übereinandergesetzten Volants bestand. Dazu trug sie Schuhe aus weißem Ziegenleder. Suzette flocht ihr das Haar, steckte die Flechten zu einer hohen Krone auf, legte ihr ein samtenes Halsband mit einem goldenen Anhänger um und reichte ihr ein Cape in goldfarbenem Samt.

Die Soirée war wider Erwarten recht unterhaltsam. Monsieur Sloman, ein bekannter Tenor, der erst kürzlich am St. Charles Theatre aufgetreten war, gab heitere Weisen zum Besten. Danach wurde wie immer getanzt. Die Cremetörtchen, die man zur Stärkung reichte, waren vorzüglich und wurden in den höchsten Tönen gepriesen. Als Ehrengast hatte man den spanischen Grafen eingeladen. Er durfte bei keinem Fest der Saison fehlen. Dass er nicht erschien, verstimmte die Gastgeberin, doch Celina war es einerlei.

Hin und wieder gab es draußen kräftige Regengüsse. Der Winter versprach, sehr nass zu werden. Doch zwischen zwei Schauern konnten Celina, ihr Vater und Suzette zum Stadthaus zurückspazieren und brauchten sich keine Kutsche kommen zu lassen. Der Vater lieferte Celina zu Hause ab und ging noch einmal aus.

Vom frühen Morgen einmal abgesehen, war dies ein ganz normaler Tag gewesen. Doch Celina hatte dauernd an ihr Versprechen denken müssen und daran, wem sie ihr Wort gegeben hatte. Kaum ein Augenblick war vergangen, in dem sie sich nicht gefragt hatte, ob Rio de Silva in der Nacht zu ihr kommen würde.

Sie hatte auf dem kurzen Weg zu Kusine Plauchets Haus

und auch auf dem Rückweg nach ihm Ausschau gehalten. Doch er befand sich nicht unter den Spaziergängern, die gemeinsam mit den Nonnen im Habit und den Blumen- und Pralinenverkäufern die Bürgersteige bevölkerten. Als Suzette ihrer Herrin nach der Heimkehr aus dem Kleid half, glaubte Celina schon fast, sie habe sich umsonst den Kopf zerbrochen. Wahrscheinlich hatte der Fechtmeister nie ernsthaft erwogen, sie aufzusuchen. Er hatte ihr nur zeigen wollen, wie töricht es war, sich in die Angelegenheiten ihres Bruders einzumischen.

Suzette wünschte Celina schließlich angenehme Träume und ging in ihr eigenes Zimmer, das über der Küche lag. Celina versuchte, in einem Büchlein mit Gedichten des makaberen Poeten Poe zu lesen, doch es gelang ihr nicht, sich auf die Verse zu konzentrieren. Also löschte sie die Kerze und starrte in die Dunkelheit. Schmale Lichtstreifen fielen durch den Fensterladen herein. Die schummrige Beleuchtung stammte von der Straßenlaterne an der Ecke, die mit Walöl gespeist wurde.

Der Regen setzte wieder ein. Celina lauschte der Melodie der Tropfen auf den Steinplatten und Geländern. Ein paar Gitarrenakkorde drangen zu ihr herauf. Wahrscheinlich suchte irgendein Straßenmusikant in einer Toreinfahrt Schutz vor dem Regenguss. Pferdehufe klapperten auf dem Pflaster, und eine Kutsche holperte vorbei. In der Ferne bellten Hunde. Sicher jagten sie eine Katze oder ein anderes kleines Tier durch die Gassen. Seufzend schloss Celina die Augen. Sie nahm sich fest vor, sofort einzuschlafen.

»Guten Abend, Mademoiselle. Ich hoffe, ich habe Sie nicht zu lange warten lassen.«

Erschrocken setzte sich Celina kerzengerade im Bett auf und schnappte heftig nach Luft. Ihre Augen durchforschten die Dunkelheit. Sie blieben an den hohen Fenstern des Balkons hängen, der zur Straße hin führte. Die Silhouette eines Mannes hob sich gegen das schwache Licht der Straßenlaterne ab. Er schloss zuerst den äußeren Laden, dann die Balkontür. Das feine Gewebe des Moskitonetzes behinderte Celinas Sicht. Aber die große, athletische Gestalt, die nun vor ihr stand, hätte sie überall erkannt.

Rio de Silva.

»Wie … wie sind Sie hier heraufgekommen?«, fragte sie atemlos.

»Nichts leichter als das, meine Liebe.« Er schwang etwas in ihre Richtung, das wie eine zusammengerollte Peitsche oder ein Seil aussah, und lehnte eine Gitarre an die Wand. »Es ist so einfach, dass ich mich oft frage, warum die Leute ihre Balkontüren so gut wie nie verschließen.«

»Aber man hätte Sie sehen können!«

»Ich habe gewartet, bis niemand mehr in der Nähe war. Doch Ihre Besorgnis ehrt mich, Mademoiselle.« Er legte sein Handwerkszeug ab und den Hut gleich dazu.

Celinas Herz machte einen Sprung. Sie konnte keinen klaren Gedanken fassen, selbst das Atmen fiel ihr schwer. »Ich bin nicht um Sie besorgt«, stieß sie hervor. Mit klopfendem Herzen beobachtete sie, wie er näher kam. »Ich mache mir nur Gedanken …«

»Wegen Ihres guten Rufes? Das tue ich auch. Er soll keinen Schaden nehmen.«

Was konnte sie ihm darauf antworten? Aber schließlich gab es wichtigere Dinge zu besprechen. »Ich muss Ihnen für die freundliche Behandlung danken, die Sie Denys zuteilwerden ließen. Sie haben es geschafft, die leidige Affäre zu Ende zu bringen, ohne ihm zu schaden, und … und ich bin Ihnen zu großem Dank verpflichtet.«

»Ich hatte Ihnen mein Wort gegeben«, sagte de Silva und sah sie eindringlich an. »Und Sie mir das Ihre.«

»Aber ...«

»Ich denke, dass Sie noch etwas anderes beschäftigt.«

»Was denn?«

»Ob ich mich Ihnen gegenüber als ebenso rücksichtsvoll erweisen werde.«

Celina hätte ihn gern gefragt, wie er das meinte und was er nun mit ihr anzustellen gedachte. Doch diesen Gefallen wollte sie ihm nicht tun. Außerdem war sie nicht sicher, dass sie wirklich wissen wollte, was sie erwartete. »Sie sagten, Sie wollten mir nicht schaden. Darauf verlasse ich mich«, antwortete sie mit einem kaum wahrnehmbaren Zittern in der Stimme.

Der Fechtmeister schwieg. Dann trat er noch weiter vor und hob das Moskitonetz. Er legte es über einen der Bettpfosten, stieg auf die untere der Stufen, die zum Bett hinaufführten, und nahm auf der Bettkante Platz. Die Matratze senkte sich unter seinem Gewicht. Celina krallte die Hände in die Bettdecke. Sie musste ihre ganze Selbstbeherrschung aufbieten, um nicht einfach über die andere Seite des Bettes zu flüchten.

»Ihnen schaden«, hob Rio nachdenklich wieder an. »Es kommt darauf an, was Sie darunter verstehen. Oder wie das der Mann sieht, den Sie heiraten werden.«

»Ich weiß nicht, was ...«, begann Celina. Doch dann hielt sie abrupt inne. »Oh.«

»Ja, oh.«

Rios amüsierter Unterton zerrte an ihren Nerven. Sie mochte es nicht, wenn man sie belächelte. Ärger war ein gutes Mittel gegen die Angst. »Ich nehme an, er wird in Anbetracht meiner Mitgift über kleinere ... Beschädigungen hinwegsehen.«

»So, wird er das? Um eine Liebesheirat scheint es sich ja nicht gerade zu handeln.«

»Absolut nicht«, sagte Celina gereizt. »Man könnte eher von einer geschäftlichen Verbindung sprechen.«

»Das ist natürlich etwas anderes.« Rio legte den Kopf schief. »Was der Bräutigam bekommen wird, sehe ich: eine schöne junge Frau, die nicht ganz unvermögend ist. Aber was versprechen Sie sich von dieser Ehe?«

Rios Gesicht lag im Schatten, deshalb vermochte Celina nicht recht einzuschätzen, wie sie die Frage auffassen sollte. Ihr blieb nichts anderes übrig, als die Wahrheit zu sagen. »Gar nichts.«

»Ehrt es Sie, von einem leibhaftigen Grafen umworben zu werden?«

»Nein.«

»Sie brennen nicht darauf, die Condesa de Lérida zu werden und am Hofe von Königin Isabel in Madrid erscheinen zu dürfen? Sie wollen nicht die Herrin eines Hauses werden, das eher einem Schloss gleicht und von riesigen Ländereien umgeben ist?«

»Nein. Ich möchte New Orleans am liebsten gar nicht verlassen. Alles, was ich kenne und liebe, ist hier – meine Familie, meine Freunde, einfach alles.«

»Aber warum haben Sie den Antrag dann angenommen?«

»Das habe ich gar nicht.«

»Der Graf hat doch sicher mit Ihnen gesprochen, hat versucht herauszufinden, ob Sie ihn auch heiraten wollen?«

Für Celina hörte es sich so an, als habe der Fechtmeister bei dieser Frage die Stirn in Falten gelegt, aber sicher war sie sich dessen nicht. »Ich habe ihn bisher nur zweimal gesehen. Das erste Mal in der Familienloge in der Oper, das zweite Mal bei einem Ball. In der Woche nach unserem ersten Zusammentreffen suchte er meinen Vater auf. Nach etwa einer halben Stunde schickte Vater nach dem Cognac.«

»So schnell wurden sich die beiden einig?«

»Die Verhandlungen dauern noch an. Offenbar verlangt der Graf die volle Verfügungsgewalt über meine Mitgift. Andernfalls ist vorab eine größere Summe zu bezahlen. Erst dann wird er sich herablassen, mich zu ehelichen.« Celina fand es sehr befreiend, diese ungeheuerlichen Tatsachen endlich einmal laut aussprechen zu können. Der Mann, der auf ihrer Bettkante saß, gehörte zu den wenigen Menschen, vor denen sie ganz offen sprechen konnte, ohne befürchten zu müssen, dafür verurteilt oder gerügt zu werden.

»Dann besteht ja noch Hoffnung«, sagte Rio in nachdenklichem Ton.

»Leider kann ich das nicht so sehen.« Einen Augenblick lang starrte Celina ihn in der Dunkelheit an. In ihr regte sich Neugier. »Warum interessiert Sie das eigentlich?«

»Das Einzige, was mich wirklich interessiert, ist das Glück einer mutigen jungen Dame.«

Celina war ziemlich sicher, dass er ihr nur auswich. »Kennen Sie den Grafen?«

»Sagen wir, unsere Wege haben sich gelegentlich gekreuzt.«

»Und Sie halten nicht viel von ihm.«

»Was bewegt Sie zu dieser Annahme?«

»Soweit ich weiß, wollten Sie, dass er sich durch Ihre Bemerkung beleidigt fühlt und nicht mein Bruder Denys.«

»Habe ich das gesagt?«

Rio de Silva verschwieg ihr etwas. Vielleicht glaubte er, ohnehin schon zu viel ausgeplaudert zu haben, oder er fand sie schlicht zu neugierig. Dabei hatte er das Gespräch mit seinen Kommentaren selbst in diese Richtung gelenkt und durfte sich nun nicht wundern, wenn sie ihm ein paar Fragen stellte.

Die Dunkelheit und das monotone Geräusch des Regens sorgten für ein Gefühl der Vertrautheit, das schon fast unheimlich war. Je länger de Silva unbeweglich auf Celinas Bettkante saß, desto selbstverständlicher kam ihr das vor.

Sie fragte sich, ob es ihm ähnlich erging. Vielleicht gehörte es auch nur zur Strategie dieses erfahrenen Mannes, Frauen auf diese Weise die Angst zu nehmen. Oder er spielte mit ihr, wiegte sie in Sicherheit und ließ sie durch ihre Fragen zunächst ein wenig Zeit gewinnen.

»Wer sind Sie eigentlich in Wahrheit?«, fragte Celina. Sie stopfte sich ein Kopfkissen in den Rücken, um besser aufrecht sitzen zu können, und legte sich den langen, für die Nacht eingeflochtenen Haarzopf auf die Brust.

»Niemand, nur ein Fechtmeister.«

»Soweit ich weiß, sind Sie noch nicht lange in New Orleans.«

»Das stimmt.«

Seine Stimme klang abweisend, so als rede er nicht gern über sich selbst. Damit stachelte er Celinas Neugier nur noch weiter an.

»Warum sind Sie in die Stadt gekommen? Lebt Ihre Familie hier?«

»Ich habe niemanden mehr.«

»Keinen einzigen Angehörigen?« Celina versuchte sich vorzustellen, wie es war, der letzte Spross eines aussterbenden Geschlechts zu sein. Seit ihre Mutter und zwei ihrer Geschwister gestorben waren, lebte auch sie in einer recht kleinen Familie. Aber immerhin hatte sie noch Denys, ihren Vater, Tante Marie Rose und einige andere Verwandte, die fast ausnahmslos hier in der Stadt wohnten. »Was ist mit Ihren Eltern?«

»Sie starben durch ein Feuer, gemeinsam mit meinen Schwestern.«

»Wie furchtbar! Ist das in Spanien passiert?«

»Genau. Und es ist schon lange her.« Sein Ton war schroff, doch Celina glaubte, auch Schmerz in seiner Stimme zu hören.

»Aber Sie sind dem Feuer entkommen. Sie hatten Glück.«

»Es war eher ein Zufall.«

Celina legte den Kopf schräg. »Inwiefern?«

»Ich hielt mich woanders auf.«

Celina ließ sich von der knappen Antwort nicht beirren. Nachdenklich sagte sie: »Offenbar haben wir einiges gemeinsam. Als meine Mutter und meine jüngere Schwester starben, war ich auch nicht da. Ich dachte immer ...«

»Was?«

Sie schüttelte den Kopf. »Ach nichts.«

»Bitte, was wollten Sie sagen?«

»Dass ich den beiden vielleicht hätte helfen können, wenn ich bei ihnen gewesen wäre«, sagte sie leise. »Vielleicht hätte ich sie aufopfernder gepflegt, nicht so schnell aufgegeben.«

Lange Zeit kam von Rio kein Wort. Unbeweglich saß er neben Celina. Schließlich sagte er: »Sie fragen sich, warum Sie noch am Leben sind und die beiden anderen nicht.«

»Ja, so ist es. Meine kleine Schwester muss immer wieder nach mir gerufen haben. Die Tante meinte es gut, als sie mir das erzählte. Sie wollte mir damit sicher nur deutlich machen, wie sehr die kleine Marie Therese mich geliebt hat, und wie sehr sie sich wünschte, ich wäre bei ihr. Doch mich verfolgt dieser Gedanke oft bis in den Schlaf.«

»Ich habe mich auch häufig gefragt, ob meine Mutter und meine Schwestern nach mir riefen, ob ich sie und meinen Vater hätte beschützen können, wenn ich ...« Er brach ab.

»Wie kam es, dass Sie nicht bei Ihrer Familie waren?«

Die Antwort ließ so lange auf sich warten, dass Celina schon fürchtete, sie sei mit ihrer Frage endgültig zu weit gegangen. »Mein Hauslehrer meinte, er habe mir nun alles beigebracht, was ich wissen müsse«, sagte er mit rauer Stimme. »Ich war bereits an der Universität eingeschrieben. In der Zeit, bevor das Studium begann, zog ich umher und tat all die Dinge, mit denen sich vermögende junge Männer mit großen Zukunftsplänen zwischen Schule und Studium die Zeit vertreiben.«

»Der Pfarrer sagt, es sei eitel, sich selbst die Schuld an schweren Krankheiten oder Unfällen zu geben. Für eine so große Verantwortung seien wir weder mächtig noch wichtig genug.«

»Sie starben nicht durch einen Unfall.«

Celina starrte in Rios Richtung. »Wollen Sie damit sagen, dass … dass jemand das Feuer mit Absicht gelegt hat?«

»Eigentlich sollte auch ich darin umkommen. Als klar wurde, dass ich das Feuer überlebt hatte, beauftragte man ein paar zwielichtige Gesellen damit, mich umzubringen. Nur waren die gedungenen Mörder mit ihrem Lohn nicht zufrieden und wollten lieber zweimal kassieren. Einmal für meinen angeblichen Tod und einmal von dem Kapitän des Schiffes, das mit einer Fracht für den Dey von Algier nach Nordafrika segelte.«

»Dann waren Sie also tatsächlich einst ein Sklave. Suzette erfuhr es von Olivier, aber ich wollte es nicht glauben.«

»Mein Diener redet zu viel«, sagte Rio grimmig.

»In Suzettes Gegenwart kann man gar nicht anders«, sagte Celina. Sie lächelte, obwohl sie nicht glaubte, dass Rio es sehen konnte. »Und wie haben Sie die Sklaverei überlebt? Wie haben Sie Ihre Freiheit wiedererlangt?«

»Nur durch Glück. Kaum zwei Wochen, nachdem ich an Land gegangen war, besiegten die Franzosen die Algerier. Man ließ alle Sklaven frei.«

Rios grimmigem Ton entnahm Celina, dass er ihr auch bei diesem Teil der Geschichte etwas vorenthielt. Er war kein Mensch, der sich widerstandslos unter das Joch der Sklaverei beugte, der untätig daneben stand, während andere kämpften und ihm damit seine Freiheit zurückgaben. Was sich damals wirklich abgespielt hatte, würde sie wahrscheinlich nie erfahren. Doch inzwischen konnte sie sich ein recht gutes Bild von seiner Vergangenheit machen.

»Ich wusste doch, dass Sie nicht schon immer Fechtlehrer waren«, sagte sie mit einiger Zufriedenheit.

»Das stimmt.«

»Haben Sie das Fechten in Spanien gelernt?«

»Zum Teil. Aber die wichtigsten Techniken lernte ich in Frankreich, wohin ich nach meiner Befreiung gebracht wurde.«

»Das erklärt, warum Sie so gut Französisch sprechen. Sind Sie je nach Spanien zurückgekehrt?«

»Ein einziges Mal. Aber dort hielt mich nichts mehr.«

Meinte er das ganz wörtlich, oder hieß es, dass er dort keine familiären Bindungen mehr hatte? Celina hätte ihn gern gefragt, aber sie wollte ihn nicht bedrängen. »Also kamen Sie hierher. Aber ich frage mich noch immer, aus welchem Grund.« Sie musterte den Mann, der auf ihrer Bettkante saß, unter gesenkten Lidern. »Sie lassen sich in New Orleans nieder und eröffnen ein Studio in der Passage de la Bourse, kennen aber in der Stadt keine Menschenseele. Ein neues Leben hätten Sie doch auch an tausend anderen Orten beginnen können.«

»New Orleans ist eine reiche Stadt. Außerdem wird hier der *Code Duello* noch bis ins letzte Detail befolgt. Fechtinstruktoren werden also immer gebraucht.«

Celina hatte das Gefühl, dass dies wieder nicht die ganze Wahrheit war. »Dann sind Sie also vor allem aus geschäftlichen Gründen hier.«

»Ich halte mich über Wasser, so gut es geht. Nicht jeder kann sich vorstellen, was das bedeutet.«

»Damit wollen Sie wohl sagen, dass ich, weil ich aus einer betuchten Familie stamme, keine Ahnung vom wahren Leben habe«, stellte Celina fest. »Mein Vater ist reich, nicht ich. Sein Vermögen verdankt er dem Umstand, dass er bereit war, seinen gesamten Besitz zu beleihen und das Geld in eine Zuckerrohrplantage zu stecken. Er ging dieses Risiko in einer Zeit ein, in der andere Männer noch davor zurückschreckten.«

Rio schob sich ein wenig näher an sie heran. Er griff nach dem dicken Zopf, der sich dunkel von ihrem weißen Nachthemd abhob. »Sie halten große Stücke auf Ihren Herrn Papa, obwohl er gerade dabei ist, Sie mit einem Mann zu verheiraten, der vom Alter her Ihr Vater sein könnte.«

Das interessante Gespräch hatte Celina völlig vergessen lassen, dass von ihrem nächtlichen Besucher eine Bedrohung ausging. Aber offenbar hatte er sie nur einlullen wollen, damit sie nicht schrie, wenn er über sie herfiel. Nicht, dass sie beabsichtigte zu schreien. Schließlich wusste sie, was sie erwartete.

Dennoch fiel es ihr unendlich schwer, still sitzen zu bleiben, während de Silva die Finger in ihre Haarflechte wob. Es war, als sende jede einzelne Strähne, die er berührte, eine Botschaft an ihre Nervenenden, die sich nach und nach ihrem ganzen Körper mitteilte. Celina versuchte, das Gefühl zu ignorieren. Doch ihr Atem ging schneller, und ihr Herz schlug so heftig, dass sich der feine Stoff des Nachthemdes über ihrer Brust im selben schnellen Takt hob und senkte.

»Fällt Ihnen darauf nichts mehr ein?«, fragte Rio mit leisem Spott.

»Ich … war das als Frage gemeint?«

»Macht es Ihnen denn gar nichts aus, dass andere über Ihre Zukunft bestimmen?«

»Mein Vater betrachtet es als seine Pflicht, den bestmöglichen Ehemann für mich zu finden: einen Mann, dem man mit Respekt begegnet, der mich achtet und der mir ein Leben in den Umständen bieten kann, die ich gewohnt bin.«

»Das heißt, ausschlaggebend sind seine finanziellen Mittel.«

Celina schüttelte den Kopf. Dabei zerrte sie ein wenig an dem Zopf in seiner Hand. »Nicht unbedingt.«

»Aber es kommt nur ein Mann aus Ihrer eigenen Schicht infrage. Oder einer, der Ihnen zu noch mehr gesellschaftlichem Ansehen verhilft.«

»Aus Ihrem Mund klingt das so kalt!«

Rio blickte auf seine Hände hinab, die inzwischen damit beschäftigt waren, Celinas Zopf zu lösen. Die Haarsträhnen schimmerten im Dämmerlicht. »Mehr als eine kalte Geschäftstransaktion ist es ja auch nicht. Das soll kein Vorwurf sein, denn die Entscheidung liegt offenbar nicht bei Ihnen. Aber haben Sie denn gar keine eigene Meinung? Sind Sie so sehr an Gehorsam gewöhnt, dass Sie glauben, jeden Mann, den Ihr Vater Ihnen präsentiert, lieben und achten zu können? Meinen Sie, es sei gleichgültig, mit wem Sie das Bett teilen, solange er nur der richtigen Schicht angehört und genügend Geld hat?«

»Ich ... ich muss die Entscheidung meines Vaters respektieren. Über Männer weiß er viel mehr als ich.«

»Weil Sie kaum einen Mann kennen, der nicht zur Familie gehört, und nie mit einem allein gesprochen haben, so wie jetzt mit mir.«

Selbst in der Dunkelheit hielt Celina Rios Blick nicht stand. »Das stimmt.«

»Haben Sie schon einmal daran gedacht, dass es Ihrem Vater an Menschenkenntnis fehlen könnte? Oder dass er sich vielleicht von Äußerlichkeiten blenden lässt?«

»Wie können Sie es wagen ...«, begann Celina.

»Und was bedeutet Ihnen Liebe?«, unterbrach Rio sie.

»Was soll damit sein?«

»Sind Sie denn nicht neugierig? Fragen Sie sich nicht, wie

es ist, bis über beide Ohren verliebt zu sein, sich nach einem Mann geradezu zu verzehren? Sie wollen doch sonst immer alles ganz genau wissen.«

Natürlich wollte Celina gern herausfinden, was Liebe war, wie sie sich anfühlte, was sie zwischen Mann und Frau bewirken konnte und wie es wohl war, mit einem Mann verheiratet zu sein, dem auch ihr Herz gehörte. Doch solche Träumereien führten zu nichts. Ratlos starrte sie Rio an. Dann fiel ihr ein, was Suzette gesagt hatte: »Eine Frau respektiert ihren Ehemann und liebt ihre Kinder.«

»Und was macht der Mann?«

»Das ist etwas anderes.«

»Stimmt«, sagte er. Dabei breitete er ihr gelöstes Haar wie einen bronzenen Brustpanzer über dem Nachthemd aus. »Aber soll es so sein? Sollen Liebe und Leidenschaft nicht ihren Platz im Ehebett haben?«

»Es heißt, eine Frau kann lernen, den Mann zu lieben, der für sie sorgt«, sagte Celina fast ein wenig verzweifelt.

»Aber ob es tatsächlich so kommt, weiß niemand«, sagte Rio. Sein Blick hing noch immer an ihrem Haar. »Wollen Sie dieses Risiko wirklich eingehen?«

Sie befeuchtete ihre Lippen. »Was soll ich denn tun? Etwa den Antrag des Grafen ablehnen?«

»Ich fände das sehr vernünftig.«

»Aber was dann? Mit Frauen, die sich weigern, einen für sie bestimmten Mann zu heiraten, geht man nicht gerade zimperlich um. Sie werden eingesperrt oder gar geschlagen. Aber auf jeden Fall gibt man ihnen das Gefühl, ihre Familie im Stich gelassen zu haben. Wenn sich kein anderer Bräutigam findet, enden sie im Kloster oder als Kindermädchen für ihre Neffen und Nichten.«

»Stimmt. Zu einer solchen Entscheidung gehört viel Mut.«

Celina betrachtete die dunklen Schatten auf dem Gesicht

des Fechtmeisters. Sie versuchte die Maske zu durchdringen, in die Augen des Menschen zu sehen, der so mit ihr sprach. Es wollte ihr nicht gelingen. Dazu war es einfach zu dunkel im Zimmer. Aber nicht einmal Kerzenlicht hätte geholfen. Dieser Mann war viel zu sehr auf der Hut, um etwas von sich preiszugeben.

»Es geht um den Grafen, nicht wahr?«, sagte sie schließlich. »Was aus mir wird, ist unerheblich, solange Sie nur seine Pläne durchkreuzen können.«

»Sie sollten sich selbst nicht so gering schätzen«, sagte Rio. Der tiefe Klang seiner Stimme war wie ein Streicheln. »Sie sind eine wunderschöne Frau, die etwas Besseres verdient, als an einen Mann verschachert zu werden, der vielleicht nach ihr giert, gleichzeitig aber dafür bezahlt werden will, dass er sie heiratet.«

Diese offenen Worte trieben Celina die Röte ins Gesicht. »Monsieur de Silva, das ist nun wirklich …«

»Rio«, sagte er. »Wenn man bedenkt, wie vertraut wir hier miteinander sitzen, erscheint mir diese Anrede ein wenig zu förmlich.«

»Sogar Eheleute sprechen einander mit Nachnamen an. Soweit ich weiß, ist diese Sitte noch nicht gänzlich überholt.« Celinas Worte klangen selbst in ihren eigenen Ohren seltsam gestelzt.

»Ja, mag sein.« Rio nahm ihre Hand und führte sie an seine Lippen. Dabei sah er ihr weiterhin ins Gesicht. »Aber wir sind nicht verheiratet. Und außerdem will ich nicht, dass die Frau, die in meinen Armen liegt, mir auf dem Höhepunkt der Leidenschaft einen förmlichen Gruß entbietet.«

»Monsieur de Silva, Rio, ich bitte Sie!«

»Worum? Sie nicht zu berühren? Sie nicht zu nehmen? Hatten Sie es sich anders vorgestellt? Dachten Sie, ich würde darauf verzichten, dass Sie Ihr Versprechen einlösen?«

»Nein. Aber, wie Sie darüber sprechen, erscheint mir so ...« Sie fand nicht die rechten Worte.

»Sie möchten lieber nicht darüber reden? Ist es das? Sie wollen es so schnell wie möglich hinter sich bringen? Sehr schmeichelhaft finde ich das nicht.«

»Was Sie eben sagten, klang so abgeklärt – als handle es sich lediglich um ein Geschäft.«

»Ohne Leidenschaft, ja. Fast wie eine Ehe.«

»Ja, vielleicht. Wollten Sie ... wollten Sie mir das mit Ihren Worten deutlich machen?«

»Schon möglich«, sagte er sanft. »Aber im Augenblick ist das nicht so wichtig.«

Er legte den Arm um Celinas Taille. Ohne Hast zog er sie zu sich heran, bis sie in seinen Armen lag. Warm und besitzergreifend senkte sich sein Mund auf ihren. Seine glatten Lippen passten sich den ihren perfekt an und erweckten sie zu solcher Empfindsamkeit, dass sie zu brennen schienen. Celina spürte Rios schnellen, regelmäßigen Herzschlag unter ihren Fingern, die zwischen ihnen eingeklemmt waren. Die winzigen Stoppeln auf der Haut über seiner Oberlippe kratzten ein wenig. Sie schmeckte seinen süßen Atem. Die Vielfalt der Empfindungen war so verwirrend, dass sich Celina, fast ohne es zu wollen, mit der Hand an Rios Hemdkragen festkrallte. Dabei wusste sie nicht, ob sie ihn wegstoßen oder noch näher zu sich heranziehen sollte.

Und das war noch nicht alles. Mit der feuchten und doch ein wenig rauen Spitze seiner Zunge zeichnete er den Schwung ihrer Lippen nach. Die Zartheit, mit der er dabei vorging, ließ Celina erbeben. Das Atmen wurde ihr schwer. Sie musste die Lippen ein wenig öffnen. Rio nutzte die Gelegenheit, um sich Einlass zu verschaffen. Ein völlig neues, völlig unerwartetes Gefühl ergriff von Celina Besitz. Unendliches Staunen mischte sich mit einer trügerischen Mattigkeit.

Der Kuss war eine Art Test. Trotz aller Verwirrung nistete sich diese Gewissheit sehr schnell in einer entlegenen Ecke von Celinas Bewusstsein ein. Es war, als wolle Rio ihre tiefsten Geheimnisse ergründen, als wolle er sich ihr auf eine Art nähern, wie es noch nie zuvor jemand getan hatte und nie mehr jemand tun würde. Er wollte sie ganz besitzen. Ihr Körper war ihm nicht genug. Sie würde ein Teil von ihm sein, so wie er ein Teil von ihr sein wollte.

Celina spürte die Wärme der Hand, die sich um die weiche und doch feste Rundung ihrer Brust schmiegte, als wäre sie nur dazu bestimmt. Rios Daumen strich über ihre Brustwarze. Damit fachte er Celinas Verlangen an, und es breitete sich unaufhaltsam in ihrem ganzen Körper aus. Celina vernahm Rios scharfen Atemzug.

Er drückte sie fester an sich. Seine Zunge wurde fordernder. Erst unsicher, doch dann immer leidenschaftlicher erwiderte sie seinen Kuss.

Völlig überraschend gab Rio ihren Mund frei und hob den Kopf. Seine Hand blieb, wo sie war. »Gut«, sagte er. Seine Stimme klang ein wenig fremd. »Ich glaube, Sie wissen nun, wie ich mir die Erfüllung Ihres Versprechens vorstelle. Sie wollten das Leben Ihres Bruders retten. Aber nun lassen Sie uns darüber sprechen, was Sie mit Ihrem süßen Opfer sonst noch bezwecken.«

»Wie bitte?« Celina war noch zu benommen, um seinen Worten folgen zu können.

»Ich habe das Gefühl, dass Sie sich aus einem ganz bestimmten Grund auf unseren Handel eingelassen haben. Oder wollen Sie das leugnen?«

Celina versuchte sich Rios Griff zu entwinden. Doch er ließ es nicht zu. Ihr blieben nur Worte, um sich zu verteidigen. »Sie müssen von Sinnen sein.«

»Ganz im Gegenteil. Meine Sinne sind wacher denn je. Und

mir scheint, dass Sie über die Entwicklung, die unsere Unterhaltung genommen hat, nicht allzu empört sind.«

»Ich habe doch nur Ihre Bedingungen angenommen!«

»Ja. Aber Ihre Zustimmung zu unserem Handel kam ein wenig überraschend. Ich hatte eigentlich damit gerechnet, dass man mir hier in Ihrem Zimmer eine Falle stellt. Wobei das nur einen Sinn ergeben hätte, wenn die Zuneigung zu Ihrem Bräutigam um einiges heftiger wäre, als es den Anschein hat.«

»Ich pflege meine Versprechen zu halten!«

»Ja, ganz offenbar. Doch damit ist das Rätsel noch nicht gelöst. Warum riskieren Sie es, mich zu Ihnen kommen zu lassen? Eigentlich machen Sie nicht den Eindruck, als gehörten Sie zu den Frauen, die das Risiko um seiner selbst willen lieben. Aber welche Absicht könnten Sie sonst verfolgen?«

»Offenbar haben Sie intensiv über diese Frage nachgedacht. Zu welchem Schluss sind Sie denn gekommen?« Celina hatte ihm mit Stolz und Würde antworten wollen. Stattdessen fand sie ihre Worte nun ziemlich schnippisch.

»Eine Möglichkeit könnte ich mir denken. Vielleicht sind Sie gar nicht die brave, pflichtbewusste Tochter, für die Sie sich ausgeben. Könnte es sein, dass Ihnen jedes Mittel recht ist, um der Ehe zu entkommen, die Ihr Vater für Sie arrangieren will? Mein Vorschlag kam da nicht ungelegen, wies er Ihnen doch einen Weg aus der Misere, in der Sie sich zu befinden glauben.«

Celina gefiel nicht, wie Rio sie beschrieb. Aber es hatte wenig Sinn, ihm zu widersprechen. »Es tut mir leid, aber ich kann Ihnen nicht ganz folgen«, sagte sie steif.

»Erlauben Sie mir, ein wenig deutlicher zu werden. Nehmen wir an, Sie erklären Ihren Angehörigen, ein Mann, dem Ihr Bräutigam auf gar keinen Fall mit dem Degen in der Hand entgegentreten möchte, habe Sie verführt. Was glauben Sie, würde dann geschehen?«

Celina war bestürzt. Wie konnte de Silva es wagen, derlei unverfrorene Überlegungen anzustellen? »Halten Sie mich wirklich für so berechnend? Sie sollten nicht vergessen, dass auch mein Vater oder Denys Satisfaktion verlangen könnten.«

»Das stimmt«, sagte Rio. »Daraus schließe ich, dass Sie vorhaben, sich zu opfern.«

»Ach, ich bitte Sie!«

»So ist es doch, nicht wahr? Sie werden sich weigern, den Namen Ihres Verführers preiszugeben. Dann gibt es niemanden, den man zu einem Duell herausfordern könnte. Außerdem würden Sie Ihrer Familie damit die Demütigung ersparen, feststellen zu müssen, dass Ihr Bräutigam gar nicht daran denkt, Ihre beschädigte Ehre wiederherzustellen. Es reicht völlig aus, die Schandtat öffentlich zu machen und den Beweis dafür zu liefern, und schon sind Sie Ihren Bräutigam los.«

Celina musste lange überlegen, was sie Rio antworten sollte. Sie starrte in das dunkle Gesicht über ihr. »Wäre das denn so verwerflich?«, fragte sie schließlich.

»Im Grunde nicht«, antwortete er trocken. »Aber ich würde gern gefragt werden, bevor man mich in eine Situation bringt, die überaus unangenehme Konsequenzen haben könnte.«

»Mir scheint, ich habe mich im Grund Ihres Kommens getäuscht. Was ich mir von dieser Nacht erhoffe, glauben Sie ja zu wissen. Würden Sie mir jetzt bitte ebenso ausführlich erklären, was Sie zu mir geführt hat?«

Rio entfuhr ein kurzes Lachen. »Sie sind so schlau wie schön. Erinnern Sie mich bitte in Zukunft daran, mich vorzusehen. Die traurige Wahrheit ist, dass ich nicht genau weiß, warum ich unbedingt herkommen musste. Aber es war mir zugleich völlig unmöglich, mich von Ihnen fernzuhalten.«

»Für eine solche Behauptung kennen wir uns noch nicht lange genug«, entgegnete Celina spitz.

»Manchmal reicht schon eine kurze Begegnung.«

Celina beschloss, diese Antwort als plumpe Schmeichelei zu werten, und ging nicht weiter darauf ein. Stattdessen versuchte sie fieberhaft, ihre wirren Gedanken zu ordnen.

Nach einer Weile brach Rio das Schweigen. »Nun, Mademoiselle, wie ist es? Liege ich richtig mit meiner Vermutung? Habe ich den Grund für Ihre Einwilligung in unseren Handel erraten?«

Celina sah Rio einen Augenblick lang an. Dann wandte sie den Blick ab. »Kann es Umstände geben, die es rechtfertigen, etwas Unehrenhaftes zu tun, um damit ein größeres Übel abzuwenden?«

»Werden wir jetzt philosophisch?« Rios Frage klang zögernd, ganz so, als brauche auch er Zeit zum Nachdenken.

»Ich dachte, diese Art von Versuchung sei Ihnen vertraut. Mit Ihren Fertigkeiten wäre es doch ein Leichtes, so manche Ungerechtigkeit zu rächen, die Sie erdulden müssen, und Leute, die Ihnen im Wege sind, beiseitezuräumen. Was hält Sie davon ab?«

»Vieles«, antwortete er. »Vor allem aber mein Selbsterhaltungstrieb. Ich verspüre nämlich wenig Lust, eines sonnigen Freitagmorgens auf dem *Place d'Armes* als Mörder gehenkt zu werden.«

Celina hob eine Augenbraue. »Und das soll ich Ihnen glauben?«

Er gab ihr keine Antwort. Stattdessen neigte er den Kopf zur Seite und horchte. Dann ließ er sie los und erhob sich vorsichtig von ihrem Bett. »Es tut mir leid, aber wir müssen diese anregende Diskussion ein andermal fortsetzen. Gerade ist jemand durch die Pforte getreten und kommt nun die Treppe herauf.«

»Sie gehen?« Celina konnte ihr Staunen nicht verbergen.

»Wollen Sie, dass ich bleibe?«

»Das habe ich nicht gesagt!«

Rio lachte leise, griff nach ihrer Hand und führte sie an die Lippen. Celina spürte die Berührung wie einen warmen Hauch an den Fingerknöcheln. Er ließ ihre Hand sinken. »Ich werde mir einfach einbilden, Sie hätten es getan.«

Selbst wenn Celina noch Zeit geblieben wäre, hätte sie darauf nichts zu sagen gewusst. Nun hörte auch sie die Schritte und ein Murmeln. Mortimer ließ jemanden ins Haus, und kurz darauf klopfte es leise an ihrer Tür.

Fünftes Kapitel

»Lina? Bist du noch wach?«

Es war Denys. Celina wandte sich nach Rio um. Er stand bereits an der Balkontür und hatte sich so lautlos bewegt, dass sie fast überrascht war, ihn dort zu sehen. Mit der zusammengerollten Peitsche und der Gitarre in der Hand schob er sich geschmeidig ins Freie. Offenbar nannte man ihn nicht umsonst den Silbernen Schatten. Dann war er endgültig verschwunden. Mit zwei leisen Klicktönen schlossen sich die Balkontür und der Fensterladen hinter ihm.

»Du bist ja schon zurück, *cher*!«, rief Celina ihrem Bruder zu. »Tut dir der Arm weh?«

Die Tür ging auf, und das Licht der Kerze, die Denys in der linken Hand hielt, fiel ins Zimmer. »Nicht allzu sehr. Ich habe dich doch nicht geweckt?« Er sah sich um. »Der alte Mortimer sagte, er habe gerade noch deine Stimme gehört.«

»Wahrscheinlich, als ich meine Gebete sprach«, sagte Celina. Stumm bat sie für diese Lüge um Vergebung. »Aber einerlei, ich bin ohnehin nicht richtig müde.«

»Gut.« Denys ließ die Tür offen stehen und stellte die Kerze in den silbernen Halter auf Celinas Nachttisch. Dann lehnte er sich an den hohen Bettpfosten aus Rosenholz.

Es war nicht ungewöhnlich, dass Denys seiner Schwester nachts, wenn er nach Hause kam, einen kurzen Besuch abstattete. Seit ihr älterer Bruder nicht mehr lebte, war sie seine engste Vertraute. Er erzählte ihr gern, wo er gewesen war, wen er getroffen hatte und was in der Stadt geredet wurde. Meist plauderte er, bis er müde wurde. Dann ging er zu Bett. Denys war ein begnadeter Schauspieler und hatte einen großartigen Sinn für Humor. Oft brachte er Celina mit Anekdoten zum Lachen, die er so lebendig nachspielte, dass sie glaubte, den Vorfall selbst miterlebt zu haben. Doch an diesem Abend erschien er ihr ungewöhnlich ernst.

Bevor sie ihren Bruder fragen konnte, wo er gewesen sei, beugte er sich vor und hob etwas vom Bett auf. »Was ist das? Dein Kopfschmuck von der Soirée?«

Er hielt eine Rosenblüte in der Hand, an die ein feines Seidenband geknüpft war. Das zarte Rosa der äußeren Blütenblätter wurde im Herzen der Rose zu der kräftigen Farbe, die bei Sonnenuntergang oft die Wolken erglühen ließ. Am Stängel der perfekt geformten Blüte saßen drei glänzende Blätter. Die Blume wirkte trotz der späten Stunde noch frisch, aber sie war kein Teil von Celinas Abendtoilette gewesen. Sie hatte weder auf ihrem Bett noch sonst irgendwo im Zimmer gelegen. Jedenfalls nicht, bevor Rio de Silva zu ihr gekommen war.

Er hatte ihr ein frisch gepflücktes Pfand hinterlassen. Aber was bezweckte er damit? In der Sprache der Blumen standen Rosen für die Liebe.

Sicher meinte de Silva diese Botschaft nicht allzu ernst, es sei denn, Liebe bedeutete für ihn vor allem die Verschmelzung der Leiber.

»Eine kleine Aufmerksamkeit von einem Bewunderer«, sagte Celina. Sie deutete ein gleichgültiges Achselzucken an und versuchte, sich ihre Verwunderung nicht anmerken zu lassen. Bei ihrer nächsten Beichte würde sie einiges aufzulisten haben. Ihre Finger zitterten ein wenig, als sie die Hand nach der Blume ausstreckte.

Denys reichte sie ihr stumm. Auch das war ungewöhnlich,

weil er sich sonst keine Gelegenheit entgehen ließ, Celina zu necken oder aufzuziehen. Sie hatte erwartet, dass er wenigstens versuchen würde, ihr die Rose abzuschwatzen.

»Was ist denn los?«, fragte sie, lehnte sich wieder an ihr Kopfkissen und atmete den feinen Duft der Rose ein. »Mortimer sagte, Hippolyte und Albert hätten dich abgeholt. Ich dachte, ihr wärt gemeinsam ausgegangen.«

»Wir spazierten zur Canal Street, aßen dort zu Abend und gingen dann in eine Spielhalle auf der Chartres. Aber ich wünschte, ich wäre zu Hause geblieben oder mit dir und Tante Marie Rose zu Cousine Plauchets Soirée gegangen.«

»Zu einem langweiligen Fest mit lauter Angehörigen?«, fragte Celina mit hochgezogenen Augenbrauen. »Das sieht dir aber gar nicht ähnlich. Bekommst du etwa von der Verletzung Fieber?«

»Nein, ich meine es ernst«, sagte Denys. »Seit dem Duell und mit diesem Ding hier ist alles anders.« Er zeigte auf die schwarze Seidenschlinge, in der er den rechten Arm trug.

»Wie meinst du das?«

»Ach, es ist zu dumm. Eigentlich sollte ich gar nicht darüber sprechen.«

»Denys«, sagte Celina in warnendem Ton.

Er lächelte schwach, dann senkte er den Blick und studierte seinen Verband. »Den ganzen Abend wurde nur über mein Duell mit Monsieur de Silva gesprochen. Jeder, den wir trafen, schien davon gehört zu haben.«

»Das dürfte dich kaum überraschen.«

»Nein, aber alle meinten, es läge nicht an mir, dass ich das Duell überlebt hätte. Man ist sich einig, dass de Silva seinen Kampfgeist verloren hat und ich nur deshalb so glimpflich davongekommen bin.«

»Oh, Din-Din.« Der Kosename aus ihrer Kindheit kam wie selbstverständlich über Celinas Lippen. Sie stellte sich vor, wie sehr der Spott der anderen Männer Denys getroffen haben musste.

Er schüttelte den Kopf. »Es geht mir nicht um mich«, sagte er. »Draußen bei den Zwillingseichen glaubte ich noch, ich täte ihm einfach leid.«

»Wie kannst du so etwas sagen? Du hast immerhin um dein Leben gefochten, so gut du nur konntest.« Celina war sich fast sicher, dass sie die düstere Laune ihres Bruders indirekt verschuldet hatte. Besonders stolz durfte sie auf die Einmischung in seine Angelegenheiten offenbar wirklich nicht sein.

»Das ist es ja, Lina. Jeder Mann, der irgendwann einmal ein paar Fechtstunden hatte, sieht ziemlich schnell, wer von den beiden Kontrahenten der bessere ist.«

»Und warum zweifelt man dann an Monsieur de Silvas Fertigkeiten?«

»Das tut man nicht. Was man infrage stellt, ist sein Wille, über einen Gegner zu triumphieren oder ihn ernsthaft zu verwunden.«

»Dass du mit einer leichten Verletzung davongekommen bist, verdankst du also nicht deinem brillanten Fechtstil, sondern de Silvas Lustlosigkeit?«

Denys lachte grimmig. »So könnte man es ausdrücken, und das macht mich krank. Schließlich hat er sich mir gegenüber mehr als anständig verhalten.«

»Die Meinung der Leute wirst du kaum ändern können.«

»Ja, aber es ist nicht fair, dass er nun darunter leiden muss.«

»Leiden?« Celina horchte auf.

»Es ist wie mit den Kampfhunden bei einer Bullenhatz. Sobald sie Blut riechen, erwacht die Mordlust in ihnen.«

Diese Vorstellung beunruhigte Celina. »Was willst du damit sagen?«, fragte sie. »Hat jemand Monsieur de Silva zu einem Duell genötigt? Ist es das?«

»Jemand? Es sind insgesamt vier!« Denys hob die unverletzte Hand und zählte an den Fingern ab. »Der Erste sicherte sich seine Verabredung schon am Vormittag, zwei forderten ihn am Nachmittag heraus und der Letzte irgendwann am frühen Abend. Vier Narren, die sich rühmen möchten, ihn besiegt zu haben.«

»Das kann nicht dein Ernst sein!«

»Es ist aber wahr. Den ganzen Abend sprach man von nichts anderem.«

»Aber warum um alles in der Welt hat er so viele Herausforderungen akzeptiert?«

»Er hatte keine andere Wahl. Sein Ruf als *Maître d'Armes* steht auf dem Spiel. Er wird sich morgen bei Tagesanbruch allen vier Kontrahenten stellen.«

Vier Duelle. Vier Verabredungen auf dem Feld der Ehre standen Rio nun bevor, weil er Celinas Bitte gefolgt war und ihren Bruder milde behandelt hatte.

Vier Duelle, und er hatte kein einziges Wort darüber verloren. Wenn der Tag über der Stadt und den Eichen von Allard anbrach, würde sich Rio mit einem seiner ehrgeizigen Herausforderer nach dem anderen messen. Ein oder zwei von ihnen mochten übermütig gewordene Amateure sein, aber es war durchaus möglich, dass sich unter den vieren auch ein Könner, vielleicht sogar ein anderer Fechtmeister befand. Was immer am nächsten Morgen geschehen würde, Celina gab sich die Schuld dafür.

Nachdem ihr Bruder zu Bett gegangen war, stand sie auf, entfernte das Seidenband von der Rose, schnitt den Stängel frisch an und stellte die Blume ins Wasser.

Sanft strich sie mit den Fingerspitzen über die Blütenblätter. Wie seltsam, dass Rio die Rose ohne ein Wort zurückgelassen hatte.

Aber vielleicht tat er das immer, wenn er eine Dame besuchte. Sie kannte diesen Mann, dem sie erlaubt hatte, sie in ihrem Schlafzimmer aufzusuchen, ja kaum.

Nie würde sie es sich verzeihen, wenn er durch ihre Schuld verletzt oder gar getötet wurde. Mit Rios Herausforderern hatte Celina kein Mitleid. Gegen Dummheit war schließlich kein Kraut gewachsen. Aber Rio hatte ihr bei ihrem Besuch in seinen Räumlichkeiten erklärt, was geschehen würde, wenn er Denys verschonte. Sie hatte ihm nicht geglaubt.

Celina ging unruhig auf und ab. Das lange Nachthemd umspielte ihre Knöchel, das offene Haar floss über ihre Schultern wie ein glänzendes Cape. Wenn es nur eine Möglichkeit gäbe, die Duelle zu verhindern! Aber sosehr sie sich auch den Kopf zerbrach, eine Lösung für dieses neue Problem wollte sich nicht zeigen. Hier ging es um männlichen Stolz und männliches Ehrgefühl.

Der Silberne Schatten musste siegen. Celina weigerte sich, einen anderen Ausgang der Duelle auch nur in Betracht zu ziehen.

Aber was dann?

Würde er noch einmal zu ihr kommen?

Denys' unverhoffte Rückkehr hatte dafür gesorgt, dass sie dem Fechtmeister den Lohn für die Schonung ihres Bruders noch immer schuldig war. Aber nicht jede Nacht würde Denys gerade im rechten Augenblick nach Hause kommen. Celina bedauerte das abrupte Ende von Rios Besuch beinahe. Das intime Zusammensein, zu dem sie sich bereit erklärt hatte, wäre nun längst vorüber und sie hätte bereits versuchen können, es aus ihrem Gedächtnis zu verbannen. Sie bräuchte sich nicht länger darüber den Kopf zu zerbrechen und Rios Ärger über die vier Duelle im Morgengrauen nicht zu fürchten.

Während seines Besuchs hatte sie allerdings nicht den Eindruck gewonnen, dass er ihr böse war. Mit keiner Silbe hatte er erwähnt, was ihn am nächsten Morgen erwartete. Das zeugte von großer Kaltblütigkeit. Oder von großem Feingefühl. Celina wusste nicht, welche der beiden Möglichkeiten sie beunruhigender finden sollte.

Rio war zu ihr gekommen, wie er es angekündigt hatte. Das Risiko, das er einging, indem er in ihr Schlafzimmer einstieg, war unkalkulierbar gewesen. Ihr Vater und ihr Bruder hätten jedes Recht gehabt, ihn im Falle einer Entdeckung auf der Stelle zu töten. Wenn ein Nachtwächter ihn beobachtet hätte, wäre er womöglich im Gefängnis gelandet. Und falls ein Nachbar die Fassadenkletterei bemerkt hätte, wäre ihr Ruf für alle Zeiten ruiniert gewesen. Der Gedanke, dass Rio sie noch einmal besuchen könnte, ließ Celina erschauern. Sie zweifelte nicht daran, dass er dazu imstande war.

Seufzend legte sie sich wieder ins Bett und starrte auf den Fensterladen an der Balkontür. Dass Rio, wenn es ihm beliebte, jederzeit zurückkommen konnte, verursachte ihr ein seltsames Gefühl im Magen. Angst war nur ein Teil davon.

Der Silberne Schatten hatte eine geradezu übermächtige männliche Ausstrahlung. Zudem umgab ihn eine Aura der Gefahr. Beides fand Celina anziehend und beunruhigend zugleich. Rio de Silva entfachte in ihr das Verlangen nach Dingen, an die sie bisher nicht einmal zu denken gewagt hatte. Seine Berührungen versetzten all ihre Nervenenden in Aufruhr, und sein Kuss war eine Offenbarung gewesen. Sie hatte geglaubt, für den Dienst, den er ihr erwiesen hatte, in einer Haltung pflichtschuldiger Unterwerfung und mit fest geschlossenen Augen bezahlen zu können. Nicht einmal im Traum hatte sie daran gedacht, dass das Zusammensein mit ihm so aufregend sein könnte.

Celina fand keinen Schlaf.

Endlich fiel die Morgendämmerung durch die Schlitze der Fensterläden. Der Regen hatte nachgelassen und schließlich ganz aufgehört. Bald würde Rio auf dem Kampfplatz ankommen, und auch seine Herausforderer würden sich einfinden. Dann schritt man getreu den Regeln die Kampfbahn ab und ließ die Waffen sprechen. Das nasse Gras machte ein Duell noch zehnmal gefährlicher.

Gestern um diese Zeit hatte sich Celina um Denys geängstigt. Heute war alles anders.

Sie warf die Decken zurück und stieg aus dem Bett. Ihr erster Weg führte sie zu der Kniebank an seinem Fuß. Sie kniete auf dem Polster aus rotem Samt nieder und nahm den Rosenkranz aus Perlen zur Hand, der auf der kleinen Ablage an der Armstütze lag. Demütig senkte sie den Kopf und betete. Vielleicht bedurfte Rio ihrer Fürbitte gar nicht, doch die Gebete beruhigten Celina.

Der Morgen brachte keine besonderen Ereignisse. Durch den Regen hatte es sich merklich abgekühlt. Celina zog sich einen burgunderfarbenen, samtenen Hausmantel über, bevor sie zu ihrer Tante ins Frühstückszimmer ging. Zum Frühstück gab es warmes Hefegebäck und Milchkaffee. Der Vater schlief noch, und Denys war früh ausgegangen. Sicher ließ er es sich nicht nehmen, den Duellen als Zuschauer beizuwohnen.

Tante Marie Rose ahnte nichts von den Ereignissen, die ihre Nichte bewegten. Die Saison näherte sich dem Höhepunkt, und genau darum drehten sich ihre Gesprächsthemen.

»Die Rochebriants sind nun auch endlich angekommen«, sagte sie. Dabei strich sie eine dicke Schicht Aprikosenmarmelade auf ihre Brioche. »Gestern waren die Türen und Fenster offen, und aus dem Kamin stieg Rauch. Es überrascht mich, dass sie überhaupt gekommen sind, denn schließlich ist ein paar Tage vor Weihnachten ihr Schwiegervater gestorben. Wahrscheinlich will Madame Rochebriant nun erst einmal ihre Garderobe ergänzen. Wir müssen unverzüglich unsere Karten abgeben, obwohl ihnen sicher der Sinn nicht nach größeren Veranstaltungen steht. Soweit ich gehört habe, kommt Madame Rochebriants Schwester, Madame Decou, dieses Jahr auch später, vielleicht sogar erst nach Mardi Gras. Ihr zweitältester Sohn hat sich bei der Schnepfenjagd das Bein gebrochen und kann noch nicht reisen. Das tut mir sehr leid für ihn. Er ist nämlich wirklich ein netter Junge. Ach, und gestern habe ich Hélène Payne getroffen. Sie fuhr in einem Ponywagen die Straße entlang. Was für ein lächerlicher Anblick! Warum ihr Gatte ihr keine ordentliche Kutsche zur Verfügung stellt, ist mir ein Rätsel. Leisten könnte er es sich ohne Weiteres. Natürlich war wie üblich ihre Schwiegermutter bei ihr. Was für eine unangenehme Person! Immer macht sie ein Gesicht, als habe sie in eine Zitrone gebissen.«

»Und Madeleine?«

»Die älteste Tochter? Sie war nicht mit im Wagen. Aber vor ein paar Tagen sah ich sie auf dem Balkon sitzen. Warst du nicht mit ihr auf der Klosterschule?«

»Nur ein Jahr lang. Sie ist jünger als ich.«

»Sie hat in dieser Saison ihr Debüt. Was denkst du, wäre sie eine passende Frau für unseren Denys?«

»Sie wäre mehr als akzeptabel«, antwortete Celina. »Aber ich dachte, wir wären mit Madame Payne zu nahe verwandt.«

»Nein, nein. Ihr Großvater, das jüngste von dreizehn Kindern, war der Bruder deines Urgroßvaters, nicht deines Großvaters. Damit wäre Madeleine – lass mich nachdenken – für Denys eine Kusine vierten Grades? Aber da fällt mir ein, schon die Großmutter war eine Kusine zweiten Grades, nicht wahr? Oder täusche ich mich? Mais non! Madame Paynes Großvater war der Sohn der zweiten Frau, während dein Urgroßvater das Kind der ersten war. Sie ist die Kusine, an die ich dachte. Damit sind wir so gut wie überhaupt nicht verwandt.«

Celina versuchte nicht einmal, die verworrenen Verwandtschaftsverhältnisse zu verstehen. Es war üblich, dass die

Sprösslinge der französisch-kreolischen Großfamilien von New Orleans untereinander heirateten, wodurch die verwandtschaftlichen Beziehungsgeflechte immer komplizierter wurden. Früher war die Kolonie, die erst zu Frankreich und später zu Spanien gehört hatte, einfach zu isoliert gewesen, als dass man leicht andere Ehepartner hätte finden können. Inzwischen heirateten die französischen Kreolen vor allem deshalb innerhalb ihrer eigenen Bevölkerungsgruppe, weil ihnen die Invasion der Amerikaner mit ihrem ausgeprägten Geschäftssinn, ihren schwer nachvollziehbaren politischen Interessen und dem oft ungewohnt lauten und gehetzt wirkenden Gebaren unheimlich war. Nur ältere Frauen mit einem sehr guten Gedächtnis wussten die Verwandtschaftsgrade der kreolischen Dynastien noch zu entwirren. Bei den allmorgendlichen Höflichkeitsbesuchen während der *Saison des Visites* widmete man sich dieser Beschäftigung mit Hingabe. Die Saison begann traditionell am ersten November, wenn man davon ausgehen konnte, dass die sommerlichen Fieberwellen vorüber waren. Sie endete am ersten Mai, denn spätestens dann verwandelten die Wolken von Stechmücken, die sich aus den Sümpfen erhoben, jede Abendveranstaltung in einen Albtraum.

»Ob mir die Braut gefällt, tut ohnehin nichts zur Sache«, sagte Celina. »Denys kann sich selbst aussuchen, wen er heiraten will.«

»Ja, das ist wahr«, sagte die Tante und nahm sich noch ein Stück Brioche. »Aber man sollte die jungen Leute mit dieser folgenschweren Entscheidung nicht alleinlassen.«

Ob das mit einschloss, dass ein Vater alles daransetzte, seine Tochter mit einem spanischen Grafen zu verheiraten, den sie nur flüchtig kannte? Oder versuchte die Tante nur gute Miene zum bösen Spiel zu machen?

»Stimmt es, dass auch deine Ehe für dich arrangiert

wurde?« Celina sah die Tante fragend an. »Hat dir das nichts ausgemacht?«

»Das ist lange her, *chère,* sehr lange her.« Die Tante schob sich ein Stück Gebäck in den Mund und griff nach der Kaffeetasse.

»Ja, aber wie fühltest du dich damals? Ist es dir gelungen, Onkel Alphonse liebzugewinnen? Passtet ihr überhaupt zueinander? Hast du die Hochzeit nie bereut?«

Tante Marie Rose kaute, schluckte und trank dann ihre Kaffeetasse leer. Sorgfältig stellte sie sie wieder auf die Untertasse zurück. »Wir … wir verstanden uns ganz gut. Unsere Ehe war nicht unerträglich.«

»Aber so, wie sich das anhört, war sie auch nicht besonders glücklich.«

»Er hat unser gesamtes Vermögen verspielt.«

»War das alles?«

»Das dürfte ja wohl genügen. Ich lag nächtelang wach, weil ich fürchtete, eines Tages in einem Verlies des Schuldturms zu enden. Damals geschah das gar nicht so selten. Heute kommt es kaum noch vor, und ich habe gehört, man wolle diese Strafe ganz abschaffen. Als dein Onkel Alphonse starb, war deine Mutter so großherzig, mich aufzunehmen. Ich wüsste nicht, was sonst aus mir geworden wäre.«

»Für uns ist es ein großes Glück, dass wir dich haben, Tante. Aber bitte erzähl weiter. Hatte Onkel Alphonse während eurer Ehe je eine Geliebte oder vielleicht gar eine Mätresse, die sich von ihm aushalten ließ? Und wenn ja, machte es dir etwas aus?«

»Ach du meine Güte, Kind! Solche Fragen solltest du mir nicht stellen.«

»Wen soll ich denn sonst fragen? Ich habe doch keine Mutter mehr«, antwortete Celina. »Schließlich will ich wissen, was mich erwartet.«

Tante Marie Rose legte die ansonsten meist glatte weiße Haut ihrer Stirn in Falten. Sie schob den Teller beiseite und wischte sich umständlich den Mund ab. »Ich verstehe dich ja. Aber ich weiß nicht, ob dein Vater dieses Gespräch billigen würde.«

»Es geht um mein Leben, um meine Zukunft! Warum sollte ich mich nicht wappnen?«

»Ja, wahrscheinlich hast du recht.« Die Tante seufzte, ließ die Serviette fallen und schlang die Finger ihrer kleinen, rundlichen Hände ineinander. Dann rückte sie ein wenig näher an Celina heran und senkte die Stimme. »Du musst mir versprechen, dass das, was ich dir nun erzähle, unser Geheimnis bleibt.«

»Ich verspreche es.« Die Worte waren kaum heraus, da hätte Celina sie am liebsten wieder zurückgenommen. Würde sie das, was sie nun zu hören bekam, überhaupt ertragen können?

»Für eine Frau ist der Stand der Ehe kein Zuckerschlecken. Sie opfert ihre Freiheit und ihren eigenen Willen, und ihr Körper gehört ihrem Mann. Sie tauscht die Tyrannei ihres Vaters gegen die Herrschaft eines Fremden, dem ihr Glück und ihr Wohlergehen vielleicht nicht besonders am Herzen liegen. Kinder, so heißt es, seien der Trost und die Belohnung der Frauen. Aber alle ein oder zwei Jahre ein Kind zur Welt zu bringen, ist kein Vergnügen.«

Diese Dinge waren nicht neu für Celina, doch sie wollte manches noch genauer wissen. »Aber man sagt doch, eine Frau kann lernen, den Mann zu lieben, den man für sie ausgesucht hat.«

»Eheleute vermögen durchaus Freunde zu werden und sich prächtig zu verstehen. Aber viele Paare wahren nur den äußeren Schein vom Familienglück, während sie ihre Gedanken und Gefühle für sich behalten. Die Frau sucht Trost bei ihrer

Verwandtschaft und Ablenkung in gesellschaftlichen Aktivitäten. Der Mann geht mit seinen Freunden aus und erlaubt sich jede Art von Vergnügung. Und nun verrate ich dir ein Geheimnis, Celina. Wenn sich ein Mann eine Geliebte hält, nimmt die Frau es oft schweigend hin. Nicht, weil sie ahnungslos oder besonders fügsam wäre, sondern weil es auch ihren Zwecken dient. Sie ist froh, wenn sich ihr Mann mit anderen Frauen vergnügt. Das entbindet sie von einer lästigen Pflicht, die doch nur zu weiteren strapaziösen und oft lebensgefährlichen Schwangerschaften führen würde.«

Celina rückte ein wenig von der Tante ab. »Aber wenn der Mann ein wenig Rücksicht nimmt…«

»Das tun die meisten aber nicht. Man bringt ihnen bei, es sei richtig und natürlich, dass Frauen Kinder bekommen. Gott wollte, dass dies unter Schmerzen geschieht. Das Privileg und die Freude des Mannes ist es, uns zu diesen Kindern zu verhelfen. Warum sollte sich ein Mann in Selbstbeherrschung und Zurückhaltung üben, wenn in seinen Augen dazu gar kein Anlass besteht?«

»Oh. Tante Marie Rose…«

»Nun bist du schockiert. Ich sehe es dir an. Ach, hätte ich doch lieber nichts gesagt!«

»Nein, ich bitte dich! Ich möchte verstehen, was zwischen Männern und Frauen vor sich geht. Ich *muss* es verstehen. Wenn ein Mann im Ehebett Vergnügen finden kann, gilt das dann nicht auch für die Frau?«

Die Tante errötete, doch sie wich Celinas Blick nicht aus. »Gelegentlich. Aber das Gefühl ist eher schwach und von kurzer Dauer. Es soll Männer geben, die sich darauf verstehen, Frauen im Bett große Wonnen zu bereiten. Aber ich fürchte, den meisten fehlt dafür das Interesse oder die nötige Selbstbeherrschung. Es kann aber auch sein, dass ihnen die… die übergroße Leidenschaft, die sie in gewissen Augenblicken selbst empfinden, peinlich ist. Dann wollen sie sich nicht lange damit aufhalten, und alles ist viel zu schnell vorbei.«

»Tante Marie Rose!« Celinas Erstaunen galt weniger den Tatsachen selbst, sondern vor allem dem Umstand, dass ihre Tante solche Worte überhaupt über die Lippen brachte.

»Ach du liebe Güte! Es tut mir ja so leid. Aber du wolltest die Wahrheit hören.«

»Ja, und ich bin dir dankbar«, sagte Celina. Sie griff nach den Händen der Tante, die so fest ineinander verschlungen waren, dass die Fingerknöchel weiß hervortraten. »Aber eines wundert mich. Wie kannst du mir nach allem, was du soeben gesagt hast, noch immer raten, den Grafen zu heiraten?«

»Die Ehe gehört nun einmal zum Los der Frau, meine Liebe. Und wenn du dich schon den demütigenden nächtlichen Pflichtübungen unterwerfen musst, kannst du es auch mit einem Mann tun, der dir dafür ein Leben in Wohlstand und eine gute gesellschaftliche Position bietet.«

Offenbar sprach Tante Marie Rose vor allem aus eigener bitterer Erfahrung mit einem Mann, der sie fast ins Armenhaus gebracht hatte. Es gab nicht nur unglückliche Ehen, dessen war sich Celina sicher. Einige der jungen Frauen, die sie aus der Klosterschule kannte, waren inzwischen verheiratet und hatten bereits ein oder zwei Kinder. Viele von ihnen schienen mit dem Mann, den man für sie ausgesucht hatte, recht zufrieden zu sein. Die Ehemänner waren im Allgemeinen nicht viel älter als die Frauen und stammten aus dem näheren Bekanntenkreis der Eltern. Manche jungen Ehepaare hatten schon als kleine Kinder miteinander gespielt, kannten einander aus der Kirche, von Spaziergängen oder Theaterbesuchen. Eine von Celinas Mitschülerinnen hatte einen entfernten Vetter aus Frankreich geheiratet, eine andere einen jungen Mann von einer flussaufwärts gelegenen Plantage. Doch die jungen Leute schienen immerhin so viel gemeinsam zu haben, dass ihre Verbindungen nicht von vorneherein unter einem schlechten Stern standen.

»Wenn ich schon heiraten muss, hätte ich gern einen Mann, der nicht ganz so alt ist«, sagte Celina nachdenklich. »Und ein bisschen schöner dürfte er auch sein.«

»Im Dunkeln ist es einerlei, wie er aussieht, *chère*. Außerdem wird dich ein älterer Mann früher zur Witwe machen. Und dann ist da noch das Haus in der Rue des Rampart, das der Graf angeblich gekauft hat. Du solltest dich nicht grämen, wenn er die Besuche bei seiner Quadrone nach eurer Hochzeit nicht aufgibt. Ein solches Arrangement hat durchaus Vorteile.«

In diesem Augenblick trat Mortimer ins Zimmer. Er brachte ein silbernes Tablett mit einer Karte. Es war die erste an diesem Morgen, doch auf der Marmorplatte des Sideboards im Salon lagen schon Dutzende davon. Jede Karte verpflichtete die Empfängerin zu einem Höflichkeitsbesuch. Erleichtert machte sich Tante Marie Rose daran, die günstigste Reihenfolge für die morgendliche Besuchsrunde zu planen.

Bald hatten sich die Damen angekleidet. Sie würden drei Besuche machen und auf dem Rückweg noch einen Blick in eine Buchhandlung werfen. Celina wäre lieber zu Hause geblieben, aber das ging nicht. Die Besuche fanden vor allem ihr zuliebe statt. Sie wurde den einflussreichen reiferen Damen vorgestellt, die in der besseren Gesellschaft den Ton angaben. In diesen Kreisen sollte auch sie eines Tages als verheiratete Frau ihren Platz finden. Celina machte sich keine großen Gedanken darüber, was man an einem solchen Vormittag trug. Sie zog einfach an, was Suzette für sie herausgelegt hatte. Heute war es eine Redingote in aschgrauer, auch *coleur cendre* genannter Seide. Das Oberteil war geschnitten wie die Weste eines Gentlemans. Darunter trug man eine plissierte Bluse, deren Ärmel an den Schultern ziemlich weit waren, an den Handgelenken jedoch eng anlagen. Am Vorderteil des Rockes befanden sich einige dezente Verzierungen. Suzette hatte Celina das Haar in der Mitte gescheitelt und aufgesteckt. Über der Frisur trug sie eine Haube aus Reisstroh, die mit grauen Seidenbändern durchwoben und mit gelben und lavendelfarbenen Blüten bestickt war. Als Letztes zog sich Celina feine gelbe Handschuhe über und folgte dann der Tante die Treppen hinunter und in die Kutsche.

Nach drei endlos langen Stunden, zahllosen Gläsern Orangenblütenwasser, glacierten Veilchen, Petits Fours und Kuchen, die nach Zuckersirup und Orangenschalen schmeckten, kehrten sie nach Hause zurück. Celinas Nerven waren arg strapaziert worden. Das endlose Geschnatter über Nebensächlichkeiten und die detailgenaue Beschreibung aller Arten von Krankheiten und Zipperlein langweilte sie zu Tode. Derzeit war es offenbar Mode, mit seiner schlechten Konstitution hausieren zu gehen. Celina riss sich die Haube vom Kopf und warf sie gemeinsam mit ihrem Kartentäschchen auf eine Kommode. Gerade wollte sie zur Klingelschnur greifen, da trat Suzette in ihr Zimmer.

»Sag mir schnell, gibt es Neuigkeiten?«, fragte Celina hastig.

Ein eigentümliches Lächeln huschte über Suzettes Gesicht. »Ja, die gibt es, wenn du die Zeichen richtig lesen kannst.«

»Und das heißt?«

»Das hier wurde für dich abgegeben, mit der Anweisung, es dir erst zu zeigen, wenn du allein bist.«

Die Zofe zog die Hand zwischen den Falten ihres bauschigen Rockes hervor. Sie hielt Celina eine weiße Papierrolle hin, die mit einer Schnur zusammengebunden war.

Celina nahm die Rolle entgegen und löste die Verschnürung. Zum Vorschein kam ein Seidenband. Es war um eine

Rose geschlungen, die derjenigen, die Rio ihr in der vergangenen Nacht gebracht hatte, zum Verwechseln ähnlich sah. Celina schloss die Augen und flüsterte: »Gott sei Dank.«

»*Mam'zelle?*«

Der fragende Ton in Suzettes Stimme ließ Celina aufblicken. »Ich bin unendlich erleichtert. Wer wäre das an meiner Stelle nicht? Den Tod des Fechtmeisters verschuldet zu haben, würde mein Gewissen schwer belasten.« Nach einer kurzen Pause fragte sie: »War von Verletzungen die Rede?«

»Monsieur de Silva ist unversehrt, was man von seinen Herausforderern nicht unbedingt behaupten kann. Der erste Gegner trug eine ähnliche Verwundung davon wie Denys. Dem zweiten wurde die Schulter durchbohrt. Der dritte ist im Gesicht verletzt, aber offenbar nicht lebensgefährlich. Den vierten setzte ein Stich in die Lunge außer Gefecht. Ein Arzt kümmert sich um ihn und meint, er werde wohl davonkommen, wenn die Heiligen ein Einsehen haben. Die ganze Angelegenheit dauerte nicht einmal eine Stunde.«

Celina knotete vorsichtig das Seidenband auf. Nachdenklich betrachtete sie die Rose. »Hoffentlich ist es nun vorbei!«

»Olivier glaubt es nicht.«

»Aber so kann es nicht weitergehen. Die Duelle müssen aufhören!«

»Du brauchst dich nicht aufzuregen«, sagte Suzette. »Olivier meint, der Silberne Schatten wisse sich schon zu wehren. Schließlich ist das sein Beruf.«

»Sein Beruf ist es, Männern beizubringen, wie man sich mit dem Degen verteidigt. Jeden Morgen dem Tod ins Gesicht zu sehen, gehört bestimmt nicht zu seinen Aufgaben.«

»Sieh dich vor, *Mam'zelle*. So wie du sprichst, könnte man meinen, das Schicksal dieses Mannes läge dir ein wenig zu sehr am Herzen.«

»Wie könnte mich sein Schicksal kaltlassen?«, antwortete

Celina. »Schließlich bin ich schuld daran, dass er nun so viele Duelle durchstehen muss.«

»Du magst dir Vorwürfe machen, aber Monsieur de Silva und seine Freunde scheinen bester Dinge zu sein. Olivier muss heute noch Karten für den Maskenball kaufen, der morgen Abend im Marine-Ballsaal abgehalten wird.«

»Fechtinstruktoren müssen sich nun einmal auf den öffentlichen Bällen sehen lassen. Schließlich verkehrt dort ihre Kundschaft. Ich nehme an, Monsieur de Silva will zeigen, dass er die Öffentlichkeit nicht scheut, obwohl sich überall, wo er hinkommt, junge Heißsporne einfinden, die nichts unversucht lassen, um sich mit ihm duellieren zu können.«

»Genauso sehe ich es auch«, murmelte Suzette.

Celina machte sich neue Sorgen um Rio. Wo er auch erschien, es würden sich weitere Herausforderer finden. Sie überlegte hin und her, wie sie ihm helfen konnte, doch das war nicht einfach.

Erst am späten Nachmittag kam ihr der rettende Gedanke. Allerdings brauchte sie für ihr Vorhaben Denys' Unterstützung, doch der Bruder war nicht zu Hause. Geduldiges Warten war noch nie Celinas Stärke gewesen. Die Zeit bis zum Abendessen geriet zur Unendlichkeit. Aber es gelang ihr, Denys beiseite zu nehmen, bevor sie zu Tisch gerufen wurden.

»Nein«, sagte ihr Bruder sofort. Er ließ sie nicht einmal aussprechen. »Nein, *chère*. Und dabei bleibt es.«

»Aber warum denn? So groß ist der Gefallen, um den ich dich bitte, doch gar nicht.«

»Es würde dir nicht gefallen, und Papa wäre außer sich, wenn er es wüsste.«

»Er muss es ja nicht erfahren«, sagte Celina trotzig. Sie schob sich ein wenig näher an Denys heran und spielte mit dem kleinen silbernen Stierkopf, der seine Uhrkette zierte. »Wie sollte er auch? In letzter Zeit kümmert er sich ja kaum noch um uns. Bald werde ich verheiratet sein und nach Spanien verschleppt werden, wo es immer nur nüchtern und förmlich zugeht. Warum willst du mir dieses kleine Abenteuer nicht gönnen?«

»Was ist mit Tante Marie Rose? Was wird sie dazu sagen?«

»Sie spielt morgen Abend wie jede Woche mit ihren Freundinnen Karten, im Stadthaus der Thierrys. Bis sie zurückkommt, sind wir längst wieder zu Hause.« Die Tante hatte in der Woche einen festen Tag, an dem sie für die Waisen nähte, und einen festen Abend für das Kartenspiel mit ihren Freundinnen. Im Allgemeinen schätzte sie es nicht, von diesen Gewohnheiten abweichen zu müssen. Doch wenn Celina eine Anstandsdame brauchte, war sie stets bereit, diesen verantwortungsvollen Posten zu übernehmen.

»Die Veranstaltung ist ein *bal de guisé*. Die meisten Gäste kommen maskiert. Es könnte aufregender werden, als dir lieb ist.«

Celina musterte ihren Bruder skeptisch. »Aber es wird doch nicht allzu ungehobelt zugehen?«

»Wahrscheinlich nicht, aber auch längst nicht so gesittet wie auf den privaten Bällen, die du sonst besuchst, oder wie bei den Tanzabenden im St. Louis Hotel. Es werden Amerikaner da sein, Lina. Viele von ihnen sind zwar ganz respektabel, es ist aber auch viel zwielichtiges Volk zu erwarten.«

»Das klingt faszinierend. Jedenfalls ist das eindeutig interessanter, als zu den ewig gleichen privaten Bällen zu gehen, auf denen man immer dieselben Gesichter sieht. Ach bitte, Denys! Ich habe es so satt, immer nur anständig zu sein und immer nur das zu tun, was man von mir erwartet! Wenn alle spanischen Adeligen so verknöchert sind wie der Graf, ist das vielleicht meine letzte Gelegenheit, mich ein bisschen zu amüsieren.«

»Arme Lina«, sagte Denys. Er strich ihr mit dem Finger

übers Kinn und lächelte sie an. »Freust du dich denn gar nicht darauf, nun bald eine Komtess zu sein?«

»Wie kannst du auch nur fragen?«

Denys' Blick verfinsterte sich. »Hat der Graf dir einen Anlass zum Ärger gegeben? Oder vielleicht zu anderen unguten Gefühlen?«

»Was meinst du damit?«

»Ich weiß nicht. Zu Misstrauen vielleicht.«

»Misstraust *du* ihm denn?« Celina sah ihren Bruder aufmerksam an. Sie versuchte zu erraten, woran er dachte. Das war schwierig, denn er wich ihrem Blick aus.

»Ich kann nicht vergessen, wie er beiseitetrat und mich damit geradezu zwang, Monsieur de Silva an seiner Stelle herauszufordern. Dabei war de Silvas Bemerkung eigentlich für seine Ohren bestimmt. Aber Papa wird schon wissen, warum er den Grafen zum Schwiegersohn haben möchte.«

»Ich wünschte, ich könnte das auch so sehen.« Celina zögerte. Dann sprach sie hastig weiter. »Der Graf hat einen großen Einfluss auf Papa.«

»Ja, das ist mir auch aufgefallen. So viel hat er sonst nie gespielt.« Denys' jungenhaftes Gesicht war grimmig geworden.

»Außerdem unterhält Papa einen zweiten Haushalt.«

»Ich war nicht sicher, ob du davon weißt.«

»Oh, man hört so einiges.« Suzette brachte stets den neuesten Tratsch mit nach Hause. Außerdem hatte sich Celina inzwischen ihren eigenen Reim auf die häufige Abwesenheit des Vaters gemacht.

»Er scheint der Dame sehr zugetan zu sein.«

Das Unbehagen, das sich in Denys' Zügen spiegelte, zeigte, wie geschmacklos er es fand, über die Geliebte seines Vaters zu sprechen. Doch Celina sah keinen Grund zur Zurückhaltung. Immerhin würde der Vater in diesen Tagen über ihre Zukunft entscheiden, und außerdem unterhielten sie sich ja nicht über die amourösen Abenteuer ihres Zukünftigen. Um diese musste sie sich im Augenblick zum Glück noch keine Gedanken machen.

»Ist sie schön?«, fragte Celina.

»Ja, sie ist eine der hübschesten Quadronen der Saison. Dazu eine sehr angenehme Person, wirklich liebenswert.«

»Du kennst sie?«

»Flüchtig«, sagte Denys mit einem verlegenen Lächeln.

Er musste sie auf einem der Quadronenbälle gesehen haben, auf denen sich junge Damen, in deren Adern ein Viertel schwarzes Blut floss, präsentierten. Vielleicht hatte Denys sogar selbst ein Auge auf sie geworfen. Es war nicht ungewöhnlich und galt nicht als unschicklich, wenn Väter ihren Söhnen den Weg zu diesen Damen wiesen. In Paris wohnten in der Nähe von Notre-Dame de Lorette die sogenannten Lorettes, in deren Fenstern kleine Laternen standen. In New Orleans richtete man seinen farbigen Mätressen in bestimmten Vierteln kleine Wohnungen oder Häuser ein. Beide Arrangements dienten vor allem einem Zweck: Hier konnten sich begüterte junge Männer die Hörner abstoßen und kamen deshalb nicht auf die Idee, sich jungen Damen aus gutem Hause auf unschickliche Weise zu nähern. Für die Quadronen lohnte sich die Sache vor allem in finanzieller Hinsicht. Das Haus, in dem sie den betreffenden Gentleman empfingen, wurde in ihrem Namen erworben, und sie erhielten einen bestimmten Betrag, der etwaigen Kindern aus der Verbindung zugute kam. Normalerweise – aber längst nicht immer – endeten diese Verhältnisse mit der Heirat des jungen Mannes. Dass sich ältere Männer eine Quadrone hielten war eher die Ausnahme und galt als etwas anrüchig.

»Ich bin froh, dass Papa ein kleines Glück gefunden hat«, sagte Celina. »Aber etwas seltsam finde ich sein Verhalten schon. Seit *Maman* durch das Fieber ums Leben kam, schien die Familie ihm alles zu bedeuten.«

»Die Trauerzeit ist zu Ende, und ich glaube …«

»Was?«

»Er merkt, dass er alt wird, fühlt die Schmerzen in seiner Brust und hört vielleicht manchmal schon die Schritte des Sensenmannes nahen, will es aber nicht wahrhaben. Eine Mätresse gibt ihm das Gefühl, noch einmal jung zu sein.«

»Armer Papa.« Sie alle hatten sehr unter den Todesfällen in der Familie gelitten. Denys versuchte seither mit aller Macht, die Stelle seines älteren Bruders als Beschützer der Familienehre einzunehmen. Sicher hatte er auch deshalb Monsieur de Silva herausgefordert.

»Bestimmt besinnt er sich eines Tages. Und so lange müssen wir es eben hinnehmen.«

»Ja, das glaube ich auch.« Celina schenkte dem Bruder ihr süßestes Lächeln. »Aber wie ich schon sagte, er ist zurzeit sehr beschäftigt. Von dem, was wir vorhaben, wird er gar nichts merken.«

Denys schüttelte den Kopf. »Oh Lina, du konntest mich schon immer um den Finger wickeln.«

Sie strahlte ihn an. »Ich fürchte, du hast recht.«

Denys zog sie an sich. »Nur deshalb leben wir beide noch und sind gesund und munter. Das haben wir dir und deinem Dickkopf zu verdanken.«

»Wenn ich nicht darauf bestanden hätte, dass Papa zur Kur nach White Sulphur Springs fährt …«

»*Maman* machte sich damals schon lange Sorgen um sein Herz. Und sie reiste doch so ungern.«

Celinas Lächeln wurde traurig. »Ja, man hätte meinen können, White Sulphur Springs läge auf dem Mond.«

»Und sie wusste, dass Papa dort ganz ohne seine Familie sehr unglücklich gewesen wäre. Sie selbst hatte ja Tante Marie Rose und die kleine Therese. Außerdem ging sie nach Theos Tod sowieso nicht mehr gern aus dem Haus. Sicher war sie froh, dass wir uns in diesen furchtbaren Wochen nicht in New Orleans aufhielten und wie sie vom Fieber befallen wurden.«

Celina nahm die Hand des Bruders und drückte sie an ihre Wange. Wie eine Flutwelle kamen die Erinnerungen an jenen schrecklichen Sommer zurück. Als sie gemeinsam mit Denys und ihrem Vater an Bord des Dampfschiffes gegangen war, das sie nach Kentucky bringen sollte, hatte es in der ganzen Stadt noch keinen einzigen Fall von Gelbfieber gegeben. Eine Woche nach ihrer Abreise legte ein Schiff aus Havanna an. Von da an dauerte es kaum acht Tage, bis in nahezu jeder Straße Gelbfieber und Cholera wüteten. Hunderte Menschen erkrankten, darunter auch die Mutter und die jüngere Schwester. Tante Marie Rose pflegte die beiden aufopfernd. Sie selbst hatte als Kind einen Anfall von Yellow Jack, wie man das Gelbfieber auch nannte, überlebt und war deshalb gegen eine Ansteckung gefeit. Sie mühte sich redlich, aber retten konnte sie die beiden nicht.

Die kleine Marie Therese mit ihren feinen, seidigen Locken und dem sonnigen Gemüt war erst acht Jahre alt gewesen. Sie verehrte ihre ältere Schwester, und Celina behandelte sie wie eine wertvolle Puppe. Sie bürstete ihr das Haar, spielte mit ihr und erfreute sich an ihrem munteren Geplapper. Als die Krankheit schlimmer wurde, fragte Marie Therese andauernd nach Celina und bettelte, die ältere Schwester möge nach Hause kommen. Das wusste Celina von Tante Marie Rose. Manchmal kam Celina der Gedanke, sie hätte den Tod von Mutter und Schwester verhindern können, wenn sie nur in der Stadt geblieben wäre, wenn sie nur nicht die Idee gehabt hätte, dass eine Kur dem Vater guttun würde und sie ihn nach Kentucky begleiten müsse. Ohne es zu wollen, hatte sie das Schicksal der Familie mitbestimmt. Nichts würde je wieder so sein wie vor jenem Sommer.

»Vielleicht hast du ja recht«, sagte Celina seufzend. »Vielleicht sollte ich das Glück nicht herausfordern, indem ich zu diesem Ball gehe.«

»Nein«, sagte Denys. »Wenn du unbedingt willst, besorgen wir uns Karten.«

»Wirklich?«, fragte Celina hoffnungsvoll. Inzwischen bekam sie schon fast ein bisschen Angst vor ihrer eigenen Courage.

»Ich würde den Gedanken nicht ertragen, dass du in einem fremden Land dahinwelkst und dabei immerfort von verpassten Gelegenheiten träumst.«

»Ich werde dich nie mehr um etwas bitten. Das schwöre ich dir.«

»Nie mehr. Da bin ich mir ganz sicher!« Denys drückte sie noch einmal an sich und lächelte dabei.

»Oh Denys!«

»Ich habe doch nur Spaß gemacht, *ma chou*«, sagte er. Schon seit ihrer Kindheit hatte er sie gern seinen kleinen Kohlkopf genannt. »Besorg dir ein Kostüm. Wir gehen auf einen Maskenball.«

Sechstes Kapitel

Rio stand mit Caid im hinteren Teil des Marine-Ballsaals. Die beiden hatten sich unter die Gäste gemischt, sich verbeugt und höflich parliert. Nun wurde zum Tanz aufgespielt, und die Fechtmeister suchten sich einen Platz ein wenig abseits der Tanzfläche. Eine Weile mussten sie sich noch gedulden, bevor sie den Ball verlassen konnten.

»An solchen Abenden verfluche ich unser Gewerbe«, sagte Caid. »Ich würde den Schwachkopf, der als Erster auf die Idee kam, auf Bällen herumzustolzieren und dort auf Kundenfang zu gehen, gern einmal zwischen die Finger kriegen.«

Rio warf dem Freund einen spöttischen Blick zu. »Hast du etwas Besseres vor?«

»Alles wäre besser, als sich hier die Beine in den Bauch zu stehen. Oder willst du behaupten, du würdest dich nicht zu Tode langweilen? Das wäre nämlich gelogen. Du schläfst ja fast im Stehen ein.«

»Ich muss gestehen, ich habe bereits darüber nachgedacht, ob es nicht praktischer wäre, jemanden anzuheuern, der mit einer Trommel durch die Straßen zieht und ein Lied von meiner großen Kunstfertigkeit singt.«

»Zeig mir den Mann, der noch nichts von deinen frühmorgendlichen Fechtübungen unter den Eichen von Allard gehört hat! Es könnte sich nur um einen Einsiedler oder einen tumben Toren handeln.«

»Ich wäre lieber berühmt als berüchtigt«, sagte Rio grimmig. Er und Caid waren, was die Duelle betraf, einer Meinung. Sie kannten sich erst seit ein paar Wochen, denn beide waren noch nicht lange in der Stadt und hatten sich erst kürzlich mit ihren Studios in der Passage de la Bourse niedergelassen. Caid war ein unkomplizierter Mensch, der weder Neid auf seine Konkurrenten noch Missgunst kannte. Ehrlich und geradlinig wie er war, hatte er für die Fechtinstruktoren, die mit windigen Werbeaktionen Kunden anlockten oder diese gar anderen Maîtres abspenstig machten, nur Verachtung übrig. Sicher hatte auch Caid seine Geschäftsgeheimnisse, aber er fiel nie durch gespreiztes oder prahlerisches Verhalten auf. Für Rio war er inzwischen ein guter Freund und ein angenehmer, oft sogar recht amüsanter Begleiter.

»Berüchtigt bist du längst, ob es dir gefällt oder nicht«, erwiderte er trocken. »Mit etwas Glück läuft dir bis morgen noch ein halbes Dutzend Herausforderer über den Weg. Nicht jeder ist schlau genug, das, was heute bei Tagesanbruch unter den Eichen geschah, als Warnung zu deuten.«

»Eigentlich hatte ich nicht vor, diesen Auftritt zu wiederholen. Ich würde gern wieder einmal länger schlafen als bis fünf.«

»Ja, ich muss zugeben, du siehst inzwischen ein wenig mitgenommen aus.«

Geistesabwesend beantwortete Rio Caids Frotzelei mit einem Nicken. Gebannt hing sein Blick am Eingang des Ballsaals. Gerade waren ein Mann und eine Frau eingetreten. Beide trugen Masken, aber längst nicht so aufwendige Kostüme wie viele andere Gäste. Der Mann war schlank, sein rechter Arm lag in einer schwarzen Schlinge. Es handelte sich eindeutig um Denys Vallier. Aber auch ohne Schlinge und Verband hätte Rio ihn sofort erkannt, und zwar an der Frau, die ihn begleitete.

Celina Vallier trug ein strohgelbes Seidenkleid mit einer

im griechischen Stil drapierten Korsage. Eine goldene Samtmaske bedeckte den oberen Teil ihres Gesichts. Ihr Haar war zu einer Krone aus Locken aufgesteckt und schimmerte im Licht der Kandelaber. Der seidige Glanz ihrer Haut und der perfekte Schwung ihrer Lippen waren für Rio nur allzu vertraute Versuchungen. Aber nicht allein äußere Merkmale sorgten dafür, dass er Celina sofort erkannte. Es war das seltsame Kribbeln, das er plötzlich spürte, das instinktive Gefühl des Jägers, der Beute wittert.

In diesem Augenblick war Celina in Rios Nähe angekommen und fing seinen Blick auf. Hinter der Maske wirkten ihre Augen dunkel und mysteriös. Einen Herzschlag lang glaubte Rio, in ihnen eine Botschaft zu erkennen, die allein für ihn bestimmt war. Celinas behandschuhte Finger berührten die beiden Rosen, die ihre Frisur schmückten. Zwei Seidenbänder waren um die Lockenkaskade geschlungen, die ihr seitlich auf die Schulter fiel.

Seine Rosen. Seine Bänder. Sie hatte sich damit geschmückt.

Celina stand reglos da und sah ihn an. Obwohl sie gar nichts tat, hämmerte Rios Herz plötzlich fast schmerzhaft, und sein Nacken wurde heiß wie im Fieber. Er verspürte den nahezu unwiderstehlichen Drang, zu ihr zu gehen und sie an einen verschwiegenen Ort zu verschleppen, wo er sie genüsslich aus ihrem Kostüm schälen konnte. Ihr sollte vor drängendem Verlangen ebenso heiß werden, wie es ihm jetzt war.

Rio machte einen schnellen Schritt in Celinas Richtung, bevor ihm klar wurde, wie töricht er sich benahm. Er erstarrte mitten in der Bewegung. Er wollte sie. Ja, bei Gott, er wollte sie mehr als alles auf der Welt. Aber damit nicht genug. Rio wusste nicht warum, aber inzwischen war Celina für ihn zu einer Art Symbol für all das geworden, was er verloren hatte. Sie war die Unschuld und die Hoffnung, verkörperte Freiheit und Freude, Gunst, Ansehen und all die anderen schon halb vergessenen Tugenden und Privilegien, die auch er einst genossen hatte. Doch vom Schicksal gebeutelt, blutbefleckt und unwiderruflich *déclassé* wie er war, durfte er sie niemals besitzen, durfte auf sie genauso wenig Anspruch erheben wie auf sein verlorenes Erbe.

Celinas Körper konnte er haben, das wusste Rio inzwischen. Er konnte in ihr jungfräuliches Schlafzimmer eindringen und sich ohne Rücksicht auf die Folgen holen, was sie ihm versprochen hatte. Dazu hatte er jedes Recht, denn er hatte seinen Teil der Abmachung erfüllt. Noch in dieser Nacht konnte er zu ihr gehen, ihr die Gewänder abstreifen und sie nehmen. Er konnte sie tatsächlich haben – aber nur ein einziges Mal und heimlich wie ein Dieb. Doch das war ihm längst nicht mehr genug.

»Vielleicht ist es doch besser, wenn sich heute Abend keiner mehr mit dir anlegt«, sagte Caid. Er musterte seinen Freund mit hochgezogenen Augenbrauen. »Der arme Teufel könnte sich sonst aufgespießt und geröstet als dein Frühstück wiederfinden.«

»Schon möglich«, antwortete Rio nicht ohne Schärfe. Gerade verbeugte sich ein als Kardinal verkleideter Schönling vor Celina Vallier.

Caid folgte Rios Blick und formte die Lippen zu einem stummen Pfiff. »Ist das nicht …?«

»Ja.«

»Warum ist sie hier?«

»Ich habe keine Ahnung.«

»Aber ich glaube, du wüsstest es gern. Soll ich es für dich herausfinden?«

»Nein«, sagte Rio barsch. »Lass es sein, wenn dir an unserer Freundschaft gelegen ist.«

Erstaunt sah Caid ihn an. »Du überraschst mich. Ich dachte, du interessierst dich nur für ihren Zukünftigen.«

»Die Dinge haben sich geändert.«

»Das sehe ich. Und wie kam es dazu?«

»Das geht nur die Dame und mich etwas an.«

»Ob der Graf wohl etwas davon ahnt?«, fragte Caid. Er kniff nachdenklich die Augen zusammen.

»Bis jetzt nicht, und so soll es auch bleiben.«

»Dann hör lieber auf, sie so anzustarren, sonst pfeifen es morgen die Spatzen von den Dächern.«

Das war sicherlich ein guter Rat. Nur leider wusste Rio nicht, ob er ihn auch befolgen konnte.

Behütete junge Damen wie Celina Vallier zeigten sich für gewöhnlich nicht auf öffentlichen Maskenbällen. Dass sie in Begleitung ihres Bruders dennoch gekommen war, musste etwas zu bedeuten haben. Den Grund für Celinas Kommen herauszufinden und sich gleichzeitig von ihr fernzuhalten, stellte eine fast unlösbare Aufgabe dar. Rio wollte diese ungewöhnliche junge Frau auf keinen Fall kompromittieren. Warum sollte er in der Öffentlichkeit tun, was ihm in der Verschwiegenheit ihres Schlafgemachs bisher noch nicht gelungen war?

Der Abend nahm seinen Lauf. Titi Rosière und Bastile Croquere gesellten sich zu Rio und Caid. Jemand schlug ein Kartenspiel vor. Caid willigte ein, Rio lehnte ab. Damit fehlte ihm ein plausibler Grund, noch länger auf dem Ball zu bleiben. Doch wie hätte er seinen Kumpanen erklären sollen, dass er Wache stand und seinen Posten nicht verlassen konnte?

Es wurde immer voller im Saal. Rio hatte nichts dagegen. Auf diese Weise war es einfacher, sich in der Menge zu verbergen. Er zog eine Maske aus der Tasche seines Fracks. Natürlich bildete er sich nicht ein, damit unerkannt zu bleiben. Aber die Maskierung erlaubte jedem, der Rio aus dem Weg gehen wollte, so zu tun, als wisse er nicht, wer er sei.

Kerzenqualm, Parfum und der muffige Geruch von Kampfer sorgten für stickige Luft. Mit dem Kampfer hielt man Motten und andere Plagegeister fern, die in dem beinahe tropischen Klima Seide und Wollstoffe über Nacht ruinieren konnten. Der Wein und der Punsch, die man im angrenzenden Raum ausschenkte, waren nur soeben genießbar, doch die Polkas, Walzer und Quadrillen wurden von einem exzellenten Orchester intoniert. Es bestand aus *gens de couleur libre*, farbigen und doch freien Männern, wie man die Schwarzen und Mulatten nannte, die keine Sklaven waren. Getanzt wurde ausgelassen, aber nicht übermäßig anstößig. Unter den Gästen befanden sich sogar einige örtliche Größen. Der Bürgermeister selbst war erschienen, dazu eine Anzahl wichtiger Geschäftsleute, die ihre Läden und Büros in dem amerikanischen Viertel mit dem Namen Faubourg Ste. Marie oberhalb der Canal Street hatten.

Die Mehrzahl der Besucher war allerdings nicht von solch einer Bedeutung, und je später es wurde, desto größer wurde diese Gruppe. Man rottete sich zu lärmenden Rudeln zusammen, in der Mitte meist ein oder zwei maskierte Damen, deren Verhalten zu gewissen Zweifeln an ihrer Tugendhaftigkeit berechtigte. Sie tanzten mit ausladenden Bewegungen, tranken ein wenig zu viel, redeten und lachten zu laut. Hin und wieder sorgten sie innerhalb ihrer Gruppen für Gezänk und mussten von den Gentlemen, die als Gastgeber des Balls fungierten, beruhigt werden.

Nach einiger Zeit verließen die respektableren Gäste den Ball. Rio ging davon aus, dass auch Denys Vallier seine Schwester nun bald nach Hause bringen würde. Doch die beiden blieben. Ein paar Mal sah er sie heftig miteinander flüstern, so als wären sie sich nicht ganz einig. Am liebsten hätte er selbst den jungen Mann darauf hingewiesen, dass es Zeit wurde zu gehen. Nur mit Mühe hielt sich Rio zurück. Denys Vallier mochte ihm für die Einladung in sein Studio dankbar sein, aber sicher schätzte er es nicht, wenn man ihm Ratschläge gab, wie er seine Schwester schützen sollte.

Rio umkreiste den Saal. Hier und da blieb er stehen und wechselte ein paar Worte mit einem Kunden oder einem anderen *Maître d'Armes*. Auf diese Weise gelang es ihm, Celina stets im Auge zu behalten. Drei Stunden lang bewachte er sie auf diese Art und hatte längst festgestellt, dass sie sich ihre Tanzpartner genau aussuchte. Die meisten Aufforderungen lehnte sie mit einem Lächeln ab. Anderen entging sie, indem sie am Arm ihres Bruders am Rand der Tanzfläche entlangspazierte. Erwies sie jedoch einmal einem Galan die Ehre, dann nur Denys oder einem der jungen Männer, die offensichtlich mit ihm befreundet waren.

Celina tanzte gern, das sah man ihr an. Mit fließenden Bewegungen folgte sie dem Takt der Musik. Dabei passte sie sich mühelos den Bewegungen ihres jeweiligen Partners an. Hinter der Maske glänzten ihre Augen vor Wonne. Rio lehnte an einem Pfeiler und beobachtete sie. Einen atemlosen Augenblick lang stellte er sich vor, der Tänzer zu sein, der sie in den Armen hielt. Dann würden sich ihre Leiber im selben Takt bewegen, sie würde dem Rhythmus folgen, den er vorgab, und sich dabei ganz in seine Hand geben. Noch bevor der Tanz zu Ende war, musste Rio zur Abkühlung einen Abstecher auf den Balkon machen.

Kurz nach elf Uhr erschien der Graf. Der beleibte Nobelmann ließ sich von einem Diener Hut, Mantel und Stock abnehmen. Er wurde von zwei Gentlemen begleitet, die Rio aufgrund ihrer Maskierung nicht erkannte. Außerdem befand sich Aristide Broyard in der kleinen Gesellschaft. Er war ein *Maître d'Armes* von zweifelhaftem Ruf. Zufällig lag sein Studio genau gegenüber von Rios Fechtschule. Broyard pflegte einen sehr extravaganten Fechtstil und ließ sich keine Gelegenheit zu einem Duell entgehen. Er prahlte gern mit der Zahl der Toten, die er auf dem Feld der Ehre hinterlassen hatte, und galt zu Recht als übellauniger Zeitgenosse von hitzigem Temperament. Schmal von Gestalt und eher mittelgroß hatte er doch auffallend lange Beine, die ihn ein wenig schlaksig wirken ließen. Als hoffe er, damit von seinen körperlichen Unzulänglichkeiten ablenken zu können, trug er meist kompliziert geknotete Krawatten und reich bestickte Westen. Sein langes, dunkles Haar frisierte er sich unter großzügiger Verwendung von Pomade aus dem Gesicht. Außerdem trug er einen spitzen Kinnbart. Broyards Studio erfreute sich großer Beliebtheit. Seinen Schülern brachte er allerhand raffinierte Finten bei. Anstrengende Übungen, die viele Wiederholungen erforderten, die Muskeln stählten und die Instinkte schärften, schätzte er weniger. Auch pflegte er keinen freundschaftlichen Umgang mit anderen Fechtmeistern. Er sah sie als Konkurrenten, die es auszubooten galt. In der Stadt wurde er hinter vorgehaltener Hand als unersättlicher Casanova beschrieben, bei dessen Eroberungen gelegentlich auch Erpressung oder Nötigung im Spiel waren. Eine junge Frau aus gutem Hause hatte sich nach einer Affäre mit ihm vergiftet. Broyard schwor, sie sei ohnehin labil gewesen und hätte mit an Hysterie grenzender Verzweiflung reagiert, als er die Liaison beendete. Andere sagten, sie habe sich aus Scham das Leben genommen. Die Affäre mit dem Fechtmeister sei sie nur eingegangen, weil sie gehofft hatte, damit ihren jungen Ehemann vor einem Duell mit ihm schützen zu können.

Wie kam der Graf von Lérida dazu, sich gerade mit Broyard einzulassen? Rio legte nachdenklich die Stirn in Falten. Gleichzeitig überlegte er, was die unverhoffte Ankunft ihres Bräutigams wohl für Celina bedeutete. War dies ein arrangiertes Rendezvous unter den wachsamen Augen ihres Bruders, damit sich das Paar vor der Hochzeit noch ein wenig besser kennenlernen konnte? Oder wollte Celina von ihrem

Zukünftigen lieber nicht auf dem Ball gesehen werden? Und wenn dem so war – würde der Graf sie hinter ihrer Maske erkennen? Rio hatte sie damit nicht hinters Licht führen können. Aber er war es auch gewohnt, sich nicht von Äußerlichkeiten ablenken zu lassen. Stets suchte er nach dem verborgenen Wesen einer Person, nach versteckten Hinweisen, die nicht nur beim Fechten den Unterschied zwischen Leben und Tod ausmachen konnten.

Der Graf unterstrich mit dem Kostüm, das er gewählt hatte, seine spanische Herkunft. Er trug eine auffällige andalusische Festtracht. Den schmalen Hüften eines Reiters hätte der Anzug sicher geschmeichelt, die rundlichen Formen eines hemmungslosen Genießers hingegen betonte er auf höchst unvorteilhafte Weise. Die glitzernden Perlen, die die kurze Jacke der Tracht zierten, ließen Lichtreflexe auf den schlaffen Wangen des Grafen tanzen. Das Haar hatte er sich streng nach hinten frisieren lassen, wodurch sein schon recht schütterer Schopf nicht eben üppiger wirkte.

Rio stellte wieder einmal fest, dass der Nobelmann ganz offensichtlich über seine besten Jahre hinaus war. Der ausschweifende Lebensstil, dem er frönte, war ebenfalls nicht spurlos an ihm vorübergegangen.

Inzwischen steuerte Aristide Broyard zielstrebig auf die Stelle zu, wo Rio Celina zuletzt gesehen hatte. Sie stand mit dem Rücken zu dem Neuankömmling und unterhielt sich mit einer Schäferin, deren Kleid mit so vielen Wollebällchen behängt war, dass sie darin beinahe selbst wie ein Schaf aussah. Broyard drängte sich zwischen die Frauen und verbeugte sich vor Celina. Überrascht sah sie ihn an. Er machte eine ausladende Geste in Richtung Tanzfläche, doch Celina schüttelte den Kopf und sagte etwas, das sicherlich eine freundliche Ablehnung war.

Broyards hageres Gesicht verzog sich zu einer hässlichen

Grimasse. Er sprach mit erhobener Stimme. Als Celina sich von ihm entfernen wollte, legte er ihr die Hand oberhalb ihres Handschuhs auf den bloßen Arm. Rio konnte nicht verstehen, was sie zu ihm sagte, aber ihr Ton war eindeutig ablehnend. Gleichzeitig versuchte sie, sich der Berührung des Mannes zu entziehen. Doch Broyard ließ sie nicht los. Die Lippen zu einer schmalen Linie zusammengepresst, starrte er sie an und zog sie noch näher zu sich.

Denys unterhielt sich ein paar Schritte entfernt mit einem Freund. Er hörte die Stimme seiner Schwester und wandte sich um.

Graf de Lérida stand ebenfalls nicht weit weg. Er hatte bemerkt, dass Denys den Kopf hob. Der spanische Edelmann folgte dem Blick des jungen Mannes. Die beiden waren ein wenig zu weit entfernt, um schnell eingreifen zu können. Sie konnten nicht verhindern, dass Celina gegen ihren Willen zur Tanzfläche gezerrt wurde.

Rio zögerte nicht. Unsanft bahnte er sich einen Weg durch die Paare, die sich gerade zu den ersten Takten eines Walzers wiegten. Er verbeugte sich vor Celina und sagte: »Ich bitte um Vergebung, Mademoiselle mit der goldenen Maske. Ich störe nur ungern, aber hatten Sie diesen Tanz nicht mir versprochen?«

»Aber ja, natürlich.« Die Erleichterung war Celina deutlich anzuhören. Sie reichte Rio die freie Hand. »Ich hatte Sie nur völlig aus den Augen verloren.«

Rio legte sich ihre Hand auf den Arm. Einen Augenblick lang sah es so aus, als wolle Broyard Celina nicht gehen lassen. Dann trat er jedoch einen Schritt zurück. In seinen Augen erschien ein boshafter Glanz. »Der Zeitpunkt Ihres Erscheinens ist schlecht gewählt, Monsieur de Silva.«

»Tatsächlich?« Rio maß ihn mit einem kühlen Blick.

»Ja tatsächlich, denn Sie durchkreuzen meine Pläne. Abgesehen davon glaube ich, dass hier versucht wird, mich zu täuschen.«

»Was bewegt Sie zu dieser Vermutung?« Rio wartete auf eine Antwort. Inzwischen waren auch Denys und der Graf herangekommen. Ein paar Schritte entfernt blieben sie stehen. Denys' braune Augen, die denen seiner Schwester so ähnlich waren, blickten besorgt. Der Graf schürzte die feuchten Lippen und beobachtete das Geschehen mit undurchdringlicher Miene.

»Messieurs, ich bitte Sie«, sagte Celina. Wie unbehaglich ihr zumute war, sah man ihr an.

Broyard ignorierte sie. Er hatte nur Augen für Rio. »Sie mischen sich nicht zum ersten Mal in Dinge ein, die diese Dame betreffen. Man hört so einiges und macht sich seine Gedanken.«

»Was ich tue und aus welchem Grund, geht Sie nichts an.« Rio spürte, wie sich sein Pulsschlag beschleunigte. Der Ärger brachte sein Blut zum Kochen. Er fragte sich, ob Broyard Celina vielleicht nur belästigt hatte, um diese Art von Konfrontation zu provozieren. Das würde allerdings bedeuten, dass er etwas von der Verbindung zwischen ihnen ahnte. Rio hielt das für eher unwahrscheinlich. Ihm fiel noch eine andere Möglichkeit ein, doch ihm blieb keine Zeit, weiter darüber nachzudenken.

»Wenn Sie damit meinem Vergnügen im Wege stehen, geht es mich durchaus etwas an.«

»Ihrem Vergnügen?«, fragte Rio mit tödlicher Ruhe.

Broyard lächelte hämisch. »Soweit ich mich erinnere, hatte ich schon vor Ihnen mein Anrecht auf die Dame geltend gemacht.«

»Sie befleißigen sich einer sehr zweideutigen Redeweise. Offenbar wissen Sie nicht, wie man über eine Dame spricht oder wie sich ein Gentleman benimmt.«

»Wollen Sie es mich lehren?« Broyard stieß ein bellendes Lachen aus. »Exzellent. Mein Sekundant wird sich mit Ihrem in Verbindung setzen.«

Rio wandte sich zu Denys um. »Monsieur Vallier?«

Celinas Bruder blinzelte verwirrt, dann errötete er bis unter die Haarwurzeln. »Sie wünschen, dass ich ... aber selbstverständlich.« Er verbeugte sich. »Es wäre mir eine große Ehre, in dieser Sache als Ihr Sekundant zu fungieren.«

»Vielen Dank.«

Rio nickte ihm zu. Dann führte er Celina auf die Tanzfläche. Sie ließ es geschehen, doch als er sich ihr gegenüberstellte und die Hand auf ihre Taille legte, folgte sie seinen Bewegungen nur äußerst widerstrebend.

»Sind Sie deshalb auf dem Ball?«, wollte sie wissen. »Um Streit zu suchen?«

»Haben Sie etwas dagegen, dass man Ihre Ehre verteidigt?« Rio wich ein wenig zurück. Er wollte ihr ins Gesicht sehen können. Außerdem fürchtete er, ihr andernfalls die ausladenden Röcke schmerzhaft an den Körper zu drücken.

»Ich habe etwas dagegen, dass man mich als Vorwand benutzt. Ich will nicht schon wieder der Anlass für ein Duell sein.«

»Hätte ich es lieber Ihrem Bruder überlassen sollen, Broyard in die Schranken zu weisen?«

»Es bestand absolut kein Anlass, sich mit ihm zu schlagen.«

»Er hat sich Ihnen gegenüber äußerst unverschämt verhalten. Außerdem besaß er die Frechheit, Ihnen zu unterstellen, Sie hätten gelogen, um den Tanz mit ihm zu vermeiden.«

»Das habe ich doch auch getan.«

Celinas goldene Augen sprühten Funken. Es war widersinnig, sich an ihrem Zorn zu erfreuen, aber Rio tat es dennoch. Normalerweise war Celinas Temperament in ein Korsett aus Anstand und guter Erziehung eingezwängt. Doch in dieser

Frau glomm ein Funke, den ein Mann, der sich darauf verstand, zu einem lodernden Feuer anfachen konnte. »Das mag wohl sein«, sagte Rio betont ungerührt. »Aber ein Gentleman muss sich Ihnen gegenüber dennoch stets korrekt verhalten. Sie mögen sich nicht daran stoßen, dass er Sie wie ein Flittchen behandelt hat. Aber mich stört es.«

»Mit welchem Recht?«

»Mit dem Recht jeden Mannes, der Respekt und Anstand für Werte hält, die zu verteidigen es sich lohnt.«

»Auch wenn er keinerlei Verbindung zum Opfer der Respektlosigkeiten hat?«

»Die hat er, meine Schöne, ob es Ihnen nun passt oder nicht«, sagte Rio zwischen zusammengebissenen Zähnen hindurch. »Sie selbst haben dafür gesorgt.«

»Zu meinem unendlichen Bedauern.«

»Das beruht auf Gegenseitigkeit!« Er vollführte eine so beschwingte Drehung, dass sich Celinas seidene Röcke bauschten und sie nicht dazu kam, ihm zu antworten. Dann führte er den Tanz in ruhigerem Tempo fort. »Vergeben Sie mir«, sagte er abrupt. »Was ich eben sagte, war so ungezogen, dass es auch von Aristide Broyard stammen könnte.«

Celina wich seinem Blick aus. Auf ihren Wangen hatten sich rote Flecken gebildet. »Auch ich war unhöflich.«

»Sie haben die bessere Entschuldigung dafür«, sagte Rio mit einem schiefen Lächeln.

»Im Grunde bin ich nur wütend, dass Ihnen jetzt schon wieder ein Duell bevorsteht. Deswegen bin ich nicht hierhergekommen.«

»Und warum sind Sie wirklich hier?«

»Ich wollte mit Ihnen sprechen. Mit meinem Besuch bei Ihnen habe ich Dinge ins Rollen gebracht, die ich so nicht beabsichtigte. Ich wollte in Erfahrung bringen, ob sich die Ereignisse irgendwie aufhalten lassen.«

»Sie wollen von Ihrem Versprechen entbunden werden?«, fragte Rio. Verwundert stellte er fest, wie ihm die Brust eng wurde.

Celina hob den Kopf und starrte ihn an. »Das habe ich nicht gemeint. Was ich verhindern möchte, sind weitere Duelle. Es ist mir unerträglich, dass Sie bereits gegen vier Männer antreten mussten, nur weil Sie gegen Denys Gnade walten ließen. Und ich kann es nicht fassen, dass Sie sich morgen in der Frühe schon wieder hinaus zu den Eichen begeben müssen. Es lag nie in meiner Absicht, Sie in Gefahr zu bringen.«

Celinas Ehrlichkeit beeindruckte Rio. Am liebsten hätte er sie getröstet, ihr gesagt, sie dürfe ihn jederzeit in Gefahr bringen, wenn er sie nur in den Armen halten konnte. Er hatte gewusst, dass es ein Fehler war, mit ihr zu tanzen. Er begehrte sie so heftig, dass es an Folter grenzte, sich mit ihr im Takt der Musik zu wiegen.

»Ihre Besorgnis ehrt Sie«, sagte er mühsam beherrscht. »Aber ich nehme die Schuld für meine derzeitige Lage gern auf mich. Schließlich habe ich mich auf Ihre Bitte eingelassen.«

»Ja, aber…«

»Und es tut mir alles andere als leid.«

Rio bereute tatsächlich nichts, und das war wohl der größte Fehler. Er konnte nur beten, dass es nicht auch sein letzter sein würde.

Celina blieb mit dem Absatz hängen und stolperte. Rio musste sie ein wenig fester an sich ziehen und sie halten, bis sie sich wieder gefangen hatte. Dann vergrößerte er den Abstand wieder, bemüht, die korrekte Distanz einzuhalten. Doch Celina hielt seine Hand noch immer viel fester als nötig. »Aber ich halte das nicht länger aus. Wirklich nicht«, flüsterte sie.

»Hängt es vielleicht damit zusammen, dass Ihr älterer Bruder bei einem Duell ums Leben kam? Starb er durch den Stich eines Degens?«

»Nein, das Duell wurde mit Pistolen ausgetragen«, antwortete Celina mit einem Kopfschütteln. »Und alles nur wegen eines dummen Streits beim Kartenspiel.«

Rio wunderte sich, dass er erleichtert war, das zu hören. »Ein sinnloser Tod ist am schwersten zu ertragen.«

»Ja.« Celina schloss die Finger noch fester um seine Hand. »Gibt es denn wirklich keine Möglichkeit, den Duellen ein Ende zu setzen?«

»Ich könnte den einen oder anderen Herausforderer aufspießen. Das scheint eine gewisse abschreckende Wirkung zu haben.«

»Aber das würden Sie doch nicht tun! Ich meine, nicht nur, damit ich wieder ruhig schlafen kann!«

Rios Lächeln wirkte ein wenig gezwungen. »Nicht mit Absicht, aber passieren kann das immer. Und in Broyards Fall wäre ich vielleicht sogar geneigt, meine übliche Zurückhaltung aufzugeben.«

»Bitte scherzen Sie nicht über diese Dinge.« Als Celina nun zu ihm aufblickte, lagen tiefe Schatten in ihren goldbraunen Augen.

»Nein«, sagte er ruhig. »Sie haben recht. Die Sache ist wirklich viel zu ernst.«

Siebtes Kapitel

Als die Kutsche mit dem verletzten *Maître d'Armes* langsam die Straße entlangholperte, befand sich Celina gerade im Bourry-d'Ivernois-Warenhaus auf der Rue Chartres. Kleine Jungen rannten neben dem Wagen her und stellten dem Kutscher unzählige Fragen, während sie gleichzeitig wieselflink den Spaziergängern auf den Bürgersteigen auswichen. Das aufgeregte Geschrei der Buben machte auch die Erwachsenen neugierig. Die Kundschaft des Warenhauses eilte zum Ausgang, um nur ja nichts zu verpassen. Auch Celina hastete nach draußen und stellte sich auf die Zehenspitzen. Ein Blick auf die Kutsche reichte, um sie zu beruhigen. Zum ersten Mal an diesem Morgen konnte sie tief Luft holen.

Das Gefährt, das durch die Rue Chartres rumpelte, war nicht die Kutsche der Valliers. Denys hatte Rio darin im Morgengrauen abgeholt und war mit ihm hinaus zu den Eichen gefahren. Der Verwundete musste Aristide Broyard sein. Rio hatte wieder einmal gesiegt.

Begierig lauschte Celina dem aufgeregten Geschnatter der Menschen auf dem Bürgersteig. Ein Gentleman meinte, der Kampf sei sicher mörderisch gewesen. Immerhin seien die Gegner beide Fechtmeister. Von Broyard wisse man ja, dass er jeden noch so kleinen Vorteil ausnütze, der sich ihm biete. Wenn de Silva gewonnen habe, so zeige das nicht nur, dass er der bessere Fechter sei, sondern auch, dass er sich gegen allerlei hinterhältige Finten zu verteidigen wisse. Ein zweiter

Mann erklärte, die Heiligen stünden nun einmal stets auf der Seite der Gerechten.

Ein älterer Herr wollte vom Kutscher wissen, ob er einen Toten im Wagen habe. Der Kutscher antwortete, Broyard lebe noch, sei aber schwer verwundet. Ein Arzt sitze bei ihm. Dieser habe die Wunden bereits notdürftig versorgt und wolle in seinen Praxisräumen versuchen zu retten, was zu retten war. Leider wusste der Kutscher nicht, was dem anderen Gentleman fehlte. Aber allem Anschein nach war auch dieser nicht ohne Blessuren davongekommen.

»Suzette?« Celina sah sich suchend um.

Die Zofe trat an ihre Seite. »Ja, *Mam'zelle?*«

»Wir sollten schleunigst nach Hause zurückkehren. Vielleicht hat Denys schon eine Nachricht geschickt.«

»Ja, *Mam'zelle.* Und falls nicht, gibt es auch noch andere Möglichkeiten, etwas herauszufinden.«

Celina nickte. Ein Angestellter verpackte ihren Einkauf, etliche Ellen von einem hauchfeinen italienischen Stoff. Er war für neue Sommervorhänge bestimmt, die unter den Übervorhängen in Celinas Schlafzimmer angebracht werden sollten. Bourry d'Ivernois hatte gerade eine Ladung mit Frühjahrsware aus Le Harve hereinbekommen. Darunter befanden sich Tartanstoffe, Kaschmirtücher und sogar Kostbarkeiten aus der Schweiz. Celina hatte sich die Angebote ansehen wollen, bevor alles ausverkauft war. In Wirklichkeit war der Einkaufsbummel aber nur ein Vorwand gewesen. Denn Celina wusste, dass sie draußen auf der Straße sehr viel schneller erfahren würde, wie das Duell ausgegangen war, als zu Hause in ihrem Zimmer.

Gemeinsam machten sich die Frauen auf den Rückweg zum Stadthaus. Suzette trug den Einkaufskorb. Die Sonne stand schon hoch am Himmel, doch die Balkone der Häuser spendeten wohltuenden Schatten. Normalerweise ging Celina langsam, grüßte Bekannte, wechselte hier und da ein paar Worte und erfreute sich an den filigranen Schatten, die die schmiedeeisernen Balkongeländer aus den Werkstätten von Sevilla auf die Bürgersteige warfen. Doch diesmal hatte sie kein Auge für die vielen kleinen schönen Dinge, die sie umgaben. Sie hastete an einer Apotheke und an einer Bäckerei vorüber, ohne auf die Düfte zu achten, die aus den offenen Türen drangen. Sie warf keinen einzigen Blick auf die Schildpattkämme, Rasierpinsel, Rasiermesser und Messer im Schaufenster des Kurzwarenladens. Selbst Madame Freret, die gerade die Geranien in ihrem Innenhof goss, bedachte Celina mit einem so flüchtigen Gruß, dass es an Unhöflichkeit grenzte. Die Aufforderung, einzutreten, ein Stück Kuchen zu essen und ein Glas *eau sucre* zu trinken, überhörte sie geflissentlich. Ungeduldig fertigte sie zwei Nonnen, die ihr entgegenkamen, mit ein paar höflichen Floskeln ab und verneigte sich hastig vor einem Freund ihres Vaters. Nach jeder kurzen Unterbrechung klickten die Absätze ihrer Schuhe nur noch schneller über das Pflaster. Endlich kamen sie am Stadthaus der Valliers an.

Denys war nicht zu Hause.

»*Tiens!*«, rief Celina ungeduldig. Ohne die Bänder richtig gelöst zu haben, riss sie sich die Haube vom Kopf. »Wahrscheinlich trinkt er irgendwo auf Rios Sieg.«

»Es sollte mich wundern, wenn es nicht so wäre, *Mam'zelle*.«

»Aber er weiß doch, dass ich auf eine Nachricht warte. Wie kann er mich so auf die Folter spannen?«

Suzette nahm Celina die Haube aus der Hand, damit das gute Stück keinen Schaden nahm. »Beruhige dich, *chère*. Er hat schließlich keine Ahnung, wie wichtig der Ausgang des Duells für dich ist.«

»Was heißt schon wichtig?«, sagte Celina sofort. »Ich habe nur ein schlechtes Gewissen, weil sich Monsieur de Silva meinetwegen in Gefahr begeben hat.« Suzette war ebenfalls beim Maskenball gewesen. Man wusste schließlich nie, wann eine Haarsträhne in Celinas Frisur neu festgesteckt werden musste oder wann ein Unterrock frisch geschnürt werden wollte. Sie hatte die unschöne Szene mit angesehen, die zu dem Duell mit Broyard geführt hatte.

»Ja, natürlich. Ich weiß.« Suzette legte die Haube neben den Einkaufskorb, den sie auf den Tisch im Salon gestellt hatte. Hier sammelten sich im Laufe des Tages allerhand Gegenstände an. Auch die Einladungskarten wurden auf dem Tisch abgelegt.

Celina musterte Suzette aus zusammengekniffenen Augen. »Dir erginge es an meiner Stelle bestimmt nicht anders«, sagte sie.

»Gewiss nicht. Möchtest du jetzt gern einen Milchkaffee? Du hast heute noch gar nichts zu dir genommen. Die Köchin könnte dir ein schönes Omelett machen.«

»Ich habe keinen Hunger. Du meinst wohl, es gäbe keinen Grund für Gewissensbisse.«

»Nun ja, ich frage mich …«

»Was fragst du dich?« Celina zog sich mit hastigen Bewegungen die Handschuhe von den Fingern.

»… ob du tatsächlich der Grund für die Duelle bist.« Suzette warf ihrer Herrin einen unsicheren Blick zu. »Denk doch nur, *chère*, schon zum zweiten Mal innerhalb einer Woche wurde deine Ehre nun mit dem Degen verteidigt. Doch du hast nicht darum gebeten und konntest auch nichts dafür, dass es so kam. Irgendetwas stimmt da nicht.«

Celina hatte plötzlich das Gefühl, wieder ein wenig freier atmen zu können. Die ganze Sache war ihr von Anfang an seltsam vorgekommen, doch sie hatte nicht die rechten Worte für ihre dumpfen Zweifel gefunden. Suzette schien das weniger schwerzufallen. »Aber was könnte dahinterstecken?«

»Nun, Monsieur de Silva war beide Male in die Sache verwickelt.«

»Der Graf ebenfalls.«

»Monsieur Denys auch. Aber er musste dich ja schließlich zu dem Ball begleiten.«

Celina nickte. »Was ist mit Broyard? War er gestern nur zufällig da?«

»Man könnte es meinen. Aber vielleicht sieht es auch nur so aus. Könnte jemand ihn zu diesen Unverschämtheiten angestiftet haben?«

»Das scheint mir ziemlich weit hergeholt.«

»Aber es wäre doch möglich.«

»Und welchen Sinn sollte es haben?«

»Vielleicht will jemand bewirken, dass du in seiner Schuld stehst.«

»Dann würde Monsieur de Silva hinter allem stecken.«

Suzette winkte ab. »Es stimmt, er kam dir zu Hilfe. Aber als Broyard dich zum Tanzen aufforderte, stand er zunächst ziemlich weit weg.«

Celina dachte nach. Rio hatte sich den ganzen Abend in ihrer Nähe aufgehalten. Wenn er die hässliche Szene mit Broyard nicht eingefädelt hatte, blieb nur einer übrig. »Der Graf hat doch gar keinen Grund, sich meiner Dankbarkeit zu versichern.«

»Vielleicht ahnt er, dass du ihn nicht heiraten willst, und fürchtet, dass du deinen Vater noch umstimmen könntest.«

Celina schüttelte den Kopf. »Aber er machte keinerlei Anstalten, mir zu Hilfe zu eilen und mich aus Broyards Fängen zu retten.«

»Das stimmt allerdings«, sagte Suzette. Dann zuckte sie die Achseln. »Vielleicht gibt es für alles eine viel einfachere Erklärung: Monsieur Broyard ist – oder war – ein sehr populärer Fechtmeister und hätte seine Anhängerschaft wohl gern noch vergrößert. Für ihn wäre das sicher Grund genug, eine Herausforderung zu provozieren.«

»Dazu hätte er aber zunächst wissen müssen, dass er über mich an den Silbernen Schatten herankommen kann.«

Suzette musterte Celina von der Seite. »Wäre das nicht möglich?«

»Woher sollte er die Zusammenhänge kennen? Monsieur de Silva und ich haben eine private Abmachung getroffen, und er verhält sich überaus diskret.«

»Diskret? Immerhin hat er auf einem öffentlichen Ball mit dir getanzt. Ich will lieber nicht wissen, was er als Nächstes tut, oder was dein Vater sagt, wenn er von dem Walzer erfährt.«

Celinas Wangen röteten sich. »Wie du weißt, waren wir beide maskiert, und der Tanz diente einem guten Zweck. Außerdem fand er ja erst nach der Herausforderung statt. Er war jedenfalls nicht der Grund dafür.«

»Stimmt.« Suzette nahm die Haube wieder in die Hand und schickte sich an, sie in Celinas Zimmer zu tragen. »Dann muss ich wohl annehmen, dass Monsieur Broyard dich eher zufällig als Opfer für seine Flegeleien auserkoren hat.«

Auch Celina fiel keine andere Möglichkeit ein, aber ganz plausibel erschien ihr diese Erklärung nicht.

Suzette blieb an der Tür stehen. »Das Duell von heute Morgen wird nicht ohne Folgen bleiben. Es wird bei jedem Lunch hier im *Vieux Carré* in allen Einzelheiten durchgehechelt werden.«

»Da hast du sicher recht«, sagte Celina. Grimmig starrte sie in den Hof hinaus. Man würde von nichts anderem sprechen, und wenn sie auf dem Ball erkannt worden war, würde auch von ihr die Rede sein. Sie warf Suzette einen langen Blick zu. »Wolltest du nicht noch etwas erledigen?«

»Ich gehe schon, ich gehe«, sagte Suzette. »Beten wir, dass

niemand auf die Idee kommt, ich würde mich auf der Passage de la Bourse herumdrücken, weil ich mich für einen gewissen Diener interessiere, obwohl in Wirklichkeit du eine Schwäche für seinen Herrn hast.«

Es dauerte eine ganze Weile, bis die Zofe zurückkehrte. Sie sah ein wenig zerzaust aus, und ihre Lippen waren gerötet, aber viel zu berichten hatte sie nicht. Broyards Degen hatte Rios Schulter durchbohrt. Der Arzt hatte sich gleich auf dem Kampfplatz um ihn gekümmert. Nach Hause gekommen war er noch nicht. Mehr konnte oder wollte Olivier nicht sagen.

Celina war wütend. Warum waren Männer nur so grausam? Rio oder Denys hätten sich wenigstens die Zeit nehmen können, ihr eine Nachricht zukommen zu lassen, bevor sie sich wieder ihren Vergnügungen widmeten. Nicht genug damit, dass sie sich als junge Frau aus gutem Hause Duelle nicht ansehen durfte, wurde ihr nun auch noch vorenthalten, wie dieses spezielle Duell verlaufen war. Ihr gestand man nur zu, zu Hause zu sitzen und sich Sorgen zu machen.

Kaum eine halbe Stunde später kam ein Botenjunge angerannt. Er gehörte zu der italienischen Familie, die auf dem Levée-Markt Blumen und Gemüse verkaufte. Der Knabe brachte eine Rose, an die mit einem blauen Seidenband ein Rosmarinzweig gebunden war.

Celinas Ärger verpuffte. Sie starrte auf die Blume in ihrer Hand. Rosmarin stand für die Erinnerung. Rio hatte also doch nicht vergessen, dass sie auf eine Nachricht wartete. Aber was sollte ihr die Blume sagen? Immerhin hatte Rio ihr nun schon drei Rosen geschenkt. Oder hatten solche Gaben bei einem Mann wie ihm nichts zu bedeuten? Vielleicht verteilte der Silberne Schatten, der sich beim Fechten so geschmeidig bewegte, dass ihm das Auge kaum folgen konnte, an all seine Eroberungen großzügig Rosen. Er war als Freund schöner Frauen bekannt, der sich in ihre Betten schlich, aber nirgends lange verweilte.

Celina schickte nach der Schneiderin, einer freien Farbigen, die die Fenster ihres Schlafzimmers mit einem Stück Schnur ausmaß. Danach entspann sich eine lange Diskussion um Vorhangschlaufen und die Höhe von Säumen. Dann wurden überraschend zwei Besucherinnen angekündigt. Celina setzte sich mit der Tante zu ihnen in den Salon. Suzette brachte indessen der Schneiderin eine Erfrischung, händigte ihr den Vorhangstoff aus und schickte sie nach Hause.

Es war nicht der Wochentag, an dem die Valliers für gewöhnlich Besucher empfingen. Wäre Celina allein zu Hause gewesen, so hätte sie Mortimer gebeten, den Damen höflichst mitzuteilen, sie sei im Augenblick verhindert. Dann hätten sie ihre Karten hinterlassen und wären wieder gegangen. Doch die Tante genoss die Gesellschaft ihrer Freundinnen sehr und hätte sicher nicht verstanden, warum sie nicht bleiben konnten.

Celina ahnte, warum die beiden älteren Damen gekommen waren. Sie hätte der Tante gleich am Morgen von ihrem Besuch beim Maskenball erzählen sollen, anstatt schon aus dem Haus zu eilen, als die ältere Frau noch im Bett lag. Nun musste sie die Konsequenzen dieses Versäumnisses erdulden.

Die Besucherinnen musterten Celina mit neugierigen Blicken. Gesprochen wurde dennoch nur das Übliche. Auf der River Road war eine Kutsche umgestürzt, zwei Damen aus dem weiteren Bekanntenkreis waren guter Hoffnung, und einige Freundinnen klagten über Halsschmerzen oder litten gar unter *la grippe*. Die Tante stürzte sich mit Elan in die Unterhaltung. Doch zu ihrer Verwunderung machten die Damen keinerlei Anstalten, sich zu verabschieden, nachdem die halbe Stunde abgelaufen war, die man für Höflichkeitsbesuche eigentlich veranschlagte.

Irgendwann war sich Celina endgültig sicher, dass sie selbst der Grund für die ungewöhnlich lange Dauer des Besuches war. Da die Damen Freundinnen ihrer Tante waren, musste sie nicht noch länger bei ihnen sitzen bleiben. Celina fügte sich ins Unvermeidliche, entschuldigte sich und verließ den Salon.

Als die Besucherinnen geraume Zeit später endlich doch zur Pforte hinaus waren, machte sich Tante Marie Rose unverzüglich auf die Suche nach ihrer Nichte. Celina hatte sich in eine Ecke auf der unteren Galerie verzogen. »Was für eine Frechheit!«, rief die Tante schon von Weitem. Ihre Wangen waren rot wie sonst selten. »Diese beiden alten Klatschbasen glaubten tatsächlich, ich würde hinter deinem Rücken den neuesten Klatsch über dich verbreiten und ihnen Dinge verraten, die nur dich etwas angehen. Ich weiß gar nicht, wann ich mich zuletzt so geärgert habe!«

»Den neuesten Klatsch?« Celina merkte, wie sich ihr Magen zusammenzog.

»Dieser grässliche Silberschatten-Mensch hat schon wieder ein Duell ausgefochten, und dabei soll es angeblich um dich gegangen sein. Einfach lächerlich! Du darfst sicher sein, dass ich das den beiden alten Eulen in aller Deutlichkeit gesagt habe.«

»Oh, Tante Marie Rose, es tut mir ja so leid.«

Die Tante wurde blass. Sie machte zwei unsichere Schritte und ließ sich dann in den Rattansessel sinken, der Celina gegenüberstand. Über das Knirschen und Quietschen des Sessels hinweg rief sie: »Bitte sag jetzt nicht, dass alles wahr ist!«

»Ich fürchte, das ist es«, antwortete Celina. Dabei griff sie nach den Händen der Tante. »Aber sag mir erst einmal genau, was sie dir erzählt haben.«

»Dass du gestern Abend auf einem öffentlichen Ball gesehen wurdest, einem vulgären Mummenschanz. Und angeblich warst du dort Gegenstand einer Auseinandersetzung zwischen Monsieur de Silva und einem gewissen Broyard. Oh *chère,* bitte sag mir, dass du nicht dort warst.«

»Das kann ich leider nicht. Aber ich war maskiert und habe mich nicht zu erkennen gegeben.«

»Eine Maske ist völlig nutzlos. Dich würde man überall erkennen, liebes Kind. Außerdem war Denys bei dir, und der Graf ist ebenfalls erschienen. Kein Wunder, dass die Leute denken …«

»Ja, das verstehe ich.«

»Aber das ist noch nicht alles. Der Graf hält sich nicht mit Kommentaren zurück. Offenbar verkündet er überall, für wie barbarisch er die Sitte der Duelle hier in New Orleans hält. Er findet, sie werfen ein schlechtes Licht auf die Dame, die er zu ehelichen gedenkt. Durch sein Gerede weiß nun bald die ganze Stadt, dass du in die Sache verwickelt warst.«

»Welch eine unsägliche Dummheit«, sagte Celina ärgerlich.

»Ja, das ist wahr. Aber was, wenn er nun die Verhandlungen über den Ehevertrag abbricht?«

Celina reckte trotzig das Kinn. »Ich glaube, das würde ich überleben.«

»Aber alles wartet darauf, dass endlich eure Verlobung bekannt gegeben wird. Wenn er sein Angebot zurückzieht, wird sich vielleicht in diesem Jahr kein Mann mehr für dich finden – falls sich überhaupt noch einmal einer für dich interessiert.« Die beinahe farblosen Augen der Tante füllten sich mit Tränen. »Ich habe dich im Stich gelassen, *chère.* Ich hätte dich vor dieser Schmach bewahren müssen.«

»Wie hättest du mich vor etwas schützen sollen, von dem du gar nichts wusstest?« Celina kniete vor dem Sessel nieder, in dem die Tante saß. »Mach dir keine Sorgen. Es wird alles gut werden. Es tut mir nur leid, dass du es nicht von mir selbst erfahren hast. Aber ich dachte, es sei halb so wild. Ich ging nur zu dem Ball, weil ich mit Monsieur de Silva sprechen wollte und hoffte, einen Weg zu finden …«

»Nein! Sag mir, dass du dich nicht derart selbst kompromittieren wolltest!«

»Ich musste mit ihm sprechen. Schließlich ist es meine Schuld, dass er nun ständig Duelle auszufechten hat.«

Die Tante ließ sich stöhnend gegen die Sessellehne sinken. »Dein Vater wird mich hinauswerfen, ja, hinauswerfen wird er mich! Sicher glaubt er, alles sei allein meine Schuld.«

»Nein, nein. Dafür kennt er mich zu gut. Bitte wein doch nicht.« Celina hielt die Hände der Tante fest. »Bitte.«

»Aber das ist ein Skandal! Eine Katastrophe! Wir können uns nirgendwo mehr blicken lassen.«

»Ich habe doch gar nichts Unrechtes getan.«

»Als ob es darauf ankäme«, sagte die Tante seufzend. »Du warst auf dem Ball und hast damit deinem Ruf einen unabschätzbaren Schaden zugefügt. Ach du meine Güte! Vor ein paar Tagen sah alles noch so vielversprechend aus, und nun das.«

Als ihr Vater nach Hause kam, versuchte Celina noch immer, die Tante zu trösten und ihr die Zusammenhänge zu erklären, so gut es ging. Der Klang seiner Stimme ließ die beiden Frauen verstummen. Er wechselte ein paar Worte mit dem Butler und überließ ihm Hut, Stock und Handschuhe. Dann hörten sie, wie er einem anderen Mann ein Glas Sherry anbot und dieser dankend annahm. Eine Stimme von derart pompösem Klang konnte nur einem gehören.

»Der Graf«, flüsterte Tante Marie Rose. »Er wird seinen Antrag zurückziehen.«

»Möge die Heilige Jungfrau deine Worte hören«, murmelte Celina.

»*Chère*! Hüte deine Zunge. Wenn er dich jetzt fallen lässt, bist du ruiniert.«

»Ja, und frei. Für mich wäre das kein Weltuntergang.«

»Es wäre einfach schrecklich«, sagte die Tante ernst. »Alle werden vom Schlimmsten ausgehen. Niemand wird dich mehr kennen wollen. Deine Freundinnen dürfen dich nicht mehr besuchen, und eingeladen wirst du auch nicht mehr. Du könntest ebenso gut tot sein.«

Celina wusste, dass die Tante nicht übertrieb. Es würde furchtbar werden, wenn sich erst die ganze Stadt über sie den Mund zerriss und man sie schnitt. Dennoch spürte sie, wie Hoffnung in ihr aufkeimte.

Zehn Minuten, nachdem Mortimer den Sherry in das Arbeitszimmer gebracht hatte, kam er zu Celina und erklärte, ihre Anwesenheit werde gewünscht. Celina hatte schon damit gerechnet. Sie wischte sich mit einem feuchten Lappen übers Gesicht, um ihre geröteten Wangen ein wenig zu kühlen, und ordnete ihr Haar. Einen Augenblick lang überlegte sie, ob sie sich noch umziehen sollte, doch sie sah keinen Grund, sich extra für den Grafen herzurichten.

Sie klopfte an die Tür des Arbeitszimmers und trat auf die Aufforderung ihres Vaters hin ein. Er stand hinter seinem Schreibtisch und deutete auf den freien Stuhl neben dem Grafen. Dieser schickte sich auf die ihm eigene umständliche Art an, sich hochzustemmen, doch Celina bedeutete ihm mit einer Geste, sich die Mühe zu ersparen.

»Vielen Dank, dass du gekommen bist, Celina«, sagte ihr Vater und setzte sich. »Ich finde, du hast ein Recht darauf, selbst zu hören, was der Graf vorzubringen hat.«

Die Tante hatte sich nicht getäuscht. Der Graf wollte sie fallen lassen. Celina mühte sich redlich, sich die Erleichterung nicht anmerken zu lassen. »Ja, Papa?«

»Angeblich bist du gestern Abend auf einem Ball gesehen worden, dessen Besuch weder ich noch die Tante dir erlaubt hätten. Ist das möglich?«

»Es war ein spontaner Einfall, Papa. Ich wollte einmal sehen, wie eine solche Veranstaltung vonstatten geht. Mehr steckte nicht dahinter.«

»Wenn du deinen Ausflug für so harmlos hältst, warum hast du dann gewartet, bis die Tante aus dem Haus war?«

»Das war nicht richtig. Es tut mir leid.«

»Ich bin sehr enttäuscht von dir, Celina, nicht zuletzt deshalb, weil du Denys mit hineingezogen hast. Versuch nicht, es abzustreiten. Der Vorschlag, diesen Ball zu besuchen, kann unmöglich von ihm stammen. Du hast ihn überredet, dich zu begleiten. Aber wie dem auch sei, was einem jungen Mann erlaubt ist, gilt noch lange nicht für ein behütetes Mädchen aus gutem Hause.«

Celina biss die Zähne zusammen, um nicht empört zu widersprechen, denn damit hätte sie alles nur noch schlimmer gemacht. Doch in Anwesenheit des Grafen zurechtgewiesen zu werden, war entwürdigend. Dass dieser überaus zufrieden dreinblickte, machte die Sache nur noch schlimmer. Aber ewig würde die Standpauke nicht dauern, und schließlich kam es auf das Ergebnis an. Celina war gern bereit, dafür ein paar peinliche Augenblicke in Kauf zu nehmen.

Weil sie schwieg, wandte sich ihr Vater an seinen Gast. »Sie berichteten mir soeben von den Vorgängen, die dazu führten, dass meine Tochter in einen hässlichen Streit hineingezogen wurde, *Monsieur le Comte.*« Er benutzte die französische Form des Titels. »Hätten Sie die Güte fortzufahren?«

»Selbstverständlich. Obwohl ich sagen muss, dass es mir kein Vergnügen bereitet, derjenige zu sein, von dem Sie all diese Dinge erfahren.« Der Graf zog ein Taschentuch aus seinem Ärmel. Ein schwerer, moschusartiger Duft kitzelte daraufhin Celinas Nase. Umständlich tupfte sich de Lérida die Schweißperlen von der Oberlippe. »Mademoiselle Vallier unterhielt sich gerade mit einem jungen Mann, ich glaube, es war ein Freund ihres Bruders, da trat ein Fechtmeister, dieser Monsieur de Silva hinzu. Er forderte sie zu einem Tanz auf. Löblicherweise lehnte sie ab. Doch so leicht wollte sich dieser Kerl nicht abwimmeln lassen. Er besaß sogar die Frechheit, Ihrer Tochter die Hand auf den Arm zu legen. Ihr Protest erregte die Aufmerksamkeit eines anderen bekannten Fechtmeisters. Ich spreche von Monsieur Aristide Broyard. Ein Streit entspann sich, der darin gipfelte, dass sich Broyard erbot, de Silva Manieren beizubringen.«

»Nein, so war es nicht …«, begann Celina.

Ihr Vater warf ihr einen strengen Blick zu. »Würdest du den Grafen bitte aussprechen lassen?«

»Aber Papa …«

»Du willst doch nicht etwa unseren geschätzten Gast beleidigen, indem du ihn der Lüge bezichtigst? Also lass ihn bitte fortfahren.«

»Ich danke Ihnen«, sagte der Graf. Dabei schlug er die Augen nieder und neigte bescheiden das Haupt. »Wie ich gerade sagte, Monsieur Broyard wollte de Silvas unverschämtes Verhalten verständlicherweise nicht hinnehmen und beschloss, diesem Flegel eine Lehre zu erteilen. Dadurch kam es zu einer Herausforderung zum Duell. Anschließend wurde Mademoiselle Vallier von dem Mann, der sie belästigt hatte, auf die Tanzfläche geführt.«

»Das ist alles nicht wahr. Es war Monsieur Broyard, der sich von mir keinen Korb geben lassen wollte! Monsieur de Silva bewahrte mich vor seinen ungebetenen Avancen.«

Der Mann, dessen Verlobte Celina werden sollte, schüttelte mit einem herablassenden Lächeln den Kopf. »Frauen wie Ihre Tochter sind wirklich überaus zart besaitet, nicht wahr, Monsieur? Ich fürchte, die unschöne Szene hat sie so verstört, dass sie die Fakten durcheinanderbringt.«

»Ja, ganz offenbar«, sagte Celinas Vater grimmig.

»Ich versichere dir, dass es nicht so ist«, widersprach Celina erneut. Auch sie wandte sich nur an ihren Vater, denn offenbar wollte ihr Bräutigam nicht direkt mit ihr sprechen. »Wenn sich die Sache so abgespielt hätte, wie der Graf sie beschreibt, hätte er dann nicht alles daransetzen müssen, mir beizustehen?«

Ihr Vater hob eine Augenbraue, und einen Augenblick lang schien es, als denke er über Celinas Einwände nach.

Doch da ließ der Graf ein kehliges Lachen hören. »Broyard hätte meine Hilfe sicher abgelehnt. Abgesehen davon hatte ich den Eindruck, dass es der jungen Dame gar nicht so unangenehm war, dass zwei Männer sich um sie stritten. Sie kann recht unerschrocken sein. Man hätte fast meinen können, sie genieße die Aufmerksamkeit eines Mannes wie de Silva, der im Ruf steht, ein Freund des schwachen Geschlechtes zu sein.«

Celina musste angesichts dieser haltlosen Unterstellung erst einmal heftig nach Luft schnappen. Zu ihrem Vater sagte sie: »Das heißt also, der Graf überließ mich de Silva, während er einem anderen erlaubte, meine Ehre zu retten? Überraschen dürfte uns das nicht. Denn schließlich ließ er auch Denys an seiner Stelle gegen de Silva antreten.«

»Celina! Du wirst dich auf der Stelle bei unserem geschätzten Gast entschuldigen.«

Celina presste die Lippen zusammen und drückte den Rücken durch. Aufrecht und stolz saß sie auf ihrem Stuhl. Niemals würde sie sich dafür entschuldigen, dass sie die Wahrheit gesagt hatte.

»Ich bin ihr nicht böse«, sagte der Graf huldvoll. Dabei wedelte er wegwerfend mit dem Taschentuch. Allerdings hatte sein Gesicht inzwischen die Farbe einer reifen Pflaume angenommen. »Ich möchte nur darauf hinweisen, dass de Silva auch im ersten Fall der Störenfried war. Man kann also davon ausgehen, dass er auch die Schuld an der Konfrontation auf dem Maskenball trägt. Aber meine Zukünftige und ich werden uns nicht über so nichtige Kleinigkeiten wie den genauen Ablauf der Ereignisse am gestrigen Abend streiten. Schließlich bin ich nicht hier, um dieses liebreizende Wesen zur Rechenschaft zu ziehen, sondern um dafür zu sorgen, dass ihr guter Name nicht weiterhin Gefahr läuft, in den Schmutz getreten zu werden.«

»Mich zur Rechenschaft ziehen?« Celina fuhr zornig herum. »Selbst wenn Sie mit Ihren Behauptungen recht hätten, was nicht der Fall ist, stünde Ihnen das nicht zu!«

»Ich glaube, Sie täuschen sich.« Der Graf lächelte triumphierend. »Ich habe vor wenigen Augenblicken den Ehevertrag unterzeichnet. Vor dem Gesetz sind wir bereits Mann und Frau. Nur der Segen der Kirche steht noch aus.«

Celinas Herz begann in ihrer Brust zu flattern wie ein gefangener Vogel. Ungläubig starrte sie ihren Vater an. »Ist das wahr?«

»Ja, das ist es, *chère*. Es fehlt nur noch deine Unterschrift.«

»Ich unterschreibe nicht.«

Der Graf schnaubte laut. Er antwortete, bevor Celinas Vater etwas sagen konnte. »Das müssen Sie aber, Mademoiselle. Der Skandal, den Sie mit der eigenmächtigen Missachtung gängiger Konventionen provoziert haben, lässt Ihnen keine andere Wahl.«

»Papa!«

»Der Graf hat recht«, sagte der Vater seufzend. »Wir sind zu einer Übereinkunft gekommen. Du solltest dankbar sein, dass der Graf dich noch immer zum Altar führen will.«

»Es wird mir eine Ehre sein«, sagte de Lérida. »Ich kann es kaum erwarten, eine Braut heimzuführen, um die sich die Männer gleich reihenweise duellieren. Um den Skandal so klein wie möglich zu halten, schlage ich vor, die Hochzeit nicht länger aufzuschieben. Was halten Sie vom nächsten Freitag, Monsieur Vallier?«

»Nein!«

Celinas Vater sah nachdenklich aus. »Vielleicht wäre es tatsächlich von Vorteil, nicht länger zu warten.«

»Aber Freitag ist doch Henkerstag!«, rief Celina, der jeder Vorwand recht war, mit dem sich die Hochzeit aufschieben ließ.

»Wie bitte?«

Ihr Vater machte eine resignierende Geste. »Vergeben Sie mir, Monsieur le Comte, aber hier bei uns ist es Brauch, an Freitagen keine Hochzeiten zu feiern. Früher fanden an diesem Tag auf dem Place d'Armes vor der Kathedrale allwöchentlich Hinrichtungen statt. Wenn die Braut auf dem Weg aus der Kirche als Erstes einen gehenkten Verbrecher zu Gesicht bekam, galt das als schlechtes Omen für die Ehe.«

»Dann heiraten wir eben am Samstag«, sagte der Graf mit kaum verhohlener Ungeduld. »Wir können gleich am frühen Samstagmorgen zur Kirche gehen.«

Celina wollte kaum glauben, dass mit solcher Hast über ihre Zukunft entschieden werden sollte. Sie rutschte nach vorn auf die Kante des Stuhles. »Ich brauche viel mehr Zeit für die Vorbereitungen. Außerdem wird man, wenn alles so schnell geht, glauben, es gäbe etwas, dessen ich mich schämen müsste. Bitte, Papa, ich möchte mit dir allein sprechen.«

»Aber wozu denn?«, wollte Vallier wissen. »Eigentlich sind alle Fragen geklärt.«

»Aber ich möchte doch gar nicht heiraten!«

»Irgendwann musst du es tun, und der Graf bietet dir …«

»Ich will keine Komtess sein!« Deutlicher konnte Celina es nicht sagen, aber schon jetzt musste sie fürchten, dass ihr der Vater kurzerhand Gehorsam befehlen würde.

»Anscheinend möchten Sie lieber die Frau eines dahergelaufenen Fechtlehrers werden«, sagte Graf de Lérida mit einem hämischen Grinsen.

»Was erlauben Sie sich?« Celina starrte ihn voller Verachtung an. »Monsieur de Silva würde sich so etwas niemals anmaßen.«

Der Graf tauschte einen langen Blick mit Celinas Vater aus. »Ihre Tochter scheint von diesem *Maître d'Armes* sehr eingenommen zu sein. Als Nächstes brennt sie noch mit ihm durch. Lassen Sie uns gleich am nächsten Samstag den Segen der Kirche einholen, und ich garantiere Ihnen, dieser Unsinn wird ein Ende haben.«

»Nein!«

»Celina Celeste Amalie Vallier!«

Wenn Celinas Vater ihren vollen Namen benutzte, musste sie sich vorsehen. Doch im Augenblick konnte sie auf diese Warnung nichts geben. »Diese Heirat wäre gegen meinen Willen. Denn wenn ich den Vertrag unterzeichne, gebe ich mein Leben aus der Hand.«

»Du übertreibst, *chère«,* sagte ihr Vater dünnlippig. »Eine Frau ist für die Ehe geboren. Sie braucht einen Mann.«

»Aber nicht diesen und nicht auf diese Art«, beharrte Celina.

»Du bist noch viel zu jung, um das beurteilen zu können. Glaub mir, ich weiß am besten, was gut für dich ist.«

»Papa, ich weiß, dir liegt nur mein Wohl am Herzen. Aber du machst einen großen Fehler, wenn du mich zwingst, den Grafen zu heiraten.«

Der Graf räusperte sich. »Darf ich, Monsieur?«

»Bitte.«

»Ich würde gern selbst versuchen, Ihre Tochter umzustimmen. Wollen Sie mir das zugestehen? Im Grunde ist die Verlobung so gut wie offiziell. Also ist es doch sicher möglich, ein paar Minuten mit meiner zukünftigen Braut allein zu sein.«

Celinas Vater dachte nur einen Augenblick lang über dieses Ansinnen nach. Dann erhob er sich und sagte: »Ich habe vollstes Vertrauen zu Ihnen. Einem anderen würde ich diese Bitte wohl nicht gewähren.«

Celina schwante Schreckliches, aber bevor sie protestieren konnte, war ihr Vater schon zur Tür hinaus. Als sie hinter ihm ins Schloss fiel, war sie mit dem Grafen allein.

Eine gespannte Stille senkte sich über den Raum. Celina hörte entfernte Stimmen aus anderen Teilen des Hauses, hörte das leise Rauschen des Windes in den Zweigen der Eiche, das Rumpeln von Wagenrädern auf dem Pflaster draußen und das Gurren der Tauben in ihrem Schlag über dem Kutschenschuppen. Nach der Ankunft des Grafen hatte man ein Feuer im Kamin entfacht, aber noch hatte es der Luft im Zimmer die feuchte Kälte nicht genommen. Fröstelnd starrte Celina auf ihre Hände, die ineinander verschlungen in ihrem Schoß lagen. Angestrengt dachte sie darüber nach, wie sie aus dem Arbeitszimmer und der ungeliebten Verbindung mit dem Grafen entkommen konnte. Ihr fiel nur eine einzige Möglichkeit ein.

Der Graf stemmte sich ächzend von seinem Stuhl hoch und trat an das Fenster, von dem aus man in den Hof hinuntersehen konnte. Vielleicht wollte er sichergehen, dass Celinas Vater sich außer Hörweite befand, bevor er sich ihr zuwandte.

»Ich bin kein Dummkopf«, sagte er steif. »Ich weiß, dass junge Frauen von gut aussehenden Männern träumen, die ihnen mit blumigen Reden und Versprechungen von unsterblicher Ergebenheit den Hof machen. Aber was ist davon nach ein paar Jahren Ehe noch übrig? Respekt und ein Leben in angenehmen Umständen, mit etwas Glück sogar eine bessere gesellschaftliche Position. Das alles kann auch ich Ihnen bieten.«

»Ich weiß …«, begann Celina.

»Erlauben Sie mir, zu Ende zu sprechen. Ich wurde nicht

als Conde de Lérida geboren. Zwar bin ich der Sohn eines Grafen, aber nicht der Erstgeborene, der den Titel und die Güter des Vaters erbt. Das stand allein meinem älteren Bruder zu. Nach altem spanischem Adelserbrecht muss der Besitz als Ganzes erhalten bleiben und darf nicht unter den Geschwistern aufgeteilt werden. Mein Bruder wurde dazu erzogen, einst den Titel zu tragen und ein großer *hidalgo,* ein Edelmann, zu sein. Als Hüter der *estancia,* des Familiengutes, war er der Herr über große Ländereien und Reichtümer, über Menschen und Tiere. Mich unterwies man in den Aufgaben eines Verwalters. Ich diente meinem Bruder und seiner Familie treu, denn ich war der Zweitgeborene.«

Zum ersten Mal, seit sie sich kannten, empfand Celina das Gebaren des Grafen als würdevoll, las sie Aufrichtigkeit in seinen Zügen. Offenbar hatte er unter der Übermacht des Bruders gelitten – wahrscheinlich nicht körperlich, aber doch auf die tausend Arten, mit denen die Mächtigen Unterlegene demütigen und sie ihre Machtlosigkeit spüren lassen. Auf diese Erkenntnis hätte Celina gern verzichtet, denn sie wollte keine Sympathie für den Grafen empfinden. »Das tut mir leid für Sie«, sagte sie. »Aber ich weiß nicht, was das mit mir zu tun hat.«

»Ich spreche von meinen Lebensumständen und davon, wie grundlegend sie sich veränderten. Sie müssen wissen, dass meinem Bruder und dessen Familie ein schrecklicher Unfall widerfuhr. Sein Titel und seine Habe fielen dadurch unverhofft mir zu. Darauf war ich nicht vorbereitet. Die tiefe Trauer um die Verblichenen machte es mir nicht leichter, mich an die neue Situation zu gewöhnen und in die Fußstapfen meines Bruders zu treten. Doch ich musste die Herausforderung annehmen. Ich weiß also, was es bedeutet, ein einfaches Leben gegen das Leben eines wohlhabenden Adeligen einzutauschen. Ich verstehe Ihre Befürchtungen. Aber ich werde Ihnen zur Seite stehen und Sie unterstützen, damit Sie Ihren gesellschaftlichen Aufstieg genießen können. Das verspreche ich Ihnen. Sie werden auf ein hübsches Gesicht am Frühstückstisch verzichten müssen, aber das Leben, das Sie erwartet, wird Sie dafür mehr als entschädigen. Und erlauben Sie mir, Ihnen noch eine Angst zu nehmen: Sie werden im Bett einen potenten Gatten vorfinden.«

Celina hätte den Grafen sympathischer gefunden, wenn der letzte Satz unausgesprochen geblieben wäre. Nicht dass sie seinen Antrag deshalb angenommen hätte. Das konnte und wollte sie sich einfach nicht vorstellen. »Ich brauche keinen Titel, Monsieur. Auch ein schönes Gesicht ist mir längst nicht so wichtig, wie Sie zu glauben scheinen. Aber ich möchte für den Mann, den ich heirate, mehr empfinden als einen gewissen Respekt.«

Der Graf trat ein wenig näher und sah Celina fest in die Augen. »Dieses ›Mehr‹ wird sich finden, glauben Sie mir.«

»Das … erscheint mir eher unwahrscheinlich.«

»Sie wollen einen Beweis? Das lässt sich einrichten.«

Das seltsame Feuer, das plötzlich in den Augen dieses Mannes brannte, beunruhigte Celina. Sie sprang auf und stellte sich so, dass sich ihr Stuhl zwischen ihnen befand. »Alles, was ich verlange«, sagte sie ein wenig atemlos, »ist mehr Zeit.«

»Unsinn.« Der Graf legte die Hand über ihre Finger, die sie in die Lehne des Stuhls gekrallt hatte. »Wenn Mann und Frau das Bett teilen, knüpft die Leidenschaft ein starkes Band zwischen ihnen. Sie ist eine sehr große, ja geradezu überwältigende Macht. Ich glaube, eine kleine Kostprobe könnte sich lohnen.«

»Nein, ganz und gar nicht, das versichere ich Ihnen! Ich verstehe nicht, warum Sie eine unwillige Braut heimführen wollen. Genauso rätselhaft ist mir, warum Sie gerade hier in New Orleans nach einer Frau suchen. In Spanien muss es doch viele Damen geben, die nichts lieber täten, als Sie zu heiraten. Außerdem weiß ich noch kaum etwas über Sie, Monsieur.« Celina versuchte, sich seinem Griff zu entziehen, doch er hielt ihre Finger so fest, dass er ihr fast das Blut abschnürte.

»Eigentlich wollte ich nur einige Investitionen tätigen, aber dann sah ich Sie«, sagte der Graf. Dabei leckte er sich die dicken Lippen, die daraufhin feucht und rot glänzten. »Ihre Schönheit zog mich in ihren Bann. Sie erinnerte mich an meine Pflicht, dem Geschlecht, aus dem ich stamme, einen Erben zu hinterlassen.«

»Es tut mir leid, aber Sie werden sich anderweitig umsehen müssen.« Celina zerrte erneut an ihrem Arm. Dabei gelang es ihr, den Stuhl so zwischen sich und dem Grafen zu platzieren, dass die Lehne gegen seinen Bauch drückte. »Lassen Sie mich los, oder ich schreie!«

»Glauben Sie im Ernst, es würde jemand kommen? Denken Sie, Ihr Vater hat nicht verstanden, was gemeint war, als ich sagte, ich wolle selbst versuchen, Sie zu überzeugen? So geben Sie doch Ihren albernen Widerstand auf! Kommen Sie her.«

»Sie vergessen sich, Monsieur! Man wird meine Tante schicken. Man wird Sie ertappen.« Celina konnte nur hoffen, dass sie recht behielt, und beten, dass ihr Vater – selbst wenn er sie wissentlich den Gelüsten des Grafen überlassen hatte – es sich bald anders überlegen würde.

Ihre Unbeugsamkeit schien den Mann zu erregen. Sein Blick flackerte, und sein Griff wurde fester. Ohne Vorwarnung stieß er den Stuhl beiseite und zog Celina an sich. Der Geruch seines Körpers, vermischt mit dem Geruch von warmer Wolle und saurem Wein, betäubte Celinas Sinne. Die gewaltige Rundung seines Bauches drängte sich auf obszöne Weise an ihren Unterkörper. Das Gewicht des Grafen und die starken, dicken Arme nahmen ihr den Atem. Er machte sich an ihrem Hinterkopf zu schaffen und versuchte, ihr Gesicht so zu drehen, dass er sie mit seinem nassen Mund erreichen konnte. Atemlos versuchte Celina, sich dem Grafen zu entwinden, während Abscheu und Ekel sie zu überwältigen drohten. Das Geräusch einer reißenden Naht an der Schulter ihres Kleides versetzte sie endgültig in Angst und Schrecken.

Der Graf musste ihr Handgelenk loslassen, das zwischen ihnen eingeklemmt war, denn er wollte sich einen besseren Halt verschaffen. Aber sobald Celina die Hand frei bekam, schlug sie nach ihm. Sie hatte seine Augen im Visier und zog ihm die Nägel durchs Gesicht. Er schrie auf und kam ins Straucheln.

Celina riss sich vollends los und beeilte sich, den Abstand zu ihm zu vergrößern. Der Graf hob die Hand ans Gesicht, berührte die Kratzer und betrachtete dann das Blut an seinen Fingerspitzen. Die Leidenschaft, die gerade noch in seinen Augen gebrannt hatte, wich einer ebenso versengenden Wut. Als er nun auf Celina zukam, erinnerte er sie an einen angriffslustigen Stier.

»Celina!«, schallte Tante Marie Roses Stimme ein wenig atemlos von der Tür her. »Ich bin bei dir, *ma chère.*« Mit steifen Schritten kam sie näher. »Graf de Lérida, als Frau des Hauses bin ich schockiert. Zudringlichkeiten, wie ich sie soeben mit ansehen musste, sind hier nicht erwünscht. Celinas Vater mag dieses schamlose Verhalten dulden, ich mit Sicherheit nicht!«

»Meine liebe Dame …«, begann der Graf.

»Nein, Monsieur. Keine Ausflüchte, bitte. Noch sind Sie nicht der Gatte meiner Nichte. Wenn Sie sich nicht zurückhalten können, müssen Sie das Haus auf der Stelle verlassen.«

Noch immer war das Gesicht des Grafen fleckig vor Wut, doch offenbar wusste er, wann er den Rückzug antreten musste. »Vergeben Sie mir, Madame, Mademoiselle«, sagte er zwischen zusammengebissenen Zähnen hindurch. »Ich habe mich einen Augenblick lang vergessen.«

Die Tante wandte sich nach ihrer Nichte um. »Celina?«

»Ja, Tante«, antwortete sie mit zitternder Stimme. Sie presste sich die Hand auf die Stelle unter der Brust, wo sie noch spüren konnte, wie sehr ihre Nerven flatterten. »Ich glaube, es ist am besten, wenn sich der Graf jetzt verabschiedet.«

Die Tante sah den Grafen an, der noch immer nicht zu Atem gekommen war. »Es tut mir leid, Monsieur, aber wir müssen nun auf Ihre Gesellschaft verzichten. Wenn Sie gegangen sind, werde ich versuchen herauszufinden, ob noch eine Hoffnung besteht, dass Ihr Antrag angenommen wird.«

»Dafür wäre ich Ihnen zutiefst verbunden«, presste der Graf nicht ohne Sarkasmus hervor. »Stets zu Diensten, Madame.« Dann drehte er sich zu Celina um und verneigte sich steif. »Auf immer Ihr treuer Diener, Mademoiselle.«

Celina und die Tante beobachteten stumm, wie er davonstapfte. Seine schweren Schritte hallten über die Galerie und dann vom Hof herauf. Noch bevor sie verklungen waren, breitete die Tante die Arme aus und drückte Celina an ihre Brust.

»Dem Himmel sei Dank, dass du zur rechten Zeit gekommen bist«, sagte Celina voller Inbrunst. Erleichtert lehnte sie sich an die ältere Frau.

»Wie kommt dieser Mann dazu, zu denken, ein solches Verhalten würde in diesem Haus geduldet werden?«

»Das liegt an seinem übersteigerten Selbstvertrauen, glaube ich. Er bildet sich sehr viel auf seinen Titel ein. Aber das ist jetzt einerlei. Du warst großartig, *ma chère tante.* Es war beeindruckend, wie du ihm die Leviten gelesen hast.«

»Ja, ich bin selbst ganz erstaunt. Aber ich konnte dich doch nicht noch einmal im Stich lassen.« Die Tante ließ ein zittriges Seufzen hören. »Du bist doch mein kleines Küken, Celina. Kein Mann soll sich an dir vergreifen, solange ich lebe. Auch nicht, wenn er dein Verlobter ist und ein Adeliger obendrein. Es erfüllt mich mit Abscheu, dass du eine solche Beleidigung hinnehmen musstest.«

Einen Moment lang musste Celina an eine andere Umarmung denken, die ebenfalls noch nicht lange zurücklag. Die wenigen Augenblicke in Rio de Silvas Armen und die Berührung seines Mundes waren ihr überhaupt nicht widerwärtig gewesen. Anders als die Tante gesagt hatte, waren wohl doch nicht alle Umarmungen gleich. Und es kam auch nicht darauf an, ob sie im Dunkeln oder am hellen Tag stattfanden. Ein Schauer lief Celina über den Rücken.

»Ach, meine Liebe, ich wusste, dass du viel erschrockener bist, als es den Anschein hat«, sagte ihre Tante und drückte Celina noch einmal fest an sich.

Celina spürte die Hoffnung in sich aufgehen wie Hefe, die einen Teig zum Gehen bringt. »Vielleicht verstehst du jetzt, warum ich von dem Grafen nichts wissen will.«

»Das verstand ich schon immer, wirklich, mein Kind. Eigentlich ist der Graf zu alt für dich. Außerdem stammt er aus einer ganz anderen Schicht als wir, und du wirst den größten Teil deines Lebens in einem fernen Land zubringen müssen. Das sind alles schwerwiegende Hinderungsgründe. Dennoch solltest du den Vorfall von eben nicht überbewerten. Männer sind nun einmal unbeherrschte Kreaturen und oft genug Sklaven ihrer Gelüste.«

»Willst du damit sagen, ich soll ihn trotz allem heiraten?«

»Vielleicht ist er gar nicht so übel, wenn man ihn erst näher kennt.« Sehr optimistisch blickte die Tante allerdings nicht drein. »Aber ich muss zugeben, es wundert mich schon, dass dein Vater keinen passenderen Mann für dich ausgesucht hat. Ein angenehmer junger Gentleman, der dich verehrt und stolz darauf ist, dich an seiner Seite zu haben, hätte mir besser gefallen.«

Celina zögerte einen Augenblick, dann sagte sie: »Meinst du, Vater hat ausreichende Nachforschungen über den Grafen angestellt?«

»Männer wie de Lérida tragen selten Empfehlungsschreiben mit sich herum, Liebes. Das müssen sie auch nicht. Viele Familien in New Orleans haben von früher her noch Verbindungen nach Spanien. Man kennt den Grafen und dessen Besitz. Man weiß, welche Stellung er bei Hofe hat. Eine meiner Freundinnen sprach erst vor ein paar Tagen beim Nähen für die Waisen davon.«

»Das glaube ich gern. Aber können wir uns auf diese Aussagen verlassen?«

Die Tante bedachte Celina mit einem mitleidigen Blick. »Ich fürchte, du greifst zu deiner Rettung nach Strohhalmen.«

»Vielleicht. Aber es kann nicht schaden, ein paar Erkundigungen einzuholen.«

»Wahrscheinlich hast du recht. Möglicherweise kannst du dich besser mit der Verlobung abfinden, wenn du mehr über den Grafen weißt.«

»Hörst du dich ein wenig für mich um? Oh bitte, Tante Marie Rose!«

»Ich kann es versuchen, aber versprich dir nicht zu viel davon.«

Offenbar glaubte die Tante nicht, dass sie etwas erfahren würde, was den Grafen in Misskredit brachte. »Alles, was du herausfinden kannst, ist mir willkommen – selbst wenn du nur erfährst, dass er keine dunklen Geheimnisse hat.«

»Wenn es unbedingt sein muss«, sagte die Tante unglücklich. »Lass mir ein wenig Zeit, dann werden wir schon sehen, ob der Graf etwas zu verbergen hat.«

Celina wusste die Courage der Tante zu schätzen. Sie war

bereit, etwas für sie zu tun, das der Vater nie und nimmer billigen würde. Aber Celina wollte ihre Zukunft nicht allein davon abhängig machen, was die Tante vielleicht in Erfahrung brachte.

Sie musste die Sache selbst in die Hand nehmen. Was zu tun war, wusste sie seit ihrem Besuch in Rio de Silvas Studio. Sie brauchte es nur noch in die Tat umzusetzen.

Dazu blieb ihr allerdings wenig Zeit. Bis zum nächsten Samstag war es gerade einmal eine Woche. Was sie auch tun würde – es musste bald geschehen.

Achtes Kapitel

»Ich muss jetzt gehen.«

Rio stellte das Glas auf den Tisch und erhob sich. Schon seit einer Stunde wollte er die Runde verlassen. Nun war es endgültig Zeit aufzubrechen.

Nach dem Duell waren sie in der Nähe der Eichen von Allard in ein Gasthaus eingekehrt, hatten auf seinen Sieg angestoßen und gefrühstückt. Außerdem hatte der Arzt in einem Nebenzimmer Rios Wunde an der Schulter versorgt. Das Essen war nur schleppend aufgetragen worden, doch zu trinken stand immer genug auf dem Tisch. Auf diesem stapelten sich inzwischen leere Gläser und leere Teller. Es hatte keinen Anlass zu übertriebener Eile gegeben, doch nun hielt es Rio nicht länger in der Gaststube. Wenn Caid ihn begleiten wollte und Vallier ihn in der Familienkutsche in die Stadt fuhr, umso besser. Aber notfalls würde er auch allein nach New Orleans zurückfinden.

»Ich wäre auch so weit«, sagte Caid. Er trank aus und schob seinen Stuhl zurück.

»Ich auch.« Denys Vallier sah sich bereits nach Hut und Stock um.

Die Bewegungen des jungen Mannes wirkten etwas bemüht, doch Rio glaubte nicht, dass er allzu betrunken war. Einer der Zuschauer, der mit ihnen gefeiert hatte, schien nicht ganz so trinkfest zu sein. Er hob noch einmal das Glas und schaute mit verschwommenem Blick in die Runde. Mit schwerer Zunge sagte er: »Ein letzter Toast auf Ihren großen Sieg über Broyard.«

»Ein andermal, mein Freund«, antwortete Rio ein wenig barscher als beabsichtigt. »Ich habe in der Stadt noch etwas zu erledigen.«

»Ja, darauf wette ich«, nuschelte der andere Mann, lachte und bekam einen Schluckauf.

Rios Verbeugung war gerade noch als solche auszumachen. Ohne ein weiteres Wort wandte er sich ab. Das war immer noch besser, als seinem ersten Impuls nachzugeben und dem Zechgenossen die Zähne einzuschlagen.

Er brauchte Aufschneider und wohlhabende Dandys wie diesen Mann, die glaubten, sich allerhand herausnehmen zu können, weil sie sein Studio frequentierten. Durch solche Leute verdiente er seinen Lebensunterhalt. Noch dazu warben sie mit ihrem prahlerischen Gerede für sein Etablissement. Wenn Rio die Gesellschaft dieser Männer jedoch allzu lange ertragen musste, stieß er oft an die Grenzen seiner Geduld, und im Augenblick stand ihm der Sinn wahrlich nicht nach den anzüglichen Bemerkungen eines Betrunkenen.

Rios Muskeln waren steif, in seiner Schulter hatte sich ein höllischer, klopfender Schmerz eingenistet, und er war müde. Immerhin hatte er nun an drei aufeinanderfolgenden Tagen schon im Morgengrauen unter den Eichen gestanden. Abgesehen davon hing, wie oft nach einem Duell, eine dunkle Wolke über ihm. Man hatte ihn nicht dazu erzogen, sein Leben damit zu vergeuden, auf andere Männer einzustechen. Nie war Rio dies bewusster als an Tagen, an denen er seinen Degen wieder einmal mit dem Blut eines anderen Menschen befleckt hatte.

Der Kampf war sehr heftig gewesen, und sein Ausgang bis zum Ende ungewiss. Mehr als einmal hatte Rio die Schwingen des Todesengels rauschen gehört. Der Stich in die Schulter hatte eigentlich seinem Herzen gegolten. Wäre sein Rivale nur ein klein wenig schneller und seine eigene Reaktion ein klein wenig verhaltener gewesen, hätte das das Ende bedeuten können.

Ein Kampf zwischen zwei nahezu ebenbürtigen Meistern war immer eine haarige Angelegenheit. Wurde er als sportliches Kräftemessen unter den Augen kundiger Beobachter ausgetragen, so konnte er zeigen, welcher Gegner über mehr Ausdauer und das größere Können verfügte und wer die gewieftesten Finten beherrschte. Doch selbst dann gab es tausend kleine Dinge, die das Ergebnis darüber hinaus beeinflussen konnten: der Stand der Sonne, die Feuchtigkeit des Grases, was die Fechter gegessen und getrunken hatten und wie sie sich fühlten. Broyard hatte gut gefochten. Doch schließlich war er zum Opfer seiner eigenen Eitelkeit geworden. Sein auf Effekte abzielender Kampfstil gefiel zwar dem Publikum, war aber überaus kräftezehrend. Rio hatte seinen Gegner in dem Augenblick geschlagen, als dessen Konzentration zum ersten Mal nachließ.

Die Klinge hatte Broyards Lunge getroffen. Selbst wenn er sich von der Verletzung erholte, würde man ihn so schnell nicht wieder auf der Kampfbahn sehen. Doch der hagere Fechtmeister hatte sich seine unrühmliche Niederlage selbst zuzuschreiben. Rio war nicht stolz auf seinen Sieg.

Er fragte sich, wie Celina Vallier darüber dachte, und brannte darauf herauszufinden, ob Anerkennung oder Abscheu in ihrem Blick liegen würde, wenn er sie das nächste Mal sah. Fast während der ganzen Fahrt suchte Rio nach einem Vorwand, der es ihm erlaubte, den jungen Vallier nach Hause zu begleiten. Aber das durfte er nicht wagen. Er musste sich zurückhalten, auf den rechten Augenblick warten.

Nur dass es ein Wiedersehen mit Celina geben musste, stand für Rio außer Frage.

Die Gelegenheit dazu ergab sich in der zweiten Nacht nach dem Duell. Suzette hatte Olivier wissen lassen, dass ihre Herrin an diesem Abend zu Hause bleiben würde, was während der Saison überaus selten vorkam. Der Sonntag war Suzettes freier Tag, und Olivier wollte seiner Herzdame einen Besuch abstatten. Die Fußgängerpforte im schmiedeeisernen Hoftor sollte für den *Majordomo* offen stehen, und Olivier würde sie nicht hinter sich verschließen.

Rio hätte wieder in Celinas Zimmer einsteigen können, doch diese Route besaß ihre Tücken. Zu leicht konnte man ihn von der Straße aus entdecken oder von einem der gegenüberliegenden Häuser aus beobachten. Hinzu kam noch die Gefahr, von jemandem gehört oder überrascht zu werden. Rio ging es dabei weniger um sich selbst als um Celina. Schon auf dem Maskenball hätte er sie mit seinem Eingreifen um ein Haar kompromittiert.

Um Mitternacht spazierte er zunächst lässig zum Stadthaus. Er warf einen Blick durch das Tor in den Hof. Die gepflasterte Fläche lag still und friedlich im silbernen Mondlicht. Nichts rührte sich in den Schatten der großen Eichen, die den hinteren Teil des Hofes in Dunkelheit tauchten.

Auch die Straße schien wie verlassen. Die Fenster der gegenüberliegenden Häuser waren dunkel und leer. Durch die Vorhänge des Stadthauses der Valliers schimmerte schwaches Licht. Auch in Celinas Zimmer brannte noch eine Lampe. Rio drückte vorsichtig die Fußgängerpforte auf. Leise quietschte das kleine Tor in den Angeln. Er musste Suzette ausrichten lassen, dass sie die Scharniere der Pforte mit Seife schmierte. Rio hielt inne. Jetzt konnte er Suzette und Olivier ausfindig machen und die Zofe bitten, ihre Herrin zu holen. Oder er konnte die Treppe hinaufschleichen und sich in der Hoffnung, Celina allein anzutreffen, in ihr Zimmer stehlen. Auch an die Balkontür konnte er klopfen, um sie auf sich aufmerksam zu machen. Die erste Möglichkeit war die sicherste. Aber wer vermochte schon immer nur Vorsicht walten zu lassen?

Plötzlich hörte Rio Schritte auf der oberen Galerie. Jemand ging zur Treppe. Er drückte den Rücken flach an die Hauswand.

Als Erstes erschien der Saum eines Rockes auf der obersten Treppenstufe. Er bauschte sich über einer Wolke von spitzenbesetzten Unterröcken. Als Nächstes sah Rio zwei flinke Füße in flachen und doch eleganten Hausschuhen. Weiße Seidenstrümpfe umschlossen schlanke Knöchel. Celina stieg die Treppe herab. Sie hielt den Kopf gesenkt und achtete auf die Stufen. Dabei schien sie es recht eilig zu haben.

Sobald sie den ersten Fuß in den Hof setzte, trat Rio vor, schlang einen Arm um ihre Taille, hob sie hoch und schwang sie in den Schatten unter der Treppe.

Die meisten anderen Frauen hätten geschrien oder sich gewehrt. Doch Celina hielt sich nur an ihm fest, um nicht das Gleichgewicht zu verlieren. Als er sie absetzte, verharrte sie reglos. Das war auch gut so, denn Rios verletzter Schulter wäre ein Gerangel sicher nicht bekommen.

»Wie geht es Ihnen?«, fragte sie leise. In dem schwachen Licht, das von einem der Zimmer an der oberen Galerie zu ihnen herabsickerte, sah sie blass und betrübt aus.

»Gut genug – und gleich sicher noch ein bisschen besser.« Rio drückte die Hand auf seinen Verband und atmete gegen den bohrenden Schmerz an, der mit neuer Intensität in seiner Schulter pochte.

»Ich weiß, dass Sie verletzt sind. Kann ich irgendetwas für Sie tun?«

»Nein, nichts. Ich hatte nur einen Augenblick lang nicht daran gedacht…« Rio kam sich töricht vor, aber er sagte die Wahrheit. Er hatte es so eilig gehabt, Celina möglichst schnell in den schützenden Schatten zu befördern, dass er völlig außer Acht gelassen hatte, welchen Schaden er damit seiner Schulter zufügen konnte.

»Stichwunden zieht sich ein Mann wie Sie anscheinend so häufig zu, dass man sie schon einmal vergessen kann.« Celinas Stimme klang abweisend.

»Habe ich Ihnen wehgetan?«

»Nein.«

»Habe ich Sie erschreckt?«

»Nein, ganz und gar nicht. Ich wusste, dass Sie kommen würden. Olivier hat es Suzette gesagt. Außerdem habe ich das Tor gehört.«

Es dauerte einen Augenblick, bis Rio die Bedeutung dieser Worte aufging. »Sie sind mir entgegengegangen?«

»Es erschien mir klüger, als Sie zu mir kommen zu lassen.«

Sie war um ihren Ruf besorgt. Einen Moment lang hatte Rio gehofft, es gäbe einen anderen Grund für ihr Verhalten. Aber nur ein Einfaltspinsel konnte sich zu derlei Hoffnungen versteigen.

Rio zog Celinas Hand an seine Lippen. »Wenn ich gewusst hätte, dass ich auf so viel Verständnis stoße, wäre ich längst hier gewesen.«

»Offenbar haben Sie Verpflichtungen und Verabredungen, die wichtiger sind, als mir meine Sorgen zu nehmen.«

»Sie haben sich Gedanken gemacht?« Rio stellte die Frage, obwohl er sich keine ehrliche Antwort erhoffen durfte.

»Wie können Sie fragen? Schließlich bin ich für Ihre Verletzung mit verantwortlich.«

Der sanfte Ton in Celinas Stimme ließ Rios Herz schneller schlagen. Ihre unbehandschuhten Finger, die in seiner Hand lagen, lösten noch ganz andere Gefühle in ihm aus. Die glatte, feste Haut ließ ihn an andere weiche und doch feste Körperstellen denken, die unter ihren Kleidern verborgen lagen. Die selbst auferlegte Zurückhaltung, die Rio davon abhielt, seinen Gelüsten freien Lauf zu lassen, brachte ihn fast um den Verstand.

»Wenn Sie irgendeine Verantwortung daran tragen, dann nur sehr indirekt«, sagte er mit Nachdruck. »Der eigentliche Schuldige ist Broyard mit seinen schlechten Manieren. Seine Verletzung ist viel schlimmer. Es tut mir leid, dass das Duell so schwerwiegende Folgen hatte. Aber sie waren nicht zu vermeiden.«

»Daran hege ich keinen Zweifel. Ich … ich habe mich noch gar nicht bei Ihnen bedankt. Sie haben meine Ehre verteidigt. Ich bin Ihnen wirklich sehr verbunden.«

»Das war ich einer Dame schuldig.«

Celina entzog Rio ihre Hand und brachte das Schultertuch in Ordnung, das ihr über den Rücken gerutscht war. »Allerdings muss ich sagen, es kommt mir ein wenig seltsam vor, dass Sie so viel riskiert haben, wo Sie doch erst vor ein paar Tagen gegen Denys antreten mussten. Damals waren Sie es, der etwas Ehrenrühriges über mich gesagt hatte.«

»Die Zusammenhänge sind sehr kompliziert«, antwortete Rio steif.

»Ich würde sie dennoch gern verstehen.«

Rio zögerte einen Augenblick. »Bedrückt es Sie, der Grund von Duellen zu sein?«

»Natürlich bedrückt mich das! Ich möchte nicht in den Ruf geraten, den Tod eines Mannes verursacht zu haben.«

»Niemand kann Ihnen einen Vorwurf machen. Wenn man schon von Schuld spricht, sollte man sie dem Ehrenkodex anrechnen, dem wir uns beugen.«

»Das ist Haarspalterei und kein echter Trost. Wenn Sie oder auch Broyard den Tod gefunden hätten, würde das mein Gewissen keinesfalls beruhigen.«

»Immerhin darf ich mich jetzt zu denjenigen zählen, um die

Sie sich sorgen.« Rio bemühte sich, einen leichten Ton anzuschlagen.

»Ich hatte gehofft, Sie würden eher kommen«, sagte Celina. Dabei zog sie das Tuch so fest um ihre Schultern, als fröstele sie. »Ich befinde mich in einer ausweglosen Situation und brauche Ihre Hilfe.«

»Verfügen Sie über mich.« Rio hatte mit seiner Antwort nur den betrübten Ausdruck von Celinas Gesicht wischen wollen, aber nun ging ihm auf, dass er ihr tatsächlich keinen Wunsch abschlagen würde. Was bewog ihn nur zu diesem großzügigen Angebot?

Die Geschichte, die Rio nun von Celina zu hören bekam, überraschte ihn kaum. Er lauschte schweigend. Dann sagte er: »Ihr Vater scheint ganz unter dem Einfluss des Grafen zu stehen.«

»Vater und der Graf haben sich angefreundet und sind inzwischen beinahe unzertrennlich. Aber wenn Sie glauben, Papa liege eher das Wohl des Grafen als das meine am Herzen, täuschen Sie sich. Vater liebt mich und scheint tatsächlich anzunehmen, diese Heirat wäre das Beste für mich.«

»Will er damit nicht nur die gesellschaftlichen Verbindungen der Familie verbessern?« Die Frage musste gestellt werden, ganz gleich, wie sehr Celina ihren Vater bewunderte und verteidigte.

»Das spielt vielleicht auch eine gewisse Rolle«, antwortete sie achselzuckend. »Gute Verbindungen nach Spanien sind in dieser Stadt nicht ganz unwichtig. Schließlich liegt die Zeit der spanischen Herrschaft noch nicht lange zurück. Ein spanischer Adelstitel gilt als durchaus erstrebenswert.«

»Aber Ihnen nicht.«

»Nicht, wenn ich dafür den Grafen heiraten muss.«

Rio musste unwillkürlich über die Inbrunst lächeln, mit der Celina geantwortet hatte. »Wenn Sie Ihrem Vater deutlich sagen, wie sehr Sie den Grafen verabscheuen, wird er sich doch sicher umstimmen lassen.«

»Sie kennen ihn nicht. Er mag nicht sehr streng sein, aber wenn er sich einmal etwas in den Kopf gesetzt hat, ist er unglaublich stur.«

»Sie fürchten, er könne Sie zu der Heirat zwingen?«

Celina entfernte sich im Schatten der Arkaden, die die obere Galerie trugen, ein wenig vom Tor. »Ich weiß es nicht«, sagte sie über die Schulter hinweg. »Ich weiß es wirklich nicht.«

»Kein Geistlicher wird einer Braut, die sich sträubt, den Segen geben«, sagte Rio, der Celina gefolgt war.

»Wie Sie wohl wissen, gibt es Mittel und Wege, mit denen das Einverständnis einer Frau erzwungen werden kann«, entgegnete sie düster.

Eine Braut in die Kirche zu führen, die ihn gar nicht heiraten wollte, konnte sich Rio nicht vorstellen. Doch sicher hatten andere Männer weniger Skrupel – ganz besonders, wenn ein nicht zu verachtendes Vermögen mit im Spiel war. Sich gedanklich mit derlei Dingen zu beschäftigen, fiel Rio im Augenblick schwer, denn sein Auge hing an dem anmutigen Schwung von Celinas Hüften, der ihre Röcke in sanfte Pendelbewegungen versetzte. »Was beabsichtigen Sie zu tun, falls sich Ihr Vater nicht umstimmen lässt?«, fragte er schließlich.

»Ich hoffte, die Erfüllung unserer Abmachung würde… würde dazu führen, dass sich der Graf abwendet.«

»Sie meinen…« Rio hielt inne. Ihm fehlten die Worte, um das auszusprechen, was sich hinter Celinas Erklärung verbarg. Das Herz hämmerte in seiner Brust, das Blut rauschte in seinen Ohren und machte ihm das Denken schwer.

»Sicher würde der Graf keine Braut haben wollen, die nicht… die…«

»Die was nicht ist?«, fragte Rio.

»Unberührt.«

Rio wurde das Atmen schwer. Es dauerte eine Weile, bis er etwas sagen konnte, und selbst dann klang seine Stimme seltsam rau und fremd. »Sagten Sie nicht bei unserer letzten nächtlichen Unterhaltung, es käme dem Grafen vor allem auf Ihre Mitgift an, und er würde dafür über manches hinwegsehen?«

»Das war nur eine Vermutung. Außerdem dachte ich, Sie wollten das hören. Der Graf sollte kein Hinderungsgrund für … für Intimitäten zwischen uns sein.«

»Sie wollen die Ehe unbedingt auf diese Art verhindern, wollen mich zu Ihrem Werkzeug machen. Haben Sie je daran gedacht, dass sich noch andere Männer für Sie interessieren könnten? Sicher wollen Sie eines Tages doch ganz gern heiraten.«

»Ich gehe ins Kloster und werde Nonne.«

»Ausgeschlossen.« Rio brauchte über seine Antwort nicht lange nachzudenken.

Celina warf ihm einen finsteren Blick zu. Dann trat sie unter den Arkaden hervor und suchte Zuflucht in den tiefen Schatten der Eiche, die am Ende des Kutschenschuppens stand. »Wie können Sie das sagen? Sie kennen mich doch gar nicht.«

»Ich weiß, dass es eine furchtbare Verschwendung wäre, wenn Sie ins Kloster gingen. Außerdem haben Sie dafür nicht das richtige Temperament.«

»Selbstverleugnung und leidenschaftliche Hingabe an den Glauben sind nicht zwingend nötig«, erklärte Celina kühl. »Viel wichtiger sind ein unempfindlicher Magen und ein sonniges Gemüt.«

Rio folgte Celina mit raschen Schritten. »Sie wissen, dass Ihr Vater oder Ihr Bräutigam vielleicht einen Beweis für Ihre verlorene Jungfernschaft verlangen werden.«

»Papa reicht es, wenn ich ihm mein Wort gebe.«

»Ich glaube kaum, dass der Graf ebenso leicht zu überzeugen ist.«

Celina blieb stehen und sah Rio trotzig an. Dann blickte sie seufzend zu Boden. »Mag sein.«

»Sie müssen sich darüber im Klaren sein«, sagte Rio leise, »dass Sie nicht nur *vorgeben* können, Ihre Unschuld verloren zu haben.«

»Wenn Sie die Güte hätten, mir bei der Erfüllung unserer Abmachung behilflich zu sein, müsste ich nicht lügen.«

In diesem Augenblick bemerkte Rio aus dem Augenwinkel eine Bewegung in der Nähe der Küche. Er fasste Celina am Arm und zog sie mit sich zur Wand des Kutschenschuppens. Als sie stolperte, legte er rasch den Arm um ihre Taille, damit sie nicht fiel. Mit sicherem Griff hielt Rio Celina fest, und sie fanden sich unversehens in einer Umarmung wieder.

Rio spürte Celinas Wärme unter den Walbeinverstärkungen des Korsetts, spürte die vollen Rundungen ihrer Brüste und den Druck ihrer festen Schenkel unter den bauschigen Röcken. Er sog den feinen Duft ihres Haars ein. Celina hatte die Lippen leicht geöffnet. Ihre Augen glichen dunklen Wassern voller uralter Verlockungen. Rios Sinne gerieten in Aufruhr. Verlangen und Selbstbeherrschung, Lust und Ehrgefühl fochten einen erbitterten Kampf in ihm aus.

»Eine Katze«, flüsterte Celina. Ihr Atem streifte dabei Rios Lippen.

»Was?«

» Dort drüben.«

Ein grauer Kater schlich um die Arkaden, bis er sich schließlich auf die offene Fläche des Hofes vorwagte. Eine Eidechse huschte davon. Der Kater erstarrte, dann verfolgte er das kleine Tier bis zu den brusthohen Wasserkrügen, die an der inneren Hofwand aufgereiht waren.

»Ach so, eine Katze.« Rio hatte Mühe zu sprechen. Er lockerte seinen Griff und vergrößerte damit den Abstand zwischen ihnen. Das plötzliche Erscheinen des Katers gab ihm die Gelegenheit, ein wenig Ordnung in seine Gedanken zu bringen. »Aber zurück zum Thema …«

»Ja?«

»Sie wollen tatsächlich von Ihrer Unschuld befreit werden?«

Celinas Wimpern flatterten, aber sie hielt Rios Blick stand. »Wenn es Ihnen recht ist.«

Und ob es ihm recht war. Der Drang, sie auf der Stelle zu nehmen, drohte übermächtig zu werden. Doch Rio wusste, dass sie es hinterher mit jeder Faser ihres Herzens bereuen würde.

»Wie kommen Sie ausgerechnet auf mich?«

»Es war Ihr Vorschlag.«

»Ich wollte Ihnen damit nur zeigen, wie viel Sie mit Ihrem Besuch bei mir riskierten.«

»Mag sein. Aber der Handel war Ihre Idee, und ich habe mich darauf eingelassen. Was Sie von mir verlangten, erschien mir wie ein Wink des Schicksals, denn ich hätte wohl nie den Mut gefunden, einen Mann um diesen Gefallen zu bitten.«

»Das will ich hoffen.« Schon der Gedanke führte dazu, dass sich Rios Nackenhaare sträubten.

»Außerdem sind Sie wie geschaffen für diese Aufgabe. Sie haben viel mehr Erfahrung mit Frauen als die meisten jungen Männer, die ich kenne. Andere Männer fürchten Sie und werden sich hüten, Sie offen zu verdächtigen. Überdies sind Sie für Ihre Eroberungen bekannt, und es heißt, Sie meiden dabei junge Damen aus gutem Hause. Deshalb musste ich nicht fürchten, dass Ihrem Besuch bei mir noch weitere folgen würden. Und schließlich und endlich sind Sie wegen unseres unterschiedlichen gesellschaftlichen Ranges als Ehemann nicht akzeptabel.«

»Nicht akzeptabel.«

»Zumindest in den Augen meines Vaters nicht«, sagte Celina hastig.

Rio lächelte grimmig. »Das heißt wohl, bevor er mich als Schwiegersohn in Betracht ziehen würde, würde er Sie lieber ins Kloster schicken.«

»Sind Sie jetzt beleidigt? Ich wollte Ihnen doch nur erklären …«

»Ich weiß, was Sie mir sagen wollten«, sagte Rio barsch. Er hatte schon schlimmere Beleidigungen geschluckt, und diese würde sicher nicht die letzte sein. Warum Celinas Worte ihn dennoch so sehr trafen, konnte er nicht sagen. Ihn störte, wie sicher sie sich war, dass er nie einen Anspruch auf sie erheben würde.

»Sie haben sich also auf unseren Handel eingelassen, weil er Ihren Zwecken diente?« Rio hatte von Anfang an geahnt, dass sie ihm ihr Einverständnis nicht von ungefähr gegeben hatte. Er hätte diesem vagen Verdacht mehr Beachtung schenken und den Dingen auf den Grund gehen müssen.

»Ist denn das so schlimm?«

»Eigentlich nicht. Aber es wäre nett von Ihnen gewesen, mich einzuweihen.«

»Ich glaube, Sie waren mit anderen Dingen beschäftigt. Sie verfolgten mit dem Vorschlag schließlich gewisse eigene Absichten.«

Damit hatte sie wohl recht, doch im Augenblick wollte Rio nicht daran denken. »Nehmen wir an, Sie opfern Ihre Unschuld und stellen anschließend fest, dass Sie doch nicht zur Nonne taugen. Was dann?«

»Nicht taugen?«

»Vielleicht haben Sie ja nicht das richtige Naturell für ein klösterliches Leben«, antwortete Rio. »Als Nonne sollten Sie der Kirche treu ergeben sein. Sicher ist es hilfreich, wenn Ihnen dabei nicht eine andere Art von Leidenschaft im Weg steht.«

»Ich glaube kaum …«, begann Celina.

»Wirklich nicht?«

In Rios letzten Worten hatte eine Herausforderung gelegen. Kaum waren sie ausgesprochen, zog er Celina schon an sich und legte seinen Mund auf ihren.

Sie war wie ein süßes Gift, wie Fieber in seinem Blut. Die zarte Haut ihrer Lippen war die Versuchung schlechthin. Er kostete sie, erkundete sie mit der Zungenspitze und sog dabei Celinas Duft in sich ein. Sein Körper begehrte gegen die selbst auferlegte Zurückhaltung auf. Er wollte sich an dem kostbaren Wein der Unschuld dieser Frau betrinken, sie besitzen und sich ihr geben. Die Kleider, die wie eine Barriere zwischen ihnen standen, wollte er ihr abstreifen und sie in all ihrer unberührten Nacktheit in den Armen halten.

Rio verlor sich in den überwältigenden Empfindungen, die Celina in ihm auslöste, indem sie willig in seinen Armen lag, die Lippen für ihn öffnete und ihm nichts versagte. Nichts außer ihr selbst, außer ihrem eigenen Verlangen, der uralten Sprache der Leidenschaft, die seinem Drängen hätte antworten sollen.

So wollte Rio es nicht haben. Seine Absicht war eine andere gewesen. Er hob den Kopf und schob Celina ein wenig von sich weg, damit sie sich beide fangen und wieder zur Vernunft kommen konnten.

Doch nun schien es plötzlich, als wäre ein Entschluss in ihr gereift. Sie krallte die Hände in den Kragen seines Mantels und zog Rio wieder ganz zu sich heran. Der Lufthauch ihres leisen Seufzens streifte seine Wange wie ein Schmetterling. Ihre Lippen suchten die seinen und ließen ihn ihre Hitze spüren.

Glühendes Verlangen überfiel Rio und versetzte seine Muskeln in höchste Anspannung. Er drückte Celina fest an sich. Seine Hand tastete sich über ihren schlanken Rücken bis zu der zarten Haut ihres Nackens hinauf. Seine Finger wühlten sich in die dichten Locken an Celinas Hinterkopf. Sein Kuss wurde tiefer und drängender. Er nahm sich alles, was sie ihm gab, und noch viel mehr.

Celinas süßes, jungfräuliches Verlangen war eine unwiderstehliche Versuchung. Ihre Sinnlichkeit hatte eine eigene Magie. Rio verzehrte sich danach wie ein Verdurstender nach einem Tropfen Wasser. Er erforschte Celinas Mund, diesen heißen und doch zarten Ort, und gab sich ganz dem Taumel seiner Sinne hin. So weich war Celinas Haut unter seinen Fingerspitzen, so fein ihre Knochen unter der seidigen Haut … Die sanfte Rundung ihrer Brust schmiegte sich in seine Hand, als sei sie allein dafür gemacht. Rio ließ die Finger über die Spitzen gleiten, die den Ausschnitt ihrer Korsage säumten, und hörte, wie Celina scharf einatmete. Mit heißer Freude spürte er, wie sich ihre Brustwarze unter seiner Hand aufrichtete.

Herr im Himmel, wie sehr er diese Frau wollte! Ihre Unschuld war das Gegenmittel für all den erlittenen Schmerz. Sie wies den Weg in eine glückliche Zukunft. Rio brauchte Celinas Reinheit, ihr Vertrauen und ihr Lächeln, um sich als ganzer Mensch zu fühlen. Und sie wollte sich ihm schenken. Gleich jetzt, in der Hitze des Augenblicks konnte er sie nehmen. Er konnte ihre wilde Entschlossenheit ausnutzen. Sie wusste nicht, was sie tat, und was sie in ihm auslöste. Hier an der Wand des Schuppens konnte es geschehen, inmitten raschelnder Unterröcke, in der Hitze des Fleisches und der Sinne. Sie würde es geschehen lassen.

Doch diese Frau hatte etwas Besseres verdient: Treueschwüre und Kerzenlicht, leise Musik und eine behutsame

Einführung in die Wonnen der Liebe, das Ganze in einem weichen Bett, wenn nicht gar in einem Brautgemach. Und auch Rio wünschte sich eine schöne Erinnerung – mehr stand ihm nicht zu.

Er hatte in Celina die Flamme der Leidenschaft entzündet und ihr damit eigentlich nur zeigen wollen, dass sie nicht für ein Leben als Nonne gemacht war. Doch unverhofft hatte er ihr damit auch eine Waffe in die Hand gegeben, mit der sie ihn in die Knie zwingen konnte. Bald würde er womöglich darum betteln, sie kompromittieren zu dürfen.

Mit einer geschmeidigen Bewegung beendete Rio die Umarmung. Er nahm Celinas Hände, die wie von selbst den Weg in seinen Nacken gefunden hatten, zwischen die seinen und führte sie an die Lippen. Ihre Finger schlossen sich fest um Rios Hände. Wieder einmal küsste er die zarten Fingerknöchel, dann schob er Celina von sich weg. Rio stützte sich mit der Hand an der Holzwand des Schuppens ab. Er wollte die grobe Oberfläche, spitze, scharfe Splitter und den Schmerz in seiner Schulter spüren, damit er wieder zur Vernunft kam und sich sein wie wild rasendes Herz beruhigen konnte.

»Warum … Warum machen Sie nicht weiter?«

Celinas Stimme vermischte sich mit dem Raunen der Eichenblätter über ihren Köpfen. Für Rio klang sie wie ein Streicheln. Mit einiger Mühe antwortete er: »Ich kann nicht.«

»Habe ich Sie beleidigt oder auf irgendeine Weise brüskiert?«

»Großer Gott, nein. Es geht einfach nur … ums Prinzip.«

»Ums Prinzip?«, wiederholte Celina mit tonloser Stimme.

Rio wagte es nicht, sie anzusehen, denn er fürchtete, dann wieder schwach zu werden. Er heftete den Blick fest auf seine Hand an der Wand des Schuppens. »Ihnen das anzutun, Ihr Leben und Ihre Zukunft aus den Fugen zu bringen, wäre mehr als skrupellos. Es wäre verbrecherisch.«

»Selbst wenn ich es so will?«

»Selbst dann.«

Celina schwieg. Eine leichte Brise bewegte die Blätter der Bananenstauden am Brunnen. Ihr Rascheln klang wie leises Hohngelächter. »Ich verstehe Sie nicht«, sagte Celina schließlich. Dabei trat sie wieder ein wenig näher an Rio heran. »Wenn ich Ihnen nicht gesagt hätte, was ich vorhabe, wenn ich nur meinen Teil des Handels erfüllt und Sie in dem Gauben gelassen hätte, dass ich aus Ihren Armen in das Bett des Grafen wechsele, hätten Sie mich dann ohne Skrupel kompromittieren können?«

»Durchaus denkbar.«

»Aber hätten Sie es auch getan?«

Das war eine gute Frage. Rio hätte die Antwort darauf selbst gern gekannt. »Möglicherweise.«

»Aber worin liegt nun der Unterschied? Nein, sagen Sie es nicht. Es geht um irgendeine Art von Ehre. Es hat immer etwas mit Ehre zu tun.«

Endlich wagte Rio, Celina wieder anzusehen. Der Ärger und die Verzweiflung, die in ihrer Stimme lagen, berührten ihn. »Ist das denn so schwer zu verstehen?«

»Auf die Ehre kann man sich stets berufen. Sie ist die perfekte Ausrede für alles, was man nicht näher erklären möchte. Jeder Widerspruch ist zwecklos. Aber eines müssen Sie mir unbedingt erklären: Wenn Sie von Anfang an nicht wollten, dass ich meinen Teil des Abkommens erfülle, warum haben Sie dann Denys verschont? Warum sind Sie überhaupt in mein Schlafzimmer gekommen?«

»Warum nicht? Sie sind eine wunderschöne Frau.«

»Heißt das, für Sie war es nur ein Zeitvertreib? Glaubten Sie, ich sehne mich nach ein wenig Abwechslung und hoffe, man wird munkeln, ich hätte einen Liebhaber, der zu den gefährlichsten Männern der Stadt zählt? Oder wollten Sie nur sehen, wie eine unbedarfte Jungfer sich ziert und fürchtet?«

»Nichts von alledem.« Celinas Worte hatten Rios Leidenschaft merklich abgekühlt. Anstelle des Verlangens musste er nun gegen wachsenden Ärger ankämpfen.

»Das glaube ich Ihnen sogar. Soll ich Ihnen sagen, was ich denke? In Wirklichkeit wollten Sie Denys nie etwas zuleide tun, ihn von Anfang an mit einer leichten Verwundung nach Hause schicken. Denn Ihr eigentliches Ziel ist der Graf. Ihm würden Sie gern mit dem Degen in der Hand gegenüberstehen, doch bisher ist es Ihnen nicht gelungen, ihm ein Duell aufzuzwingen. Ich spiele in der ganzen Geschichte nur eine Nebenrolle. Sie sehen in mir lediglich die Frau, um deren Hand der Graf angehalten hat. Sie wollen nur …« Sie machte unwillig ein paar Schritte von ihm fort.

»Was will ich nur?«, fragte Rio. Mit langsamen Schritten ging er ihr nach. »Glauben Sie etwa, ich begehre Sie nicht? Meinen Sie, ich wäre für jede Frau, die zufällig die Aufmerksamkeit dieses feinen Mannes erweckt, derartige Risiken eingegangen? Sind Sie tatsächlich so bescheiden, dass Sie glauben, nur Rachegelüste hätten mich in Ihr Schlafzimmer getrieben?«

Celinas Augen weiteten sich. »Monsieur, warten Sie. Rio …«

Wie ein Raubtier hatte er sich wieder näher geschlichen. Sie wich vor ihm zurück. »Großer Gott«, raunte er. »Am liebsten würde ich Sie augenblicklich an einen Ort bringen, wo wir allein und ungestört sein können. Ich möchte Ihr Haar lösen, einen Knopf Ihres Kleides nach dem anderen öffnen, Ihnen die Unterröcke und das Leibchen abstreifen, wie man die Blütenblätter aus dem Herzen einer Rose zupft. Ich würde Sie in den Armen halten, jede Handbreit Ihrer Haut mit Küssen bedecken und hören, wie Ihr Herz für mich schlägt, während ich Sie in die Kunst der Liebe einführe, in die geheimnisvollen Zusammenhänge zwischen Verlangen, Freiheit und Selbstaufgabe. All das würde ich mit dem größten Vergnügen tun, und ohne einen Gedanken an die Folgen zu verschwenden. Nur eines hält mich davon ab …«

»Die Ehre.« Atemlos beendete Celina Rios Satz. Inzwischen stand sie mit dem Rücken an der Hauswand.

»Ja, die ewige, verdammte und unbarmherzige Ehre.« Rio stützte die linke Hand neben Celinas Kopf an die Wand, beugte sich über sie und sog abermals ihren süßen Duft in sich ein. Die heißen Worte, die aus seinem Innersten emporgestiegen waren, sprach er gegen die kühle Haut ihrer Wange. Gleichzeitig drängte Rio das Knie zwischen Celinas Schenkel. Seine rechte Hand fand ihren Weg zu ihrer Brust, die nun gemeinsam mit ihrem Herzen unter seinem heißen Griff gefangen war.

Dann nahm er ihren Mund, glitt mit der Zunge tief hinein und gab ihr damit eine Kostprobe seiner Kraft und seines übermächtigen Verlangens, eine kleine Vorahnung auf den Sturm der Leidenschaft, den er für sie beide entfachen konnte. Rio bedrängte Celina in einer Mischung aus glühender Leidenschaft und Verzweiflung, die nicht ohne Selbsthass war. Gleichzeitig stand er wie ein strenger Richter neben sich und beobachtete missbilligend sein Treiben.

Dann löste er sich wieder von ihr. Er trat weit genug zurück, um der Versuchung nicht noch einmal zu erliegen, und verbeugte sich steif. »Ja«, wiederholte er, »die Ehre. Und Sie haben Glück, dass ich im Augenblick noch ein wenig, ein ganz klein wenig davon besitze.«

Rio wandte sich ab. Ohne den Schutz der Schatten oder die Deckung der Arkaden zu suchen, ging er quer über den Hof. Einen klaren Gedanken konnte er erst wieder fassen, als er draußen auf der Straße stand. Es war reines Glück, dass ihn niemand gesehen hatte.

Rio verfluchte seine mangelnde Selbstkontrolle. Er verfluchte den Grafen, Monsieur Vallier und nicht zuletzt das Schicksal, das Mademoiselle Celina Vallier bewogen hatte, ihn aufzusuchen. Für seinen Geschmack war sie viel zu tiefsinnig. Sie sah, was sonst noch niemandem aufgefallen war, ahnte, dass er ein Getriebener und die Rache allein sein Ansporn war. Rio hatte versucht, ihren Verdacht zu zerstreuen, doch er wusste nicht, ob es ihm gelungen war. Er hatte nicht noch länger bei ihr bleiben können.

All seine Planungen und Berechnungen hatten ihm nichts genutzt. Sie hatten ihn nur in eine Situation gebracht, aus der es kein Entrinnen gab. Wenn er dafür sorgte, dass Celina ihren Teil der Abmachung einhielt, wenn er ihr die Unschuld raubte und ihren Geschmack für die Wonnen weckte, die sie im Bett des Grafen niemals finden würde, war eine Heirat mit dem Grafen so gut wie ausgeschlossen. Ließ er die Finger von ihr, so gab sie dem Grafen das Jawort, und Rio wurde um seine ganz persönliche Rache betrogen. Ganz gleich, welchen Weg er nun einschlug, glücklich würde er dabei nicht werden – das wusste er inzwischen.

Was er auch tat oder sich versagte, Celina blieb für ihn unerreichbar.

Neuntes Kapitel

»Bist du von Sinnen?«

Die Frage kam aus der Dunkelheit. Rio fuhr herum und nahm instinktiv die Grundstellung eines Fechters ein. Doch seine Hände waren leer. Er hatte den Degen zu Hause gelassen, damit er ihn nicht behinderte, wenn er sich in das Stadthaus der Valliers schlich.

Einen Augenblick später atmete er tief durch. Er richtete sich wieder zu seiner vollen Größe auf, während sich Caid aus dem Schatten eines Torbogens löste. Rios Freund kam im schummrigen Licht einer flackernden Straßenlaterne auf ihn zu. »Genau dasselbe könnte ich dich auch fragen«, sagte Rio. »Wenn ich bewaffnet gewesen wäre, könntest du jetzt ein toter Mann sein.«

»Wenn ich nicht gesehen hätte, dass du unbewaffnet bist, wäre ich vorsichtiger gewesen. Und nun können wir darüber streiten, was dümmer ist – nachts allein und schutzlos durch die Straßen zu ziehen oder einer schönen jungen Dame aus den besten Kreisen um Mitternacht einen Besuch abzustatten.«

»Deine Besorgnis rührt mich zutiefst.«

»Bilde dir nicht zu viel darauf ein«, sagte Caid trocken. Dein Wohlergehen interessiert mich nur am Rande. Aber wenn du die Sache mit der kleinen Vallier auf die Spitze treibst, bringst du alle *Maîtres d'Armes* in Verruf. Das können wir uns nicht leisten.«

»Du fürchtest um deine Kundschaft? Ich hätte es wissen müssen.«

»Richtig. Außerdem will ich nicht, dass das Studio neben meinem vorzeitig neu vermietet wird.«

»Was willst du damit sagen?«

»Dass du für diese Affäre mit dem Leben bezahlen wirst und ich dann einen Esel wie Broyard zum Nachbarn bekommen könnte, der mir die Kundschaft abspenstig macht und seine Weinfässer vor meiner Tür stapelt.«

»Du wüsstest dich sicher zu wehren.«

»Ich wohne und arbeite aber lieber Tür an Tür mit dir. An deine Unarten habe ich mich inzwischen gewöhnt. Und nun würde mich interessieren, was in drei Teufels Namen du hier zu suchen hattest.«

»Ich habe mich um meine eigenen Angelegenheiten gekümmert, und das solltest du auch tun.«

»Wie du meinst«, sagte Caid steif. »Aber sag nicht, ich hätte dich nicht gewarnt.«

»Nein. Denn wenn ich mich recht erinnere, hast du das nun schon zum zweiten Mal getan«, sagte Rio, der sich Mühe gab, nicht allzu gereizt zu klingen. »Aber ich frage mich, was du mitten in der Nacht gerade vor diesem Haus zu suchen hast.«

»Ich habe auf dich gewartet. Olivier kam vor einer Weile heraus und sagte, du wärest noch drinnen beschäftigt.«

Rio seufzte. »Ich nehme an, du bist nicht ohne Grund hier.«

»Darauf kannst du wetten. Ich kann mir einen besseren Zeitvertreib vorstellen, als mir hier die Beine in den Bauch zu stehen, während du dort drinnen den Don Juan spielst.«

»Was du von mir willst, kannst du mir auch bei einem Glas Absinth erzählen«, sagte Rio kurz entschlossen. »Ich glaube, ich könnte jetzt eines gebrauchen.«

Der charakteristische Anisgeruch des Getränks empfing sie

schon vor der Tür des Absinthhauses und zog sie buchstäblich an der Nase in die dunkle Schankstube. Nur ein paar Kerzen, die in leeren Weinflaschen steckten, erhellten den Raum. Im Augenblick hielt sich der Andrang in Grenzen. Ein oder zwei Männer standen an der langen polierten Bar. Ein älterer Herr hatte sich in der Nähe der Tür niedergelassen und starrte mit verschwommenem Blick durch seinen Zwicker. Rio und Caid setzten sich an einen Tisch in der Ecke. Es dauerte nicht lange, bis zwei Gläser der trüben grünlichen Flüssigkeit, nach der das Etablissement benannt war, vor ihnen standen.

Der erste Schluck war stets widerwärtig. Er krallte sich in die Gurgel des Trinkers und drohte, dessen Magen aufzulösen. Doch schon der zweite Schluck fiel gefährlich leicht. Nicht wenige Männer im *Vieux Carré* waren dem Geschmack und der Wirkung des Absinths verfallen.

»Nun?«, fragte Rio, während er das Glas auf den Tisch zurückstellte.

Caid lehnte sich auf seinem Stuhl nach hinten, drehte sein Glas zwischen den Händen und studierte den Rest der trüben Flüssigkeit, der noch darin schwappte. »Man munkelt, dein Freund, der Graf, habe unter den Brüdern unserer Zunft diskrete Erkundigungen eingezogen.«

»Tatsächlich?«

»Er sucht jemanden, der gewillt ist, dir die Kehle durchzuschneiden. Es darf auch mit einem Degen sein.«

»Wie blutdürstig.«

»Gegen Bezahlung natürlich.«

»Ich hoffe, der Preis ist angemessen. Hat schon irgendjemand Interesse an dieser Art von Dienstleistung gezeigt?«

»Ich schätze, Broyard hat sich geradezu aufgedrängt. Aber auch mit dem Italiener La Roche, diesem Nicholas Pasquale, hat man den Grafen schon gesehen. Außerdem könnte er noch mit einigen anderen gesprochen haben.«

Rio nickte kurz. Was Caid sagte, klang plausibel. Wie ließ sich ein Feind besser aus der Welt schaffen als durch ein Duell mit tödlichem Ausgang? Ein Fechtmeister von Pasquales aufbrausendem Temperament war für diese Aufgabe sicher besonders geeignet. Dass sich der Graf nicht selbst die Hände schmutzig machen wollte, überraschte Rio nicht.

»Glaubst du, der Graf hat Angst vor mir?«

»Schon möglich«, sagte Caid. »Aber mich beschäftigt eine ganz andere Frage. Woher wusste Broyard, dass er dich provozieren kann, indem er Mademoiselle Vallier zu nahe tritt?«

»Meinst du, er ahnt, dass die Dame mir nicht ganz unbekannt ist?«

»Nicht ganz unbekannt? Welch eine vornehme Umschreibung.«

Rio schwieg. Sein Blick bohrte sich in die Augen des Freundes.

Caid senkte als Erster die Lider. »Lassen wir das.« Er nippte an seinem Glas. »Warum sollte er etwas ahnen?«

Das war eine gute Frage. In der Öffentlichkeit hatte man Rio bisher nur auf dem Maskenball mit Celina gesehen. »Das würde bedeuten, er lässt mich beobachten. Aber so etwas sieht eher dem Grafen ähnlich.«

»Warum sollte er das tun?«

»Graf de Lérida mag aussehen wie ein Trottel, aber davon sollte man sich nicht täuschen lassen. Mein Interesse an seinen Heiratsplänen hat mit Sicherheit seinen Verdacht erregt und ihn bewogen, gegen mich vorzugehen.«

»Das kann man ihm kaum verdenken. Nur die Methoden, die er dabei anwendet, sind nicht die allerfeinsten.«

In Caids Stimme lag ein fragender Unterton. Doch Rio ließ sich nicht aus der Reserve locken. »Du möchtest gern wissen, warum ich mich so sehr für den Grafen interessiere? Sagen wir, das Glück dieses Mannes, ob nun in der Ehe oder anderweitig, liegt mir nicht besonders am Herzen. Im Gegenteil. Ich bedaure jede Frau, die das Pech hat, ihm zu gefallen.«

»Weil seine beiden ersten Gattinnen allzu früh das Zeitliche segneten?«

»Auch deshalb.«

»Kanntest du etwa eine von ihnen näher?«

»Dein Scharfsinn ist bewundernswert.« Rios Interesse an der Dame war eher oberflächlicher Natur gewesen, doch die unwürdige Behandlung durch ihren Gatten, durch die sie schließlich in den Selbstmord getrieben wurde, hatte auch ihn mit Abscheu erfüllt.

Caid maß Rio mit einem forschenden Blick. »Aber das ist nicht alles.«

Rio empfand das als grobe Untertreibung, doch es gelang ihm, seiner Stimme einen neutralen Klang zu geben. »Sagen wir, zwischen dem Grafen und mir gibt es offene Rechnungen, und belassen wir es dabei.«

»Wie du meinst. Ich wollte dich nur wissen lassen, was ich erfahren habe. Die Feindseligkeit, die du dem Grafen entgegenbringst, beruht offenbar auf Gegenseitigkeit.«

»Tausend Dank für die Warnung«, sagte Rio. »Ich werde daran denken.«

Caid sah ihn lange schweigend an. Dann schob er sein halb volles Glas beiseite. »Ich weiß nicht, was du vorhast, mein Freund. Aber ich will dir noch einen Rat geben.«

»Und wie lautet er?«

»Sieh dich vor.«

Dann unterhielten sie sich über andere Dinge. Sie diskutierten über Harrisons Amtsführung. Dem neuen Präsidenten war es in den Wahlen im Herbst gelungen, nach vierzig Jahren die Demokraten zu schlagen. Anschließend erörterten sie die Vorstöße der Briten in China und deren Einfluss auf den Opiumhandel. Doch am meisten interessierten sich die Männer für die derzeitige Lage in Frankreich, wo die schlimmste Flut seit 250 Jahren ganze Landstriche verwüstet hatte und wo man gerade die Überreste Napoleons von St. Helena in den Invalidendom überführt hatte, um sie dort ehrenvoll beizusetzen. Von diesem Thema war es nicht weit bis zu dem Militärcoup, den Prinz Louis Napoleon vor ein paar Monaten unternommen hatte. Der Neffe des großen Napoleon hatte gehofft, sich die nostalgischen Gefühle der Franzosen zunutze machen zu können, denn seit einiger Zeit gedachte man mit wachsender Wehmut der glorreichen Zeiten unter der Herrschaft Bonapartes. Allerdings war es dem Prinzen nicht gelungen, den Thron zu besteigen. Warum sein Coup gescheitert war, ob er überhaupt eine Chance gehabt hatte, sein Ziel zu erreichen, und ob er je aus seinem Gefängnis im Fort von Ham entkommen würde, beschäftigte die Männer, bis ihre Gläser leer waren.

Doch während des Gesprächs und auch später auf dem Weg zurück zur Passage musste Rio immer wieder daran denken, dass Celina die Braut des Grafen werden sollte. Was sollte er tun? Sollte er versuchen, de Lérida noch einmal auf das Feld der Ehre zu zwingen? Oder sollte er sich lieber zurückziehen und die Stadt verlassen, bevor er noch mehr Schaden anrichten konnte? Wie heiß brannte das Feuer seiner Rache noch? Wäre es ihm genug, auf die himmlische Gerechtigkeit zu hoffen und darauf, dass die Vergangenheit des Grafen diesen dereinst einholen würde? Drängte ihn die Sorge um Celina zum Rückzug? Oder wollte er nur sein Leben nicht länger für einen Schwur aufs Spiel setzen, den jener Jüngling, mit dem er kaum noch etwas gemeinsam hatte, vor vielen Jahren im dunklen Laderaum eines Schiffes getan hatte?

Rio fand keine Antwort auf seine Fragen. Als die Morgensonne ihn am nächsten Tag weckte und er ohne einen Umweg über die Eichen von Allard direkt in sein Fechtstudio gehen konnte, schrieb er seine grüblerische Stimmung bereits der Wirkung des Absinths zu.

Im Laufe des Vormittags füllte sich das Studio. Bald drängten sich so viele Männer in den Räumen, dass Rio die Balkontüren öffnen ließ, um frische Luft hereinzulassen und ein wenig mehr Platz zu schaffen. Er war vollauf damit beschäftigt, die Neuankömmlinge zu begrüßen und dafür zu sorgen, dass sie je nach Geschmack genügend Wein oder *Bière Creole* zu trinken bekamen. Außerdem musste er seine Schüler korrigieren und hier und da selbst zum Degen greifen, um eine bestimmte Angriffs- oder Verteidigungstechnik zu demonstrieren. Wenn er von einem Raum zum anderen ging, machte man ihm respektvoll Platz. Niemand schien an dem, was er sagte oder tat, den geringsten Anstoß zu nehmen. Fast jeder wollte ihm gratulieren, weil er binnen drei Tagen sechs Gegner im Duell besiegt hatte. Rio wehrte bescheiden ab, freute sich aber doch, dass die Milde gegenüber Denys Vallier seinem Ruf als Fechtmeister letztlich nicht geschadet hatte. Offenbar war man sich inzwischen wieder einig, dass er nicht davor zurückschrecken würde, jeden Mann, der sich ihm ernsthaft entgegenstellte, mit der Klinge zu durchbohren.

Am späten Vormittag erschien Celinas Bruder. Auf die Stille, die sich für einen Augenblick über das Studio senkte, folgte viel zu lautes Gerede. Rio bat den Kunden, mit dem er gerade sprach, ihn zu entschuldigen, und ging dann zu Vallier.

Olivier war schon vor ihm zur Stelle und bot Denys ein Glas Wein an. Dieser lehnte dankend ab. »Monsieur de Silva«, sagte er und verbeugte sich mit ernstem Blick, »haben Sie einen Augenblick Zeit?«

»Selbstverständlich«, antwortete Rio. »Legen Sie nur gleich den Mantel ab. Ich bin sofort wieder bei Ihnen.«

»Ich will nicht ... ich bin nicht wegen des Unterrichts hier.

Ich würde gern unter vier Augen mit Ihnen sprechen, wenn das möglich ist.«

Rio gefiel der verkniffene Ausdruck im Gesicht des jungen Mannes nicht. Wieder einmal bewahrheitete sich das Sprichwort, dass man den Tag nicht vor dem Abend loben sollte. »Hier im Studio ist es zu voll«, sagte Rio. »Wenn Sie mir bitte folgen wollen?«

Er ging Denys voran die Treppe hinab und durch die Hintertür hinaus. Dort zwischen dem Studio und der Rückseite des Nachbarhauses, das an die Rue Chartres grenzte, gab es ein kleines grünes Geviert. Mit dem großzügigen, schön bepflanzten Hof der Valliers hatte es wenig gemein. Doch unter einem zerzausten Chinabaum, der seine schmalen gelben Blätter über die kleine Rasenfläche verstreute, stand immerhin ein schmiedeeiserner Stuhl.

Rio bot seinem Besucher mit einer Handbewegung den Sitzplatz an, während er sich mit überkreuzten Beinen an den Baumstamm lehnte. »Womit kann ich Ihnen dienen? Wie geht es Ihrem Arm?«

»Danke, er sieht schon wieder ganz gut aus. Aber es geht nicht um mich, es geht um eine andere Person.«

»Und um wen handelt es sich?«

»Um meine Schwester Celina.«

Rio spürte einen Druck auf der Brust. Es war nicht auszuschließen, dass man ihn in der vergangenen Nacht gesehen hatte. »Geht es ihr nicht gut? Ist sie etwa krank?«

»Nein, nein. Ich mache mir nur Gedanken um ihre Zukunft.«

»Das ehrt Sie«, sagte Rio. Vallier presste die Lippen so fest aufeinander, dass sie blass wurden. »Aber was hat das mit mir zu tun?«

»Ich fürchte, Sie könnten meiner Schwester sehr schaden.«

»Ich weiß nicht, wovon Sie sprechen«, begann Rio.

»Bitte, Monsieur, lassen Sie uns ganz offen sprechen. Sie haben Celina bereits zweimal zum Gegenstand Ihrer Aufmerksamkeit gemacht und damit einiges Gerede verursacht. Das kann ich nicht hinnehmen. Der Name einer Tochter aus gutem Hause sollte in der Öffentlichkeit nur zweimal fallen: wenn sie heiratet und wenn man sie zu Grabe trägt. Alles andere ist nicht akzeptabel. Deshalb muss ich Sie fragen, welche Absichten Sie mit Ihrem Tun verfolgen.«

»Absichten?«, fragte Rio ironisch. »Ich weiß sehr wohl, dass es mir nicht zusteht, die Bekanntschaft zu vertiefen.«

»Aber wenn Sie so weitermachen, wenn Sie Celina weiterhin in Ihre Streitigkeiten mit anderen Leuten hineinziehen, werden Sie ihren Ruf ruinieren.«

»Als ich sie vor Broyard rettete, schienen Sie nichts dagegen zu haben.«

»Das stimmt«, sagte Denys. Dabei reckte er trotzig das Kinn. »Ich hätte allerdings darauf bestehen sollen, nicht nur Ihr Sekundant zu sein. Aber zu diesem Zeitpunkt ahnte ich noch nicht, wie man die Sache aufnehmen würde, wie man die Geschehnisse interpretieren könnte…«

»Wie denn?«, fragte Rio, als der junge Mann verstummte.

»Man könnte fast glauben, es gäbe eine heimliche Verbindung zwischen Ihnen und Celina. Der Mann, der um ihre Hand angehalten hat, benutzt diesen vagen Verdacht für seine Zwecke. Er drängt darauf, die Hochzeit schon Ende dieser Woche abzuhalten.«

Rio versuchte, sich nicht anmerken zu lassen, wie sehr ihn diese Nachricht durcheinanderbrachte. Er verschränkte die Arme vor der Brust und wartete darauf, dass Denys ihm sagte, Celina wolle den Grafen gar nicht heiraten. Er durfte sich nicht durch sein Wissen um diese Tatsache verraten. »Dann hat Ihre Schwester ja keinen Skandal mehr zu fürchten. Bitte übermitteln Sie ihr meine Glückwünsche.«

»Ich weiß nicht, ob das angebracht wäre.«

»Was wollen Sie damit sagen?«

»Ich habe gestern mit meinem Vater zu Abend gegessen. Er und der Graf haben viel Zeit miteinander verbracht. Bei Obst und Käse erzählte Vater mir schließlich von einem Vorschlag des Grafen. Es geht um die Zusammenarbeit mit dem mexikanischen Gesandten, der sich derzeit in der Stadt aufhält. Inzwischen weiß ich ein wenig mehr darüber.«

Rio horchte auf. »Was darf man sich unter dieser Art von Zusammenarbeit vorstellen?«

»Der Graf meint, mein Vater habe als angesehener Bürger dieser Stadt und als Mann mit weitverzweigten Familienverbindungen Zugang zu den einflussreichsten Kreisen von New Orleans. Der Graf mag sich in denselben Kreisen bewegen, hat aber nicht dieselben, über Jahre gewachsenen Beziehungen. Papa hingegen ist sehr wohlgelitten und wird allseits geschätzt und geachtet.«

Offenbar fiel es Denys schwer, mit einem Mann, den er kaum kannte, über seinen Vater zu sprechen. Für einen ergebenen Sohn gehörte sich das nicht anders. Doch Rio konnte darauf keine Rücksicht nehmen. »Dem Grafen ist die Meinung der Freunde und Bekannten Ihres Vaters wohl sehr wichtig?«

»Ja, sehr.« Denys lächelte dankbar. »Er hat angeboten, das Geld, das er für deren Zustimmung zu den mexikanischen Plänen erhält, mit Vater zu teilen.«

Das hieß, der Graf wurde dafür bezahlt, für die mexikanischen Interessen zu werben. Rio fand das äußerst interessant. »Es geht wohl vor allem um die Gebiete westlich des Sabine Rivers.«

»Die erkleckliche Summe, die dem Grafen versprochen wurde, deutet darauf hin.«

Rio wunderte das alles nicht. Mit kleinen Fischen gab sich

der Graf nun einmal nicht ab. Rio bemühte sich um einen beiläufigen Ton. »Das Treiben des Grafen mag verwerflich sein, aber ein Verbrechen ist es nicht.«

»Mag sein. Aber es läuft den Interessen der Vereinigten Staaten zuwider. Auch für Louisiana ist es sicher nicht gut, wenn Mexiko die texanische Republik annektiert und mit seiner Armee direkt an unseren Grenzen Stellung bezieht.«

»General Santa Ana würde es nie wagen, auf das Territorium der Vereinigten Staaten vorzudringen.«

»Deshalb muss Texas auch so schnell wie möglich Teil der Union werden.«

»Aber was ist mit der Sklaverei?«

»An dieser Frage scheiden sich die Geister, das gebe ich zu. Politiker, die Tausende von Meilen entfernt im Norden leben, dürfen sich nicht anmaßen, über die Köpfe der freien texanischen Bürger hinweg zu entscheiden. Wenn wir die Sklavenfrage zum Prüfstein machen und Texas deswegen aus der Union ausschließen, werden wir es bereuen.«

»Denkt Ihr Vater ähnlich?«

»Bisher war es so. Aber ich fürchte, seine Ansichten haben sich geändert. Sich für die mexikanischen Interessen einzusetzen, würde ihm erlauben, seine Spielschulden zu bezahlen, die er unter dem Einfluss des Grafen in den letzten Wochen angehäuft hat.«

»Offenbar steckt Ihr Vater in einer Zwickmühle«, sagte Rio. »Aber ich weiß noch immer nicht, was das alles mit mir zu tun haben soll.«

»Um das herauszufinden, bin ich hier.«

»Verzeihen Sie, aber ...«

»Ich bitte Sie, gestehen Sie mir ein wenig gesunden Menschenverstand zu. Ihr Auftreten in den letzten Tagen lässt zwei Schlüsse zu. Entweder Sie haben mit dem Grafen noch eine Rechnung offen, oder Sie haben ein Auge auf meine Schwester geworfen. Ich möchte mich nicht in Ihre Angelegenheiten einmischen, sondern nur eines von Ihnen wissen: Planen Sie, die Ehe zwischen dem Grafen und meiner Schwester zu verhindern?«

Rio war zumute, als habe er einen Tritt in die Magengrube bekommen. Denys hatte vor Tagen seine abfällige Bemerkung über Celina gehört und ihn deshalb zum Duell herausgefordert. Aber offenbar war die Sache für den jungen Vallier damit alles andere als erledigt gewesen. Er hatte über Rios Beweggründe nachgedacht und sich seinen eigenen Reim darauf gemacht. Rio hätte nun seinerseits gern gewusst, worin der eigentliche Grund für den Besuch des jungen Mannes lag.

»Sie wollen den Grafen nicht unbedingt zum Schwager haben.«

»Celina will ihn nicht zum Mann.«

»Aber Sie sind nicht in ihrem Auftrag hier.«

»*Mon Dieu,* nein!« Denys verzog das Gesicht und schüttelte den Kopf. »Auf einen solchen Gedanken käme sie nie.«

Rio stellte anerkennend fest, dass Denys die Schwächen seiner Schwester nicht mit einem Fremden erörtern wollte. Aber sicher wusste auch er, dass Celina viel unerschrockener war, als er sie nun darstellte. »Nicht einmal, wenn es um ihre Zukunft geht?«

»Nicht einmal dann. Sie mag protestieren und hat es auch schon getan. Aber letztendlich wird sie sich dem Willen unseres Vaters beugen.«

»Dann hat sie nicht nur Ihnen, sondern auch Ihrem Vater gegenüber erklärt, dass sie den Grafen nicht heiraten möchte?«

»Sie hat es ihm sogar selbst ins Gesicht gesagt. Aber er schien nicht besonders entmutigt. Im Gegenteil, er …« Denys brach verlegen ab.

»Was?« Rios Frage glich einem Befehl.

»Er bestand darauf, unter vier Augen mit ihr zu sprechen. Aber Celina missfielen die Mittel, mit denen er sie umzustimmen hoffte.«

»Er hat sich an ihr vergriffen?«

»Ihre Gegenwehr schien ihn nicht weiter zu kümmern.«

Davon hatte Celina ihm nichts gesagt. Rios Herz lag plötzlich wie ein Bleiklumpen in seiner Brust. Im Stillen musste er sich eingestehen, dass sein Vorgehen dem des Grafen gar nicht so unähnlich war. »Können wir davon ausgehen, dass Celina nicht allzu betrübt wäre, wenn der Graf seinen Antrag zurückzieht?«

»Den Antrag zurückziehen?« Denys sah Rio an, als sei er nicht ganz bei Trost. »Das sähe so aus, als habe der Graf etwas erfahren, was es unmöglich macht, Celina zur Ehefrau zu haben. Er darf auf keinen Fall öffentlich sagen, dass er nicht mehr an ihr interessiert ist.«

Rio hob eine Augenbraue. »Es wäre Ihnen also recht, wenn er – aus welchem Grund auch immer – nicht in der Lage wäre, sich zu äußern. Vielleicht gar, weil er tot ist?«

»Wo denken Sie hin? Ich möchte Sie doch nicht zu einem Mord anstiften.«

»Sie sehen mich erleichtert. Aber lassen Sie uns offen sprechen. Was wollen Sie von mir?«

Denys erhob sich und ging ein paar Mal nervös auf und ab. Dann sagte er: »Ich will, dass der Graf darauf verzichtet, meine Schwester zu heiraten. Es muss öffentlich werden, dass sie ihn verschmäht hat, und dann soll er die Stadt verlassen. Am besten, er geht nach Spanien zurück. Gibt es denn nicht irgendetwas, womit man ein wenig Druck auf ihn ausüben könnte, damit er zur Vernunft kommt?«

»Sie wollen, dass ich ihn herausfordere, oder dass er wenigstens denkt, er müsse sich mir in einem Duell stellen.«

»So etwas in der Art.« Denys blickte betreten zu Boden

und stieß dann geräuschvoll die Luft aus, die er schon viel zu lange angehalten hatte. »Ich muss mich bei Ihnen entschuldigen. Ich habe nicht bedacht, wie dieser Vorschlag klingt, wenn man ihn laut ausspricht. Auch, welches Risiko Sie damit eingehen würden, wird mir erst jetzt bewusst.«

»Ich habe noch nicht abgelehnt«, sagte Rio freundlich.

»Nein, aber es war falsch, damit zu Ihnen zu kommen. Ich sollte Sie nicht in diese Angelegenheit hineinziehen. Inzwischen kann ich mir selbst nicht mehr erklären, wie ich auf die Idee kam, mich damit an Sie zu wenden. Bitte vergessen Sie meinen Besuch.«

Denys Vallier schickte sich an, zum Hintereingang des Studios zurückzugehen. Rio betrachtete den durchgedrückten Rücken des jungen Mannes in dem perfekt geschnittenen dunklen Gehrock. Er ließ Denys fast bis zur Tür kommen, dann fragte er: »Was wollen Sie jetzt tun?«

»Bitte machen Sie sich darüber keine Gedanken. Unsere Familienangelegenheiten müssen wir tatsächlich ohne Hilfe von außen regeln.«

Rio hatte ein gewisses Verständnis für diese Ansicht, fand es jedoch nicht grundsätzlich falsch, Außenstehende um Unterstützung zu bitten.

Celinas Bruder war ein gescheiter junger Mann, der das Herz auf dem rechten Fleck trug. Aber es fehlte ihm an Lebenserfahrung. Er war stolz, ein wenig sprunghaft und viel zu leicht bereit, zur Verteidigung seiner Ehre den Degen zur Hand zu nehmen. Aber was noch viel wichtiger war: Celina liebte ihn über alles. Wenn er bei dem Versuch, sie vor der Ehe mit dem Grafen zu bewahren, sein Leben ließ, würde sie das nie verwinden.

»Bitte scheuen Sie sich nicht, zu mir zu kommen, wenn die Situation es erfordert«, sagte Rio zu dem jungen Mann, der ihm noch immer den Rücken zukehrte.

Denys Vallier gab ihm keine Antwort. Er blieb noch nicht einmal stehen.

Rio bewegte sich nicht von der Stelle. Nachdenklich lehnte er am Stamm des Chinabaums. Er riss einen Zweig ab, zupfte fast ohne es zu merken die Blätter ab und ließ sie auf seine weichen Lederstiefel fallen. Er hatte das Gefühl, Denys im Stich gelassen zu haben. Aber was hätte er anderes tun sollen? Seine eigenen Pläne und Absichten aufzugeben, konnte niemand von ihm verlangen.

Oder etwa doch?

Rio fand Olivier im Lagerraum im Erdgeschoss. Er hörte das leise Summen seines Dieners und folgte dem Geräusch ins Weinlager. Olivier trug eine Lederschürze über dem weißen Hemd und den dunklen Hosen. Er ließ Wein aus einem Fass in eine dickwandige Glasflasche laufen. Zwei Flaschen standen bereits verkorkt neben ihm, neun weitere warteten darauf, ebenfalls gefüllt zu werden.

»Du machst den Eindruck, als wärest du ziemlich glücklich«, sagte Rio.

Olivier wandte sich überrascht um. »Monsieur? Sie bedürfen meiner Hilfe?«

»In gewisser Weise schon. Ist deine Liaison mit der Zofe der Valliers noch aktuell?«

Olivier lächelte und wandte sich dann wieder seiner Arbeit zu. »Mit Suzette? Ja. Sie haben doch nichts dagegen, Monsieur?«

»Nicht, wenn sie der Grund ist, warum du singst.« Rio atmete den Duft des Weines ein, der sich mit dem Geruch von Staub und Mäusedreck mischte. »Spricht sie manchmal von ihrer Herrin?«

»Gelegentlich.«

»Sagte sie je etwas über die geplante Ehe mit dem Grafen?«

Olivier warf Rio einen langen Blick zu. Dann öffnete er

den Hahn am Fass ein wenig weiter. Gurgelnd floss der Wein in die grüne Flasche. »Ja, rein zufällig. Interessieren Sie sich dafür?«

»Mich interessiert, wie sich der Graf ihr gegenüber benommen hat, und was sie davon hält.«

»Sie war schockiert. Zumindest sagte das Suzette. Soweit ich es verstanden habe, hat er versucht, sie zu küssen und ihr andere Intimitäten aufzuzwingen. Sie hat ein paar blaue Flecken davongetragen, und er hat den Ärmel ihres Kleides zerrissen.«

Die Wut kam über Rio wie ein versengender Wind. Er war froh, dass sie sich in dem dunklen Lagerraum aufhielten, in den nur durch die Tür und durch ein einziges, hoch in die Wand eingelassenes Fenster ein wenig Licht fiel. Der mörderische Ausdruck auf seinem Gesicht hätte Olivier sonst erschreckt.

»Versucht?«, fragte Rio mit schneidender Stimme.

»Sie hat sich wohl gebärdet wie eine Wildkatze. Jedes Mal, wenn sein Leibdiener um die Striemen herum rasieren muss, wird der Graf seine Unverfrorenheit bereuen. Angeblich verdankt sie es ihrer Tante, dass es nicht zum Äußersten kam.«

»Warum zum Teufel hat diese Frau nicht besser über ihre Nichte gewacht?«

»Sie war anderweitig beschäftigt. Die Mademoiselle war von ihrem Vater ins Arbeitszimmer gebeten worden, wo er sie dann für ein paar Minuten mit dem Grafen allein ließ. Immerhin hatte dieser gerade den Ehevertrag unterzeichnet. Aber offenbar hat Monsieur Vallier einen Fehler gemacht.«

»Offenbar.« Rio hatte Celina nach dem Vorfall gesehen. Er wusste, dass ihr nichts geschehen war. Aber jetzt musste er sie unbedingt noch einmal aufsuchen. Am liebsten wäre er auf der Stelle mit dem Degen in der Hand zum Stadthaus der Valliers gestürmt. »Ich vermute, Mademoiselle Vallier verbringt den heutigen Abend außer Haus?«

»Das ist anzunehmen.« Olivier gab sich betont gleichmütig. »Wenn Sie es wünschen, könnte ich herausfinden, wohin sie geht.«

»Ich wünsche es«, sagte Rio. Als Olivier daraufhin in aller Seelenruhe eine weitere Flasche abfüllte und verkorkte, setzte er hinzu: »Und zwar unverzüglich.«

Olivier hob eine Augenbraue. Die Andeutung eines Grinsens umspielte seine Lippen. Bedächtig legte er die Schürze ab.

Rio sah ihm schweigend dabei zu. Seine Gedanken zogen unablässig ihre Kreise. »Und wenn du schon unterwegs bist«, sagte er schließlich, »gibt es noch etwas zu erledigen.«

Zehntes Kapitel

Für Celina wurde es kein besonders schöner Abend. Sie saß fast die ganze Zeit allein da. Die Tante verschwand gleich nach ihrer Ankunft. Sie hatte eine alte Freundin entdeckt, mit der sie sich ausführlich unterhalten wollte. Die Dame war mit der Baroness de Pontalba verwandt. Diese wiederum stammte aus einer der angesehensten Familien von New Orleans. Die Erbin des reichen Spaniers Don Almonester y Roxas war mit fünfzehn Jahren mit Baron de Pontalba verheiratet und auf ein Schiff verfrachtet worden, das gen Frankreich segelte. Ihr Eheleben wurde von andauernden Streitigkeiten mit den Schwiegereltern überschattet, in denen es vor allem um ihre Mitgift ging. Vor fünf Jahren hatte ihr Schwiegervater auf sie geschossen und sie schwer verwundet, bevor er die Waffe gegen sich selbst richtete. Inzwischen war es der Baroness gelungen, die Verfügungsgewalt über ihr eigenes Vermögen zurückzuerlangen. Es hieß, sie wolle nach New Orleans zurückkehren und sich um ihren ererbten Besitz kümmern, zu dem auch einige inzwischen recht heruntergekommene Mietshäuser am Place d'Armes gehörten. Gebannt lauschte die Tante den Ausführungen ihrer Freundin.

Sie hatte Celina in der Annahme, die beiden jungen Frauen würden sich sicher gut unterhalten, bei Marthe Desiard sitzen lassen. Celina und Marthe kannten einander schon ihr Leben lang.

Anfangs saßen sie in einer ganzen Gruppe von jungen Damen, die sich jedoch bald auflöste. Marthe und Celina blieben allein zurück.

Marthe plauderte längst nicht so unbekümmert wie sonst mit Celina. Wenn sie sich unbeobachtet glaubte, musterte sie ihre alte Bekannte verschämt von der Seite. Ein wenig angestrengt unterhielten sich die beiden Frauen über das geplante Unterhaltungsprogramm. Der große Magier, Monsieur Adriant, der zurzeit in der Banks-Arkade auftrat, würde eine Frau entzweisägen. Das hatte zumindest die Gastgeberin behauptet. Celina fieberte der Darbietung nicht unbedingt entgegen. Sie ging davon aus, dass irgendein Trick hinter der Sache steckte. Doch ihre Gesprächspartnerin ließ der Gedanke an die zersägte Jungfrau wohlig erschauern. Anschließend wollte man sich bei Billard und Kartenspielen unterhalten. Für die Jüngeren sollte ein Ensemble aus Horn, Geige und Klavier zum Tanz aufspielen, bevor schließlich das Nachtessen serviert wurde.

Irgendwann hielt Marthe es nicht mehr aus. Sie rückte ein wenig näher an Celina heran und berührte sie am Arm. »Ich sterbe fast vor Neugier, *ma chère*«, flüsterte sie. »Sag, stimmt es, dass der berühmte Silberne Schatten dir zu Ehren schon ein Dutzend Duelle gefochten hat?«

»Aber nein!«

»Oder war es nur ein halbes Dutzend? Jedenfalls spricht man von einer immensen Zahl. Maman sagt, das sei skandalös. Sicher hättest du etwas ganz Ungeheuerliches getan, um seine Aufmerksamkeit zu erregen.«

»Ich versichere dir …«

»Bitte sag jetzt nicht, dass das alles nicht wahr ist, denn ich finde es einfach unsagbar romantisch. Man stelle sich vor: ein Mann, der für seine Angebetete Leib und Leben riskiert! Und das nicht nur einmal, sondern gleich mehrmals hintereinander. Welches Feuer, welche Leidenschaft! Wie ist er denn so, der berühmte *Maître d'Armes*? Sieht er aus der Nähe betrachtet ebenso gut aus wie von Weitem? Ach bitte, *chère*, erzähl es mir und lass nichts aus!«

Celina spürte, wie ihr die Röte in die Wangen stieg. Marthes Fragen machten sie verlegen. Gleichzeitig stellte sie staunend fest, dass sie nicht über Rio sprechen wollte. Das wäre ihr vorgekommen, als müsse sie ihn mit einer anderen teilen. »Es gibt nichts zu erzählen«, sagte sie. »Wirklich nicht. Das ist alles nur ein Irrtum.«

»Ja, ja. Und dass der spanische Graf eine Schwäche für dich hat und sich bereits mit deinem Vater einig ist, ist wohl auch nur erfunden? Wie aufregend! Und doch behältst du alles für dich. Ich finde das nicht nett von dir. Oder glaubst du, dass deine alten Freundinnen jetzt, wo du bald eine Komtess bist, nicht mehr zu dir passen?«

»Marthe, ich bitte dich«, protestierte Celina. »Ich will den Grafen nicht heiraten. Ich will überhaupt niemanden heiraten.«

»Weil du in den *Maître d'Armes* verliebt bist und weißt, dass diese Liebe nicht sein darf? Oh, *chère*, was für eine Tragödie! Aus purer Verzweiflung stürzt er sich in ein Duell nach dem anderen. Ihm bleibt nur die Flucht in den Tod. Zu schwer ist der Schmerz, der ihn verzehrt, weil du einen anderen heiraten musst, einen alten Grafen aus einem fernen Land.«

»Du irrst dich, glaube mir!«

»Dann erzähl mir, was sich wirklich zwischen dir und dem *Maître d'Armes* abgespielt hat.«

»Gar nichts! Gar nichts hat sich abgespielt.«

»Aber Denys hat doch erst gegen ihn gefochten, dann war er sein Sekundant und inzwischen ist er ein Schüler des Fechtmeisters. Heute haben sich die beiden lange unter vier Augen über eine überaus wichtige Angelegenheit unterhalten.«

»Woher weißt du das?«

Marthe zuckte die Achseln. »Mein Bruder war in De Silvas Studio und sah zufällig aus dem Fenster. Dein Bruder und der Fechtmeister standen gemeinsam im Garten. Offenbar war der Silberne Schatten sehr erbost. Sein Blick brachte sogar meinen Bruder zum Erschauern.«

»War der Maître böse auf Denys?«

»Man könnte es meinen. Aber du musst ihn schon selbst fragen. Oder ist das vielleicht gar nicht nötig, weil du längst weißt, worüber die beiden gesprochen haben?«

»Ich habe nicht die geringste Ahnung«, sagte Celina. Sie musste dringend nachdenken, deshalb fielen ihre Antworten knapper und barscher aus als beabsichtigt. Zu spät bemerkte sie, wie unhöflich das auf Marthe wirkte.

»Wie du willst. Behalt deine Geheimnisse für dich, Celina Vallier. Du wirst schon sehen, was du davon hast.«

Marthe erhob sich, reckte das Kinn in die Höhe und stakste davon. Schon ein paar Schritte weiter fand sie eine Freundin, mit der sie sogleich aufgeregt zu tuscheln begann.

Celina blieb allein zurück. Nach dem Auftritt des großen Magiers dauerte es eine ganze Weile, bis jemand sie zum Tanzen aufforderte. Hippolyte Ducolet, der Busenfreund ihres Bruders, erbarmte sich schließlich.

»Hast du Denys gesehen?«, fragte sie ihn. »Spielt er vielleicht Karten oder raucht er draußen im Hof?«

»Ich weiß es nicht, Mademoiselle Celina. Ist er überhaupt hier?«

»Eigentlich sollte er hier sein. Aber er ging schon heute Morgen aus dem Haus und war noch nicht zurück, als die Tante und ich heute Abend aufbrachen. Vater brachte uns her, aber er hatte noch eine andere Verabredung. Ich hoffte, Denys würde rechtzeitig hier sein, um uns nach Hause begleiten zu können.«

»Sicher kommt er noch. Ansonsten wäre es mir eine Ehre,

ihn zu vertreten und die Damen sicher zum Stadthaus zu geleiten.« Hippolyte stolperte und trat Celina beinahe auf die Zehen. Er war kein besonders guter Tänzer und hatte Mühe, den Takt zu halten, wenn er gleichzeitig sprechen musste.

»Das ist sehr freundlich von Ihnen, aber sicher wird das nicht nötig sein. Denys hat mich noch nie im Stich gelassen. Falls Sie ihn irgendwo sehen, sagen Sie ihm bitte, dass ich nach Hause möchte. Ich habe Kopfschmerzen.«

»Aber selbstverständlich, Mademoiselle. Sicher spüren Sie das Wetter. Finden Sie nicht, dass es schon sehr kalt geworden ist?«

»Ja, vielleicht.« Immerhin gab sich Hippolyte Mühe, das Gespräch in Gang zu halten. Das Personal war gerade damit beschäftigt, die Fenster zu schließen. Ein strenger Nordwind war aufgekommen und sorgte für eine empfindliche Kälte. Nach ein paar weiteren Walzertakten sagte Celina: »Monsieur Hippolyte?«

Er hob eine Augenbraue und sah sie fragend an. Sie waren fast gleich groß:

Wieder einmal ärgerte sich Celina über die steifen Umgangsformen, die zwischen Männern und Frauen üblich waren. Sie kannte Hippolyte seit ewigen Zeiten, hatte schon als Kind mit ihm gespielt, und doch konnten sie einander nicht beim Vornamen nennen. Mit der Sitte, einander mit Nachnamen anzusprechen, sollte allzu viel Vertrautheit unmöglich gemacht werden, denn diese konnte eine Gefahr für die Pläne der Eltern darstellen. Selbst eine einfache Frage war unter diesen Umständen nicht so leicht zu formulieren. »Wären Sie so freundlich, mir zu sagen, ob man über mich spricht?«, presste Celina schließlich verlegen hervor.

»Aber selbstverständlich tut man das. Immerhin haben Sie den dicksten Fisch der Saison an Land gezogen. Warum sollte man nicht darüber reden?«

»Ist das alles?«

»Reicht Ihnen das denn nicht?«

Celina nahm an, dass der Freund ihres Bruders nur höflich sein wollte. »Manche Leute scheinen zu glauben, es gäbe irgendeine Art von Verbindung zwischen Monsieur de Silva und mir.«

Hippolytes Augen folgten Celinas Blick bis zu der Stelle, wo Marthe gerade mit einem jungen Mann tanzte, der sich nach Art der Romantiker kleidete und außerdem ihr Vetter war. »Sprechen Sie von ihr? Machen Sie sich nichts daraus. Die ist nur neidisch, weil ihre eigene Zukunft so öde sein wird.«

Celina wusste, was Hippolyte meinte. Schon als Kleinkind hatten Marthes Eltern sie mit dem Sohn einer befreundeten Familie verlobt. Er lebte auf einer großen Plantage am Red River und galt nicht gerade als Adonis. Marthes Zukünftiger ging lieber auf Schnepfenjagd, brachte Hirsche zur Strecke oder stellte mit seiner Hundemeute Füchsen nach, als sich während der Saison in New Orleans blicken zu lassen. Die Hochzeit sollte nach Ostern, also Mitte April stattfinden.

Noch immer glaubte Celina, dass Hippolyte nicht alles sagte, was er wusste. Doch sie beließ es dabei und plauderte stattdessen über Belanglosigkeiten, bis die Musik abbrach und sie zu ihrer Tante zurückkehren konnte.

Wieder saß Celina unbeachtet zwischen den Anstandsdamen auf ihrem Stuhl. Denys war noch immer nicht erschienen, doch Celina hatte nun endgültig genug. Sie bat die Tante, mit ihr nach Hause zu gehen. Die Frauen zogen sich die Kapuzen ihrer Capes über die Köpfe, um sich gegen den eisigen Wind zu schützen, und ließen sich von Hippolyte bis zum nahe gelegenen Stadthaus begleiten. Am Hoftor verbeugte sich der Gentleman und wünschte ihnen eine gute Nacht. Dann kehrte er zu dem Fest zurück. Falls er Denys noch sah, wollte er ihm sagen, dass die Damen seiner Begleitung nicht mehr bedurften.

Für Suzette hätte es bei der eher unspektakulären Veranstaltung nichts zu tun gegeben, deshalb war sie zu Hause geblieben. Offenbar hatte sie auf Celina gewartet und war dabei eingenickt. Sie schlummerte so friedlich, dass Celina sie eigentlich nicht mehr wecken wollte. Doch als das Schloss der Schlafzimmertür beim Schließen leise klickte, schreckte Suzette hoch.

»Hattest du einen schönen Abend?«, fragte sie ein wenig benommen und streckte sich wie eine Katze. Dann schüttelte sie sich, um richtig wach zu werden.

»Eigentlich war es ziemlich langweilig«, antwortete Celina. Sie streifte das Cape ab und zog sich die Handschuhe aus.

»Niemand Besonderes unter den Gästen?«

»Niemand Besonderes«, antwortete Celina kurz.

Suzette schürzte die Lippen. Sie drehte Celina so, dass sie die Knöpfe auf dem Rücken des pfirsichfarbenen Seidenkleids erreichen konnte. »Irgendetwas stimmt nicht mit dir. Was war denn los? Willst du es mir nicht sagen?«

Celina nickte. Es tat gut, mit einer Person sprechen zu können, die sie verstand und von der sie wusste, dass sie das Gehörte für sich behalten würde.

»Auf dieses Geschwätz solltest du nichts geben, *Mam'zelle*«, sagte Suzette, die schweigend zugehört hatte. »Wenn du erst verheiratet bist und weit weg in einem fremden Land lebst, ist alles vergessen.«

»Ich würde aber lieber in New Orleans bleiben und mir hier einen kleinen Rest von Respektabilität bewahren.«

»Das hättest du dir überlegen sollen, bevor du zu Monsieur de Silva gegangen bist.«

»Ich weiß. Ich bin selbst schuld, dass alles so gekommen ist.«

»Dafür ist Monsieur Denys dank deiner Fürsprache noch am Leben.«

»Meinst du? Vielleicht war er am Ende nie ernstlich in Gefahr.«

»Und wie hättest du das wissen sollen?« Suzette zog Celina das Kleid über den Kopf und hängte es auf einen Bügel. Dann legte sie ihr das Nachthemd über die Schultern und machte sich an Celinas schweren Unterröcken zu schaffen.

»Ich wusste es nicht«, sagte Celina. Als Nächstes erzählte sie Suzette, dass Denys nicht zu dem Fest gekommen war. »Das sieht ihm gar nicht ähnlich«, sagte sie. »Irgendetwas stimmt da nicht.«

»Mach dir keine Gedanken, *Mam'zelle*. Davon bekommst du nur Kopfschmerzen.« Suzette trug die Unterröcke weg und half Celina dann in das Nachthemd. Außerdem reichte sie ihr einen dünnen Hausmantel gegen die Kälte. »Oder hast du bereits Kopfschmerzen und bist deshalb so früh zurück? Soll ich dir die Schläfen mit Cologne massieren oder dir einen Kräutertee kochen?«

»Nein, nein. Mir fehlt nichts. Das Haar bürste ich mir heute selbst.«

»Ich könnte …«

»Ich mache das gern, wirklich. Du hast mir schon genug geholfen. Und jetzt ab ins Bett mit dir.«

Als sich die Tür hinter Suzette schloss, atmete Celina erleichtert auf. Sie liebte ihre Zofe und schätzte sich glücklich, sie zur Vertrauten zu haben. Aber manchmal wollte sie einfach nur allein sein. Sie musste nachdenken, auch wenn sich ihre Gedanken dabei im Kreis drehten.

Der weiche Leinenstoff ihres Nachthemdes schwang sanft um ihre Beine. Sie zog die Nadeln aus dem Haar und begann es mit langen Strichen zu bürsten. Dabei ging sie gedankenverloren zur Balkontür. Suzette hatte die Läden nicht geschlossen. Eine Windböe rüttelte an der Straßenlaterne an der Ecke. Sie trieb ein Büschel Heu über die Straße, das von einem Wagen oder aus einem Futtersack gefallen sein musste, und spielte mit einem verlorenen Zylinder. Die Dachbalken des Hauses ächzten leise. Schläfrig protestierten die Bewohner des Taubenschlages gegen die nächtliche Störung. Celina öffnete fröstelnd die Balkontür und griff nach dem Fensterladen. Sie wollte die Geräusche und den kalten Luftzug aussperren.

»Sie erlauben?«

Celina schnappte erschrocken nach Luft und fuhr herum. Rio zog sie ins Zimmer zurück, griff über sie hinweg und schloss den schweren Fensterladen und die Tür. »Wie sind Sie … Ich meine, wann …«, stammelte Celina.

»Es war nicht schwer«, antwortete Rio mit einem schiefen Lächeln. »Suzette schlief schon, als ich mich hereinschlich, und ich sah keinen Grund, sie zu wecken oder sie zu erschrecken. Also wartete ich dort drüben.«

Celina folgte seinem Blick zu dem Wandschirm in der Ecke. Er verstellte die Sicht auf den Nachttopf und die Wanne, in der sie ein Bad genommen hatte, bevor sie ausgegangen war. »Dass Sie *mich* erschrecken könnten, scheint Sie weniger zu kümmern.«

»Es kümmert mich durchaus. Aber es war nicht zu vermeiden.« Der amüsierte Unterton in Rios tiefer Stimme hatte eine seltsame Wirkung auf Celinas Pulsschlag. Aber vielleicht war es auch seine kraftvolle, männliche Ausstrahlung, seine Größe oder seine muskulöse Gestalt, die ihr Herz schneller schlagen ließ. Oder lag es an dem Geruch nach frischer Luft, nach Bäumen und Gras, der von seinem Umhang ausging? Einen Augenblick lang musste Celina an Marthe denken. Rio sah aus der Nähe betrachtet wirklich genauso gut aus wie von Weitem. Das schwarze Haar reichte ihm in glänzenden

Wellen bis in den Nacken, die Augenbrauen waren kräftig und leicht geschwungen. Rios Augen mit dem eigentümlichen silbrigen Schimmer erinnerten Celina an polierte Spiegel, in denen sie sich selbst betrachten konnte, die aber nur selten den Blick auf seine Seele freigaben. Selbst die feine Narbe, die sich über sein Gesicht zog, entstellte ihn nicht. Sie ließ ihn nur ziemlich verwegen aussehen.

Das Schweigen zog sich in die Länge. Celina versuchte mit aller Macht, ihre Gedanken zu ordnen und einen vernünftigen Satz hervorzubringen. »Ich nehme an, Sie haben sich nicht ohne Grund hier eingeschlichen«, sagte sie schließlich.

»Vermutlich nicht. Aber ich scheine ihn soeben vergessen zu haben.« Er nahm ihr die Bürste aus der schlaffen Hand, griff nach einer seidenen Haarsträhne und fing an, sie mit großer Sanftheit und Hingabe zu bürsten. Fasziniert ließ er die schimmernden Locken durch seine Finger gleiten.

»Hatten Sie denn nicht vor, darauf zu verzichten, dass ich meinen Teil unserer Abmachung erfülle?«, fragte Celina mit unsicherer Stimme. »Gibt es darüber hinaus sonst noch etwas zu besprechen?«

»Ja, und jetzt fällt es mir auch wieder ein. Ich habe noch eine Frage.« Rios Gesichtsausdruck und sein Ton blieben unverändert. »Warum haben Sie mir verschwiegen, dass der Graf Sie belästigt hat?«

Celina rückte ein wenig von ihm ab. Ihre Haarsträhne spannte sich wie ein straffes Band zwischen ihnen. Sie wusste nicht, ob Rio es merkte. Jedenfalls ließ er sie nicht los. »Ich hatte den Eindruck, dass Sie unsere Bekanntschaft nicht vertiefen wollen. Wie sollte ich also wissen, dass Sie das interessiert?«

»Sie hätten die Zudringlichkeiten des Grafen für Ihre eigenen Zwecke nutzen können.«

»Um damit Ihr Mitleid zu erregen? Ich habe nie einen Zweifel daran gelassen, dass ich den Grafen nicht will.«

»Und nun fügen Sie sich doch in Ihr Schicksal?«

»Ich denke mit Abscheu daran, wie meine Zukunft aussehen könnte«, sagte Celina. »Aber das bringt mich nicht weiter.«

»Aber Sie verlangen trotzdem nicht, dass ich Sie für immer von dem drohenden Unglück befreie.«

»Indem Sie den Grafen töten? Sie wissen, was ich von dieser Lösung halte.« Celina wagte kaum zu atmen. War Rio vielleicht wiedergekommen, weil er endlich das tun wollte, was sie sich von ihm erhofft hatte?

Er legte ihr die Haarsträhne über die Brust und ließ die Bürste sanft darübergleiten. »Dass der Graf versuchen würde, Sie mit Gewalt umzustimmen, hätte ich nicht von ihm erwartet. Wahrscheinlich haben Sie mit Ihrer Widerspenstigkeit seine Eitelkeit verletzt.«

»Wohl eher den Stolz auf seinen Stand. Ich hätte vor Dankbarkeit vergehen sollen, weil ein begüterter Adeliger mich seiner für würdig erachtet. Mein Widerstand hat ihn gleichzeitig erstaunt und verärgert.«

»Aber gegen mich«, sagte Rio, dessen Blick noch immer an der golden schimmernden Haarsträhne auf Celinas Brust hing, »gegen mich haben Sie sich nicht gewehrt.«

»Das war etwas anderes.«

»Die Mittel, die ich anwandte, waren dieselben. Dafür muss ich mich bei Ihnen entschuldigen.«

Zwischen Celinas Brauen bildete sich eine steile Falte. »Aus meiner Sicht ähnelten die Mittel einander kaum.«

»Sie dienten demselben Zweck. Nur in der Heftigkeit unterschieden sie sich offenbar.« Rio griff nach Celinas Handgelenk und streifte den Ärmel des Nachthemdes zurück. Blaue Flecken markierten die Stellen, wo der Graf seine Finger in ihr zartes Fleisch gebohrt hatte. Sanft strich Rio mit dem

Daumen über die verfärbte Haut. Dann neigte er sich hinab und küsste die blauen Male.

Celinas Pulsschlag beschleunigte sich. Sie fragte sich, ob Rio ihn unter den Lippen fühlen konnte. Die Nacht war kalt, und es brannte kein Feuer im Kamin. Aber jetzt durchrieselte Celina von Kopf bis Fuß eine wohlige Wärme. Sie schluckte mühsam und suchte nach passenden Worten.

»Sie haben erreicht, was Sie erreichen wollten.«

»Wie soll ich das verstehen?« Rio hob den Kopf, doch ihren Arm ließ er nicht los.

»Sie wollten mir zeigen, dass ich für ein Leben als Nonne nicht geschaffen bin. Ihre kleine Demonstration war sehr überzeugend.«

Rios Augen wurden dunkel. »Das heißt, Sie sind einer Heirat nun nicht mehr abgeneigt?«

»Das habe ich nicht gesagt. Aber ich weiß nun, dass ich nicht in einem Kloster leben könnte.«

»Dann wollen Sie also ledig bleiben und eine alte Jungfer werden.«

Celina brachte ein mühsames Lächeln zustande. »Ich fürchte, auch dafür bin ich nicht geeignet. Nein – das, was die Lehre, die Sie mir erteilten, in mir auslöste, deutet eher darauf hin, dass ich zur Kurtisane bestimmt bin.«

»Zur Kurtisane.« Rios Stimme klang tonlos, und seine Miene wirkte undurchdringlich.

»Natürlich nicht hier in New Orleans. Ich dachte eher an Paris. Dort gibt es sicher wohlhabende Männer, die es sich leisten können, meinen Unterhalt zu bestreiten. Wenn ich mich schon von meiner Familie und meinen Freunden trennen muss, weil ich das Bett eines Mannes teilen möchte, will ich wenigstens den Mann selbst wählen.«

»Ist das eine Drohung?«, fragte Rio mit tödlicher Sanftheit.

»Wie kommen Sie denn darauf? Mein Leben gehört mir.

Mit Ihnen hat das nichts zu tun. Sie wollten nicht, dass ich meinen Teil unseres Abkommens erfülle. Damit ist er wohl erledigt.«

»Ich bin Ihnen zu nichts verpflichtet«, sagte Rio barsch. »Der Handel war von Anfang an eine Farce.«

Celina gab sich unbeeindruckt. »Es tut mir leid, aber diese Einschätzung kann ich nicht teilen. Nun, wie dem auch sei, ich respektiere Ihre Entscheidung und muss meine Pläne entsprechend ändern. Mehr gibt es dazu nicht zu sagen.«

»Und wann wollen Sie nach Paris reisen?«

»So bald wie möglich. Ich möchte nicht dazu gezwungen sein, den Antrag des Grafen doch noch anzunehmen.«

»Sie brauchen Geld für die Reise und für Ihren Unterhalt, bis Sie einen Begleiter gefunden haben.«

»Ja«, sagte Celina nachdenklich. »Und ich überlege auch, wie ich es anstellen kann, dass mir niemand aus der Familie folgt und mich zurückholt. Vielleicht war meine ursprüngliche Idee, meine Jungfräulichkeit einem namhaften Fechtmeister zu schenken, doch gar nicht so dumm. Zwar könnte ich mir nicht vorstellen, hier in der Stadt in Schande zu leben. Aber sicher würde man mich nach einem solchen Vorfall gern ziehen lassen.«

»Sie wollen Ihre Freiheit erlangen, indem Sie einen Skandal provozieren?« Rios Stimme war rau. Plötzlich lag eine versengende Hitze in seinem Blick.

»Der Skandal ist ohnehin schon fast perfekt. Und dabei gibt es dafür bislang gar keinen Grund.«

»Sie meinen, unter diesen Umständen hätten Sie nichts zu verlieren.«

»So könnte man es ausdrücken.«

»Das ist Erpressung.«

Celina sah Rio überrascht an. »Es gibt noch andere Fechtmeister in der Passage de la Bourse.«

Rio antwortete mit einem Laut, der sich anhörte, als habe man ihm einen Schlag in die Magengrube versetzt. Er ließ Celina los und trat ein paar Schritte zurück. Finster starrte er das geschnitzte Kruzifix an der weiß getünchten Wand an. »Dann haben Sie Ihre Wahl wohl bereits getroffen.«

»Sie meinen meine zweite Wahl? Bis jetzt noch nicht.«

Lange schwieg Rio. Dann sah er Celina an. »Sie wissen nicht, was Sie da sagen. Das Leben, von dem Sie so leichthin sprechen, ist hart und gefährlich. Eine Ehe mit dem Grafen, so widerwärtig der Gedanke auch sein mag, wäre unendlich viel einfacher zu überstehen.«

»Sie fürchten, ich könnte auf der Straße enden? Das halte ich für unwahrscheinlich. Meine Mutter starb nicht mittellos. Sie war das einzige Kind ihres Vaters. Er war bei ihrer Geburt bereits in die Jahre gekommen und liebte sie über alles. Schon früh brachte er ihr bei, seinen Besitz zu verwalten, und nach ihrer Heirat kümmerte sich Mutter um das Vermögen der Familie. Papa war froh darüber, denn er selbst tut sich in diesen Dingen schwer. Seit Mutter nicht mehr lebt, habe ich mich um unseren Besitz, um Käufe und Verkäufe, um unsere Pächter und Schuldner gekümmert. Ich weiß, dass mir ein ansehnliches Erbe zusteht. Vielleicht werde ich für einige Zeit einen Begleiter brauchen, aber keinesfalls für immer.«

»Ihr Vater könnte Sie enterben.«

»Dann müsste ich mein Recht eben vor Gericht erstreiten, so wie es die Baroness de Pontalba getan hat.«

»Sie sind also fest entschlossen. Nichts wird Sie dazu bringen, den Grafen zu heiraten?«

»Lieber sterbe ich.«

Celina meinte, was sie sagte. Im Vergleich zu anderen jungen Frauen hatte sie in den letzten Jahren notgedrungen ein recht unabhängiges Leben geführt. Sie konnte sich nicht vorstellen, einen anderen Menschen über ihren Körper bestimmen zu lassen und noch dazu ihren freien Willen aufzugeben. Außerdem hatte sie inzwischen eine – wenn auch vage – Ahnung davon, welche geistige und körperliche Nähe zwischen Mann und Frau möglich war. Diese hatte nichts mit ehelichen Pflichten, nichts mit gewalttätiger Unterwerfung oder unbeholfenem und peinlichem Gezerre im Dunkeln zu tun. Celina wollte diese Nähe erleben, sehnte und verzehrte sich danach. Auf keinen Fall würde sie sich mit weniger zufriedengeben.

»Nehmen wir an, der *Maître d'Armes*, der Ihnen Ihren Wunsch erfüllt, würde Sie selbst heiraten wollen. Was dann?«

»Sie meinen …« Celina hielt inne. Er konnte unmöglich von sich selbst sprechen.

»Sie wären nicht die erste betuchte Erbin, die in eine Ehe gezwungen wird, weil sich ein Mann mit ihr hat erwischen lassen«, sagte Rio. »Manche dieser Frauen wurden sogar verschleppt und eingesperrt, bis sie bereit waren, vor den Altar zu treten.«

»Sie haben keine besonders gute Meinung von den Vertretern Ihres Berufsstandes.«

»Vielleicht bezieht sich mein Misstrauen eher auf Männer im Allgemeinen. Sobald Geld und eine schöne Frau im Spiel sind, ist nichts mehr unmöglich. Sie täten gut daran, nicht allzu vertrauensselig zu sein, denn falls ich mich auf Ihren abenteuerlichen Plan einlasse, würde ich nicht einmal für mich selbst die Hand ins Feuer legen.«

Celina blinzelte überrascht. Sie musste die Lippen mit der Zunge befeuchten, bevor sie sagen konnte: »Heißt das, Sie könnten sich vorstellen, mir doch behilflich zu sein?«

Draußen heulte der Wind sein Lied. Er ließ ein rostiges Straßenschild in monotonem Rhythmus quietschen. Irgendwo in der Ferne schlug ein Fensterladen geräuschvoll gegen eine Hauswand. Die Kerze auf dem Nachttisch flackerte unruhig in der kalten Luft, die durch alle Ritzen drang.

»Und wenn ich es täte?« Rio verschränkte die Arme über der Brust. »Würden Sie dann hier unter Ihres Vaters Dach wohnen bleiben und sich darauf verlassen, dass er den Grafen wegschickt? Oder würden Sie immer noch nach Frankreich durchbrennen? Könnten Sie sich vorstellen, Ihr Leben als ledige Tante Ihrer zukünftigen Neffen und Nichten zu beschließen, oder wollen Sie lieber alles hinter sich lassen?«

»Wenn ich meinen Vater dazu bringen kann, die Vereinbarungen mit dem Grafen in aller Stille aufzulösen und die Einzelheiten für sich zu behalten, damit sich Denys nicht verpflichtet fühlt, Sie herauszufordern, würde ich gern hier bleiben. Ich würde als ledige Frau leben, bis ich vielleicht eines Tages jemanden finde, mit dem ich mir eine Zukunft vorstellen kann. Mehr habe ich nie verlangt.«

»Sie würden mir tatsächlich im Bett und darüber hinaus vertrauen? Der Einsatz wäre Ihre Zukunft. Sie glauben, dass ich Sie nicht zwingen würde, an meiner Seite zu leben, dass ich keinen Anspruch auf Ihren Besitz erheben würde?«

»Wenn ich Ihnen nicht trauen könnte«, sagte Celina bedächtig, »dann würden wir diese Unterhaltung nicht führen. Hätten Sie vorgehabt, mich mithilfe einer verwerflichen List an Sie zu binden, so hätten Sie das schon vor Tagen tun können, ohne mich vorher zu warnen.«

»Das klingt recht logisch«, sagte Rio. Dabei machte er einen raschen Schritt auf sie zu, umfasste sie mit den Armen und hob sie von den Füßen. »Aber ob es auch stimmt?«

»Monsieur!« Celina war so überrascht, dass sie beinahe vergaß, leise zu sprechen.

Rio ließ sich nicht beirren. Mit raschen Schritten trug er sie zum Bett, stieg die erste Stufe hinauf und schob mit dem Ellbogen das Moskitonetz beiseite. Dann stützte er ein Knie auf die Matratze und legte Celina sanft auf das weiche Lager. Er streckte sich neben ihr aus, hielt sie weiterhin umfangen.

Schließlich richtete er sich auf einen Ellbogen auf, beugte sich über sie und starrte in ihre weit aufgerissenen Augen. Sein Blick war dunkel und herausfordernd. »Rio, nenn mich Rio«, raunte er. »Und sag niemals, ich hätte dich nicht gewarnt.«

Einen Herzschlag lang fühlte Celina die instinktive Angst, die vor jedem Schritt ins Unbekannte lauert. Das Gefühl, einen großen Fehler zu begehen, nahm ihr den Atem. Doch dann berührte im schummrigen Licht der Kerze sein Mund den ihren. Sie spürte Rios Hitze und seine Kraft, schmeckte die Süße seiner Küsse, die ihr inzwischen schon fast vertraut war. Alle Zweifel schmolzen dahin, die Angst verschwand.

Rio ließ Celina die Wärme und die Härte seines athletischen Körpers spüren. Seine Kraft umgab sie, schenkte ihr Sicherheit. Sie fühlte Rios Herzschlag, spürte, wie seine Brust sich mit jedem Atemzug hob und senkte.

Ein leiser Schauer lief ihr über den Rücken. Überrascht stieß sie einen leisen Klagelaut aus.

»Ist dir kalt?«, fragte Rio und zog sie noch ein wenig fester an sich.

»Nein, es ist nur …«

»Ich weiß, es sind die Nerven. Aber das wird sich bald legen.«

Rios Stimme war weich und tief. Ihr hypnotischer Unterton brachte in Celina eine Saite zum Schwingen. So wie jetzt bei ihr hatte er schon viele Male bei einer Frau gelegen. Deshalb verstand er ihre Gefühle vielleicht besser als sie selbst.

»Warst du wirklich mit so vielen Frauen zusammen, wie man sagt?« Seit er sie hochhob, hatte sich Celina am Revers seines Gehrockes festgekrallt. Nun löste sie ihren Griff und glättete das feine Tuch mit den Fingerspitzen.

»So viele waren es gar nicht. Klatschbasen übertreiben gern.«

»Mag sein. Aber sicher waren die anderen viel versierter als ich. Stört dich meine Unerfahrenheit denn gar nicht?«

»Ich glaube«, murmelte Rio, während er mit den Lippen Celinas Stirn berührte, »ich kann ausnahmsweise darüber hinwegsehen.«

»Du machst dich über mich lustig.«

»Nein, nein. Ich necke dich nur ein bisschen. Die wenigsten Männer haben etwas dagegen, der Erste zu sein.«

Rios warmer Atem kitzelte Celinas Schläfe. Bald folgten seine Lippen. Er bedeckte ihren Haaransatz und ihre Wangenknochen mit zarten Küssen. Gleichzeitig massierte er Celinas Rücken. Die rhythmische Bewegung löste die Knoten, die sich in ihrem Inneren gebildet hatten, und gab ihr das Gefühl, langsam dahinzuschmelzen.

»Du musst mir sagen, was ich tun soll«, murmelte Celina, während seine Lippen ihre Lider liebkosten, seine Zungenspitze ihre Wimpern streichelte.

»Hör einfach auf zu denken«, flüsterte er. »Versuch nur noch zu fühlen. Das ist schon alles.«

Er wusste, was er tat, dessen war sich Celina sicher. Er würde ihr nicht mehr wehtun als unbedingt notwendig. Keinem anderen Mann, den sie kannte, hätte sie ähnlich blind vertraut. Und Vertrauen war auch nötig, um sich den Berührungen eines Menschen auszuliefern, der trotz allem noch immer ein Fremder war. Wie konnten Frauen diesen Schritt mit Männern wagen, die sie sich nicht selbst ausgesucht hatten, mit denen sie vielleicht gar nicht zusammen sein wollten? Wie konnten sie sich dennoch für den Rest ihres Lebens diesem uralten Spiel unterwerfen? Es war barbarisch, so etwas zu verlangen. Und doch waren jeden Tag Frauen dazu bereit.

»Nicht denken«, sagte Rio noch einmal. Seine heißen Lippen berührten Celinas Nasenspitze und gruben sich dann in ihren Mundwinkel. »Nur fühlen.«

»Wie …«, begann Celina. Doch sein Kuss erstickte ihre Worte. Die Art, wie sich Rios Lippen an ihr festsaugten, und sein betörender Geschmack versetzten Celinas Sinne in Aufruhr. In ihr erwachte ein Hunger, von dem sie bislang nichts geahnt hatte. Voller drängender Neugier wartete sie, was als Nächstes geschehen würde. Nicht dass die äußeren Vorgänge Celina unbekannt gewesen wären. Immerhin war sie auf einer Plantage aufgewachsen, wo sich Tiere am hellen Tag paarten und sich Männer ungeniert über die Zuchterfolge bei Kühen, Pferden und Schweinen unterhielten. Abgesehen davon hatte Suzette schon vor langer Zeit viele ihrer neugierigen Fragen beantwortet. Die Zofe ging in den Unterkünften der Sklaven ein und aus. Dort war man selten ungestört und konnte sich keine allzu große Schamhaftigkeit leisten. Celina wusste also, was Männer und Frauen miteinander anstellten, und fürchtete sich nicht davor. Was sie erstaunte, war die freudige Erwartung, die schnell anschwoll und sie der Erfüllung ihrer Wünsche geradezu entgegenfiebern ließ.

Willig öffnete sie die Lippen für Rios Zunge, genoss die eingehende Erforschung der weichen warmen Nischen und verborgenen Winkel in ihrem Mund. Falls es sich so auch anfühlte, wenn er an einer anderen Stelle in sie drang, brauchte sie sich keine Sorgen zu machen.

Celina wollte Rio spüren. Sie strich über seine harten Nackenmuskeln, fuhr die eckigen Konturen seines Kinns nach und berührte die frischen Stoppeln auf seinen Wangen. Ihre Fingerspitzen fanden die alte Narbe, die dort verlief, streichelten sie und wanderten dann zu der Stelle, wo sich sein Mund mit dem ihren vereinigte. Ihre vereinigten Lippen unter den Fingern zu spüren, war aufregend. Ein leises, wohliges Seufzen ließ Celinas Kehle erbeben.

Rio zog sie abermals eng an sich, küsste sie heftiger. Ihre wachsende Erregung nahm Celina den Atem. Sie folgte dem betörenden Spiel seiner Zunge, antwortete ihm mit der ihren und gestattete sich schließlich immer freimütigere kleine Erkundungszüge. Ihre Bauchmuskeln zuckten, und sie begann, sich fester an Rio zu drängen, suchte nach einer tieferen, noch endgültigeren Art von Berührung.

Rios Hand umspannte Celinas schlanke Taille. Einen Augenblick lang ließ er sie die Hitze seines Unterleibs spüren, dann glitt seine Hand über ihre Hüfte zu den Oberschenkeln. Dort griff Rio in die Falten des Hausmantels und des Nachthemdes und schob beide Kleidungsstücke sanft nach oben. Er löste die Lippen von Celinas Mund, küsste ihr Kinn und streichelte danach erst mit den Wimpern, dann mit den Lippen die Seite ihres Halses. Mit Lippen und Zunge liebkoste er die Ader, die dort heftig pochte.

Celina ließ sich von der verwirrenden Vielfalt der Gefühle mitreißen. Aber eine warnende Stimme in ihrem Inneren wollte dennoch nicht schweigen.

»Die Tür«, hauchte sie atemlos. »Ich muss sie abschließen. Und die Kerze …«

»Denk nicht daran«, forderte Rio.

»Aber was, wenn …«

»Was soll uns das jetzt noch kümmern?«

Er hatte recht. Aber Celina wollte nicht, dass Rio mit dem Skandal, den es zweifellos geben würde, in Verbindung gebracht wurde. »Bitte.«

Rios Muskeln spannten sich an. Er war ein Fechtmeister, der den Großteil seiner Tage mit dem Degen in der Hand verbrachte, der mit dem gezielten Einsatz seiner Kraft seinen Lebensunterhalt verdiente. Er ließ Celina los und war im Nu aus ihrem Bett. Sie hörte das leise Ächzen des Türschlosses, als er den Schlüssel drehte. Er hatte die Tür abgeschlossen, doch die Kerze ließ er brennen. Nun streifte er auf dem Weg zurück zum Bett den Gehrock ab, knöpfte hastig seine Weste auf, löste den Knoten der Krawatte und warf sie achtlos zu Boden. Rios Bewegungen waren sparsam und präzise, jede einzelne ein unbewusster Ausdruck verhaltener männlicher Kraft.

Er zog die Manschettenknöpfe aus seinen Ärmeln, stopfte sie in die Hosentasche und streifte das Hemd ab.

Celina hielt den Atem an. Im goldenen Schein der Kerze glich Rios Brust dem Torso einer Statue aus den Händen eines großen Meisters. Harte Muskeln warfen Schatten auf seine Haut, und ein dunkles Dreieck aus lockigem Haar verlor sich in einer schmalen Linie, die über Rios Bauch führte und dann unter seinem Hosenbund verschwand. Rio strahlte so viel männliche Anziehungskraft aus, dass sich Celina nichts mehr wünschte, als ihm zu gehören und für alle Zeiten von ihm beschützt zu werden.

Dann bemerkte sie die weiße Bandage an seiner verletzten Schulter und wurde verlegen.

»Du bist verwundet. Das hatte ich ganz vergessen. Es tut mir leid. Wenn es ... falls es ... Ich will nicht, dass du Schmerzen hast.«

»Die Verletzung wird uns nicht behindern, das verspreche ich dir.«

»Bist du sicher?«

»Du hast mein Wort«, sagte er und lächelte sie an.

Dann stützte er sich mit einer Hand an der Matratze ab, streifte die Stiefel von den Füßen und sprang so geschmeidig neben Celina auf das Bett, dass es sich kaum unter ihr bewegte. Als er die Arme nach ihr ausstreckte, kam sie vertrauensvoll und voller Verlangen zu ihm.

»Und jetzt du«, sagte er. Damit machte er sich daran, sie zu entkleiden. Er befreite sie von dem schweren Samt und den vielen Ellen feinsten Leinens, die sie verhüllten. Zielstrebig streifte er ihr die Gewänder ab. Am Ende umgab nur noch das warme Licht der Kerze ihren Körper.

»Herr im Himmel, wie schön du bist! Eine Frau wie dich muss man anbeten. Und das soll auch geschehen, wenn du es erlaubst.«

»Ich würde es nicht ertragen, wenn du es nicht tätest«, flüsterte sie.

Ihre Körper stießen aneinander wie stählerne Klingen bei einem Duell. Doch Rios Berührungen waren zurückhaltend und kontrolliert. Celina antwortete mit neu erwachtem Wagemut. Jedes Streicheln war ein Angriff und zur gleichen Zeit die Verteidigung, jedes Seufzen ein Zeichen, dass das Ziel getroffen war.

Längst hatte das Verlangen einen wilden Sturm in ihr entfacht, versetzte sie in höchste Anspannung und machte sie doch gleichzeitig träge und schwer. Einerseits drängte sie weiter voran, andererseits wollte sie jeden Augenblick endlos auskosten. Celina gab sich ganz ihren Gefühlen hin, dachte an nichts und fühlte nichts anderes als die süße Magie, die sie eroberte, ohne sie zu unterjochen. Und doch regte sich tief in ihrem Inneren die Angst, dass sie in eine Falle lief, dass sie im Begriff war, etwas zu tun, was noch viel bindender sein konnte als eine offizielle Verlobung. Der Gedanke, den Lauf der Dinge doch noch aufzuhalten, huschte durch ihren Kopf.

Doch das war völlig unmöglich. Die Zeit des Zauderns und Zögerns war endgültig vorbei. Dies war nicht die Stunde der Feiglinge. Wie sollte sie mit Worten den heißen Liebkosungen von Rios Mund auf ihren nackten Brüsten Einhalt gebieten? Wie verhindern, dass sich seine Lippen über ihren flachen Bauch bewegten? Wie sollte sie sich dem versengenden Feuer der Wonne entziehen, als er mit geübten Fingern und seiner heißen Zunge die versteckten Winkel ihres Körpers erforschte, die vor ihm noch niemand berührt hatte?

Dass Rio ein erfahrener Liebhaber war, hatte Celina gewusst. Doch er erwies sich auch als unendlich geduldig und zärtlich. Er erfreute sich an den Wonnen, die er ihr bereitete, und überraschte sie mit seiner Zurückhaltung. Halb von Sinnen vor Lust wand sich Celina auf ihrem Bett. Und doch ahnte sie, dass das noch nicht alles sein konnte. Ihr Staunen über das, was Rio mit ihr machte, war ebenso grenzenlos wie die Dankbarkeit für diese unbeschreiblichen Augenblicke. Doch sie merkte, wie die Sehnsucht in ihr fast schmerzhaft anschwoll. Ohne zu wissen, worauf sie eigentlich wartete, strebte Celina einem unbekannten Ziel entgegen.

Die süße Erfüllung ihres Drängens kam so plötzlich über sie, dass sie erstarrte. Celina bäumte sich auf. In ihrer Kehle erstarb ein stummer Schrei, während sich ihre Hand in Rios gesunde Schulter krallte. Mit wenigen schnellen Bewegungen schälte er sich aus seiner Hose und legte sich zwischen ihre Schenkel. Celina drängte sich an ihn, und er brachte ihre Körper endgültig zusammen, als platziere er einen Degen in einer sorgsam vorbereiteten Schatulle.

Der Schmerz war scharf und stechend. Celina hatte das Gefühl, innerlich gedehnt und fast unerträglich ausgefüllt zu werden. Doch sogleich verschaffte eine vorsichtige gleitende Bewegung ihr Erleichterung. Sie kündete von weiteren Wonnen, die noch bevorstanden.

Rio war über ihr. Er stützte sich auf den Ellbogen ab und ließ sie doch seine Kraft spüren. Mit langsamen Bewegungen sorgte er dafür, dass sich das schmerzhafte Pulsieren tief in ihr in Lust verwandelte. Celina passte sich Rios Bewegungen an. Mit ihrer Leidenschaft dankte sie ihm für seine zärtliche Rücksichtnahme.

In einem Tumult der Gefühle, blind vor Lust und Hingabe, eilten sie gemeinsam dem Gipfel der Leidenschaft entgegen. Das Kerzenlicht ließ den feinen Schweißfilm auf ihren Körpern schimmern und drang bis durch ihre fest geschlossenen Lider. Sie passten perfekt zusammen, waren Gefährten und liebende Gegner, die beide Sieger sein und in Ehre leben wollten und nicht daran dachten, dass sie auch verlieren konnten.

Der Augenblick ihres gemeinsamen Höhepunktes war wie ein triumphaler Sieg, in glühender Hitze errungen. Von der Tiefe ihrer Empfindungen überwältigt, klammerten sie sich aneinander wie Überlebende einer Schlacht. An die Folgen ihres Tuns verschwendeten sie keinen Gedanken, dachten nicht an den Preis, den sie für diese Rettung würden bezahlen müssen.

Elftes Kapitel

Celina schreckte hoch. Gerade hatte sie sich noch durch das Niemandsland zwischen Träumen und Wachen treiben lassen, nun starrte sie mit weit aufgerissenen Augen zu dem Balken empor, an dem das Moskitonetz befestigt war.

Sie lag allein in ihrem Bett. Ganz allein.

Das Haus war still, doch von der Straße schallte der Ruf einer Kaffeeverkäuferin herauf, in den sich der Singsang der Frau mischte, die heiße Reiskuchen feilbot. »*Calas! Tout chaud calas!*« Ein Schwein, das im Rinnstein nach Fressbarem suchte, begann aufgeregt zu quieken. Irgendwo in der Ferne krähte ein Hahn, wurde jedoch sogleich vom melodiösen Klang der Glocken der Kathedrale übertönt.

Es waren die alltäglichen Geräusche der Stadt, die Celina jeden Morgen hörte. Doch geweckt hatte sie die plötzliche Gewissheit, dass nichts mehr so war wie noch am Abend zuvor. Sie hatte es getan. Sie hatte den Handel mit Rio de Silva eingelöst.

Äußerlich fühlte sie sich kaum anders als sonst. An gewissen Stellen mochte sie ein wenig wund sein, aber darüber hinaus bemerkte sie keine großen Veränderungen. Celina war fast ein bisschen enttäuscht. Man sah ihr die ungeheuerliche Tat nicht an. Gleichzeitig ließ die tiefe Zufriedenheit, die sie empfand, sie darüber nachgrübeln, warum alle Welt die Unberührtheit für ein so hohes Gut hielt. Wenn es so leicht war, sich von diesem Zustand zu befreien, warum maß man ihm dann eine so ungeheure Wichtigkeit zu?

Für Celina bedeutete der Verlust ihrer Jungfräulichkeit nur, dass sie nun endlich frei war.

Sie musste sofort mit ihrem Vater sprechen und ihm die veränderte Situation erklären. Wie er es aufnehmen würde, wusste sie nicht. Noch bis vor einigen Wochen hätte er wohl mit einer Mischung aus Enttäuschung und Resignation reagiert. Doch seit er fast jeden Tag in Gesellschaft des Grafen verbrachte, war er nicht mehr der Alte. Die Unerbittlichkeit, die er während des Gesprächs in seinem Arbeitszimmer an den Tag gelegt hatte, war Celina fremd. Sie musste damit rechnen, dass er wütend wurde, sie vielleicht sogar züchtigte.

Aber sie konnte alles ertragen, wenn es nur bedeutete, dass sie den Grafen nicht heiraten musste. Je schneller diese unglückselige Verbindung gelöst wurde, desto besser. Das Gefühl der Freiheit würde alles andere aufwiegen.

Wem sie ihre Jungfräulichkeit geschenkt hatte, wollte sie allerdings auf keinen Fall verraten. Ihr Vater und der Graf würden vermutlich annehmen, dass es Rio gewesen war, aber sicher konnten sie sich nicht sein. Ohne einen eindeutigen Beweis würden sie schwerlich gegen Rio vorgehen, und Celina hatte nicht vor, ihnen diesen Beweis zu liefern. Rio hatte ihr Schweigen verdient. Einen Augenblick lang sonnte sich Celina in der Erinnerung an seine Berührungen, an die Stärke und die harten Muskeln seiner Arme, an seine Zielstrebigkeit, seine Hingabe und Aufmerksamkeit. Es war ungerecht, dass ein Mann wie der Graf offen um sie werben durfte, während sich Rio davonschleichen musste wie ein Dieb.

Nicht dass sie glaubte, der Silberne Schatten habe ein Interesse daran, sich länger als unbedingt nötig mit einer bestimmten Frau abzugeben. Er war nicht gerade für seine Beständigkeit in Liebesdingen bekannt.

Celina wandte den Kopf zur Balkontür. Dort war er noch vor Anbruch der Dämmerung verschwunden, dort war seine große Gestalt mit der Dunkelheit verschmolzen. Vorher hatte er sich noch einmal umgedreht und zögernd innegehalten, ganz so, als wolle er in ihr Bett zurückkehren. Doch dann hatte er sich nach einer kurzen Verbeugung den Umhang übergeworfen und war in die Dunkelheit hinausgeglitten.

Celina hatte gewusst, dass er gehen musste, und nichts anderes erwartet, hatte sich aber dennoch furchtbar allein und verlassen gefühlt. Der Handel war vollzogen, sie waren quitt. Nun konnten sie getrennte Wege gehen.

Nachdenklich starrte Celina in die Strahlen des Morgenlichtes, die durch die Fensterläden hereinfielen. Als sich Minuten später die Tür zu ihrem Zimmer öffnete, lag sie noch immer unbeweglich da.

»Guten Morgen, *Mam'zelle*«, sagte Suzette. Der Duft von Kaffee und heißer Milch kitzelte Celinas Nase. Die Zofe stellte das silberne Tablett mit dem Morgentrunk auf dem Nachttisch ab. Dann schob sie die Vorhänge und die neuen Gardinen beiseite, riss die Balkontüren auf und öffnete die Fensterläden. Anschließend zog Suzette die Balkontüren wieder zu, um die kalte Winterluft auszusperren, und sah sich im Zimmer um, als suche sie nach weiteren Aufgaben.

Celina hatte sich inzwischen im Bett aufgesetzt, schenkte sich Kaffee ein und goss reichlich heiße Milch hinzu. Sie stopfte sich ein Kissen in den Rücken und lehnte sich zurück. Suzette hob das zweite Kopfkissen vom Boden auf. Celina beugte sich nach vorn, damit die Zofe das Kissen hinter ihren Schultern platzieren konnte. Dabei fiel ihr Suzettes ungewöhnlich ernste Miene auf.

»Was ist mit dir?«, fragte Celina. »Hast du geweint?«

»Es ist nichts.« Suzette wandte sich ab.

»Irgendetwas stimmt doch nicht! Ich habe dich seit Jahren nicht mehr weinen sehen. Sag mir sofort, was mit dir los ist.«

»Du wirst mich für albern halten.«

»Suzette!«, sagte Celina streng.

»Und sicher wird dir nicht alles gefallen, was du hörst.« Die Zofe ging zum Fuß des Bettes, hob die Bürste auf, die Rio dort liegen gelassen hatte, und pflückte mit unwirschen Handgriffen ein paar Haare aus den Borsten.

Celina nahm einen Schluck Kaffee. Dabei ließ sie Suzette nicht aus den Augen. »Das musst du mir schon näher erklären.«

»Es ist …«

»Ja?«

»Olivier war letzte Nacht bei mir.«

Celina merkte, wie ihre Wangen zu brennen begannen. Sie fragte sich, ob Oliviers Besuch bei Suzette ähnlich verlaufen war wie Rios Besuch in ihrem Zimmer. Bis auf die roten Ränder unter den Augen sah Suzette völlig unverändert aus. Aber inzwischen wusste Celina, dass das nicht viel zu bedeuten hatte. »Und was ist daran so schlimm?«

»Eigentlich gar nichts. Er ist ein freier Mann, kein Sklave. Er kann gehen, wohin er will. Er braucht dazu keinen Pass.«

»Aber?« Celina wunderte sich über den bitteren Unterton in Suzettes Stimme. Die Pässe waren eine praktische Einrichtung. Wie sollte man sonst zwischen einem entflohenen Sklaven und einem, der im Auftrag seines Herrn unterwegs war, unterscheiden?

»Wir haben lange geredet. Sehr lange. Und er … er hat mich geküsst.«

»Ist das alles? Er hat dir doch nicht etwa wehgetan?«

»Das könnte er gar nicht! Er ist die Sanftheit in Person. In seinen Armen zu liegen ist … ist einfach himmlisch.« Suzette hob den Blick. Ihre Augen füllten sich mit Tränen. »Ich hätte ihm nichts versagt.«

Celina stellte die Kaffeetasse ab und beugte sich vor. »Aber warum bist du dann so traurig?«

»Er wollte mich nicht!« Die Worte verschmolzen zu einem herzerweichenden Klagelaut. Suzette schlug die Hände vors Gesicht.

»Das kann ich mir nicht vorstellen«, widersprach Celina. »Immerhin ist er extra wegen dir hergekommen. Es kann nicht sein, dass er dich nicht will.«

»Doch, *Mam'zelle*. Er hat es mir gesagt. Er will mich nicht anrühren. Er will nicht riskieren, ein Kind zu zeugen, das dann einem anderen Mann gehört. Er will nicht, dass eines seiner Kinder als Sklave geboren wird.«

Bisher hatte sich Celina noch nie das ganze Ausmaß dieses Problems vor Augen geführt. Nun wurde ihr eng ums Herz. Das Kind einer Sklavin war dazu verdammt, ein Sklave zu sein, auch wenn sein Vater ein freier Mann war. So wollte es seit mehr als hundert Jahren ein Gesetz, das noch aus der Zeit stammte, in der Louisiana eine französische Kolonie gewesen war. »Oh, Suzette! Das tut mir wirklich schrecklich leid.«

»Mir auch. Und Olivier geht es genauso. Aber es hilft nichts.«

»Glaubst du nicht, dass er seine Meinung noch ändern könnte?«

Suzette schüttelte energisch den Kopf. »Er hat einen … einen sehr festen Willen und er hat sich sehr gut im Griff.«

Celina wusste, wovon Suzette sprach. Sie fand es noch immer erstaunlich, mit welch ungeheurer Selbstkontrolle Rio seine eigene Leidenschaft gezügelt hatte. »Aber das heißt noch lange nicht, dass Olivier dich nicht will.«

»Das macht alles nur noch schlimmer. Ein Stück Papier, und ich wäre frei. Wir könnten heiraten und eine Familie gründen. Aber so, wie die Dinge jetzt liegen, gibt es keine Zukunft für uns.«

»Ich könnte mit Vater darüber sprechen«, begann Celina.

»Glaubst du, daran haben wir nicht gedacht? Monsieur Vallier würde eine Entschädigung verlangen. Immerhin muss damals für meine Mutter ein ordentlicher Preis bezahlt worden sein. Ich weiß, dass man Sklaven freikaufen kann. Aber dazu fehlen Olivier die Mittel. Sicher würde Monsieur Rio ihm das Geld leihen, aber er hat ja selbst nichts übrig. Alles, was er einnimmt, steckt er wieder in das Studio. Den Rest spart er für ein großes Vorhaben.«

»Ein großes Vorhaben? Was könnte das sein?«

»Das hat Olivier mir nicht gesagt. Aber offenbar arbeitet Monsieur Rio schon seit Langem und mit großer Zähigkeit darauf hin. Um sein Ziel zu erreichen, schuftet er wie ein Besessener. Es ist ihm gelungen, sich buchstäblich aus dem Nichts einen hervorragenden Ruf als Fechtinstruktor aufzubauen, und so ist er seinem geheimnisvollen Ziel inzwischen wohl fast zum Greifen nahe. Olivier meint, Monsieur Rio in dieser Situation um Geld zu bitten, könnte das Aus für dessen lang gehegte Pläne bedeuten.«

»Das klingt ziemlich mysteriös.«

Suzette lächelte bitter. »Das ist durchaus beabsichtigt. Olivier spricht nicht viel darüber. Er möchte nicht, dass jener Mann zu Schaden kommt, dem er Treue bis zum Tod geschworen hat. Alles, was ich dir jetzt gesagt habe, musste ich mir mühsam zusammenreimen.«

»Monsieur Rio muss ein ganz besonderer Mensch sein, um eine so bedingungslose Treue zu verdienen.« Derart von Rio zu sprechen, verschaffte Celina ein seltsames Gefühl der Genugtuung. Dabei wusste sie genau, dass sie lieber schweigen sollte.

»Olivier sagt, der Maître habe ihm nicht nur selbstlos das Leben gerettet, er habe außerdem nie daran gedacht, ihn zu Versklaven. Er verehrt Monsieur Rio wie einen Heiligen. Wenn ich das Recht dazu hätte, wäre ich eifersüchtig.«

»Aber mir scheint, Olivier bist du mindestens ebenso wichtig wie ein Kind, das aus eurer Verbindung entspringen könnte. Es wäre schließlich nicht einfach für dich, wenn du schwanger würdest.«

»Mag sein. Aber mir wäre es lieber, wenn er nicht so viel denken würde. Ich will, dass er mich genauso leidenschaftlich liebt wie ich ihn.«

»Seinen Instinkten nachzugeben ist einfach. Viel schwieriger und bei Männern selten anzutreffen ist die Kunst, sich zu beherrschen.«

»Das stimmt wohl«, sagte Suzette. Dabei stiegen ihr erneut Tränen in die Augen. »Aber weh tut es trotzdem.«

Celina suchte nach tröstenden Worten, doch ihr wollte nichts Rechtes einfallen. Nachdenklich nahm sie einen Schluck Kaffee. Sie würde mit dem Vater über Suzette reden, aber sie musste einen günstigen Zeitpunkt abpassen. Wenn er erst einmal erfahren hatte, was mit ihr geschehen war, würden ihn Suzettes Probleme nicht mehr interessieren. Möglicherweise würde er dann gar nicht mehr mit ihr sprechen.

Es dauerte eine Weile, bis sich Celina dazu durchringen konnte zu sagen: »Auch ich hatte letzte Nacht Besuch.«

»Ich weiß«, antwortete Suzette leise. Sie wandte den Blick ab und wischte sich über die Augen. Dann faltete sie den Wandschirm zusammen und zog die Badewanne in die Mitte des Zimmers.

»Du weißt es? Aber ich dachte …«

»Ich habe ihn nicht gesehen, aber Olivier sagte mir, dass er hier war.«

»Und du bist nicht zu mir gekommen?«

Die Zofe blickte auf. »Hast du mich denn gebraucht?«

»Nein.« Nun war Celina diejenige, die den Blick abwandte. »Ich habe … ich habe es so gewollt. Falls du … falls du auf dem Leintuch gewisse Spuren finden solltest, würdest du sie dann bitte entfernen, damit die Wäscherin keinen Verdacht schöpft?«

Suzette richtete sich überrascht auf. »*Mam'zelle*!«

»Ja, ich weiß. Aber es war notwendig.«

»Dein Vater wird dich verstoßen!«

»Das hoffe ich.«

»Sag nicht Dinge, die du gar nicht so meinst. Ich würde es nicht ertragen, wenn man dich davonjagt, während ich hier bleiben muss. Denk doch nur an Denys, denk an deine Vettern und Basen. Und denk vor allem an deinen armen Herrn Papa. Es wird ihm das Herz brechen, dich verstoßen zu müssen.«

»Wenn er auf mich gehört hätte, wäre ich nicht dazu gezwungen gewesen.«

»Du warst gezwungen, *chère Mam'zelle*?« Suzette zog zweimal an der Klingelschnur. Damit gab sie das Zeichen, dass heißes Wasser für Celinas Morgenbad benötigt wurde.

»Du weißt schon, was ich meine. An allem ist nur der Graf schuld. Er besteht darauf, mich zu heiraten – notfalls gegen meinen Willen. Es gab nur einen Ausweg.«

»Du hast mich nicht richtig verstanden«, sagte Suzette. Sie zog ein Taschentuch aus ihrer Schürzentasche und schnäuzte sich. Es war, als schiebe sie damit ihre eigenen Probleme beiseite, um sich denen ihrer Herrin widmen zu können. »Bist du dir sicher, dass du nicht unter einer ganz anderen Art von Zwang gehandelt hast? Gefällt dir der Fechtmeister vielleicht besser, als dir lieb sein kann?«

»Er sieht gut aus, ist schneidig und verwegen. Er würde jeder Frau gefallen. Sicher hast du nicht erwartet, dass ich mir einen Mann aussuche, der keinerlei Anziehungskraft besitzt.«

»Das ist keine Antwort.«

Suzette hatte recht, und Celina wusste dies. »Na schön.

Er gefällt mir. Aber er ist auch ein Mann, den andere nicht leichthin beschuldigen oder beleidigen.«

»Gilt das auch für Denys?«

»Ich hoffe und bete, dass Papa die Angelegenheit mit größter Diskretion behandeln wird, schon um Denys vor weiteren unüberlegten Schritten zu schützen. Die Sache geht nur Vater, mich und vielleicht Graf de Lérida etwas an.«

»Du meinst, dein Vater wird kein großes Geschrei machen, damit sich dein Bruder nicht gezwungen fühlt, deine Ehre wiederherzustellen? Damit wäre dein Ruf geschützt, und du würdest gleichzeitig bekommen, was du willst. Sehr clever, *Mam'zelle.*«

Celina schüttelte den Kopf. »Der Plan kann leicht schiefgehen.«

»Vielleicht ist das ja schon passiert.« Suzette legte die Stirn in Falten. »Mortimer sagt, Denys sei noch immer nicht nach Hause gekommen. Mortimer hat die halbe Nacht wach gelegen, weil er Angst hatte, die Glocke nicht zu hören. Heute Morgen hat er einen Blick in Denys' Zimmer geworfen. Das Bett war leer und unberührt. Ich habe kein gutes Gefühl bei der Sache.«

Es konnte viele Gründe dafür geben, warum Denys nicht nach Hause gekommen war. Ein Ball, eine Soirée, eine Glückssträhne oder Pechsträhne beim Spiel, ein Hahnen- oder Hundekampf, eine Bullenhatz oder auch ein spontan verabredetes Pferderennen vor den Toren der Stadt – all das und noch viel mehr konnte einen jungen Gentleman davon abhalten, rechtzeitig den Heimweg anzutreten. Meist fand sich dann ein Bett in der Wohnung eines Kumpanen. Wie oft war Celina schon aufgewacht und hatte Hippolyte, Albert oder ein halbes Dutzend anderer junger Männer angetroffen, welche die Gastfreundschaft der Valliers in Anspruch nahmen! In arg zerdrückter Abendgarderobe wanderten sie dann auf der Suche nach einer Tasse Kaffee oder frischen Brötchen in die Küche und hielten sich dabei die brummenden Köpfe.

Aber Denys war nun schon seit über vierundzwanzig Stunden nicht zu Hause gewesen. Sonst kam er wenigstens zwischendurch, um sich frisch zu machen und die Wäsche zu wechseln.

»Hat er wirklich keinerlei Nachricht geschickt?«

»Nein.«

»Nicht einmal einen Laufburschen, der etwas ausrichten sollte? Bist du sicher?«

»Ich habe mich genau erkundigt. Kein Mensch hat Monsieur Denys gesehen oder etwas von ihm gehört.«

Celina nickte. Sie begann sich ernsthafte Sorgen um ihren Bruder zu machen. Dass er am vergangenen Abend nicht auf der Soirée erschienen war, sah ihm gar nicht ähnlich. Auch dass er keine Nachricht schickte, war ungewöhnlich. Celina kannte Denys als verlässlichen, aufmerksamen Menschen, der nicht wollte, dass man sich seinetwegen sorgte.

»Ist Papa denn zu Hause?«, fragte Celina schließlich.

»Nein, *Mam'zelle.*«

Sie brauchten nicht darüber zu sprechen, wo er die Nacht verbracht hatte. Aber wie sollte man ihn erreichen? Offiziell kannte niemand die Adresse der Dame, der er seine nächtlichen Besuche abstattete.

»Und was ist mit Tante Marie Rose? Liegt sie noch im Bett?«

»Ich glaube schon. Soll ich ihr sagen, dass wir uns Sorgen machen?«

»Ich spreche beim Frühstück mit ihr.« Celina schlug die Decken zurück und sprang aus dem Bett. »Aber sag dem Stallburschen, er soll sich bereithalten. Ich möchte Hippolyte Ducolet eine Nachricht schicken.«

Celina und die Tante saßen noch beim Frühstück, als Denys'

Freund eintraf. Nur Mortimer, der ihm geöffnet hatte, war bei ihm. Celinas Herz sank. Sie hatte gehofft, Hippolyte würde Denys mitbringen. Sie erhob sich, reichte dem jungen Mann die Hand und dankte ihm, dass er so schnell gekommen war. Er verbeugte sich vor der Tante und nahm gern die Einladung zum Frühstück an. Celina goss ihm die heiße Milch aus großer Höhe in die Tasse, damit sie ordentlich schäumte. »Es tut mir leid, dass ich Sie schon so früh belästigen muss«, sagte sie, »aber ich mache mir Sorgen um Denys.«

»Es ist mir ein Vergnügen, Ihnen zu Diensten zu sein, Mademoiselle Celina. Ich wünschte, ich könnte Sie beruhigen. Aber auch ich weiß nicht, wo Denys sein könnte.«

»Das heißt, Sie haben ihn gestern Abend nicht mehr gesehen?«

Hippolyte schüttelte den Kopf. »Das letzte Mal trafen wir uns durch Zufall auf der Straße. Wir sprachen nur kurz miteinander. Ich glaube, er war auf dem Weg zu de Silvas Studio. Wir verabredeten uns zu einem zeitigen Abendessen. Danach wollte er Sie und Ihre Tante zu der Soirée bringen. Dass er mich versetzt hat, überraschte mich zwar, aber eigentlich dachte ich mir nicht viel dabei.«

Celina hatte plötzlich das Gefühl, das Korsett schnüre ihr die Luft ab. Dass Denys am vergangenen Abend gleich zwei Verabredungen nicht eingehalten hatte, weckte in ihr schlimme Befürchtungen. Sie schob den Teller beiseite. Der Appetit war ihr gründlich vergangen. »Warum haben Sie mir nicht schon gestern Abend von der geplatzten Verabredung erzählt?«

»Ich glaubte, er sei nur irgendwo aufgehalten worden und würde sich spätestens am Morgen recht verlegen bei mir einfinden und tausend Entschuldigungen vorbringen.« Hippolyte rutschte nervös auf seinem Stuhl hin und her. »Es wunderte mich, dass er ohne mich losgezogen war, das muss ich gestehen. Aber Sie wissen ja, wie das ist.«

Celina ahnte, wovon er sprach. Es gab eine Gegend in der Stadt, die man gemeinhin als ›den Sumpf‹ bezeichnete. Nur wenige respektable Bürger verirrten sich bei Tageslicht dorthin, und was sich nächtens dort abspielte, wusste Celina nur vom Hörensagen. In jenem Viertel gab es Trinkhallen, Warenlager und gewisse Etablissements von mehr als zweifelhaftem Ruf, welche vor allem von Flussschiffern und von den Matrosen jener großen Schiffe frequentiert wurden, die in den Docks vor Anker gingen. Viele junge Gentlemen zog es im Laufe ihres Junggesellendaseins wenigstens einmal dorthin. Die Folgen waren oft katastrophal. Junge Damen aus gutem Hause durften noch nicht einmal zugeben, etwas von diesem Viertel zu wissen.

Bevor das Schweigen allzu bedrückend werden konnte, ergriff Tante Marie Rose das Wort. »Das klingt alles sehr beunruhigend, und ich bin schon ganz krank vor Sorge. Fällt Ihnen denn wirklich kein einziger Ort ein, Monsieur Hippolyte, wo Denys sein könnte? Oder hat ihn vielleicht eine dringende Angelegenheit aus der Stadt geführt?«

»Ich wünschte wirklich, ich könnte Sie beruhigen, Madame.« Hippolyte breitete hilflos die Arme aus und verschüttete dabei fast seinen Kaffee. »In letzter Zeit war Denys für die üblichen Zerstreuungen nur schwer zu begeistern. Er war zu besorgt um Mademoiselle Celinas Zukunft. Und dann ist da noch die Sache mit Monsieur de Silva …«

»Wovon sprechen Sie?«, fragte die Tante mit deutlichem Unbehagen. »Ich dachte, die Geschichte sei vergessen und vorbei.«

»Das ist sie auch, soweit es das Duell betrifft. Aber Denys hat eine hohe Meinung vom Silbernen Schatten. Es bedrückte ihn, dass sein Duell mit ihm so viele weitere nach sich zog, von de Silvas Kampf gegen Broyard ganz zu schweigen.«

»Denys hat keinen Grund, sich Vorwürfe zu machen. Für die anderen Duelle konnte er schließlich nichts.«

»Mag sein, Madame. Aber Denys fühlt sich dennoch in der Verantwortung.«

»Das sieht ihm ähnlich.« Tante Marie Rose tupfte sich mit einem spitzenbesetzten Taschentuch eine Träne aus dem Augenwinkel. »Er ist ein so lieber Junge und immer so vernünftig und voller Respekt gegenüber dem Alter! Sicher ist ihm etwas Schreckliches zugestoßen. Ich spüre es genau.«

»Nein, nein, das glaube ich nicht«, sagte Hippolyte schnell.

»Oh doch, er ist in Schwierigkeiten. Vielleicht ist er unter die Räuber gefallen. Oder einer dieser schrecklichen amerikanischen Flussschiffer hat ihm aufgelauert und ihn niedergeschlagen. Womöglich liegt er irgendwo in seinem Blut, oder er ist krank geworden und kann uns keine Nachricht schicken. Wir müssen unbedingt etwas tun! Er *muss* gefunden werden.«

»Beruhige dich, *chère* Tante Marie Rose. Sicher ist er bald wieder da«, sagte Celina. Sie legte der Tante die Hand auf den Arm. Dann wandte sie sich wieder Hippolyte zu. »Marthe Desiards Bruder hat Denys in Monsieur de Silvas Studio gesehen. Er ist also dort gewesen. Hat er Ihnen denn gesagt, was er von de Silva wollte?«

»Ich dachte, er sei nur neugierig, wolle sehen, wer alles dort ist, und vielleicht selbst ein wenig üben.«

»Und Sie meinen, das war alles?«

»Was sollte er sonst im Sinn gehabt haben?«

Celina wollte lieber nicht daran denken, was ihren Bruder zu Rio geführt haben konnte. Vielleicht hatte Denys von ihrem Handel mit dem *Maître d'Armes* erfahren. Vielleicht wusste er von dem nächtlichen Besuch in ihrem Zimmer und davon, dass sie Rio geradezu bedrängt hatte, ihr die Unschuld zu nehmen. Schon die Vorstellung, wie eine ernsthafte Konfrontation zwischen Denys und Rio enden konnte, ließ Celina erschauern.

»Es widerstrebt mir, Ihre Gutmütigkeit noch weiter auszunutzen, Monsieur Ducolet«, sagte sie schließlich.

»Stets zu Diensten, Mademoiselle Celina. Ich helfe Ihnen gern.«

»Sie glauben gar nicht, wie dankbar ich Ihnen bin. Wir müssen unverzüglich mit der Suche nach Denys beginnen, doch mein Vater ist anscheinend anderweitig beschäftigt.« Celina brauchte nicht erst deutlich zu sagen, dass für die Suchaktion nur ein Mann infrage kam. Denn viele Orte, an denen sich Denys aufhalten konnte, durfte eine junge Dame nie im Leben betreten.

»Albert wird sicher gern helfen, und mir fallen noch ein paar andere junge Männer ein, die uns unterstützen könnten. Wir durchkämmen die Stadt vom Fluss bis zum Pontchartrain-See und wieder zurück, das verspreche ich Ihnen.«

»Ich wusste, dass ich auf Sie zählen kann, Monsieur Ducolet. Ich stehe in Ihrer Schuld.«

»Das gilt auch für mich«, sagte Tante Marie Rose. Sie wedelte hilflos mit dem Taschentuch. »Aber Celina, *ma chère*, was wird dein Vater dazu sagen?«

»Wie meinst du das?«

»Wahrscheinlich wäre es ihm lieber, wir würden vorher seinen Rat einholen. Was, wenn Denys nur in einer privaten Angelegenheit unterwegs ist? Wie peinlich für den guten Jungen, wenn wir in der ganzen Stadt nach ihm suchen lassen und er dann ganz ahnungslos nach Hause kommt.«

Die Tante fürchtete offenbar, dass Denys bei einer Frau, vielleicht sogar bei einer Quadrone war. Auch Celina war schon auf diese Idee gekommen, aber sicher hätte ihr Bruder ihnen dann eine Nachricht geschickt.

Auch Hippolyte wusste genau, wovon die Tante gesprochen hatte. Das schloss Celina aus seiner sorgsam zur Schau getragenen Ahnungslosigkeit. Er stellte die Tasse auf den

Tisch und erhob sich. »Vertrauen Sie mir, Madame. Wir werden die Sache mit äußerster Diskretion behandeln.«

Tante Marie Rose versicherte dem jungen Mann noch einmal ihre Dankbarkeit, fügte noch allerlei Ermahnungen hinzu und gab erneut ihren Bedenken Ausdruck. Celina merkte, dass Hippolyte darauf brannte, mit der Suche zu beginnen. Sie brachte ihn zur Tür und wünschte ihm Glück.

»Sie können sich auf mich verlassen«, sagte er, nahm ihre Hand und verbeugte sich. »Ich werde nicht ruhen, bis wir ihn gefunden haben oder wenigstens wissen, wo er ist.«

»Und Sie werden mich benachrichtigen, sobald es etwas Neues gibt? Ganz gleich, zu welcher Stunde?«

»*Naturellement.* Machen Sie sich bitte nicht allzu viele Sorgen. Denys ist noch immer der Vernünftigste von uns allen. Es wird alles gut, Sie werden sehen.«

Celina dankte ihm noch einmal und sah dann zu, wie er sich von Mortimer Hut und Stock reichen ließ und mit leichten Schritten die Außentreppe hinuntereilte. Der Butler folgte ihm in gemessenerem Tempo. Gleich darauf hörte Celina die Fußgängerpforte zuschlagen. Für einen Augenblick blieb sie noch auf der Galerie stehen und starrte in die Ferne. Dann ging sie ins Speisezimmer zurück.

Tante Marie Rose erwartete sie mit Tränen in den Augen und mit geröteten Wangen. Sie drückte sich das Taschentuch an den Mund. »Oh *chère*«, hauchte sie. »Unserem Din-Din wird doch nichts … er wird doch nicht etwa …«

»Ich weiß es nicht«, sagte Celina schnell. Sie wollte den schrecklichen Gedanken nicht ausgesprochen hören.

»Hippolyte sagte, Denys wollte zu diesem unsäglichen Fechtstudio. Was, wenn er dort ankam, es aber nie mehr verlassen hat?«

»Ich weiß es nicht.«

»Fechten ist ein so gefährlicher Zeitvertreib, selbst mit

stumpfen Waffen! Hältst du es für möglich, dass de Silva ihn…«

»Ich weiß es nicht!«, schrie Celina.

»Es gibt keinen Grund, laut zu werden«, sagte die Tante vorwurfsvoll. »Ich habe nur überlegt, was geschehen sein könnte.«

»Ich weiß«, flüsterte Celina. »Ich weiß.«

Sie beschlossen, auf ihre übliche Besuchsrunde zu verzichten. Tante Marie Rose brachte nicht die nötige Energie dafür auf, und Celina wollte auf gar keinen Fall aus dem Haus sein, wenn eine Nachricht von Denys kam. Dennoch versuchten beide Frauen so zu tun, als sei dies ein ganz normaler Tag. Tante Marie Rose ließ sich im Salon nieder, wo sie an einer Abendtasche aus lavendelfarbener Seide, schwarzem Netzgewebe und stählernen Perlenverzierungen arbeitete. Celina besprach mit der Köchin, wie die Mahlzeiten des Tages aussehen sollten, und ordnete an, dass der Hof von welken Blättern und von dem Schmutz befreit werden sollte, den die Kutschenräder hereingebracht hatten. Dann kam ein Wasserhändler vorbei, und sie beaufsichtigte das Füllen der großen Wasserkrüge und die anschließende Reinigung des Wassers mithilfe von Alaun. Die Stunden schleppten sich dahin.

Erst gegen Ende des Nachmittags kam eine Botschaft von Hippolyte. Er hatte die Hospitäler in den französischen und amerikanischen Stadtvierteln abgeklappert und Denys nirgends gefunden. Auch kein niedergelassener Arzt konnte sich an einen Patienten erinnern, auf den Denys' Beschreibung passte. Er war nicht im Calabozo, dem alten Gefängnis aus der Zeit der Spanier, wohin man Betrunkene oder nächtliche Störenfriede brachte. Auch im neuen Gefängnis und in den Arrestzellen der Pfarrei in der Nähe des Congo Square saß Denys nicht. In keiner Bar und in keiner Spielhalle wollte man ihn gesehen haben. Offenbar hatte er auch keine der Mietdroschken benutzt, die durchs *Vieux Carré* rumpelten, hatte keine Fahrkarte zum Pontchartrain-See oder zu irgendeinem anderen Ort gelöst und war auch nicht auf der Métairie-Rennbahn gesehen worden. Doch Hippolyte und seine Freunde wollten die Hoffnung nicht aufgeben. Sie suchten weiter.

Die Stunden vergingen, doch Denys blieb wie vom Erdboden verschluckt. Celina starrte zeitweise so angestrengt aus dem Fenster, als könne sie ihn mit der bloßen Kraft ihrer Gedanken zurückholen. Rastlos ging sie auf und ab. Wie gern hätte sie sich selbst an der Suche beteiligt …

Wohl tausend Mal dachte sie daran, den Vater holen zu lassen. Mindestens genauso oft wollte sie zu Rio laufen und ihn um Hilfe bitten. Wenn Denys nicht an den üblichen Plätzen oder naheliegenden anderen Orten aufzufinden war, konnte er nur den dunklen Elementen zum Opfer gefallen sein, die in den engen Seitenstraßen und finsteren Gassen gewisser Viertel lauerten. Von allen Männern, die Celina kannte, traute sie Rio am ehesten zu, in dieses gefährliche Labyrinth vorzudringen und ein solches Abenteuer unversehrt zu überstehen.

Außerdem wollte sie wissen, was ihr Bruder mit ihm besprochen hatte und warum Rio das Gespräch mit Denys bei seinem nächtlichen Besuch nicht erwähnt hatte.

Es war ein Leichtes, Rio eine Nachricht zukommen zu lassen. Viel schwerer fiel es Celina, ein Treffen vorzuschlagen. Sie waren sich nichts mehr schuldig, und Celina wusste, dass ihr Wunsch nach einem Wiedersehen den Anschein erwecken würde, sie klammere sich an Rio und an das, was zwischen ihnen gewesen war. Das Treffen musste deshalb unbedingt auf neutralem Boden stattfinden. Sie würden sich vernünftig miteinander unterhalten, und weder Lust noch Leidenschaft durften dabei als störende Elemente auftreten.

Celina versuchte, sich innerlich zu wappnen. Sie wollte eine sachliche Diskussion mit Rio führen und nicht seufzend in seine Arme sinken. Doch gleichzeitig drängte sich die Erinnerung an seinen starken, muskulösen Körper in ihre Gedanken. Noch einmal spürte sie, wie er sie umfing, wie seine Hände über ihre nackte Haut glitten. Sie sah seine athletische Gestalt im warmen Schimmer der Kerze vor sich, dachte an den heißen Glanz in den dunklen Augen, deren Blick sich in die ihren bohrte, an den Kuss …

Nein, sie durfte sich nicht ablenken lassen, durfte sich nicht noch einmal der Versuchung aussetzen. Sie musste an ihren Bruder denken. Deshalb konnte ein Treffen mit Rio nur der allerletzte Strohhalm sein.

Als der Vater endlich nach Hause kam, war Celina gerade im Begriff gewesen, eine Nachricht zu dem Haus in der Rue des Rampart zu schicken, in dem er sich mit seiner Geliebten traf. Celina eilte ihm entgegen, zog ihn in den Salon und schloss die Tür. Atemlos erklärte sie ihm, dass Denys verschwunden war und was sie deshalb unternommen hatte.

»Celina, mein liebes Kind, du sorgst dich wegen nichts und wieder nichts. Es war voreilig, den jungen Ducolet um Hilfe zu bitten. Was wäre das für eine Welt, in der ein junger Mann nicht durch die Stadt ziehen könnte, ohne seiner Schwester über jeden Schritt Rechenschaft abzulegen?«

»Aber Papa, Denys wurde nun schon seit zwei Tagen nirgends mehr gesehen. Müsste nicht wenigstens einer seiner Freunde wissen, wo er ist?«

»Nicht unbedingt.« Monsieur Valliers Blick wanderte zu dem Beistelltisch, auf dem die neueste Ausgabe von *L'Abeille,* der französischsprachigen Tageszeitung, lag. Während er nach dem Blatt griff, sagte er: »Du meinst es gut, Celina, das weiß ich. Aber die Sorge um deinen Bruder hat deinen Verstand getrübt.«

»Selbst Monsieur Ducolet meinte, so kenne er Denys gar nicht.«

»Und du hast ihn mit einer sinnlosen Suche beauftragt. Er ist ein hilfsbereiter junger Mann, ganz besonders, wenn eine junge Dame ihn um einen Gefallen bittet. Aber für eine Frau, die praktisch verlobt ist, schickt es sich nicht, sich einem Freund ihres Bruders anzuvertrauen. Warum hast du dich nicht an deinen Bräutigam, den Grafen, gewandt?«

Auf diesen Gedanken wäre Celina nie im Leben gekommen. Auch jetzt konnte sie sich nicht vorstellen, wie der Graf ihr helfen sollte. »Im Gegensatz zum Graf de Lérida ist Monsieur Ducolet Denys' Freund.«

»Trotzdem. Es wird deinem Bräutigam nicht gefallen, dass du Besuche von jungen Männern empfängst, die nicht zur Familie gehören, selbst wenn diese Besuche einem guten Zweck dienen.«

»Dieses Recht stünde ihm vielleicht zu, wenn wir wirklich verlobt wären«, sagte Celina trotzig. »Aber das sind wir nicht, und es ist recht unwahrscheinlich, dass es noch geschieht.«

»Celina«, sagte ihr Vater streng.

Nur mit Mühe gelang es ihr, nicht mit der Neuigkeit herauszuplatzen, dass sich gewisse Umstände verändert hatten und eine Ehe mit dem Grafen nunmehr unmöglich war. Doch dies war nicht der richtige Zeitpunkt für eine Beichte. Celina wollte nicht riskieren, in ihrem Zimmer eingesperrt zu werden. Denn von dort aus war es fast unmöglich, die Suche nach Denys weiter voranzutreiben. »Bitte, Papa«, sagte sie in flehendem Ton. »Ich bin mir fast sicher, dass Denys in Schwierigkeiten steckt. Willst du nicht irgendetwas tun, damit wir ihn finden?«

Der Vater setzte sich und schlug die Zeitung auf. »Ich sage es dir jetzt zum letzten Mal: Lass den Jungen in Frieden. Benimm dich so wie immer und genieße deine letzten Tage als ledige Frau. Denys wird zurückkommen, sobald er es für richtig hält.«

Celina vermutete, dass der Vater vor allem deshalb so ruppig war, weil sie ihn gleich bei seiner Heimkehr mit ihren Sorgen überfallen hatte. Außerdem spürte er sicher, wie sehr es ihr missfiel, dass er so viel Zeit bei seiner Mätresse verbrachte. Dass keiner von ihnen diese Gedanken offen aussprechen würde, verstand sich von selbst. Doch die Missstimmung lag wie ein Felsbrocken zwischen ihnen.

Celina wandte sich ab und stapfte mit grimmiger Miene zur Tür. Fast hätte sie den Vater mit der Zeitung im Salon zurückgelassen. Doch im letzten Augenblick drehte sie sich noch einmal um. Sie starrte den Menschen an, dessen Tochter sie war, und sah in ihm zum ersten Mal kein Wesen von übergeordneter Autorität, sondern nur einen ganz gewöhnlichen Mann, der sich benahm wie jeder andere. Er war stur und er konnte sich täuschen. Er fällte Urteile und traf Entscheidungen, die vielleicht nicht richtig waren, und gab sich fragwürdigen Zerstreuungen hin, um den anhaltenden Schmerz über den Verlust seiner Lieben zu betäuben.

»Papa?«

Er blickte nicht einmal auf. »Was ist denn noch?«

»Ist es dir denn einerlei, was mit Denys oder mit mir geschieht? Oder erträgst du nur den Gedanken nicht, dass noch einmal einem Familienmitglied etwas zugestoßen sein könnte?«

Schweigend hob er den Blick. Celina hoffte, dass er das Mitgefühl, das sie für ihn empfand, in ihren Augen lesen konnte. Als er sich wieder seiner Zeitung zuwandte, verließ sie still und würdevoll den Raum.

Zwölftes Kapitel

Rio hatte selten eine weniger inspirierende Abendunterhaltung erlebt. Die zweite Sopranistin der Operntruppe, die derzeit im Theatre d'Orleans gastierte, gab einige Arien zum Besten. Das ungeheure Tempo, in dem sie durch die Lieder hetzte, ließ nur den Schluss zu, dass sie das Dinner kaum erwarten konnte. Das Ensemble aus Klavier, Violine, Oboe und Horn, das sie begleitete, wirkte ähnlich lustlos.

Jüngere Gentlemen waren kaum zugegen. Sie wohnten offenbar lieber einem öffentlichen Boxkampf in der Arena hinter der Börse bei. Während einer Pause zwischen den Arien steckten die älteren Damen die Köpfe zusammen und tratschten. Einige jüngere Matronen unterhielten sich ebenfalls angeregt, andere zogen sich zurück, um ihre Säuglinge zu stillen. Die älteren Männer diskutierten über Politik und darüber, was auf ihren Plantagen am besten gedieh, oder sie begaben sich zum Rauchen nach draußen. Diese Leute schienen sich prächtig zu unterhalten, während Rio vor Langeweile beinahe umkam.

Das mochte daran liegen, dass er die Soirée nur von einem heimlichen Versteck aus verfolgte, oder daran, dass die Szenen, die sich im Haus abspielten, ihm allzu vertraut vorkamen. Sie erinnerten ihn an ähnliche Abende, die er in Barcelona erlebt hatte. Selbst der schwere Geruch des Weines, das süßliche Aroma des Orangenblütenwassers und der Anblick weißer Kamelienblüten in den kunstvollen Hochfrisuren der

Damen waren ihm noch aus jenen Tagen vertraut. Aber anders als sonst fühlte sich Rio diesmal nicht wie ein Ausgestoßener.

Der Grund dafür war die Frau in dem blassblauen Seidenkleid, dessen volle Röcke sich wie wogende Wellen um den Stuhl kräuselten, auf dem sie saß. Das Licht der Kronleuchter ließ die samtige Haut ihrer Schultern wie Perlmut schimmern. Im Übrigen gelang es ihr nicht recht, ihre Anspannung zu verbergen. Seit ihrer Ankunft war sie nur ein einziges Mal aufgestanden. Sie hatte mit ihrer Tante die Plätze getauscht, damit sich diese besser mit der Dame unterhalten konnte, die ihnen gegenüber am Tisch saß. Durchs Fenster beobachtete Rio, wie die Schöne in dem Seidenkleid mühsam lächelte, den Blick nervös durch den Raum schweifen ließ und gelegentlich mit eckigen Bewegungen ihren Fächer öffnete. Mitleid regte sich in seiner Brust, doch gleichzeitig empfand er tiefe Ungeduld. Schon seit einer Stunde versuchte er sie mit der Kraft seiner Gedanken dazu zu veranlassen, in den Garten hinauszugehen und ein wenig frische Luft zu schnappen.

Andere Gäste unterhielten sich auf der Veranda oder schlenderten die weißen, mit zerstoßenen Austernschalen bestreuten Pfade entlang, welche die gepflegte Gartenanlage mit den zierlichen Hecken und den verschwiegenen Lauben durchzogen. Celina schien es nicht ins Freie zu ziehen. Dabei hatte Rio angenommen, sich hinter dem herrschaftlichen Haus am Rande des *Vieux Carré* auf die Lauer zu legen, wäre die beste Möglichkeit, ans Ziel zu gelangen.

Rio überlegte, ob er es wagen sollte, ins Haus zu gehen, verwarf den Gedanken aber sofort wieder. Schließlich schlich er zum Lieferanteneingang an der Küche und drückte sich dort so lange herum, bis ein Diener mit einer Schüssel voller Essensreste erschien. Eine Münze wechselte den Besitzer. Dann erklomm Rio die Gartenmauer und ließ sich geräuschlos in eine große Laube aus dichtem Buschwerk hinabgleiten, in der sich ein verschwiegenes Sommerhaus verbarg.

Als Celina endlich den Pfad entlangkam, erschien sie Rio wie eine Vision aus einem Fiebertraum. Sie war von so ätherischer Schönheit, bewegte sich mit solcher Grazie, dass sie zu schweben schien. Während er sie dabei beobachtete, wie sie die Stufen zur Laube emporstieg, verspürte er ein Sehnen, das nur wenig mit der hitzigen Reaktion seines Körpers auf ihre Anwesenheit zu tun hatte. Rio wusste nicht warum, aber Celina Vallier stand längst für alles, was er verloren hatte und wohl niemals zurückerlangen würde. Sie stand für das, was er vielleicht berühren, aber nie mehr besitzen konnte.

Der Gedanke war zu quälend, als dass er ihn weiter verfolgen wollte. Nur Zorn und Ärger halfen Rio, den Schmerz zu bezwingen. Er löste sich aus dem Schatten eines schmiedeeisernen Pfeilers und verstellte Celina den Weg.

Sie fuhr zusammen und konnte nur mit Mühe einen Schrei unterdrücken. Rio fasste sie am Arm. Im ersten Augenblick erstarrte sie. Dann trat sie so schnell auf ihn zu, dass ihre Röcke um seine Stiefel strichen.

»Endlich«, flüsterte sie. »Ich fürchtete schon, du hättest meine Nachricht nicht erhalten.«

»Sie ist angekommen. Aber ich verstehe sie nicht ganz«, antwortete er. »Du batest um einen neutralen Treffpunkt. Ist dir dieser Ort genehm?«

»Er ist perfekt. Es tut mir leid, dass ich dich von deinen abendlichen Amüsements wegholen musste, und ich danke dir, dass du so schnell gekommen bist.«

Es war genau so, wie er erwartet hatte. Sie wollte mit ihm reden, nicht mehr. Mit einem romantischen Stelldichein hatte dieses Treffen nicht das Geringste zu tun. Es stand ihm nicht zu, sich deshalb zu beklagen. Aber es ärgerte ihn, dass sie ihn so deutlich spüren ließ, wie wenig ihr an weiteren Intimitäten lag. Abgesehen davon fand Rio es beunruhigend, dass er sich schon seit jenem Abend, an dem Celina ihn in seinen Räumlichkeiten aufgesucht hatte, nicht mehr mit einer der anderen Damen verabredet hatte, die nur allzu gern die Fensterläden ihrer Schlafgemächer für ihn offen stehen ließen. Die üblichen oberflächlichen Affären reizten ihn nicht mehr. »Ich gehe davon aus, dass es sich um etwas sehr Dringliches handelt. Sonst wärst du wohl kaum dieses Risiko eingegangen.«

Celina warf ihm einen schnellen Blick zu. Rio sah das Mondlicht in ihren Augen aufblitzen. »Es geht nicht etwa um irgendwelche Folgen unseres letzten Treffens. Ich habe mit niemandem darüber gesprochen.«

»Tatsächlich nicht?«, fragte er leise.

»Nein. Es gibt wichtige Ereignisse, die das, was zwischen uns geschehen ist, in den Hintergrund gedrängt haben.«

»Das beruhigt mich ungemein«, sagte Rio trocken. Hatte er nicht genau das hören wollen? Sollte er nicht froh sein, dass die Nacht, die Celina in seinen Armen verbracht hatte, nur eine unbedeutende Episode in ihrem ereignisreichen Leben war?

»Vielleicht hast du gehört, dass Denys verschwunden ist.«

Nur mit Mühe gelang es Rio, seine Gedanken diesem neuen Gesprächsgegenstand zuzuwenden. »Ich weiß, dass ein ziemlich nervöser Gentleman, der sich Albert Lollain nannte, am Morgen in meinem Studio erschien und mich fragte, ob ich deinen Bruder gesehen hätte.«

»Und? Hattest du das?«

»Du scheinst es anzunehmen.« Rio war Celinas zweifelnder Ton nicht entgangen. »Du denkst, er könnte von meinen Besuchen bei dir erfahren haben und sie nicht gutheißen. Ich wiederum habe ihn dann vermutlich in handliche Streifen gehauen und mit diesen die Scheide meines Degens verziert.«

»Oh bitte, bitte sprich nicht so …« Celina war blass geworden. Sie krallte die Hände in ihr Schultertuch.

»Es tut mir leid. Ich ging von der irrigen Annahme aus, du würdest mir, da du mir deinen Körper anvertraut hast, auch in anderen Dingen vertrauen.«

Celina blieb Rio die Antwort schuldig. Vielleicht war es die Sorge um ihren Bruder, die ihr alle anderen Gedanken so schwer machte. »Du scheinst der Letzte gewesen zu sein, der ihn noch gesehen hat. Das haben mir zwei Zeugen bestätigt.«

»Bei seinem Abschied war Denys noch gesund und munter.«

»Wirklich?«

Wäre Celina ein Mann gewesen, so hätte er diese Frage als Beleidigung empfunden. Andererseits hätte dieses Gespräch dann sicherlich gar nicht stattgefunden. »Du forderst einen Beweis? Wolltest du mich deshalb treffen?«

Celina wandte sich ab und entfernte sich ein paar Schritte von Rio. Über die Schulter sagte sie: »Nein. Ich wollte dich eigentlich um Hilfe bitten.«

»Wie stellst du dir das vor?« Sie hatte sich schon einmal Hilfe suchend an ihn gewandt. Diesmal würde er genau nachdenken, bevor er ihr seine Unterstützung zusagte.

»Denys ist in Schwierigkeiten, das spüre ich. Mein Vater will es nicht glauben. Deshalb unternimmt er nichts. Die Freunde meines Bruders haben bereits erfolglos nach ihm gesucht. Aber ich glaube, in den weniger respektablen Stadtvierteln kennen sie sich nicht besonders gut aus. Ich wage nicht, sie zu bitten, sich den Gefahren auszusetzen, die dort lauern.«

»Während dich derlei Bedenken bei mir nicht zu quälen scheinen.«

»Empfindest du das als Beleidigung? Das war nicht meine Absicht. Ich glaube nur, dass du mehr von der Welt weißt als diese jungen Dandys, und sehr wohl in der Lage bist, auf dich zu achten. Außerdem nehme ich an, dass du eine recht genaue Vorstellung von den schrecklichen Dingen hast, die einem jungen Mann zustoßen können, und deshalb vielleicht weißt, wo man noch nach Denys suchen könnte.«

All diese Annahmen waren noch viel zutreffender, als Celina ahnen konnte. Rio tröstete das nicht. Er fühlte sich betrogen und benutzt. Gleichzeitig ärgerte es ihn, dass Celinas Worte ihn so sehr trafen. »Du willst, dass ich die übelsten Absteigen und die verruchtesten Bordelle von New Orleans nach deinem Bruder durchkämme? Soll ich auch gleich veranlassen, dass man den Grund des Flusses nach ihm absucht?«

Schweigend blickte sie ihn an. Ihre Züge waren zu weißem Marmor erstarrt, ihre Augen zu einem Meer der Schmerzen geworden. »Nein. Vergib mir«, sagte Rio schnell. Dabei machte er einen Schritt auf sie zu. »Das hätte ich nicht sagen sollen.«

»Du musst nicht glauben, dass ich nicht schon daran gedacht habe. Man hört ja gelegentlich, dass in der Flussbiegung bei den Docks Leichen angeschwemmt werden. Aber diesen Gedanken will ich erst zulassen, wenn die Suche an allen möglichen und unmöglichen anderen Orten wirklich vergeblich war.«

»Das verstehe ich.«

Als sich Rio endlich dazu durchringen konnte, Celinas Bitte ernst zu nehmen, wurde ihm auch noch etwas anderes klar: Er allein wusste, was Denys beschäftigt hatte, als er zu ihm gekommen war. Er allein ahnte, welches Ziel der junge Mann beim Verlassen des Fechtstudios gehabt hatte. Das alles war recht beunruhigend, und er wollte Celina noch nichts davon sagen. Einerseits sollte sie sich nicht noch mehr Sorgen machen, andererseits würde er mit seinem Wissen Fragen aufwerfen, die nicht leicht zu beantworten waren.

»Wirst du mir helfen?«, fragte sie. Dabei berührte sie sanft seinen Arm.

»Aus reiner Selbstlosigkeit oder aus purer Anständigkeit? Ersteres kann ich mir nicht leisten, und du bist offenbar der Ansicht, dass ich von dem Zweiten nicht viel besitze.«

»Das habe ich nie gesagt!«

»Aber du widersprichst mir auch nicht. Was sollte mich also dazu bewegen, deinem Wunsch zu entsprechen? Unsere ursprüngliche Abmachung galt für einen anderen Fall und ist bereits erfüllt. Zu beidseitiger Zufriedenheit, wie ich annehme.«

Celina zog die Hand von seinem Arm fort, als habe sie sich verbrannt. Ihre Stimme klang kalt wie die schneidende Nachtluft, als sie nun sagte: »Was willst du denn dafür haben?«

Das wusste Rio selbst nicht genau. Nein, das war falsch, er wusste es. Was er wollte, lag auf der Hand und hatte durchaus etwas mit Fleischeslust zu tun. Er wollte das Unmögliche. Er wollte ihr Abkommen erneuern. Er wollte sie haben.

»Mir scheint, wir haben dieses Gespräch schon einmal geführt. Bereits damals stellten wir fest, dass du nichts besitzt, was mich interessieren könnte. Mit einer Ausnahme.«

Rio hörte das scharfe Geräusch, mit dem Celina Atem holte. »Dieses Ansinnen ist unglaublich …«

»… unverfroren?« Rio beendete den Satz an ihrer Stelle. »Aber ich dachte, du schätzt gerade diese Qualität an mir.«

Celina versuchte, mit den Blicken die Schatten auf seinem Gesicht zu durchdringen. Sie wollte ergründen, warum er so mit ihr sprach, warum er sich so seltsam benahm. Sie wollte bis in seine Seele sehen. Rio fiel es deutlich schwerer, diesem forschenden Blick standzuhalten, als beim Duell mit einem Mann die Klingen zu kreuzen. Er hätte am liebsten jede Silbe, die er ausgesprochen hatte, zurückgenommen, wollte vor Celina auf die Knie sinken und sie um Vergebung bitten. Gleichzeitig drängte es ihn, ihre Antwort zu hören.

»Also gut.«

Allzu viel konnte Rio damit nicht anfangen. »Was heißt das?«

»Ich bin einverstanden. Genau wie beim letzten Mal.«

Das Lächeln, das um seine Mundwinkel spielte, täuschte nicht über den warnenden Unterton in seiner Stimme hinweg. »Aber diesmal wird die Gegenleistung nicht in einem einzigen Treffen bestehen.«

»Du ... du willst, dass es weitergeht, auch wenn Denys gefunden ist?«

»Genau das will ich. Wenn du dich wirklich zur Kurtisane berufen fühlst, kann ich dich alles lehren, was du dafür wissen musst.«

Celina befeuchtete nervös ihre Lippen. »Aber niemand darf etwas davon erfahren.«

Rios Lächeln gefror. »Ich werde wie immer die Diskretion selbst sein. Aber als Kurtisane wirst du dich eines Tages nicht mehr verstecken können.«

»Du genießt diese Situation, nicht wahr?«, fragte Celina mit trotzig emporgerecktem Kinn. »Es gefällt dir, mich in der Hand zu haben.«

Rio unterdrückte mit aller Macht ein spöttisches Lächeln. »Anders kann ich dich offenbar nicht bekommen.«

»Du bist tatsächlich durch und durch ein Schuft.«

»Aber einer, der mit offenen Karten spielt, das solltest du nicht vergessen. Ein Schuft, der bereit ist, für den Lohn, der ihm winkt, alles zu wagen.«

»Erst einmal musst du meinen Bruder finden.«

Rio griff nach Celinas Hand und öffnete den kleinen Knopf, der ihre ellbogenlangen Handschuhe am Handgelenk zusammenhielt. Er drückte die Lippen auf ihre wild pochende Pulsader und ließ seine heiße Zunge einmal schnell über die zarte Haut gleiten. Dann schloss er den Knopf wieder. »Wie sollte ich ihn nicht finden, wenn die Belohnung so unwiderstehlich ist?«

Celina wandte sich ab, als wolle sie zum Haus zurückkehren. Sie raffte die Röcke, doch dann hielt sie noch einmal inne. »Wo willst du mit der Suche beginnen?«

»Wichtig ist doch nur, dass ich Denys finde.«

»Das stimmt, aber mir schien fast ... es kommt mir beinahe so vor, als hättest du eine Vermutung, wo er sein könnte.«

Wieder einmal war Rio von Celinas Beobachtungsgabe überrascht und gleichzeitig beunruhigt. »Du unterstellst mir, ich wisse bereits, wo er ist?«

»Ich unterstelle dir gar nichts«, sagte sie. Dabei sah sie ihm fest in die Augen. »Ich hoffte nur, du könntest mir etwas sagen, womit ich meine Tante ein wenig zu trösten vermag.«

»Und vielleicht auch dich selbst. Aber leider ...«

»Ach bitte! Du wirst doch wenigstens eine gewisse Vorstellung haben, wo er sein könnte. Andernfalls hättest du meine Bitte sicher rundheraus abgelehnt.«

»Dazu wäre ich nicht imstande gewesen«, entgegnete Rio leise.

Celina antwortete darauf mit einer wegwerfenden Handbewegung. Aber gleichzeitig stieg ihr die Röte in die Wangen. »Sicher hast du eine dumpfe Ahnung, wo man Denys vielleicht gefangen hält. Ich weiß nicht, warum du mir das nicht sagen möchtest. Oder erwartest du auch dafür eine Gegenleistung?«

»Was für eine wundervolle Idee! Warum bin ich nicht selbst darauf gekommen?«

Rio machte einen raschen Schritt auf sie zu. Dass sie nicht vor ihm zurückwich, erfüllte ihn mit Staunen. Celina ließ die Röcke wieder fallen und stand wie erstarrt. Nun war er ihr so nahe, dass er das feine Aroma des Rosenwassers roch, welches sie umgab. Dass er den seidigen Schimmer ihrer Schultern unter dem feinen Tuch aus Chiffon erahnen konnte. Rio ballte die Hände zu Fäusten und kämpfte gegen den beinahe übermächtigen Drang an, zu berühren, zuzugreifen und zu nehmen.

»Ja, ich muss sagen, das wundert mich auch. Normalerweise hast du nichts zu verschenken.«

Celinas Worte trafen Rio genauso heftig, wie sie es beabsichtigt hatte. »Dieser Garten ist nicht übel«, raunte er. Celina schien es fast, als knurre er sie an wie ein feindseliger Wolf. »Aber hier fehlt es an Bequemlichkeit. Wenn wir uns lieben, will ich dich nackt vor einem Feuer liegen sehen, will eine verschlossene Tür zwischen uns und der Welt wissen. Es soll kein hastiges Zerren und Grapschen sein, sondern eine lange Nacht voller Küsse, süßer Seufzer, zärtlicher Berührungen und endloser Vereinigungen. Alle Konventionen und Schranken werden fallen. Die Gesellschaft verlangt von Männern und Frauen, sich zu verstellen. Aber für uns will ich nur das Echte, Wahre. Ich will süße Lust und ehrliche Leidenschaft. Ich will …« Rio brach ab. Er fürchtete, schon viel zu viel von dem preisgegeben zu haben, was er sich so sehnlich wünschte. Dabei durfte er sich doch nur wenig erhoffen.

Lange schwiegen sie beide. Dann atmete Celina so tief durch, als habe sie die ganze Zeit über die Luft angehalten. Sie schlug die Augen nieder und sagte: »Nun gut. Ich bete, dass du meinen Bruder findest. Solltest du dafür Orte aufsuchen müssen, an denen Gefahren lauern, so bitte ich dich, sei vorsichtig. Ich habe großes Vertrauen in deine Kraft und deine Fähigkeiten. Aber kein Mensch ist unverletzlich. Du hast dir erst vor ein paar Tagen eine Stichwunde zugezogen, die schwer auf meinem Gewissen lastet, und ich möchte nicht, dass dir noch einmal etwas zustößt.«

Rio fand vor Staunen keine Worte. Ein Ruf aus der Nähe durchbrach die Stille. »Celina? Ma *chère*, wo bist du denn?«

»Hier, Tante Rose!«, rief sie schnell. Nach einem letzten langen Blick in Rios Augen wandte sich Celina um, verließ den schützenden Schatten der Laube und eilte die breiten Stufen hinab.

Fast gegen seinen Willen erlaubte sich Rio einen einzigen hastigen Schritt in ihre Richtung und stand so einen Augenblick lang im gleißenden Mondlicht. Im selben Moment knirschten die weißen Muschelschalen auf dem Pfad unter den Schritten der Tante. Eine zweite Frau begleitete sie. Sie war recht hager, wirkte aber in ihrem Kleid aus steifem Brokat dennoch überaus elegant. Ihr silbergraues Haar hatte sie mit einem reich verzierten Kamm hoch aufgesteckt und mit einer elfenbeinfarbenen Mantille bedeckt.

»Mon Dieu!«

Die Dame erstarrte und griff sich an die Kehle. Auf ihren Zügen spiegelte sich eine Mischung aus Schreck und Erschütterung. Rio nahm an, dass er eine jener empfindsamen Naturen vor sich hatte, die einen *Maître d'Armes* für den Teufel persönlich hielten. Dass sich Celina in der dunklen Laube mit einem Degenfechter getroffen hatte, würde ihrem Ruf nicht gerade förderlich sein.

»Komm, Celina«, sagte ihre Tante. »Es ist zu kühl, um ohne Umhang im Garten umherzuspazieren.«

»Ja, du hast recht«, antwortete Celina. Ohne sich noch einmal umzusehen, gesellte sie sich zu den beiden Frauen. Gemeinsam gingen sie zum Haus zurück.

Rio lauschte, bis ihre knirschenden Schritte auf dem Pfad verklungen waren. Dann rannte er zur Gartenmauer, sprang hinauf und schwang sich behände darüber. Ein heimlicher Beobachter hätte glauben können, er sei auf der Flucht.

Rio fand das Studio verlassen vor. Olivier war offenbar ausgegangen. Feste Arbeitszeiten hatte der *Majordomo* zwar nicht, aber für gewöhnlich empfing er Rio, wenn dieser zurückkehrte, und verschloss dann eigenhändig alle Fenster und Türen. Erst danach legte er sich selbst zur Ruhe.

Vielleicht machte er einen Besuch bei Suzette. War die Zofe am Abend bei ihrer Herrin gewesen? Rio hatte sie bei der Soirée nicht gesehen. Aber oft hielt sich das Dienstpersonal in der Küche oder in anderen separaten Räumen auf. Möglicherweise hatte sich Suzette auch irgendwo auf dem Anwesen mit Olivier getroffen. Solange ihre Herrin sie gewähren ließ, würde niemand daran Anstoß nehmen.

Nachts allein durch die Straßen zu laufen war für einen freien Farbigen allerdings nicht ganz ungefährlich. Man konnte ihn leicht für einen entflohenen Sklaven halten. Außerdem lauerten überall Räuber und Diebe, und gelegentlich hörte man auch von grundlosen Übergriffen auf dunkelhäutige Menschen.

Nach kurzem Zögern trat Rio mit Hut, Handschuhen und Degen noch einmal in die Nacht hinaus.

Rio fand seinen *Majordomo* an keinem der Orte, an denen er ihn vermutet hatte. Auch bei der Soirée war er offensichtlich nicht gewesen. Ein Spaziergang zum Stadthaus der Valliers erwies sich da schon als aufschlussreicher. Ein Stallbursche, den Rio auf zehn oder elf Jahre schätzte, hockte vor dem Haus auf dem Gehsteig und sog an einer Maispfeife. Er wartete auf die Rückkehr der Familienkutsche. Von ihm erfuhr Rio, dass Olivier bei Suzette gewesen war, sich dann aber auf den Heimweg gemacht hatte, weil er zu Hause sein wollte, wenn sein Herr zurückkam.

Geschickt fing der Knabe die Münze auf, die Rio ihm zuwarf. Rio trat nachdenklich den Nachhauseweg an. Normalerweise schlenderte er gern durch die Straßen, die im schummrigen Licht der Gaslaternen lagen. In den ärmeren Vierteln speiste Walöl die Funzeln, die auf schmiedeeisernen

Pfosten saßen. Der Flussnebel, der sich einen Weg durch die engen Gassen suchte, ließ die Stadt noch geheimnisvoller und verruchter erscheinen als sonst. Rio gefiel die fast ein wenig unheimliche nächtliche Stimmung genauso wie der Gedanke, dass Handel und Arbeit nun ruhten, dass jeder, der nicht schlief, sich zu dieser Stunde dem Vergnügen oder gar dem Laster hingab. Deutlich weniger Menschen als tagsüber bevölkerten die Straßen und Gehwege. Man bewegte sich leiser und langsamer als bei Tage, war nicht gezwungen, sich unendlich oft zu verbeugen oder den Hut zu ziehen, denn auch die gesellschaftliche Etikette ruhte für ein paar Stunden. Dabei waren die Gassen alles andere als menschenleer. Männer wanderten von einer Bar zur nächsten, kamen aus den Kabaretts und Spielhallen, kehrten von Bällen oder Soirées zurück. Gelegentlich holperte eine Kutsche über das Pflaster, von flackernden Laternen an den Seiten beinahe unirdisch beleuchtet. Aber bald würde es endgültig ruhig werden. Zwar mochte der eine oder andere private Ball erst in den frühen Morgenstunden zu Ende sein, doch die meisten Gäste hielten es nur bis zur Geisterstunde aus. Nicht mehr lange, und die Straßen würden allein den streunenden Katzen gehören.

Ein paar Gendarmen waren auch noch unterwegs. Rio sah zwei von ihnen in ihren schmucken dunkelblauen Uniformen den Gehsteig entlangwandern. Sie trugen glockenförmige Hüte, Degen mit Messinggriffen und lange Gehstöcke. Nach ein paar Schritten überquerten sie vor ihm die Straße. Einer stieß dabei den Stock mehrmals geräuschvoll aufs Pflaster, verkündete mit lauter Stimme die Uhrzeit und ließ den traditionellen Ruf erschallen, der den Stadtbewohnern das Gefühl geben sollte, die Straßen wären ruhig und sicher.

Rio ging den Uniformierten aus dem Weg. Er folgte einer engen Gasse, die an der Kathedrale entlang zur Rue de Chartres führte. Von dort war es nur noch ein Katzensprung bis zur

Passage. Aus der Tür einer Bar drang der Geruch von scharfen Getränken und Sägemehl. Mit Letzterem bestreute man die Böden der Trinkhallen, damit sie später leichter zu reinigen waren. An einem Tisch am Fenster saß Pépé Llulla, der Fechtmeister, der für seine friedlichen Ansichten und seine tödliche Präzision bekannt war. Neben ihm erkannte Rio Pasquale, den Mann, den man La Roche nannte.

Nach kurzem Zögern trat Rio in die Bar. Seine Laune war nicht die beste, und er hatte nicht vergessen, was man sich über den Maître aus Italien erzählte. Gegen einen handfesten Streit hatte Rio nichts einzuwenden. Er war in der richtigen Stimmung dafür.

»Willkommen, *mon ami*«, sagte Pépé. Er begleitete seine Worte mit einer einladenden Geste. Rio holte sich an der Bar einen Drink, dann setzte er sich zu den Männern. »Was treibt dich um diese Zeit noch aus dem Haus?«, fragte Pépé schließlich.

»Was denkst du wohl?« Der Ruf, ein Freund des schönen Geschlechtes zu sein, brachte gewisse Vorteile mit sich. Mit dem Hinweis auf ein diskretes Treffen zu später Stunde ließ sich so manches erklären.

»Ist sie schön?«

»Sind sie das nicht alle?«

Pépé wusste, dass Rio ihm auswich. Er lächelte amüsiert und verfolgte das Thema nicht weiter. Falls er von Rios Interesse an Mademoiselle Vallier wusste, ließ er es sich nicht anmerken. »Hast du heute Abend zufällig O'Neill oder Croquere gesehen?«, fragte Rio.

»Ich glaube, Croquere war bei dem Boxkampf. Auch unser irischer Freund könnte dort hingegangen sein. Immerhin behauptet er von sich, er sei mit den Fäusten genauso schnell wie mit dem Degen.«

»Aber natürlich. Darauf hätte ich selbst kommen können.«

»Sicher ist der Kampf inzwischen vorbei. Übrigens, kennst du La Roche?«

»Nur vom Sehen. Ich glaube, wir sind einander noch nicht vorgestellt worden«, antwortete Rio. Er erhob sich und deutete eine Verbeugung an. Pasquale tat es ihm gleich. »Sehr erfreut, Sir.«

La Roche betonte pflichtgemäß, die Freude läge ganz bei ihm, dann setzten sie sich wieder. Pépé sorgte dafür, dass die Unterhaltung in Gang blieb. Rio erfuhr, dass La Roche in Italien geboren und der Sohn einer italienischen Mutter war. Zum Vater hatte er angeblich einen englischen Herzog, der offenbar Italien und die benachbarten Länder bereist hatte. Das erklärte La Roches beachtliche Größe, die breiten Schultern und das kantige Kinn. Er erwies sich als angenehmer Gesprächspartner mit einem trockenen Humor, der außerdem nicht dazu neigte, leichtfertig zum Degen zu greifen. Schade nur, dass Graf de Lérida ihn sich verpflichtet hatte. Sonst hätte sich Rio gut vorstellen können, mit dem Italiener Freundschaft zu schließen.

»*Eh bien,* Señor«, sagte La Roche nach einer Weile. »Sie leben also hier in New Orleans?«

»Im Augenblick zumindest.«

»Haben Sie denn vor, nach Spanien zurückzukehren?«

»Ich wüsste nicht, wozu.«

»Sehnt sich nicht jeder Mann nach seiner Heimat?«

»Meiner Erfahrung nach schwindet das Heimweh im Laufe der Zeit. Wollen Sie denn nach Italien zurückkehren?«, fragte Rio. Er wunderte sich ein wenig darüber, dass La Roche so hartnäckig an diesem Thema festhielt.

»Ja, vielleicht. Man sagt, der Sommer hier sei kaum auszuhalten.«

»Ich habe noch keinen erlebt.«

»Ich auch nicht.« La Roche wandte sich an Pépé. »Ist es wirklich so schlimm, wie alle erzählen?«

»Es ist die Hölle, meine Freunde. Jedes Jahr schwöre ich mir aufs Neue, dass ich mir das nicht noch einmal antue. Trotzdem schaffe ich es nicht, der Stadt den Rücken zu kehren.«

»Wohin würdest du denn gern flüchten?«

»An den Golf, in die Nähe von Biloxi, oder auf eine der vorgelagerten Inseln. Auch am Ouachita River oder auf der Plantage eines großzügigen Pflanzers könnte der Sommer recht angenehm sein. Selbst eine Reise mit einem Dampfschiff, das gen Norden fährt, ist in dieser Zeit einem Aufenthalt in der Stadt vorzuziehen.«

»Und warum bleibst du trotz allem hier?«

Pépé drehte sein Weinglas zwischen den Händen. »Es erscheint mir irgendwie feige, vor Kleinigkeiten wie der Hitze und dem Fieber davonzulaufen. Und ein Feigling bin ich schließlich nicht.«

»Und wenn du eine Familie hättest?«

»Das wäre etwas anderes. Wenn es darum geht, die Seinen zu schützen, darf man ruhig einmal übervorsichtig sein.«

Rio musterte Pasquale. »Sie haben weder Frau noch Kinder?«

Der Italiener schüttelte den Kopf. »Man kann nicht gleichzeitig ein guter Fechtmeister und ein guter Ehegatte und Vater sein. Das eine lenkt vom anderen ab. Aber wie steht es mit Ihnen?«

»Genauso.« Rio erinnerte der Verlauf des Gesprächs an die ersten Augenblicke eines Kampfes, wenn die Gegner versuchten, die Stärken und Schwächen ihres Gegenübers ausfindig zu machen. Er beschloss, zum Angriff überzugehen. »Sie sind immerhin schon lange genug in der Stadt, um die Bekanntschaft des Grafen de Lérida gemacht zu haben. Oder sind Sie ihm bereits vorher begegnet? Vielleicht sind Sie ja sogar auf demselben Schiff gereist.«

»Ach ja, der Graf, ein Mann von Welt.« Pasquales Lächeln wirkte ein wenig angestrengt. »Woher wissen Sie denn, dass wir uns kennen?«

»Ich erinnere mich nicht, wie ich davon erfahren habe.« Rio lehnte sich zurück. »Es wird so viel geredet.«

»Offen gestanden finde ich es beunruhigend, dass über meine persönlichen Angelegenheiten scheinbar so leichtfertig geplaudert wird.« La Roches Blick wurde hart.

Pépé blickte ein wenig besorgt von einem Mann zum anderen. »Klatsch und Tratsch gehören in New Orleans geradezu zum guten Ton«, sagte er beschwichtigend.

»Allerdings«, sagte Rio. »Wer sich daran stört, sollte tunlichst alles vermeiden, womit er das Gerede anheizen könnte.«

»Was wollen Sie damit sagen?« Die Stimme des Italieners klang kühl.

»Für einen Fechtmeister ist es zwar nicht einfach, stets eine reine Weste zu behalten, aber es ist nicht unmöglich.«

»Gibt es etwas, das ich in diesem Zusammenhang lieber unterlassen sollte?«

Rio sah dem Italiener fest in die Augen. »Das müssen Sie mit sich selbst und Ihrem Gewissen abmachen.«

Sein Gegenüber musterte ihn lange und eingehend. Offenbar nahm La Roche keinen Anstoß an dieser Antwort. Er verengte nur die Augen ein wenig und sagte dann: »Soweit ich weiß, sind Sie noch nicht viel länger in der Stadt als ich selbst. Wo waren Sie denn überall, seit Sie Spanien verlassen haben?«

»An vielen Orten. Aber keiner davon ist mir zur Heimat geworden.«

»Sicher kennen Sie Havanna.«

»Ich war dort.«

Um La Roches Lippen spielte ein schiefes Lächeln. »Sie haben Spuren hinterlassen. Einige Gentlemen sind seit Ihrem Besuch in der Stadt um ein paar Narben reicher.«

Rios Pulsschlag beschleunigte sich in dem Maße, wie sich seine Aufmerksamkeit schärfte. Offenbar war er nicht der Einzige, der das Kommen und Gehen anderer Leute mit Interesse verfolgte. »Sie sind gut informiert.«

»Havanna ist eine schöne Stadt. Ein wenig erinnert sie an New Orleans. Es heißt, Sie wären auch in Rom und Paris gewesen.«

»Haben Sie diese Städte ebenfalls besucht?«

»Ja. Offenbar sind wir derselben Route gefolgt.«

»Welch ein glücklicher Zufall.« Mehr sagte Rio nicht. Er wollte sehen, ob der Italiener von sich aus noch mehr preisgeben würde.

»Schon möglich. Sollen wir auf das Glück anstoßen?«

So leicht ließ sich La Roche nicht aus der Reserve locken. Das war verständlich. Die meisten Fechtmeister, die Rio kannte, sprachen nicht gern über ihre Vergangenheit. Selbst Nachfragen, wie und warum sie gerade nach New Orleans gekommen waren, wurden als aufdringlich empfunden. La Roches hartnäckiges Beharren auf dem Thema musste also einen Grund haben. Wollte er andeuten, dass er Rio gefolgt war? Rio überlegte angestrengt, ob er bei einem der zahllosen Duelle, die seinen Weg pflasterten, womöglich einen Freund oder einen Verwandten des Italieners verwundet hatte. Das würde erklären, warum sich dieser mit dem Grafen zusammengetan hatte. Zu gern hätte Rio gewusst, ob La Roche nach einer Gelegenheit für eine Herausforderung suchte.

Er hob sein Glas und schlug einen verbindlichen Ton an. »Auf das Glück und die glücklichen Zufälle.«

Bald darauf verließ er die Bar. Pépé versuchte, ihn zum Bleiben zu überreden, aber Rio wollte nicht länger verweilen. Denys Valliers Verschwinden stellte ihn vor gewisse Probleme, und er wusste noch nicht, ob sie lösbar waren. Auch wie viel Zeit ihm für eine Lösung blieb, vermochte er nicht abzuschätzen. Der Graf war ein alter Wolf, der sich als betulicher Gentleman tarnte. Seine Fangzähne verbarg er hinter der etwas albern anmutenden Maske aus Jovialität und Hochmut, mit der er jeden zu täuschen vermochte, der ihn nicht näher kannte. Offene Konfrontationen vermied er nach Kräften. Er verfolgte seine Ziele vielmehr mit List.

Während Rios Aufenthalt in der Bar war der Nebel dichter geworden. Wie eine dicke Decke lag er über den Straßen. Rio konnte kaum seine Stiefelspitzen sehen. Gespenstisch schob sich der Dunst um die Ecken und sammelte sich unter den Torbögen zu undurchdringlich scheinenden Wolken. Selbst die Geräusche hatten sich verändert. Das empörte Fauchen einer Katze, die sich vor Rios Stiefel in Sicherheit brachte, klang, als käme es aus weiter Entfernung. Gleichzeitig hörte sich das ferne Heulen eines Hundes an, als wäre das Tier zum Greifen nahe. Alte Weiber orakelten gern, dass sich der Tod auf diese Weise ankündige. Aber Rio hatte für derlei Aberglauben nichts übrig.

Wie Dämonen tauchten die Männer aus dem Nebel auf. Aus einem Torbogen heraus warfen sie sich Rio in den Weg. Sie waren zu dritt und schlugen schnell und fast geräuschlos zu. Nur die Knüppel in ihren Händen zischten, wenn sie durch die Luft sausten. Diese Kerle waren Gewohnheitsverbrecher aus den Docks, darauf aus, hilflose Betrunkene zu berauben.

Doch diesmal hatten sie die Rechnung ohne den Wirt gemacht. Mit einem schnellen Schritt wich Rio zurück. Das Fauchen der Klinge, die er reflexartig aus der Scheide riss, war eine leise, tödliche Warnung.

Doch dann traf ihn ein erster Schlag von hinten. Rio sah ihn nicht kommen, er spürte ihn nur und versuchte im letzten Augenblick auszuweichen. Das gelang ihm lediglich zum Teil. Der Knüppel traf seine verletzte linke Schulter und lähmte seinen Arm bis zu den Fingerspitzen. Der durchdringende Schmerz ließ Rio aufstöhnen. Er duckte sich, vollführte dabei eine schnelle Drehung und sprang vom Bürgersteig auf die schlammige Straße. Seine Angreifer waren zu fünft, nicht zu dritt, wie er anfangs geglaubt hatte. Rio wich zurück, bis er alle fünf vor sich hatte.

Mit gezückten Messern und hoch erhobenen Knüppeln bauten sie sich vor ihm auf. Einen Augenblick lang sah es so aus, als wolle keiner Rios Klinge schmecken. Doch dann stürzten sie alle gleichzeitig auf ihn zu. Schreiend, fluchend und wild um sich schlagend griffen sie an.

Dem Ersten zog Rio den Degen quer über die Brust. Der Angreifer sprang zurück und hielt sich die klaffende Wunde. Dem zweiten Mann gelang es durch eine rasche Drehung, Rios Angriff auszuweichen. Der dritte parierte Rios Hieb mit dem Knüppel. Die Klinge fraß sich in das Holz und verklemmte sich dort. Der Angreifer zerrte an dem groben Holz und versuchte so, Rio die Waffe aus der Hand zu reißen. Doch Rio ließ sich nicht abschütteln, obwohl jede der heftigen Bewegungen heiße Wellen des Schmerzes durch seine verletzte Schulter rollen ließ. Sein linker Arm hing noch immer nutzlos und wie gelähmt herab.

In diesem Augenblick nahten schnelle Schritte. Rio hatte keine Zeit zu überlegen, ob sich ein Gendarm oder noch mehr Gesindel näherte. Er brauchte seine ganze Kraft und Konzentration, um die Angriffe der Männer abzuwehren.

Doch plötzlich war er nicht mehr allein. Eine große, athletische Gestalt stand an seiner Seite. Rio hörte das vertraute Geräusch einer Klinge, die aus der schützenden Scheide gerissen wurde. Nun blitzten den Feinden zwei Degen entgegen.

Die Angreifer wichen verwirrt zurück. Hastig versuchten sie, aus der Reichweite der tödlichen Klingen zu entkommen. Fluchend und schreiend verschwanden die ersten drei im Nebel. Schließlich machten auch die beiden anderen auf dem Absatz kehrt und stürzten davon.

Rio richtete sich auf und ließ den Degen sinken. Jetzt erst hatte er Zeit, seinen Helfer in Augenschein zu nehmen. Neben ihm stand Nicholas Pasquale. Der Italiener wirkte entspannt und unbekümmert. Er schien kaum außer Atem zu sein. Rios erstaunten Blick quittierte er mit einem Lächeln.

»Nun, Monsieur?«

»Sie kamen gerade zur rechten Zeit«, antwortete Rio. Ein wenig verspätet verbeugte er sich. »Ich stehe in Ihrer Schuld.«

»Aber ganz und gar nicht«, entgegnete der Italiener höflich.

»Ich bestehe darauf.«

»Warum denn? Sicher hätten Sie an meiner Stelle dasselbe getan. Aber wie ich sehe, haben Sie etwas abbekommen.« Er nickte in Richtung des Armes, den Rio mit der Rechten an seinen Körper drückte. »Brauchen Sie einen Arzt?«

Rio stellte mit Genugtuung fest, dass La Roche ihm durchaus zutraute, das Ausmaß der Verletzung selbst einzuschätzen. Daraus schloss er, dass der Italiener selbst schon die eine oder andere Blessur davongetragen hatte. Rio bewegte erst vorsichtig die Finger der linken Hand, dann den Ellbogen. Dabei hielt er die verletzte Schulter weiterhin mit der Hand fest. »Ich glaube nicht«, sagte er schließlich.

»Erlauben Sie mir, Sie bis zu Ihrem Studio zu begleiten. Möglicherweise kommen Ihre Freunde noch einmal zurück.«

»Das ist sehr großzügig von Ihnen. Aber die Kerle haben sicher genug.«

»Man kann nie wissen.« Der Italiener deutete in die Richtung, die Rio eingeschlagen hatte. »Sie wollten doch zurück in die Passage, nicht wahr? Sollen wir uns gleich auf den Weg machen?«

Rio glaubte zwar nicht, dass er der Begleitung La Roches

bedurfte, doch er beschloss, sich diplomatisch zu verhalten. Mit einem kurzen Nicken lud er den Mann ein, mit ihm zu gehen. Schweigend stapften sie nebeneinander her.

»Offenbar haben Sie Feinde, Monsieur«, sagte La Roche nach einer Weile.

»Wie kommen Sie denn darauf?«

»Normalerweise fallen Räuber und Banditen nicht gleich zu fünft über einen Einzelnen her. Aber diese Männer schienen um Ihre Gefährlichkeit zu wissen. Daher die große Zahl der Angreifer. Ich würde jede Wette eingehen, dass jemand sie dafür bezahlt hat, Sie aus dem Weg zu schaffen.«

Auch Rio hatte schon an diese Möglichkeit gedacht. Aber er verspürte keine Lust, mit einem Fremden, der außerdem sein Feind sein konnte, darüber zu reden. »Schon möglich.«

»Verdächtigen Sie eine bestimmte Person?«

»Vielleicht.«

»Sie möchten nicht darüber sprechen. Das ist Ihr gutes Recht. Aber ich rate Ihnen, in nächster Zeit besonders vorsichtig zu sein.«

Rio starrte seinen Begleiter durchdringend an. Zu gern hätte er erfahren, was der Mann über ihn wusste und welche Verbindung er zum Grafen hatte. Aber wenn Pasquale tatsächlich für den spanischen Edelmann arbeitete, durfte sich Rio ohnehin keine ehrliche Antwort auf seine Fragen erhoffen. Falls der Italiener aber nichts mit dem Grafen zu tun hatte, wollte Rio ihn auf keinen Fall in die Angelegenheit hineinziehen. »Danke«, sagte er schließlich mit großem Ernst. »Ich werde daran denken.«

La Roche begleitete ihn bis vor das Studio. Nachdem sie sich verabschiedet hatten, stieg Rio die Stufen zu seinen privaten Räumen hinauf. Die Türen musste er selbst aufschließen, denn von Olivier fehlte noch immer jede Spur.

Mit einiger Mühe schälte sich Rio aus seinem Gehrock.

Das Hemd knöpfte er sich mit den Fingern der rechten Hand auf. Dann betrachtete er seine linke Schulter in dem kleinen Rasierspiegel auf dem Waschtisch. Blutergüsse hatten die Haut violett verfärbt, und um das Gelenk hatte sich eine gewaltige Schwellung gebildet. Rio vermutete dennoch, dass alle Knochen heil geblieben waren. Sicher konnte er sich dessen allerdings nicht sein.

»Monsieur Rio!«

Olivier erschien an der Schlafzimmertür, betrat eilig den Raum und schloss die Tür hinter sich.

»Wurde auch Zeit«, knurrte Rio.

»Ich wäre ja hier gewesen. Aber Suzette sorgte sich um ihre *Mam'zelle,* weil sie heute nur in Begleitung ihrer Tante war. Ich habe die Damen gewissermaßen nach Hause geleitet.«

Rio bemerkte den vorwurfsvollen Unterton in Oliviers Stimme durchaus. »Willst du damit sagen, dass das meine Aufgabe gewesen wäre? Eigentlich bin ich davon ausgegangen, dass unzählige Herren einander diese Ehre streitig machen würden.«

»So war es auch. Der Gastgeber brachte die Damen schließlich sogar persönlich nach Hause. Aber sicher ist sicher.«

Rio antwortete mit einem Grunzlaut. Olivier vermochte nicht zu sagen, ob das eine Antwort auf das Gehörte sein sollte oder ob er die verletzte Schulter seines Herrn zu fest gedrückt hatte.

»Das Gelenk ist angeschwollen, aber nicht ausgekugelt«, sagte der *Majordomo.* »Setzen Sie sich. Ich kümmere mich darum.«

Leise fluchend ließ sich Rio auf einem Stuhl nieder. »Mach schnell, und leg mir einen festen Verband an.«

»Selbstverständlich«, sagte Olivier grimmig. »Niemand wird merken, dass Sie nahezu kampfunfähig sind.«

Dreizehntes Kapitel

Am nächsten Morgen erhob sich Rio erst spät. In letzter Zeit waren die Nächte lang gewesen, und er hatte oft schon vor Tagesanbruch aus den Federn gemusst. Außerdem hatte Olivier ihm gegen den Schmerz in der Schulter in der Nacht noch mehrere Gläser alten Cognacs eingegossen. Es war Caid, der Rio schließlich weckte. Er balancierte ein kleines Tablett auf der Hand. Ein schiefes Lächeln ließ seine herben Züge ein wenig weicher aussehen als sonst.

»*Alà vous café*«, sagte er trocken. Das war der Gruß eines Sklaven, der die Aufgabe hatte, seinen Herrn am Morgen zu wecken. »Olivier sagte mir, du hättest gestern Abend gewisse Unannehmlichkeiten gehabt.«

»Das kann man wohl sagen.« Rio fuhr sich durchs Haar und über die Augen. Dann setzte er sich auf. Olivier war Caid ins Zimmer gefolgt. Eilig stopfte er Rio die Kopfkissen in den Rücken. Rio lehnte sich zurück und hätte vor Schmerz am liebsten laut aufgestöhnt.

Caid verzog das Gesicht zu einer mitleidigen Grimasse. »Wie geht es deiner Schulter?«

»Sie ist ziemlich steif.«

»Das überrascht mich nicht. Dabei musst du heute Unterricht geben.«

»Ja, aber ich werde das Studio heute geschlossen lassen. Es gibt noch andere Pflichten, die mich rufen. Für die nächste Runde bin ich dann wieder bereit.« Die meisten Fechtmeister unterrichteten nur an drei Tagen in der Woche. Zwischendurch mussten sie sich von den Anstrengungen erholen.

»Was auch immer es ist, versuch, dich zu schonen. Du musst deine Schulter auskurieren. Wer soll denn morgens in aller Frühe unter den Eichen für Unterhaltung sorgen, wenn du es nicht mehr kannst?«

»In diesem Fall musst du eben in meine Fußstapfen treten.«

»Vielen Dank. Aber ich demonstriere mein Können lieber unter weniger dramatischen Umständen.«

Ein anderer hätte Caids Worte als Schwäche deuten können, aber Rio kannte den Iren. Im Grunde war Caid ein friedfertiger Geselle. Er war groß wie ein Bär, lächelte gern, sprach mit leiser Stimme und ließ sich nicht leicht provozieren. Einmal in Rage, entpuppte er sich jedoch schnell als brandgefährlich. »Gut«, sagte Rio. »Dann macht es dir sicher nichts aus, mir bei einer kleinen Aufgabe ein wenig zur Hand zu gehen.«

»Wie du meinst.« Caid ließ sich auf einem Stuhl am Fenster nieder. Er setzte einen Fuß auf die Stuhlkante und umfasste den Knöchel. Olivier nahm eine zweite Tasse vom Tablett und goss dampfenden Kaffee hinein. »Hmm, Havanabohnen«, sagte Caid. Dabei sog er genießerisch das köstliche Aroma ein.

Rio warf Olivier einen fragenden Blick zu. Olivier, der die meisten Einkäufe für den Haushalt tätigte, nickte. Zu Caid sagte Rio: »Bist du seit deiner Ankunft in New Orleans zum Kaffeekenner geworden?«

»Das lässt sich kaum vermeiden. Außerdem habe ich in der *L'Abeille* von dem Schiff aus Havanna und seiner Ladung gelesen. Es hat übrigens auch Wein an Bord, falls du deinen Vorrat ein wenig aufstocken möchtest. Man spricht von fünfzig Kisten Chateau Laffitte, ein Dutzend Flaschen die Kiste.«

»Und du beabsichtigst, in deinem Studio zukünftig Laffitte auszuschenken?«

»Im Leben nicht. Das würde mein Geldbeutel nicht zulassen. Außerdem wüssten die jungen Spunde, die sich bei mir tummeln, den guten Tropfen gar nicht zu schätzen. Eine Kiste St. Emiline und ein oder zwei Fässer Bordeaux tun es für das Studio auch.«

»Ich glaube, wir sollten ebenfalls Wein kaufen, solange noch nicht alles weg ist, nicht wahr, Olivier?«

»Ich kümmere mich darum«, sagte der *Majordomo* sofort.

»Vielleicht könntest du auch gleich Caids Bestellung für ihn aufgeben. Ich brauche ihn nämlich für eine andere Angelegenheit.«

»Gern.«

Caid legte den Kopf schief. »Was gibt es denn so Wichtiges? Heraus mit der Sprache, du machst mich neugierig.«

»Es geht um den jungen Vallier.«

»Was hat er denn jetzt schon wieder angestellt?«

»Das wüsste ich auch gern. Wenn er nicht wider Erwarten heute Nacht aufgetaucht ist, bricht nun der dritte Tag an, an dem er nicht mehr zu Hause gesehen wurde.«

»Seine holde Schwester hat dich wohl gebeten, ihn ausfindig zu machen? Oder gibt sie dir etwa die Schuld für sein Verschwinden?«

»Das tue ich schon selbst«, sagte Rio. Dann erzählte er Caid von seinem Gespräch mit Denys Vallier.

Caid schürzte die Lippen und verengte die Augen zu Schlitzen. Er hörte schweigend zu. »Vielleicht ist ihm wirklich etwas zugestoßen. Andererseits könnte ich mir durchaus auch vorstellen, dass er zu einer Bullenhatz oder zu einem Hahnenkampf aufs Land gefahren ist und quietschvergnügt seinen Leidenschaften frönt.«

»Ohne seiner Familie eine Nachricht zu hinterlassen?«

»Nun ja. Vielleicht ist er ja auch dem Charme einer Quadrone verfallen, oder den Reizen einer der Frauen, die in bestimmten Straßen an den Fenstern sitzen. Davon würde ein junger Mann aus gutem Hause den Damen der Familie sicher nicht berichten.«

»Aber selbst in diesem Fall müsste irgendjemand Bescheid wissen – ein Freund oder auch sein Vater.«

Olivier ging durch das Zimmer, rückte hier und da einen Gegenstand zurecht und zog die Vorhänge auf. Er warf Rio einen vielsagenden Blick zu, doch sein Herr schenkte ihm keine Beachtung.

»Das stimmt«, sagte Caid.

»Mir gefällt die Sache nicht. Und wenn wir noch länger darauf warten, dass Vallier von selbst wieder auftaucht, könnte es zu spät sein.«

»Aber wo sollen wir mit der Suche beginnen?«

Olivier räusperte sich. »Darf ich vielleicht einen Vorschlag machen?«

Rio wusste nicht, ob er den Vorschlag hören wollte. Dennoch hob er fragend eine Augenbraue.

»Man könnte Erkundigungen unter jenen anstellen, die in den weniger respektablen Etablissements der Stadt arbeiten, und in den Häusern, wo die Damen an den Fenstern sitzen.«

Hinter Oliviers Worten verbarg sich der Vorschlag, das gut funktionierende Nachrichtensystem der Sklaven zu benutzen. Wer Klatsch, Tratsch und alle Arten von Neuigkeiten erfahren wollte, musste sich mit den Sklaven gut stellen. Unter ihnen verbreiteten sich Nachrichten schneller, als ein Mann laufen konnte. Wenn ein junger Herr aus gutem Hause in den Armen einer wenig tugendhaften Dame die Zeit vergessen hatte, so gab es mit Sicherheit einen Diener, der davon wusste.

»Diese Aufgabe lege ich genau wie die Besorgung des Weins vertrauensvoll in deine Hände«, sagte Rio mit einem kurzen Nicken. »Caid und ich nehmen uns in der Zwischenzeit die Docks vor.«

Caid hob eine Augenbraue. »Vor oder nach den Spielhallen?«

»Dort haben schon andere nach ihm gesucht. Für uns hat man die interessanteren Viertel übrig gelassen.«

»Dann wartet viel Arbeit auf uns. Sollen wir Gilbert und Bastile um Hilfe bitten?«

»Gute Idee. Glaubst du, sie haben Zeit?«

»Sie wären verärgert, wenn wir sie nicht wenigstens fragen.«

»Gut. Du könntest sie gleich wecken gehen, während ich mich fertig mache.«

Caid war einverstanden und machte sich auf den Weg. Olivier half Rio in graue Hosen, eine Weste aus grauer Merinowolle mit schwarzen Stickereien und in schwarze Stiefel aus spanischem Leder. Er band seinem Herrn die Krawatte mit einem einfachen Knoten und zog ihm vorsichtig einen schwarzen Gehrock mit einem Samtkragen und grauen Knöpfen aus echten Perlen an. Dann reichte er ihm den Degen. Einen Augenblick lang wischte er überflüssigerweise mit dem Ärmel an Rios Hut herum.

»Sie werden doch auf sich achtgeben?«, fragte Olivier schließlich.

Rio warf ihm einen amüsierten Blick zu. »Machst du dir etwa Sorgen, Mama?«

»Sie sind nicht im Vollbesitz Ihrer Kräfte.«

»Ich weiß. Aber der sicherste Weg, Raubtiere anzulocken, ist, sie Blut riechen zu lassen.«

»Deshalb wollen Sie so tun, als fehle Ihnen nichts. Aber was ist, wenn man Sie herausfordert?«

»Dann werde ich kämpfen.«

Olivier schüttelte den Kopf. »Das können Sie nicht.«

»Ich muss es tun. Sonst ist hier alles aus für mich. Hoffen wir, dass es nicht so weit kommt.«

»Die Hoffnung kostet nichts und kann Sie trotzdem teuer zu stehen kommen.«

»Bedeutungsvolle Worte«, sagte Rio. Dabei setzte er sich den Hut auf.

»Ein Spieler mag auf das Glück hoffen und dabei alles verlieren. Ein Mann mag hoffen, am Leben zu bleiben, und muss doch feststellen, dass andere ihn lieber tot sehen würden.«

»Mach dir keine Sorgen«, sagte Rio. Er drückte Oliviers Schulter. »Wenn es zum Äußersten kommt, werde ich dich Caid empfehlen. Du kannst immer noch als *Fainéant* in sein Studio gehen, wenn es meines nicht mehr gibt.«

»Als ob ich das täte!«

»Das war auch nicht ernst gemeint«, sagte Rio. Als *Fainéant* bezeichnete man einen männlichen Verwandten, der sich bei Freunden und Verwandten durchschmarotzte, ohne je eine Hand zu ehrlicher Arbeit zu rühren.

»Ich sorge mich nicht um…«

»Ich weiß«, sagte Rio. »Und ich danke dir dafür.« Rio lächelte und schüttelte seinen Freund und Majordomo dabei sanft. »Und nun Schluss mit dem Geunke, sonst lege ich mich wieder ins Bett und lasse mich von dir zu Tode pflegen.«

Rios Plan wurde mit aller gebotenen Vorsicht und genauso viel Elan in die Tat umgesetzt. Gilbert und Bastile zogen durch die Trinkhallen und Bars in den finstersten Winkeln der Stadt. Unterwegs begegneten ihnen Llulla und noch ein oder zwei andere Maîtres, die sich bereit erklärten, bei der Suche zu helfen. Caid begleitete Rio zu den Docks. Er wusste um die Gefahren, die dort lauerten, und gehörte zu den wenigen, die das wahre Ausmaß von Rios Verletzung kannten. Im Hafen befragten sie die Burschen, die Fässer über Planken auf die Dampfschiffe rollten, andere Lasten verluden und nebenher die Frachtpapiere kontrollierten. Rio und Caid wanderten an der langen Reihe von Schiffen entlang, die am Kai vertäut waren. An Bord einiger Lastkähne und Dampfschiffe sprachen sie mit der Besatzung. Aber niemand hatte einen jungen Mann gesehen, auf den Denys Valliers Beschreibung passte.

Im gesamten Hafenviertel herrschte das übliche geschäftige Treiben. Kutscher brüllten, damit man ihnen den Weg frei machte, und fliegende Händler boten lautstark ihre flüssigen oder essbaren Waren feil. Rio dachte angestrengt darüber nach, wie ein junger Mann unauffällig aus der Stadt geschafft werden konnte und welches Schiff dafür am ehesten infrage kam. Zu seinem Leidwesen musste er feststellen, dass sich dafür fast jedes eignete.

In der kalten Luft vermischte sich der Gestank von verdorbener Melasse, verschüttetem Wein und schimmligem Mehl mit dem süßen Duft von Tabak, der dem Schiff aus Havanna entströmte. Schweine wühlten in den Abfallhaufen, die sich überall auftürmten. Ein Trio mit blauen Rüsseln hatte offenbar einen zerbrochenen Behälter entdeckt, in dem sich noch ein Rest Indigo befand. Ein paar Schritte weiter wurde ein Dampfschiff beladen, das den Fluss hinauf nach Louisville fahren sollte. Die Passagiere hatten sich bereits vor den Planken eingefunden, die von der Kaimauer an Bord führten. Ringsum spielten sich herzzerreißende Abschiedszenen ab, man rief nach Kindern, die durch die Menge tobten, und schalt unaufmerksame Kindermädchen. Die Reisenden suchten nach Kisten, Taschen und anderem Gepäck, während sie Hüte, Hauben und Röcke festhielten, damit der Winterwind sie ihnen nicht fortriss. Es war unmöglich, inmitten dieses Gewimmels einen klaren Gedanken zu fassen, geschweige denn, zu einer vernünftigen Entscheidung zu gelangen.

»Er könnte überall sein«, sagte Caid schließlich. Dabei stemmte er kopfschüttelnd die Hände in die Hüften.

»Du hast recht«, sagte Rio.

»Möglicherweise ist er inzwischen schon wieder zu Hause

bei seiner Schwester und beglückt sie mit blumigen Schilderungen seiner Abenteuer.«

»Daran habe ich auch schon gedacht.«

»Dann sollten wir uns erst einmal vergewissern, dass wir hier nicht unsere Zeit verschwenden.«

»Ich könnte eine Nachricht verfassen«, sagte Rio nach einigem Zögern.

»Wunderbar.« Caid drückte sich den Hut ein wenig fester auf den Kopf. »Gehen wir in die nächste Schankstube. Dort finden wir sicher Papier, Bleistift und etwas zu trinken.«

Sie kehrten ins Café des Réfugiés auf der Rue de la Levée ein. Caid kümmerte sich um die Getränke, während Rio die Nachricht schrieb. Er vertraute sie einem der Burschen an, die sich in der Hoffnung, mit Botengängen ein paar Münzen verdienen zu können, vor Kneipen und Kaffeehäusern herumtrieben. Olivier würde wieder einmal als Mittelsmann fungieren müssen.

Kurz nachdem die Nachricht auf den Weg gebracht worden war, nickte Caid in Richtung der Eingangstür. »Dein Freund, der mexikanische Gesandte – diesmal ohne den Grafen.«

»Ja, tatsächlich.« Rio musterte den dunkelhaarigen Neuankömmling mit dem Don-Quixote-Bart. »Ich frage mich …«

»Was denn?«

Rio antwortete nicht, sondern nahm einen Schluck von dem Kaffee mit Rum, den man ihnen inzwischen serviert hatte. Dann erhob er sich und ging zu dem Mexikaner. Der Mann wandte sich zu ihm um. Rio verbeugte sich tief und begrüßte den Gesandten mit einer in Spanien und Mexiko üblichen, überaus blumigen traditionellen Formel. »Sie sind offenbar allein hier, Señor«, fuhr er dann fort. »Möchten Sie sich zu uns setzen?« Rio deutete auf Caid, der ihn mit wachsender Neugier beobachtete.

»Das ist sehr freundlich von Ihnen, aber …«

»Ich bestehe darauf«, sagte Rio. »Sie würden uns eine große Ehre erweisen.«

Der mexikanische Gesandte ging vor Rio her zu dem Tisch, an dem Caid wartete. Auch der Ire verbeugte sich höflich. Nach dem Austausch der üblichen Höflichkeitsfloskeln hob der Mexikaner mit großer Geste die langen Schöße seines Fracks an und ließ sich auf einem Stuhl nieder. »Vielen Dank für die freundliche Einladung«, sagte er. »Als Fremder fühlt man sich in dieser Stadt gelegentlich ein wenig verloren. Wieder einmal statt Französisch oder statt des barbarischen Englischs den melodiösen Klang meiner eigenen Sprache hören zu dürfen, erfreut meine Ohren. Aber Ihr Spanisch klingt nicht, als stammten Sie aus Madrid, Señor de Silva. Ich glaube, einen Akzent ausmachen zu können, wie man ihn in der Gegend um Barcelona spricht.«

»Sie haben ein feines Gehör«, sagte Rio mit einem bestätigenden Nicken.

»Nur weil der Count de Lérida, den Sie sicherlich kennen, mir gesagt hat, dass er Katalane ist.«

»Wie geht es dem Grafen? Ich habe ihn in den letzten Tagen gar nicht mehr gesehen.«

»Er befindet sich wohl. Männern wie ihm geht es selten anders.«

»Männern wie ihm?« Rio horchte auf. Er glaubte, einen ironischen Unterton aus der Stimme seines Gegenübers herausgehört zu haben.

»Sie sind kein intimer Freund des Grafen?«

»Ganz und gar nicht.«

»Ich möchte niemandem zu nahe treten. Genau genommen sollte ich schweigen, aber ich ärgere mich zu sehr. Ich habe de Lérida heute Morgen schon getroffen, müssen Sie wissen.«

»In seinem Hotel? Sagen Sie, war Denys Vallier zufällig auch anwesend?«

»Sie sprechen vom Bruder der bezaubernden Mademoiselle Vallier, die der Graf zu ehelichen gedenkt? Ich bedaure, ich habe ihn nicht gesehen. Der Graf wollte unter vier Augen mit mir sprechen.«

Etwas anderes hatte Rio nicht erwartet. »Aber die Unterredung verlief nicht zu Ihrer Zufriedenheit?«

»Ich habe ihn nur aus Rücksicht auf meine Position als Gesandter meines Heimatlandes nicht herausgefordert!«

»Dann muss er Sie wirklich entsetzlich brüskiert haben.« Deutlicher konnte Rio nicht ausdrücken, dass er sich für die näheren Einzelheiten der Auseinandersetzung interessierte. Ungeduldig wartete er auf eine Antwort des Gesandten.

»So ist es. So viel Habgier und mangelnde Loyalität sind mir selten untergekommen. Mehr kann ich dazu nicht sagen.«

»Ich verstehe.«

»Ich dachte mir schon, dass wir ähnliche Ansichten haben. Und ich weiß auch, dass wir ein gemeinsames Interesse haben.«

Rio hob eine Augenbraue. »Das Streben nach Vollkommenheit im Umgang mit dem Degen?«

»Nein, nein, mein Freund. Ich spreche von der mexikanischen Vorherrschaft westlich des Sabine River. In Ihren Adern fließt das Blut des ruhmreichen spanischen Königreiches. Schon allein deshalb müssen Ihnen die mexikanischen Interessen am Herzen liegen.«

»Schon möglich«, antwortete Rio ausweichend. Ein gewisses Verständnis für die Bestrebungen der Mexikaner war eine Sache, sie zu unterstützen eine ganz andere.

Caid, der bis zu diesem Augenblick geschwiegen hatte, stieß ein schnaubendes Geräusch aus.

»Die Vereinigten Staaten sind ein so ehrgeiziges junges Land, finden Sie nicht, Sir?«, sagte der mexikanische Gesandte lächelnd zu dem Iren.

»Aye, und dabei nicht zimperlich. Aber auch recht stark.«

»Das muss an den hochgesteckten Hoffnungen und an der Tatkraft seiner Bürger liegen. Anders kann es kaum sein. Aber das Alter und die Erfahrung werden sich letztlich immer gegen das Ungestüm der Jugend durchsetzen.«

Der Ober brachte dem Mexikaner etwas zu trinken. Caid erhob sich und warf ein paar Münzen auf den Tisch. »Sie müssen mich entschuldigen, Gentlemen. Aber mir ist gerade eingefallen, dass ich noch etwas Dringendes zu erledigen habe.« Er setzte seinen Hut auf und legte als Abschiedsgruß einen Finger an die Krempe. »Es war mir ein Vergnügen, Señor. Wenn es dir recht ist, Rio, bin ich in einer Stunde bei dir im Studio.«

Rio wusste nichts von einer Erledigung, die keinen Aufschub duldete. Er nahm an, dass Caid andere Gründe hatte, das Lokal so überstürzt zu verlassen. Vielleicht missfiel ihm das Thema der Unterhaltung – oder er vermutete, dass der Mexikaner offener sprechen würde, wenn er mit Rio allein war. Und tatsächlich, kaum war Caid zur Tür hinaus, da rückte der Gesandte schon seinen Stuhl ein wenig näher an Rio heran und senkte die Stimme.

»Ich bin froh, dass wir uns nun ungestört unterhalten können, Señor de Silva. Mir kam soeben der Gedanke, dass wir einige gemeinsame Interessen haben, über die wir unbedingt reden sollten.«

»Wie zum Beispiel?«

»Einfluss, um es auf einen Nenner zu bringen. Ich spreche von der Achtung, die die französisch-kreolische Aristokratie Ihnen und den anderen *Maîtres d'Armes* zollt, von den Möglichkeiten, die Männer wie Sie haben, ihre politische Einstellung anderen näherzubringen.«

»Berichtigen Sie mich, wenn ich mich täusche«, sagte Rio. »Aber Gerüchten zufolge unterstützt Graf de Lérida Sie doch bereits in dieser Angelegenheit.«

»Wir haben darüber gesprochen, das gebe ich gern zu.« Der Gesandte zuckte die Achseln. »Aber der Einfluss des Grafen steht in keinem Verhältnis zu dem Preis, den wir dafür bezahlen müssten.«

»Er verlangt zu viel für seine Dienste?«

»Seine Habgier wird nur noch von seiner Arroganz übertroffen.«

»Sie konnten sich also nicht einigen.«

»Kurz gesagt: nein. Als ich ihm sagte, dass sich Mexiko nicht verschulden würde, um sich seine Gunst zu erkaufen, deutete er an, er könne sein Wissen um unsere Ziele an diejenigen verhökern, die den größten Nutzen daraus ziehen würden.«

»Das ist tatsächlich ein Zeichen großer Arroganz.«

»Eine solche Drohung verrät den wahren Charakter eines Mannes. Wenn Mexiko seine Ziele tatsächlich nur mit der Hilfe dieses aristokratischen Abschaums erreichen kann, ist es mir fast lieber, es erreicht sie gar nicht.«

»Der Graf muss sich in einer verzweifelten Lage befinden. Würde er sonst versuchen, Sie und Ihr Land zu erpressen?«

Die Augen des Gesandten wurden hart wie Glas. »Ich wusste um seinen finanziellen Engpass. Deshalb habe ich ihn ja vor einigen Wochen aufgesucht. Anfangs schien er recht vernünftig zu sein. Aber das hat sich inzwischen geändert. Meinetwegen könnte er in der Gosse enden. Ich würde keinen Finger für ihn rühren.«

Der Graf hatte sich offenbar einen neuen Feind gemacht. Rio fragte sich, ob er das wusste. Wenn sich der spanische Edelmann nun nicht mehr an den Mexikanern bereichern konnte, war seine finanzielle Lage inzwischen womöglich ziemlich prekär. In diesem Fall konnte eine baldige Heirat die einzige Rettung für ihn bedeuten. Ein beunruhigender Gedanke.

»Das klingt alles sehr unerfreulich«, sagte Rio ernst. »Der Graf hat Sie in eine sehr unangenehme Situation gebracht.«

»Deshalb hoffe ich auch auf Ihre Hilfe. Sie könnten die Rolle übernehmen, die ursprünglich ihm zugedacht war. Ich würde sogar sagen, Sie könnten meinem Land dienlicher sein, als er es je war.«

»Ihre Zuversicht ehrt mich«, murmelte Rio ein wenig abwesend. Seine Gedanken kreisten um andere Dinge.

»Glauben Sie mir, ich versuche nicht, Ihnen zu schmeicheln. Meine Regierung würde sich innerhalb eines angemessenen Rahmens als überaus dankbar erweisen. Sicherlich könnten wir zu einer Übereinkunft kommen, die für alle Seiten von Vorteil ist.«

»Ihr Vorschlag hat durchaus seinen Reiz«, sagte Rio. Dabei starrte er angestrengt in seine leere Tasse. »Ich werde ernsthaft darüber nachdenken.«

»Tun Sie das. Ich würde mich freuen, bald von Ihnen zu hören.« Der Gesandte machte eine ausholende Geste mit seinem Glas. »Die Vorsehung hat uns heute hier zusammengeführt, dessen bin ich gewiss.«

Rio war sich längst nicht so sicher, aber er behielt seine Zweifel für sich.

»Und?«, sagte Caid. Er hatte Rio wie verabredet im Studio aufgesucht und sich angehört, was der Mexikaner vorgeschlagen hatte. »Du wirst dich doch nicht von dem Kerl kaufen lassen?«

»Warum sollte ich nicht die Stelle des Grafen einnehmen, wenn ich damit verhindern kann, dass er von den Mexikanern profitiert?«

»Vielleicht aus Loyalität einem Land gegenüber, das zu deiner Heimat werden könnte? Oder aus Abscheu gegenüber hinterhältigen Intrigen? Oder weil du weißt, dass es nicht klug ist, politische und berufliche Interessen zu vermischen? Such dir etwas aus.«

»Verlieren könnte hier vor allem die Republik Texas. Ich wüsste nicht, warum ich gerade den Texanern Loyalität schulden sollte.«

»Wenn Texas an die Mexikaner geht, schadet das den Vereinigten Staaten, dem Land der unbegrenzten Möglichkeiten. Von denen gibt es dann nämlich gleich bedeutend weniger.«

»Dann sollten sich die Führer des Landes, das so viel zu verlieren hat, vielleicht einmal in der Kunst des Kompromisses üben.«

»Mag sein. Aber ich fühle mich vor allem mit New Orleans verbunden, und dir dürfte es kaum anders ergehen. Die Stadtbewohner, die Burschen in den Straßen, die jungen Männer aus gutem Hause blicken zu uns auf. Sie wollen von uns lernen, wie sie sich schützen können. Die alten Männer verbeugen sich vor uns, sie bewundern unseren Mut, und die Damen lächeln uns an. Diese Leute haben uns bei sich aufgenommen, und dafür schulden wir ihnen Treue und Dank.«

»Das hört sich an, als wolltest du für immer hier bleiben.«

»Gut möglich.«

»Und was ist mit deiner geliebten grünen Insel, dem sagenumwobenen Irland?«

»Dort gibt es für mich kaum etwas, wofür es sich lohnen würde, noch einmal zurückzukehren«, antwortete Caid. »Dagegen könnte ich mir gut vorstellen, hier in dieser Stadt alt zu werden.«

Rio musterte den Iren aufmerksam. »Man könnte fast auf die Idee kommen, hinter deinen tiefen Gefühlen für New Orleans stecke eine Frau.«

»Ich wünschte, es wäre so. Aber bis jetzt hat sich nichts ergeben. Natürlich gibt es in dem Viertel, das man Irish Channel nennt, viele hübsche Mädchen, und jeden Tag kommen neue an. Aber *ich* habe noch keine Frau gefunden, die mich ans Heiraten denken lässt.«

»Willst du etwa *mir* damit Absichten dieser Art unterstellen?«

»Über deine Absichten weiß ich nichts Genaues. Aber ich bin sicher, dass eine gewisse junge Schönheit nur einmal leise ›Komm zu mir‹ flüstern müsste, und du würdest dir in der Eile, in die Rue Royale zu gelangen, fast deinen spanischen Dickkopf einrennen.«

Caids halb im Scherz gesprochene Bemerkung ließ sich zunächst leicht abtun. Doch dann erhielt Rio eine Antwort auf die Nachricht, die er ins Haus der Valliers geschickt hatte. Die ersten Worte, die ihm ins Auge sprangen, waren ›Ich muss dich sehen‹. Er starrte auf das Stück Papier in seinen Händen. Dabei stieg ihm die Hitze in den Kopf, und das Verlangen wurde so stark, dass es ihn zu überwältigen drohte. Das Vernünftigste, was er unter diesen Umständen tun konnte, war, sich von Celina Vallier fernzuhalten.

»Keine schlechten Nachrichten, hoffe ich?«, fragte Caid. Er musterte Rio aufmerksam.

»Der junge Vallier ist noch immer nicht zu Hause. Mehr steht hier nicht. Aber irgendetwas ist geschehen. Sie schreibt, sie müsse mich sehen.«

»Besteht vielleicht die Möglichkeit, dass sie sich nur nach deinen Küssen verzehrt?«

Rio warf seinem Freund einen grimmigen Blick zu.

»Dann nicht. Ich bitte um Vergebung. Gehst du hin?«

Nichts hätte Rio davon abhalten können. »Vielleicht.«

»Und wenn es eine Falle ist?«

»Warum sollte es?«, fragte Rio ungeduldig.

»Aus keinem besonderen Grund. Außer vielleicht, dass du leicht den Ruf und die Zukunft einer jungen Frau ruinieren könntest, die sich Hilfe suchend an dich gewendet hat.«

Rio wurde immer ärgerlicher. »Wenn du irgendein anderer Mann wärest …«, begann er in eisigem Ton.

»Wenn ich irgendein anderer wäre, würdest du mich herausfordern und mich in Stücke hauen – oder es zumindest versuchen. Aber ich bin dein Freund und sage dir ins Gesicht, dass das, was du tust, falsch ist.«

»Du weißt doch gar nicht, was ich tue! Und du kennst auch die Gründe dafür nicht.«

»Ich weiß, dass der Wunsch nach Rache dich so sehr blendet, dass du bereit bist, dafür alles zu opfern. Ich weiß, dass du deine Prinzipien aufgegeben hast, nur um demjenigen zu schaden, der dir ein Unrecht zugefügt hat. Du hast Denys Vallier in Gefahr gebracht, indem du ihn in deine Angelegenheiten hineingezogen hast. Und nun suchst du nach ihm – nicht um sein Leben zu retten, sondern in der Hoffnung, dadurch deinen eigenen Interessen dienen zu können. Und heute Nacht wirst du zu Celina Vallier gehen und ihr Liebesschwüre ins Ohr flüstern. Dabei ist das Herz in deiner Brust kalt wie Eis.«

Rio starrte den Iren ungläubig an. Dabei ging sein Atem so schwer und so schnell, dass sich seine Nasenflügel weiteten. »Bist du fertig?«

»Vorerst schon.«

»Dann lass mich dir sagen, dass … Nein. Vergiss es. Wenn du nicht inzwischen besser weißt, wer ich bin und was ich tun muss, dann sind auch die Gründe dafür unwichtig. Im Augenblick will ich nur eines von dir wissen: Hilfst du mir weiterhin bei der Suche nach Vallier? Hältst du zu mir oder nicht?«

»Ach, zum Teufel, Rio! Natürlich helfe ich dir. Ich lasse doch keinen Freund im Stich, nur weil er sturköpfig, starrsinnig und unvernünftig ist.«

Rio starrte Caid lange an. Dann schüttelte er den Kopf und stieß ein befreites Lachen aus. »Gut. Lass uns gehen. Wir dürfen keine Zeit verlieren.«

Vierzehntes Kapitel

Die Schritte auf der Treppe waren langsam und schwer, so als ob jemand eine große Last auf den Schultern trüge. Celina und Tante Marie Rose wechselten einen langen Blick. Die Türglocke hatten sie nicht gehört. Mortimers Schritte waren meist eilig und kurz, und Denys sprang stets leichtfüßig die Treppe hinauf.

»Papa«, murmelte Celina schließlich.

»Oh, *chère*«, sagte ihre Tante. Dabei suchte sie in ihrer Schürzentasche nach dem Riechsalz. »Ich befürchte das Schlimmste.«

Celina legte ihre Stickerei beiseite. Sie verließ den Salon und ging dem Vater entgegen. Er hob müde den Kopf und warf ihr einen ernsten Blick zu. Seine blassen Züge wirkten angespannt, seine Lippen waren grimmig zusammengepresst. Er hielt kurz inne und erklomm dann die letzten Stufen.

»Du hast noch immer nichts von Denys gehört?« Celina versuchte, ihre Stimme so beiläufig wie möglich klingen zu lassen. Aber sie konnte nicht verhindern, dass sie ein wenig zitterte, als sie den Namen ihres Bruders aussprach.

»Ich habe nichts von ihm gehört und ihn auch nirgendwo gesehen.«

Monsieur Vallier reichte Mortimer, der inzwischen herbeigeeilt war, Stock und Hut. Dann folgte er seiner Tochter in den Salon. Er begrüßte die Tante mit einem kurzen Nicken und goss sich aus der Kristallkaraffe, die auf einem silbernen Tablett bereitstand, ein Glas Claret ein.

Celina sah die Tante an. Diese drückte ein Taschentuch an ihre Lippen und nickte Celina fast unmerklich zu. Celina holte tief Luft und begann zögernd: »Wir müssen zu den Behörden gehen. Sicher siehst du das inzwischen genauso.«

»Morgen früh«, antwortete Monsieur Vallier. »Wenn Denys bis dahin nicht aufgetaucht ist, rufe ich die Gendarmen.«

Celina wollte jedoch, dass sofort etwas geschah. Schon wieder war ein Tag ohne hoffnungsvolle Nachrichten vergangen. Hippolyte und Albert waren ein paar Mal vorbeigekommen, hatten aber nicht viel zu berichten gehabt. Mit jeder Stunde, die verging, verloren sie wertvolle Zeit, und bald konnte es zu spät sein. »Was ist, wenn Denys verletzt oder krank irgendwo liegt? Warum unternehmen wir nicht noch heute Abend etwas?«

»Er würde doch sicherlich seinen Namen und seine Adresse nennen.«

»Nicht, wenn er ohnmächtig ist oder hohes Fieber hat. Bitte, Papa!«

»Du hast bereits hinter meinem Rücken veranlasst, dass seine Freunde nach ihm suchen. Genügt dir das nicht?«

»Wie sollte das genug sein? Denys' Freunde können nach ihm fragen und an den Orten, an denen sie sich normalerweise treffen, nach ihm suchen. Das ist aber auch schon alles. Doch du bist sein Vater. Du könntest mit der Polizei sprechen und eine groß angelegte Suchaktion veranlassen, wenn du dir nur die Mühe machen wolltest. Interessiert dich denn gar nicht, was deinem Sohn zugestoßen ist?«

»Natürlich interessiert es mich«, entgegnete Monsieur Vallier gereizt. »Wie kannst du es wagen, mir etwas anderes zu unterstellen? Aber ich denke auch an seinen Stolz. Ich will ihn nicht der Lächerlichkeit preisgeben, indem ich ihm nachlaufe wie eine ängstliche Amme. Und ich wäre dir dankbar, wenn du dich nicht weiter einmischen würdest.«

Tante Marie Rose stieß einen gequälten Laut aus. Aber Celina hörte es kaum. Sie hatte die Hände in den Falten ihres Rockes zu Fäusten geballt und stellte sich dem Vater entgegen. »Du bist noch immer böse mit mir, weil ich den Ehevertrag nicht unterzeichnet habe. Aber das sollte dir nicht den Blick auf andere wichtige Dinge verstellen. Es fällt mir nicht leicht, mich dir zu widersetzen, und ich tue es nur, weil ich eine Katastrophe fürchte.«

»Du betrachtest die Heirat mit einem Nobelmann von bester Herkunft als eine Art Weltuntergang! Offenbar bist du diejenige, deren Blick mehr als nur ein wenig getrübt ist. Darf ich unter diesen Umständen wirklich an die Aufrichtigkeit deiner Sorge um Denys glauben?«

Celina unterdrückte einen unfeinen Fluch. Es war ein taktischer Fehler gewesen, die Ehe mit dem Grafen ins Spiel zu bringen. »Bitte, Papa«, sagte sie noch einmal.

»Es reicht. Ich habe dir gesagt, was ich zu tun gedenke. Unser Gespräch ist beendet.« Er leerte sein Glas und stellte es heftig zurück aufs Tablett. Dann stapfte er aus dem Zimmer.

Da ging er hin, und Celina hatte ihm noch längst nicht alles gesagt, was es zu sagen gab! Mit grimmiger Entschlossenheit folgte sie ihm auf die Galerie. »Papa, bitte warte!«

Ärgerlich fuhr er herum. »Was gibt es denn noch?«

»Ich wollte dich fragen, ob ich mitkommen darf, wenn du mit den Gendarmen sprichst. Ich halte es einfach nicht mehr aus, nur untätig hier herumzusitzen.«

»Das darfst du auf keinen Fall. Eine Frau hat dort nichts zu suchen. Außerdem weiß ich nicht, welchen Zweck deine Anwesenheit haben könnte.«

»Ich könnte Denys beschreiben, sagen, was er anhatte, wo er sich gern aufhält und wer seine Freunde sind. Oh, es gibt hundert Dinge, die dir in den letzten Wochen vielleicht entgangen sind.«

»Unsinn. Die Gendarmen kennen Denys gut, dessen darfst du dir sicher sein.«

»Dann erlaube mir wenigstens, dich bei allem anderen, was du zu unternehmen gedenkst, zu begleiten. Wenn du willst, bleibe ich in der Kutsche sitzen. Aber hier im Haus die Stunden zu zählen bringt mich um den Verstand!«

»Bitte mach kein Drama aus der Sache, Celina. Es ist nun einmal das Los der Frauen zu warten. Du hast mit deinen heimlichen Botschaften schon genug angerichtet.«

Celina sah ihren Vater forschend an. Wusste er von den Briefchen, die Suzette und Olivier für sie von einem Haus zum anderen trugen? Wahrscheinlich nicht, sonst wäre er noch viel zorniger gewesen. Sicher sprach er von ihrer Nachricht an Hippolyte Ducolet. Doch der Schreck über die Worte des Vaters erinnerte Celina an ein weiteres Problem.

»Dann muss ich mich deiner Entscheidung wohl fügen«, sagte sie und senkte dabei den Blick.

»Ja, das wirst du wohl müssen, Celina. Und nun entschuldige mich bitte.«

»Natürlich … aber eines muss ich noch loswerden. Ich … Also, ich weiß nicht, wie ich es sagen soll …«

Ihr Vater stieß einen langen Seufzer aus. »Ja?«

»Hast du schon jemals einen Sklaven freigegeben, Papa? Könntest du dir das überhaupt vorstellen?«

»Bitte sag jetzt nicht, dass du dich auch noch heimlich einer Vereinigung zur Abschaffung der Sklaverei angeschlossen hast.«

»Nein, nein. Aber ich … hast du es schon einmal getan?«

»Ob man einen Sklaven freigibt oder nicht, ist eine ökonomische Frage, *chère*, keine Frage des Gefühls. Sklaven sind eine Investition, eine Ware, die Geld, sehr viel Geld kostet. Wenn sich ein Mann entscheidet, diese Investition in den Wind zu schreiben, hat dies ernste Konsequenzen für seine wirtschaftliche Lage. Außerdem muss der frühere Besitzer für den Sklaven bürgen, denn er darf auf keinen Fall der Allgemeinheit zur Last fallen.«

»War Suzette nicht ein Geschenk von Großvater? Bekam Mutter sie nicht zu meiner Geburt? Sie hat dich, soweit ich weiß, gar nichts gekostet.«

»Wir sprechen also von Suzette?« Der Vater machte ein nachdenkliches Gesicht.

»Ja. Sie hat sich in einen gewissen Olivier verliebt. Er ist der Angestellte eines Fechtmeisters. Olivier kann oder will keine Sklavin zur Frau nehmen.«

»Und ich soll auf Suzettes Dienste verzichten, damit dieser Mann seinen Prinzipien treu bleiben kann?«

»Sie hat es verdient, Papa. Und ich hätte nichts dagegen. Im Gegenteil, ich würde sie gern glücklich sehen.«

»Das Glück ist eine Illusion.« Monsieur Vallier schüttelte den Kopf. »Höchstwahrscheinlich würde sie sehr bald alles andere als glücklich sein. Wenn sie nämlich jedes Jahr ein Kind bekommt und kaum weiß, wie sie mit dem Wenigen, das ihr Mann verdient, die hungrigen Mäuler stopfen soll, wird sie sich rasch nach dem Leben bei uns zurücksehnen.«

»Dessen bin ich mir nicht so sicher. Aber wenn sie meine Zofe bleibt, wird sie sich nach all den Dingen verzehren, die sie nicht haben kann, die sie nicht tun darf, weil sie uns gehört. Sie liebt diesen Mann von ganzem Herzen. Seine Frau zu werden ist ihr einziger Wunsch.«

Der Vater starrte Celina lange an. Dann nickte er plötzlich. »Wie du wünschst.«

»Oh, Papa! Du lässt sie wirklich gehen?«

»Sie wird dein Hochzeitsgeschenk sein. Ab dem Tag, an dem du dem Grafen das Ja-Wort gibst, gehört sie dir. Dann kannst du ihr die Freiheit schenken. Mich geht das dann nichts mehr an.«

Celina war sprachlos. Sie wollte nicht glauben, dass der Vater ihr so etwas antun konnte. Sicher war es der Einfluss des Grafen, der ihn so verändert hatte.

»Du schweigst, *chère*? Offenbar ist dir Suzettes Freiheit doch nicht ganz so wichtig, wie es den Anschein hatte.« Der Vater wandte sich ab und ging die Galerie entlang zu seinem Zimmer. Dann schloss sich die Tür hinter ihm.

Celina stand wie erstarrt und sah ihm nach. Schließlich kehrte sie mit hoch erhobenem Kopf in den Salon zurück.

»Mein Vater ist kaum wiederzuerkennen.«

Die Tante blickte auf. »Du darfst nicht zu streng über ihn urteilen. Ich glaube, in Wirklichkeit sorgt er sich furchtbar um Denys und versucht nur, sich nichts anmerken zu lassen. Er will den Gedanken nicht zulassen, dass Denys etwas zugestoßen sein könnte.«

Celina verspürte keine Lust, der Tante von dem Gespräch auf der Galerie zu berichten. Außerdem befürchtete sie, dass die ältere Frau ihr unter diesen veränderten Umständen wieder einmal zu der Heirat mit dem spanischen Grafen raten könnte. »Ich will wirklich nicht Denys' Kindermädchen spielen. Aber ich fürchte um seine Gesundheit und sein Leben.«

»Wir können diejenigen, die wir lieben, nicht vor aller Unbill schützen, *ma chère*. Sie müssen ihren eigenen Weg gehen.«

»Und deshalb soll ich in diesem Fall die Hände in den Schoß legen?«

Die Tante strich sich seufzend mit den Fingerspitzen über die Augen. »Du erinnerst mich manchmal sehr an deine Mutter, liebste Celina. Sie war eine so umgängliche Frau, aber wenn es um ihre Liebsten ging, kämpfte sie wie eine Tigerin. Die Familie bedeutete ihr alles – genau wie deinem Vater. Du musst wissen, dass er sie sehr geliebt hat und in fast allen Dingen ihren Rat suchte. Möglicherweise erinnerst du auch *ihn* einfach zu sehr an sie.«

»Dafür kann ich nichts, und ich werde nicht herumsitzen und Däumchen drehen, nur um seine Gefühle nicht zu verletzen. Warum sollen wir bis zum Morgen warten, wenn Denys vielleicht jetzt in diesem Augenblick verzweifelt nach uns ruft und sich fragt, warum wir ihn im Stich lassen? Allein der Gedanke ist mir unerträglich.«

»Ich bitte dich, *chère,* du wirst noch krank werden vor Sorge. Vielleicht haben der nette junge Ducolet und sein Freund Albert bald gute Nachrichten für uns.«

Celina setzte inzwischen keine großen Hoffnungen mehr in die Freunde ihres Bruders. Nur Rio de Silva traute sie noch zu, Denys zu finden. Die Botschaft, die Rio ihr am Nachmittag hatte zukommen lassen, war ihr ein gewisser Trost gewesen. Immerhin zeigte sie, dass er mit der Suche begonnen hatte. Er wusste von Dingen und verfügte über Fähigkeiten, von denen Denys' unbedarfte Freunde nichts ahnten. Wenn Rio ihren Bruder nicht fand und nach Hause brachte, würde es niemandem gelingen.

Es war ihr nicht leichtgefallen, ihm abermals eine Botschaft mit der Bitte um ein Treffen zu schicken. Sie hatte die Notiz wohl ein Dutzend Mal geschrieben und wieder zerrissen. Am Ende hatte sie sie doch auf einen Zettel gekritzelt und diesen schnell Suzette zugesteckt, bevor sie ihre Meinung noch einmal ändern konnte. Bald darauf bereute sie ihren Entschluss schon wieder und wünschte sich, sie hätte die Nachricht nie verfasst.

Nun würde Rio glauben, sie sei in ihn verliebt, sehne sich nach seinen Küssen, nach seinen Umarmungen und nach mehr. Vielleicht hatte er damit sogar recht. Allein der Gedanke an das, was zwischen ihnen geschehen war, machte sie schwindelig und ließ warme Schauer durch ihren Unterleib rieseln. Diesen Mann zu berühren war ein unvergleichliches Gefühl gewesen. Die Muskeln, die sich unter seiner Haut wölbten, die sich warm und glatt unter ihren Fingern bewegten, hatten sie fasziniert. Die Art, wie er sie berührt und in Besitz genommen hatte, würde sie niemals vergessen. Sicher war es nicht klug, diese Erfahrung zu vertiefen. Wie könnte irgendetwas, das danach kam, es mit der Erinnerung an das erste Mal aufnehmen?

Celina hatte sich bei alledem auch noch geliebt gefühlt. Das fand sie besonders seltsam.

Wie sie es fertiggebracht hatte, sich am vergangenen Abend in der Laube Rio gegenüber so distanziert zu verhalten, war ihr selbst ein Rätsel. Auch dass die Bräute aus ihrem Bekanntenkreis nach allem, was in den zerwühlten Laken ihres Hochzeitsbettes passiert war, in der Lage gewesen waren, tags darauf mit Freunden und Verwandten zu sprechen, als wäre nichts geschehen, verstand sie nicht. Die körperliche Liebe zwischen Mann und Frau, die gleichzeitig so beängstigend und überwältigend, so sonderbar und magisch, so vulgär und befriedigend war, veränderte alles. Celina erschauerte erneut.

»Celina, meine Liebe, fehlt dir etwas?«

»Nein, nein«, antwortete sie schnell. »Ich habe nur gerade nachgedacht.« Celina griff nach ihrem Stickzeug und setzte sich unter eine Lampe. Sie machte ein paar Stiche, achtete aber kaum darauf, ob sie lang oder kurz genug waren oder auch nur an der richtigen Stelle saßen.

Tante Marie Rose zog sich schließlich in ihr Schlafzimmer zurück. Doch Celina saß noch immer über ihrem Stickrahmen, als die Türglocke erschallte. Es war schon recht spät für einen Besuch. Angestrengt lauschte sie Mortimers Schritten. Er ging am Salon vorbei zur Treppe, um den Besucher einzulassen.

Celinas erster Gedanke galt Denys. Dann überlegte sie, ob Rio vielleicht die Geduld verloren hatte und sich diesmal lieber offiziell anmeldete, statt sich wie sonst ins Haus zu schleichen. Sosehr sie sich auch anstrengte, sie konnte nur das undeutliche Murmeln männlicher Stimmen hören. Dann näherten sich erneut Mortimers Schritte. Hinter ihm erklomm jemand schnaufend und japsend die Stufen. Seine Schritte waren schwer und unbeholfen.

Celina sprang auf. Sie wollte durch die Tür fliehen, die zum Schlafzimmer der Tante führte. Von dort aus konnte man auch in das ihre gelangen. Doch es war zu spät. Mortimer klopfte bereits an. Dann drehte er den Türknauf, trat in den Salon und ließ den Grafen ein.

»Monsieur le Comte, Mademoiselle.«

Sie würde den Mann weder willkommen heißen noch ihm die Hand reichen. Celina heftete den Blick auf einen Punkt über der Schulter des Besuchers und sagte: »Bitte holen Sie meinen Vater, Mortimer. Sicher möchte der Graf mit ihm sprechen.«

Der Butler verbeugte sich und ging davon. De Lérida verfolgte ihn mit einem hochmütigen Blick, denn Mortimer hatte die Tür entgegen aller Gewohnheit offen stehen lassen. Dann machte der Graf einen Schritt auf Celina zu. »Gut pariert, Mademoiselle. Ich hatte nicht gehofft, Sie zu Hause anzutreffen. Ich wähnte sie tanzend auf einem Ball.«

»Mir war heute nicht danach. Vielleicht hat mein Vater Ihnen erzählt, dass mein Bruder schon seit einiger Zeit nicht nach Hause gekommen ist.«

»Ja, das ist beunruhigend. Es wundert mich nicht, dass Sie sich Sorgen machen. An jenem Morgen wollte er mir seine Aufwartung machen. Aber ich konnte ihn nicht empfangen.«

»Sie haben ihn nicht zufällig irgendwo gesehen?«

»Leider nein. Er sagte, er würde noch einmal wiederkommen. Jedenfalls richtete man mir das aus. Aber das ist nicht geschehen.«

»Man richtete es Ihnen aus?«

»Ja, der Hotelangestellte, mit dem er gesprochen hatte, sagte es mir.«

»Hat mein Bruder Sie wissen lassen, wohin er ging oder wo Sie ihn treffen könnten?«

»Es hieß nur, er würde in der Nähe bleiben.«

»Aha«, murmelte Celina. Die Worte des Grafen deuteten darauf hin, dass Rio tatsächlich der Letzte gewesen war, der Denys gesehen hatte. Dieser Gedanke nagte an ihr.

Der Graf kam noch ein wenig näher. »Ich wünschte, ich könnte diese Bürde von Ihren Schultern nehmen. Als Ihr zukünftiger Gemahl würde ich Sie gern vor allem Ungemach schützen. Vertrauen Sie sich mir nur an, dann werde ich Ihren Bruder schon finden und ihn zurückbringen.«

»Wirklich?« Celina erwiderte kühl seinen Blick. Warum zweifelte sie an der Aufrichtigkeit dieses blumigen Versprechens?

»Ich würde Himmel und Hölle in Bewegung setzen, wenn es Sie nur glücklich macht. Keine Herausforderung wäre mir zu groß.«

Celina überlegte, ob der Graf vielleicht wusste, wo sich ihr Bruder befand, und dieses Wissen erst preisgeben wollte, wenn sie einwilligte, seine Frau zu werden. Oder war es ungerecht, ihm eine derartige Boshaftigkeit zuzutrauen? »Ich danke Ihnen, Monsieur«, sagte sie vorsichtig. »Aber ich habe meine Meinung nicht geändert.«

Der Graf machte einen letzten Schritt auf Celina zu, plumpste vor ihr auf die Knie, packte sie am Unterarm und umschloss schließlich ihre Finger mit seiner feuchten Hand. »Holde Celina, bitte seien Sie nicht so abweisend, ich flehe Sie an! Ich bereue zutiefst, dass ich bei unserem letzten Treffen einen Augenblick lang meine guten Manieren vergessen habe. Meine Gefühle haben mich überwältigt. Es tut mir leid, wenn ich damit eine empfindsame junge Dame schockierte. Ich habe meinen Fehler eingesehen und bitte um Vergebung.«

»Graf de Lérida, ich bitte Sie, stehen Sie auf.« Celina versuchte, ihm ihre Hand zu entziehen, aber er hielt sie fest zwischen den seinen und drückte sie an seine Stirn.

»Bitte seien Sie nicht so grausam. Sie dürfen sich nicht von mir abwenden. Tiefe Reue und die Angst, Ihre Achtung vor mir zerstört zu haben, lasten seit jenem Vorfall schwer auf mir. Bitte lassen Sie mich wenigstens hoffen. Sagen Sie mir, dass Sie mir vergeben und über eine Einwilligung in unseren Bund nachdenken.«

Celina war die ganze Situation furchtbar peinlich. Diese Farce musste ein Ende haben, bevor sie noch geschmackloser wurde. »Es sei Ihnen verziehen, Monsieur le Comte, aus reiner Großmut. Aber über Ihren Antrag kann ich mir, solange mein Bruder verschwunden ist, auf keinen Fall Gedanken machen. Und nun werde ich mich zurückziehen. Da kommt Vater. Sicher haben Sie Dinge miteinander zu besprechen, die nicht für meine Ohren bestimmt sind.«

Der Graf blickte sich um, ließ Celinas Hand los und kam schwankend auf die Füße. »Wie Sie wünschen, Mademoiselle Celina«, raunte er so leise, dass nur sie ihn hören konnte. »Aber wenn das eine Abfuhr war, werden Sie es bereuen.«

Celina hatte sich bereits abgewandt und strebte der Seitentür zu. Sie drehte sich noch einmal um und starrte dem Grafen ins Gesicht. Was sie in seinen Augen las, ließ ihr beinahe das Blut in den Adern gefrieren. Plötzlich fragte sie sich, ob der Wert, den sie ihrem freien Willen und ihrer Freiheit beimaß, nicht doch zu hoch war.

In ihrem Schlafzimmer ließ sie sich erst einmal in einen Sessel sinken und versuchte nachzudenken. »Ich muss dich sehen« hatte sie an Rio geschrieben. Sie wollte wissen, wo er nach ihrem Bruder gesucht hatte und wie die Suche verlaufen war. Sie wollte ergründen, ob er ihr etwas verschwieg, um sie zu schonen. Doch vor allem wollte sie mit jemandem sprechen, der ihre Sorge um Denys ernst nahm.

Aber war das wirklich alles? Allein der Gedanke, Rio bald wiedersehen zu können, ließ Celinas Herz schneller schlagen. Einerseits beunruhigte es sie, welche Risiken er einging, um mit ihr allein sein zu können. Andererseits schmeichelte ihr die Bereitwilligkeit, mit der er sich um ihretwillen der Gefahr aussetzte. Und nicht zuletzt imponierte ihr die Leichtigkeit, mit der er alle Hindernisse, die zwischen ihnen standen, überwand. Sie wurde langsam süchtig nach dem aufregenden Gefühl, dass Rio immer, wenn sie es am wenigsten erwartete, wie aus dem Nichts erschien. Sie sehnte sich nach seiner männlichen Ausstrahlung, seinem Verständnis, seinen Berührungen und seinem Lächeln.

Celina kam sich geradezu albern vor. Solche Gefühle durfte sie sich nicht erlauben. Und doch wollte es ihr nicht gelingen, Rio aus ihrem Herzen und ihren Gedanken zu verbannen. Und jetzt, wo Denys verschwunden war, brauchte sie ihn mehr denn je.

Doch es war völlig unmöglich, dass er ins Haus kam, während der Vater hier war und sich auf unbestimmte Zeit mit dem Grafen in sein Arbeitszimmer zurückgezogen hatte. Das war viel zu riskant. Aber wie sollte sie es verhindern?

Eigentlich hätten sie längst ein Signal, ein Zeichen verabreden müssen. Celina kämpfte gegen ein hysterisches Glucksen in ihrer Kehle an. Sie stellte sich vor, wie sie einen Schal wie ein Banner am Balkon drapierte, damit Rio wusste, dass die Luft rein war. Dabei waren sie in Wirklichkeit nie vor einer Entdeckung sicher.

Ihr fiel nur eine Möglichkeit ein, ihn aufzuhalten.

Ein Ziel zu haben, etwas tun zu können, statt nur untätig herumzusitzen, war eine große Erleichterung. Celina sprang auf. Sie zog die Klingelschnur neben dem Kamin. Bald würde Suzette bei ihr erscheinen. Inzwischen konnte sie schon einmal den mitternachtsblauen Umhang aus dem Schrank holen. Als Suzette eintrat, war Celina gerade dabei, sich das Gewand überzuwerfen.

»*Mam'zelle,* was tust du da?«

»Wir gehen aus«, erklärte Celina knapp. »Hol deinen Mantel und warte unten an der Pforte auf mich. Sorg dafür, dass uns niemand sieht. Vor allem nicht Mortimer.«

»Wohin ...«

»Dafür ist jetzt keine Zeit. Ich sage es dir später.«

Suzette rührte sich nicht von der Stelle. Was sie dachte, war ihr deutlich anzusehen. *»Mam'zelle!«*

»Schnell«, sagte Celina streng. »Wir dürfen keine Zeit verlieren.«

Als sie unten auf der Straße standen, war Celina froh, sich für den Umhang entschieden zu haben. Ein kalter Nordwind fegte durch die Straßen, heulte um die Ecken und ließ das Gebälk der Häuser knarren. Sein eisiger Atem sorgte dafür, dass die meisten Männer zu Hause geblieben waren oder in den Spielhallen, Kaffeehäusern und Bars Zuflucht gesucht hatten. Celina zog sich die Kapuze ins Gesicht und zurrte die Bänder fest unter dem Kinn zusammen. Dann raffte sie die Röcke und machte sich mit schnellen, entschlossenen Schritten auf den Weg.

Olivier öffnete auf ihr Klingeln hin. Im ersten Augenblick glaubte Celina, er wolle sie nicht einlassen. Dann warf er rasch einen Blick die Straße hinauf und hinab und zog die Frauen ins Haus. Das Lächeln, das er Suzette schenkte, wirkte gequält. Die beiden so zu sehen, machte Celina das Herz schwer. Sie hatte keine Skrupel, ihre Zofe mit Olivier allein zu lassen. Sie selbst stieg die Treppe zu Rios Salon empor.

Rio kämpfte gerade mit seinem Gehrock. Vielleicht hatte er

Stimmen und Schritte auf der Treppe gehört. Die Bewegungen des Fechtmeisters wirkten verhaltener als sonst, aber Celina blieb keine Zeit, darüber nachzudenken. »Es tut mir leid, dass ich schon wieder ohne Voranmeldung bei dir hereinplatze«, sagte sie zur Begrüßung.

Rio führte ihre Hand an seine Lippen. »Ich habe nichts dagegen einzuwenden. Nur um deinen Ruf sorge ich mich.«

»Ich musste herkommen, solange Vater zu Hause noch mit seinem Besucher beschäftigt ist.«

Das belustigte Blitzen in Rios Augen verstärkte deren silbernen Schimmer. »Der Zeitpunkt ist fürwahr günstig gewählt.«

»Du magst das komisch finden, aber ich kann nicht darüber lachen.«

»Ich weiß«, sagte er, während er sie zu einem Stuhl am Feuer führte. »Verzeih mir und sag, was ich für dich tun kann.«

Seine Worte glichen denen des Grafen, hatten jedoch eine völlig andere Wirkung auf Celina. Dabei versuchten doch beide Männer, ihr ihren Willen aufzuzwingen. War es eine Schwäche, so unterschiedlich darauf zu reagieren? Lag es vielleicht nur daran, dass in Rio de Silvas Stimme echtes Mitgefühl schwang? Oder hatte es am Ende etwas damit zu tun, dass er so herrlich breite Schultern hatte und dazu ein Gesicht, das Frauen gleich reihenweise die Knie weich werden ließ, während der Graf eher an einen aufgeblasenen Ochsenfrosch erinnerte?

»Gibt es noch immer keine Spur von Denys?«, fragte Celina.

»Bis jetzt nicht. Es tut mir leid.«

Sie seufzte entmutigt. »Mir auch.«

»Du bist aber sicher nicht hierhergekommen, um mich etwas zu fragen, was du auch durch einen Boten hättest erfahren können. Sag mir, was du auf dem Herzen hast.«

Celina betrachtete ihre Hände, die sie in die Falten des Umhangs gekrallt hatte. »Es gibt noch etwas anderes, das mich beschäftigt. Bei unserem letzten Treffen haben wir ja nur ganz kurz miteinander gesprochen. Aber eine Sache ... will mir nicht aus dem Kopf gehen ... Es ist so ...«

»Bitte«, unterbrach Rio ihr hilfloses Gestammel. »Sag es mir einfach.«

»Es sieht so aus, als wärst du tatsächlich der Letzte gewesen, der mit Denys gesprochen hat, bevor er verschwunden ist. Daran muss ich immer wieder denken.«

Rio sah Celina lange an. Sein Blick verdunkelte sich wie der Himmel vor einem Wintersturm. Schließlich stellte er sich mit dem Rücken zum Feuer. »Wer hat dir denn außer deiner alten Freundin noch davon erzählt?«

»Ist das wichtig?«

»Ja, durchaus. Wenn Dritte von Denys' Besuch bei mir wissen, so bedeutet das, dass ich beobachtet werde.«

»Ich fürchte, die andere Person, die davon sprach, war ...«

»Graf de Lérida.« Rio beendete den Satz an Celinas Stelle.

»Woher wusstest du das?«

»Das ist eine der wenigen logischen Schlussfolgerungen, die ich aus der ganzen Sache bislang ziehen kann. Aber sag mir, wenn ich schwöre, dass es deinem Bruder gut ging, als ich ihn zum letzten Mal sah, glaubst du mir dann?«

Das war eine wichtige Frage. Celina suchte in ihrem Herzen nach einer Antwort und wünschte sich, dass sie positiv ausfallen würde.

»Ja oder nein, Celina? Die Antwort ist nicht schwierig. Folge einfach deinem Gefühl.«

Sie sah ihn forschend an. Er stand ruhig da und erwiderte ihren Blick. Er versuchte nicht, sie mit Worten zu überzeugen oder sie zu beeinflussen. Sein Blick war direkt, seine Haltung aufrecht. Die Hände hatte er locker hinter dem Rücken verschränkt. Bewegungslos verharrte er und wartete auf ihr Urteil. Das Kerzenlicht betonte seine markanten Züge, unterstrich die Linien, die das Leben in sein Gesicht gezeichnet hatte, ließ seinen weißen Hemdkragen in scharfem Kontrast zu der locker gebundenen schwarzen Krawatte aufschimmern.

Konnte ein solcher Mann ein Lügner sein?

»Ja«, sagte Celina schließlich. »Ich glaube dir.«

Sein Lächeln war wie eine Auszeichnung. Er atmete tief durch und bewegte dann die Schultern, als wären sie steif geworden. Als er nun sprach, klang seine Stimme tief und ruhig. »Ich versichere dir, dass Denys mein Studio bei bester Gesundheit verlassen hat.«

Celina war die Erleichterung deutlich anzusehen. Daran konnte Rio ermessen, wie sehr sie gefürchtet hatte, etwas anderes erfahren zu müssen. Sie wandte den Blick ab und starrte ins Feuer. Dann begannen ihre Schultern zu zucken, und bald zitterte sie am ganzen Körper.

Mit einer geschmeidigen Bewegung, die so ganz anders war als das hilflose Hinplumpsen des Grafen zuvor, sank Rio neben ihr auf ein Knie nieder. Er nahm Celinas Hände zwischen die seinen, zog ihr mit geübten Griffen die feinen Lederhandschuhe aus und drückte ihre Hände an seine muskulöse Brust. Dann schlang er ihr den Arm um die Taille, zog sie zu sich herunter und hielt sie kurz darauf in seinen warmen, starken Armen fest.

Celina spürte unter ihren Händen die glatte Seide seiner Weste. Durch den Stoff konnte sie Rios Muskeln fühlen. Sein Geruch war eine Mischung aus gestärktem Leinen, einem Hauch von englischem Rum, der seinem Haar anhaftete, und seinem ganz eigenen männlichen Aroma. Er raubte Celina beinahe die Sinne. Oder lag es daran, wie sich ihre Brüste an diesen Mann schmiegten, während ihre Hände über Rios

Schulterblätter strichen und die seinen ihren Rücken liebkosten? Oder wurde ihr vielleicht nur so schwindelig, weil Rio den Kopf zurücklegte und ihre Lippen lange und ausführlich betrachtete?

Alle Anspannung fiel von Celina ab. Das Zittern hörte auf. Sie hob die Wimpern und sah Rio endlose Sekunden lang in die Augen. Sie waren dunkelgrau und sprachen deutlich von dem Verlangen, das er für sie empfand, aber auch von Schmerz und Bedauern. Dann richtete sich sein Blick wieder auf ihre Lippen. Ein leichtes Zögern noch, und er nahm ihren Mund.

Celina war schon einmal bei Nacht in diesem Zimmer gewesen. Auch damals hatte das Feuer wilde Schatten an die Wände gemalt. Auch damals hatte Rio sie geküsst.

Aber diesmal war alles ganz anders.

Zärtlich streichelten seine Lippen die ihren, erzählten von verzehrender Leidenschaft und unvergleichlichen Wonnen, von einer Kraft und einem Verlangen, die nur ein unbeugsamer Wille im Zaum halten konnte. Nur zu gern gab Celina dem zarten Streicheln und beharrlichen Drängen nach. Sie öffnete sich ihm.

Celina kostete Rios Geschmack, wollte mehr. Er ermutigte sie in ihrem Forscherdrang, lockte sie mit seiner Zunge. Dabei zeichnete seine Hand erst die geschwungene Linie ihrer schlanken Taille nach, dann fand sie den Weg zu ihrer Brust.

Dieser magische Augenblick brachte ihr Blut zum Kochen und ließ alle Angst und alle Zweifel verstummen. Celina drängte sich an Rio. Aus ihrer Kehle drang ein tiefer, gurrender Laut. Sein Griff wurde fordernder, drängender. Sanft drückte er sie auf den Teppich vor dem Kamin nieder. Sie spürte sein Gewicht und seine Hitze durch die schweren Röcke hindurch.

Doch unvermittelt erstarrte er. Er gab sie frei, setzte sich auf und fuhr sich mit der Hand durchs Haar. Ein Gefühl großer Verlassenheit ergriff Celina. Plötzlich war ihr kalt, und sie hatte Angst.

»Es tut mir leid, so unendlich leid. Aber das … es ist unmöglich.«

Rios zusammenhangloses Gestammel zeigte, wie verwirrt er selbst war. Zu Celinas Erstaunen beruhigte sie das. »Warum? Was ist denn?«

»Ich bin ein Narr. Es gibt noch etwas, was ich dir sagen muss. Ich weiß nur nicht, wie und wo ich anfangen soll.«

»Monsieur Rio! Monsieur Rio, kommen Sie schnell!«

Olivier stürzte ins Zimmer. Rios sonst so würdevoller Diener war außer Atem, sein Blick war wild. Er brachte einen beißenden Geruch mit herein, der an Rauch erinnerte.

»Was ist denn passiert?«, fragte Rio, der bereits aufgesprungen war und auf Olivier zueilte.

»Das St. Louis Handelshaus und Hotel, Monsieur! Es brennt!«

Fünfzehntes Kapitel

Dicker Qualm erfüllte die Luft. In großen schwarzen Wolken stieg er in den Himmel, während sie auf den Eingang des Hotels zueilten. An den Balken des Gebäudes, das einen ganzen Straßenblock einnahm und sonst stets so imposant und würdevoll erschienen war, leckten Feuerzungen. Ein unheimlicher, orangefarbener Schein erhellte die Kuppel. Menschen strömten aus den Türen und unter den geschwungenen Arkaden hervor. Andere kletterten aus den Fenstern und versuchten, sich an zusammengeknoteten Leintüchern oder Vorhangkordeln herabzulassen. Männer schrien und Frauen suchten nach ihren Kindern. Ein wenig abseits stand mit blassen Gesichtern ein älteres Paar. In den Händen hielten die beiden die wenigen Habseligkeiten, die sie hatten retten können. Hier und da sah man noch Hotelbewohner in Abendgarderobe, aber die meisten hatten sich nur hastig einen Mantel oder einen Umhang über die Nachtgewänder geworfen.

Die Kirchenglocken läuteten Alarm. Als Erstes ertönten die gewaltigen Stimmen aus den Zwillingstürmen der St.-Louis-Kathedrale, dann stimmten die Glocken von St. Anthony und schließlich die der Christuskirche mit ein. Sie sangen mit ihrem Dreiklang das Totenlied für das Hotel, das ein Raub der Flammen zu werden drohte. Das Feuer donnerte und röhrte dazu.

Neugierige und Helfer, vom Geläut der Glocken herbeigerufen, nahten inzwischen aus allen Richtungen. Männer warfen ihre Mäntel ab und rollten die Hemdsärmel hoch. Im Haus gegenüber schleifte eine Frau nach und nach ihr gesamtes Mobiliar auf die Galerie und hievte die schweren Stücke übers Geländer.

Endlich konnte man in der Ferne das Läuten der Feuerwehrglocke hören. Als es näher kam, wuchs es sich zu einem ohrenbetäubenden Lärm aus. Vier schäumende Pferde, vom Kutscher zu schnellster Gangart angetrieben, zogen schließlich das gefährlich schlingernde Gefährt der Wehr um die Ecke. Die Feuerwehrmänner sprangen ab und begannen den Schlauch auszurollen. Schon preschte ein zweites Löschfahrzeug durch die Menge und hielt neben dem ersten an. Statt sich nun aber ans Werk zu machen und das Feuer zu bekämpfen, fiel die Besatzung des zweiten Wagens über die des ersten her. Ein heftiger Kampf entbrannte.

Celina wollte die Männer anschreien. Sie wusste, dass diejenige Feuerwehrmannschaft, die zuerst am Brandort eintraf, nach Ende der Löscharbeiten auf eine Belohnung hoffen durfte. Doch die Flammen schlugen immer höher, sie zischten und züngelten mit verzehrender Kraft. Das Hotel konnte schon bis auf die Grundmauern niedergebrannt sein, ehe sich die Feuerwehrleute endlich einig waren. »Dieser Brand ist nicht mehr zu löschen«, sagte Rio mit einem Blick auf die dampfenden Dachziegel. »Nicht bei diesem Wind. Er treibt das Feuer in Richtung der Passage. Wir können von Glück sagen, wenn es nicht auf die ersten Häuser der Gasse überspringt. Und falls das geschieht …«

Er brauchte den Satz nicht zu beenden. Wenn die ersten Häuser der Passage Feuer fingen, würde die ganze Reihe der eng beieinanderstehenden Gebäude in Flammen aufgehen. Von der Gasse aus konnte sich der Brand dann in jede beliebige Richtung ausbreiten.

Während Celina noch überlegte, wie groß die Gefahr war,

und mit den Augen den Abstand vom Hotel zu den umstehenden Gebäuden maß, gab Rio Olivier leise ein paar Anweisungen. Dieser nickte, drückte noch einmal kurz Suzettes Hand und rannte dann in Richtung des Studios davon. Gleich darauf war er in der Menge verschwunden.

Rio wandte sich an Celina und Suzette. »Passt gut auf euch auf«, sagte er grimmig. »Ich würde lieber bei euch bleiben, aber …« Er deutete in die Richtung, wo die Feuerwehrleute noch immer mit den Fäusten aufeinander eindroschen.

»Ich verstehe«, sagte Celina. Dabei wich sie bereits einige Schritte zurück. »Mach dir keine Sorgen um uns.«

Ringsumher fiel bereits Ruß vom Himmel. Ein ausgeglühter Holzspan hob sich als schwarzer Kringel auf Rios zuvor noch makellos weißem Kragen ab. Der Rauch stach Celina in die Augen. Sie musste gegen das Brennen anblinzeln.

»Es tut mir leid«, presste Rio hervor.

»Aber warum denn? Du kannst doch nichts dafür.«

»Mag sein. Aber trotzdem.«

Er wandte sich ab und marschierte auf die erstbesten Uniformierten zu, die verbissen um die Vorherrschaft am Brandherd kämpften. Einen Augenblick später lagen zwei Männer am Boden, ein dritter hielt sich die blutende Nase. Die anderen schüttelten einander die Hände und griffen endlich nach dem Schlauch.

Als wäre dies das eigentliche Signal für den Einsatz gewesen, ordnete sich nach und nach das Gewimmel. Inmitten von Rauchwolken und einem Regen aus Asche und Ruß formierten sich die Hilfskräfte. Hotelgäste und sensationslustige Gaffer wurden gleichermaßen abgedrängt, denn die Mauern des Gebäudes konnten jederzeit einstürzen. Die Feuerwehrmänner begannen mit der Brandbekämpfung dort, wo die Flammen am höchsten schlugen.

Doch der armselige Wasserstrahl, den die Handpumpen zuwege brachten, konnte gegen die Gewalt des Feuers wenig ausrichten. Mit unverminderter Geschwindigkeit fraß es sich durch das Hotelgebäude. Nur zu bald wurde deutlich, dass dieses Haus nicht mehr zu retten war. Eine Feuerwehrmannschaft wandte sich nun dem Girod-Gebäude an der Ecke zu und kümmerte sich auch um die Häuser am Eingang der Passage.

Aus einer Seitentür des Hotels stolperte ein Mann heraus. Er schleppte einen gewaltigen eisernen Kochtopf, überquerte die Rue Royale und suchte Zuflucht unter den Arkaden des gegenüberliegenden Hauses. Ihm folgte ein ganzes Heer von Küchenhilfen, die ebenfalls Töpfe, Stapel von Tellern und Tabletts mit Gläsern und Tassen aus dem Hotel trugen. Ein rundlicher Geselle hatte einen Armvoll Flaschen gerettet und verschüttete in der Eile die Hälfte des Inhalts. Ein anderer schleppte einen gewaltigen Schinken, während ein dritter eine komplette Rinderhälfte geschultert hatte.

»Alvarez«, sagte ein älterer Gentleman in der Nähe. Er starrte dem Mann nach, der die seltsame Parade anführte. »Ich wette zehn zu eins, dass das Feuer in seiner Küche angefangen hat.«

»Angenommen.« Sein Begleiter streckte ihm die Hand hin, um die Wette zu besiegeln. »Er könnte niemals so viel retten, wenn das Feuer von seinem Herd ausgegangen wäre. Ich glaube eher an eine defekte Gaslampe oder an eine Zigarre, die einem schlafenden Gast aus der Hand gefallen ist.«

Celina konnte sich noch ein halbes Dutzend andere Gründe vorstellen, die als Ursache einer solchen Feuersbrunst infrage kamen. Brände gehörten zu den größten Gefahren in der Stadt. Regelmäßig wurden Gesetze und Vorschriften erlassen, die solche Katastrophen verhindern sollten. Glühende Asche von einem so hohen Gebäude wie dem Hotel konnte Häuser treffen, die mehrere Straßen weit entfernt lagen. Dann brauchte es nur noch ein wenig Wind, um ein neues Feuer anzufachen. In der Vergangenheit war die Stadt schon zweimal fast völlig niedergebrannt.

Celina wusste, dass sie eigentlich nach Hause zurückkehren sollte. Sie würde im Laufe dieses Abends sicher keine Gelegenheit mehr haben, noch einmal mit Rio zu sprechen. Inzwischen war die ganze Stadt auf den Beinen, aufgeschreckt von den Glocken und dem beißenden Gestank des Feuers. Bald würden die Tante und der Vater merken, dass sie nicht in ihrem Zimmer war. Trotzdem gelang es Celina nicht, sich vom Anblick des brennenden Hotels loszureißen.

Dann sah sie, wie sich Olivier einen Weg durch die Menge bahnte. Er wandte hektisch den Kopf hin und her, bis er Rio entdeckte, rannte zu ihm und schrie ihm etwas ins Ohr.

Rio starrte seinen Diener ungläubig an. Er musste gegen den Lärm anbrüllen, deshalb hörte auch Celina, was er sagte. »Du hast die Tür aufgeschlossen?«

»Das Schloss war aufgebrochen! Und Monsieur, der junge Gentleman ... ich habe ihn gesehen. Er bewegt sich nicht.«

Rio richtete den Blick dorthin, wo die Passage hinter dicken Rauchwolken verborgen lag. Seine Lippen formten einen wilden Fluch. In höchster Eile schälte er sich aus seinem Mantel und hielt diesen in den Wasserstrahl aus einem der Feuerwehrschläuche. Als das Kleidungsstück völlig durchnässt war, klemmte Rio es sich unter den Arm und stürmte in Richtung seines Studios davon.

Olivier wollte ihn zurückhalten, doch Rio wich ihm aus und verschwand in der Menge. Sein Diener stürzte ihm nach. Rio hielt noch einmal an, legte Olivier die Hand an die Brust und stieß ihn zurück. Celina glaubte, einen Befehl zu hören, dem eine ablehnende Antwort folgte. Doch Rio zeigte auf Suzette und wiederholte seine Anweisung.

Olivier hörte auf, sich zu wehren, rührte sich jedoch nicht

von der Stelle, bis Rio zwischen einer Schar neugieriger Gaffer verschwunden war. Dann drehte er sich um und näherte sich Suzette und Celina.

»Wohin geht er?«, fragte Celina ihn aufgeregt. Immer wieder blickte Olivier über die Schulter in die Richtung, in die sein Herr gerannt war. »Was ist denn passiert?«

»Das Studio brennt«, antwortete Olivier widerstrebend. »Monsieur Rio will sehen, was noch zu retten ist oder was getan werden kann.«

»Aber das Gebäude ist doch sicher eineinhalb Häuserblöcke weit vom Hotel entfernt!«

Olivier blickte zu Boden und zuckte hilflos die Achseln. »Sie müssen ihm nachlaufen! Vielleicht braucht er Hilfe.«

»Ich soll bei Ihnen bleiben, Mademoiselle. Das hat Monsieur Rio mir befohlen.«

»Dann gehen wir alle zusammen. Hier stehen wir ohnehin nur unnütz im Weg herum.« Celina raffte die Röcke und machte sich auf den Weg zum Eingang der Passage.

»Nein, Mademoiselle!« Olivier bewegte sich nicht vom Fleck.

»Warum denn nicht?«

»Ich … Monsieur Rio würde das nicht gutheißen.«

»Mag sein, aber ich werde trotzdem nachsehen gehen.«

»Mademoiselle, so warten Sie doch.« Olivier streckte die Hand nach Celina aus, als wolle er sie zurückhalten.

»Was soll das? Wenn wir uns nicht beeilen, gerät das Feuer im Studio auch noch außer Kontrolle.«

Der *Majordomo* entgegnete noch einmal etwas, aber Celina war bereits einige Schritte voraus und verstand nicht mehr, was er sagte. Der beißende Rauch reizte ihre Kehle. Hustend kämpfte sie sich durch den engen Durchgang der Passage, einer zweiten Rauchsäule entgegen, die zum Glück deutlich kleiner war als die über dem Hotel.

Die Arkaden über dem Eingang von Rios Gebäude schienen unversehrt. Der Rauch kam aus dem hinteren Teil des Hauses. Offenbar befand sich dort der Brandherd. Aus dieser Richtung war plötzlich ein Krachen zu vernehmen. Celina starrte zu den Fenstern im oberen Stockwerk hinauf. Aber sie konnte weder eine Bewegung noch sonst einen Hinweis darauf erkennen, dass sich jemand in den Räumen aufhielt. Wohin war Rio gegangen? Was hatte er vor?

Suzette und Oliver hatten sie inzwischen eingeholt. Ihnen folgten einige Neugierige, und auch einige der hier ansässigen Fechtmeister hatten sich bereits in der Passage eingefunden – Rios Freunde und seine Konkurrenten. Manche von ihnen kannte Celina vom Sehen, andere wiesen sich durch ihr athletisches Äußeres und ihr sicheres Auftreten als professionelle Fechter aus. Kurz entschlossen drängten sie ältere Leute und neugierige Kinder aus der Gefahrenzone und bildeten mit einigen Freiwilligen eine Kette, die dem Feuer mit Wassereimern zu Leibe rückte. Celina fand den Anblick der Männer, die so ruhig und entschlossen zur Tat schritten, ungeheuer tröstlich.

Sie sorgte sich um Rio, doch inzwischen stiegen neue Zweifel in ihr auf. Irgendetwas stimmte hier nicht. Rios Worte hatten seltsam geklungen. Was verbarg sich hinter seinem Ärger und seiner Sorge? Auch Olivier hatte sich eigenartig verhalten. Der *Majordomo* hatte verhindern wollen, dass sie zu Rios Studio ging. War er wirklich einzig und allein um ihre Sicherheit besorgt? Celina wollte lieber nicht darüber nachdenken, worin der wahre Grund für seine Sorge lag. Doch ihr Unbehagen wuchs, je länger sie vor dem Studio ausharrte.

In diesem Augenblick kam ein Mann auf sie zu. Überrascht hielt er inne. »Mademoiselle Celina? Wie kommt es, dass Sie hier sind? Sie sind doch hoffentlich nicht allein?«

Celinas Magen krampfte sich zusammen. Vor ihr stand

Étienne Plauchet, Cousine Sonjas Gatte und der Gastgeber der Soirée, zu der sie kürzlich eingeladen gewesen war. »Eine Verkettung von Zufällen, Vetter«, sagte sie nach kurzem Zögern. »Und meine Zofe begleitet mich natürlich.«

Der Gentleman beachtete Suzette kaum. »Wo ist denn Ihr Vater?«

Schreie ertönten, und Celina war froh, die Frage nicht beantworten zu müssen. Sie fuhr herum und sah eine große Gestalt unter den Arkaden des Studios zum Vorschein kommen. Rios Hemd war zerrissen und sein Gesicht so schwarz vom Ruß, dass man ihn kaum erkannte. In seinen Armen hing ein schlaffer Körper, dessen Kopf und Schultern in ein nasses Kleidungsstück gewickelt waren. Mit kraftvollen Bewegungen drängte sich Rio an den Männern mit den Eimern vorbei und trat hinaus in die Gasse. Dort kniete er nieder und legte seine Last vorsichtig auf den Pflastersteinen ab.

Celina stürzte auf ihn zu. »Dem Himmel sei Dank!«

Rio war so sehr mit dem Mann beschäftigt, den er aus dem Gebäude getragen hatte, dass er sie zunächst gar nicht zu bemerken schien. Er zog den nassen Mantel vom Gesicht des am Boden Liegenden und verharrte neben ihm in der Hocke.

Celina blieb wie angewurzelt stehen. Im ersten Augenblick des Schreckens konnte sie weder atmen noch einen klaren Gedanken fassen. Auf dem Pflaster lag Denys. Ihn hatte Rio aus dem von Rauch erfüllten Studio getragen. Rio hatte gewusst, dass Denys dort war, und hatte ihn vor dem Feuer in Sicherheit gebracht. Eigentlich hätte Celina erleichtert sein müssen, doch sie fragte sich, warum sich Denys nicht selbst befreit hatte. Er musste auf irgendeine Weise am Entkommen gehindert worden sein. Celina dachte an das aufgebrochene Schloss, von dem Olivier seinem Herrn berichtet hatte. Diejenigen, die behaupteten, Rio sei der Letzte gewesen, der Denys gesehen hatte, hatten sich nicht getäuscht.

In diesem Augenblick hob Rio den Blick. Celina glaubte, Schmerz und Reue darin zu erkennen. Sie starrte ihn an. Das Wissen, von ihm belogen und hinters Licht geführt worden zu sein, durchbohrte ihr Herz wie ein Schwert. Sie sank neben ihrem Bruder auf die Knie.

Totenblass und mit blutleeren Lippen lag Denys da. Seine Augen waren geschlossen. Auf der Stirn prangte ein scheußlicher Bluterguss. Inmitten der bläulich verfärbten Beule klaffte eine Platzwunde, aus der ein wenig Blut sickerte. Celina legte die zitternden Finger an die Wange des Bruders. Seine Haut fühlte sich warm an, und an seiner Kehle konnte sie einen schwachen Pulsschlag fühlen. Ihre Erleichterung war so groß, dass sie einen Augenblick lang fürchtete, das Bewusstsein zu verlieren.

»Er braucht einen Arzt«, sagte Rio mit rauer Stimme.

»Ja«, antwortete Celina. Sie holte tief Luft. »Ja, und zwar schnell. Und dann muss ich Denys irgendwie nach Hause schaffen.«

Suzette berührte sie an der Schulter. »Soll ich die Kutsche holen, *Mam'zelle*?«

»Soll ich nicht lieber gehen?«, fragte Olivier.

»Das ist nicht nötig.« Celinas angeheirateter Vetter trat hinzu. »Mein Wagen steht gleich um die Ecke in der Rue Royale. Von dort bis zum Stadthaus ist es nicht weit. Der Arzt kann sich im Haus sicher besser um Denys kümmern als hier auf der Straße.«

»Gehen Sie voran«, sagte Rio mit ernster Stimme. Dabei hob er Denys vom Pflaster auf. Es gelang ihm, einen Schmerzlaut zu unterdrücken. Jetzt erst sah Celina, dass Rios zerfetztes Hemd an der Schulter und auf dem Rücken von Blut getränkt war. Olivier hatte es offenbar zur selben Zeit bemerkt, denn er erstarrte. Der besorgte Gesichtsausdruck des *Majordomo* sagte Celina, dass sich die Stichverletzung, die von dem

Duell mit Broyard herrührte, auf irgendeine Weise verschlimmert haben musste.

Olivier reichte Celina die Hand, um ihr beim Aufstehen behilflich zu sein. Doch ihr Vetter stieß den Diener unsanft beiseite und griff energisch nach ihrem Arm. »Kommen Sie«, sagte er und zog Celina auf die Füße. »Je schneller wir Denys ins Stadthaus bringen, desto besser.« Mit einer knappen Geste forderte er Rio auf, ihm zu folgen, und marschierte voran zu seiner Kutsche.

Der Wagen bot nur für vier Personen Platz. Rio legte Denys hinein und trat beiseite. Celina hatte das Gefühl, dass er noch etwas sagen wollte, aber dafür blieb keine Zeit. Vetter Plauchet schloss die Tür, gab dem Kutscher ein Kommando, und der Wagen holperte davon.

Der kurze Weg bis zum Stadthaus erschien Celina unendlich lang. Menschen und Fuhrwerke drängten sich auf den Straßen, denn man bereitete sich vor zu fliehen, falls sich das Feuer ausbreitete. Die Pferde waren nervös und nur schwer zu bändigen. Noch dazu musste der Kutscher sie oft ganz anhalten, weil es einfach nicht weiterging. Denys wurde dabei stets aufs Neue durchgeschüttelt. Sein Kopf lag in Celinas Schoß, und sie hörte ihn manchmal leise stöhnen. Vetter Plauchet wurde zunehmend ungeduldiger und schimpfte laut über jede Verzögerung. Auch Celina wurde immer ärgerlicher, denn mit ihr sprach der Mann kaum ein Wort. Tat er es doch einmal, so ließ er sie deutlich spüren, wie sehr es ihm missfiel, sie nächtens ohne ein männliches Familienmitglied auf der Straße angetroffen zu haben. Als sie das Stadthaus endlich erreicht hatten, stieg er aus und machte sich umgehend auf die Suche nach Celinas Vater. Er überließ es den beiden Frauen, den Verletzten irgendwie aus der Kutsche zu schaffen. Celina war nicht allzu traurig darüber. Sie ließ zwei Hausdiener kommen, die kurzerhand einen Fensterladen aushängten und Denys auf dieser provisorischen Bahre die Treppen hinauftrugen.

Denys war noch immer bewusstlos. Er regte sich auch nicht, als sich Tante Marie Rose, nachdem man ihn auf sein Bett gelegt hatte, hemmungslos schluchzend an seine Brust warf. Wie tot lag Denys da, während man ihm Ruß und Schmutz abwusch und der Arzt ihn untersuchte. Dieser entschied sich für einen Aderlass, um die Gefahr eines Gehirnfiebers zu mildern, das oft mit Kopfwunden einherging. Lange nachdem der Doktor sein Sherryglas geleert und die Behandlungsgebühr eingestrichen hatte, lag Denys noch immer ohnmächtig auf dem Bett. Sein Atem ging so flach, dass sich seine Brust dabei kaum hob oder senkte.

Die ganze Nacht über blieb Denys' Zustand unverändert. Celina wich nicht von seiner Seite. Einmal bewegte er den Kopf, doch er erwachte nicht.

Celina hatte viel Zeit, ihren Bruder anzusehen. So wie er nun vor ihr lag, wirkte er unsagbar jung und verletzlich. Inzwischen trug er einen dicken Verband um den Kopf und einen ebensolchen um das verletzte Handgelenk. Noch immer ließ die Angst, den Bruder zu verlieren, Celina nicht los.

Sie gab sich die Schuld daran, dass es so weit gekommen war, dass er sich nun schon seit Stunden in diesem Schwebezustand zwischen Leben und Tod befand. Eine Zukunft ohne das liebevolle Lächeln des Bruders, der sie freundschaftlich neckte und mit ihr scherzte, konnte und wollte sich Celina nicht vorstellen. Wenn er nur endlich wieder die Augen aufschlug und sie scherzhaft *stupide* – Dummerchen – nannte, würde sie sich mit Freuden in ihre Pflichten als gute Schwester und Tochter fügen und bis zum Ende ihrer Tage alles tun, was man von ihr erwartete.

Aber Denys rührte sich nicht. Nur sein Atem rasselte ein wenig, aber das mochte an dem Rauch liegen, den er abbekommen hatte. Seufzend griff Celina nach dem Stickrahmen.

Gelegentlich kam auch der Vater in Denys' Zimmer. Die Nacht verging, und ein neuer Tag brach an. Hin und wieder übernahm der Vater für eine Stunde die Wache am Krankenbett.

»Hat sich etwas getan?«, fragte er hoffnungsvoll, als er wieder einmal an Denys' Bett trat.

Celina schüttelte müde den Kopf.

Seufzend strich der Vater dem Sohn eine Haarsträhne aus der Stirn. »Wo in Jesus und Marias Namen ist er nur die ganze Zeit gewesen? Und was hat er gemacht?«

Celina wollte den Vater auf keinen Fall in eine Konfrontation mit Rio treiben, die für den alten Herrn leicht tödlich enden konnte. Deshalb antwortete sie mit einer Gegenfrage. »Weiß man schon etwas über das Feuer?«

»Das Hotel ist vollständig niedergebrannt. Aber man spricht bereits davon, es wieder aufzubauen. Um die dreißig Gäste wurden verletzt, aber es gibt zum Glück nur ein einziges Todesopfer. Ein älterer Herr erlitt einen Herzschlag. Die Gebäude in der Nachbarschaft haben kaum etwas abbekommen. Man könnte fast von einem Wunder sprechen. Es heißt, einige Männer hätten durch ihre Entschlossenheit Schlimmeres verhindert.«

»Und das andere Feuer?«

»Du meinst den Brand in Monsieur de Silvas Studio? Der größte Schaden entstand offenbar im Keller, wo der Brandherd war. Die Fechtmeister aus der Nachbarschaft konnten die Flammen aber rechtzeitig löschen. Die anderen Gebäude in der Passage waren offenbar nie in Gefahr.«

Celina nickte. Sie glaubte nicht, dass die anderen Maîtres Rio nur aus Eigennutz geholfen hatten. Wie eine verschworene Gemeinschaft hatten sie in der Brandnacht Hand in Hand gearbeitet. Sie waren Waffenbrüder, Mitglieder einer ganz besonderen Zunft. Aber was tat das jetzt noch zur Sache? Rio de Silva, der berühmt-berüchtigte Fechtmeister, hatte sie belogen und betrogen. Er hatte ihren Bruder eingesperrt und so getan, als suche er in den verruchtesten Winkeln der Stadt nach ihm. Wie sollte sie für einen Mann wie ihn noch Achtung oder Respekt empfinden?

Der Vater räusperte sich. »Hast du alles, was du brauchst? Alles, was Denys ein wenig Erleichterung verschaffen könnte?«

»Ja, Papa.«

»Das ist gut.« Er zögerte. Doch dann tippte er auf die zusammengerollten Papiere, die er in der Hand hielt. »Unter den gegebenen Umständen mag dir das vielleicht unpassend erscheinen. Aber die Zeit drängt. Das hier ist der Ehevertrag. Ich bitte dich, ihn zu unterschreiben, *chère,* und dich nicht länger zu widersetzen.«

Celina musterte das Gesicht des Vaters im Schein der Walöllampe, sah die tiefen Furchen, die das Alter und das Schicksal in den vertrauten Zügen hinterlassen hatten. »Warum gerade jetzt?«

»Wir dürfen nicht länger warten. Die Ehre der Familie ist in Gefahr.« Der Vater trat an den Sekretär, der neben der Balkontür stand. Dort tauchte er einen Füllhalter in das Tintenfass und hielt ihn Celina hin. »Unterschreib, Celina.«

Es war wie ein Omen. Hatte sie nicht gerade noch im Stillen geschworen, dass sie mit Freuden alles tun würde, was man von ihr verlangte, wenn nur der Bruder wieder gesund wurde? Nun war es an der Zeit, das stumme Versprechen einzulösen. Doch das Bild des Grafen, das bei den Worten des Vaters vor Celinas geistigem Auge Gestalt angenommen hatte, ließ sie zaudern.

»Du solltest meine Geduld nicht noch mehr strapazieren«,

warnte Monsieur Vallier. »Nachdem der Arzt gegangen war, hatte ich ein sehr unerfreuliches Gespräch mit Vetter Plauchet. Er sagte mir, er habe dich in der Passage mit de Silva gesehen. Dieser *Maître d'Armes* hat deinen Namen schon einmal in aller Öffentlichkeit beschmutzt und außerdem Denys am Arm verletzt. Und nun muss ich hören, dass du dich allein in den Straßen herumtreibst, vielleicht sogar, um ihn zu treffen. Ist das so?«

»Ja, Papa.« Celina brachte kaum mehr als ein Flüstern zustande.

»Du hast dieses Haus nach Einbruch der Dunkelheit und nur in Begleitung deiner Zofe verlassen, du hast weder mir noch der Tante etwas davon gesagt. Dir hätte wer weiß was zustoßen können, und ich hätte es nie erfahren.«

»Ich dachte … Ich wollte Denys unbedingt finden. Und das ist mir auch gelungen.«

»Dem Himmel sei Dank dafür«, sagte der Vater mit Nachdruck. »Und auch dafür, dass du unversehrt nach Hause zurückgekehrt bist. Ich trage die Schuld daran, dass du dieses Risiko eingegangen bist. Das ist mir durchaus bewusst. Ich war in letzter Zeit zu selten zu Hause und habe mich zu wenig um die Familie gekümmert. Eigentlich glaubte ich, alles stünde zum Besten. Aber ich habe mich offenbar getäuscht.«

Sosehr Celina das Verhalten des Vaters in den letzten Tagen und Wochen missfallen hatte, sie ertrug es nicht, dass er sich Vorwürfe machte. »Du hast getan, was du konntest, Papa.«

»Mag sein, aber war das genug? Von nun an muss alles anders werden. Ich gelobe, fortan ein besserer Vater zu sein, aber auch du musst deinen Teil beitragen. Du hast dir Dinge erlaubt, die eine junge Frau aus gutem Hause niemals tun darf. Was glaubst du wohl, was deine Mutter dazu gesagt hätte?«

»Ich kann es mir vorstellen«, sagte Celina kleinlaut. Ihre Mutter war stets sehr auf Etikette und das Einhalten gesellschaftlicher Konventionen bedacht gewesen. Nicht im Traum hätte sie daran gedacht, gegen die ungeschriebenen Gesetze ihrer Gesellschaftsschicht zu verstoßen.

»Bald wird man in allen Salons über deine nächtliche Eskapade sprechen. Dass du gute Gründe für dein eigenmächtiges Handeln hattest, kümmert dabei niemanden. Wir müssen retten, was zu retten ist, und das geht nur durch eine baldige Heirat.« Wieder hielt er Celina den Füllhalter hin. »Unterzeichne jetzt den Vertrag, Celina. Und bete zum lieben Gott, dass sich der Graf nicht angewidert abwendet, wenn ihm zu Ohren kommt, was man über dich sagt.«

»Brauchen wir denn keine Zeugen oder einen Notar?« In ihrer Not war Celina bereit, nach jedem noch so dünnen Strohhalm zu greifen.

»Ich habe Freunde im städtischen Magistrat. Sie werden sich später darum kümmern.« Wieder winkte der Vater mit dem Federhalter.

Eigentlich war dies der Augenblick, ihm zu sagen, dass der Graf keine jungfräuliche Braut zum Altar führen würde. Celina hätte dem Vater diese Tatsache schonungslos eröffnen müssen, damit er sie aus dem Haus jagte. Nur so konnte sie der Ehe mit dem Grafen noch entgehen, nur so konnte sie die Freiheit erringen.

Aber Celina brachte es nicht über sich. Im Zorn oder Ärger hätte sie es wohl vermocht. Doch der Vater war besorgt und zerknirscht. Sie war zu sehr daran gewöhnt, sich nach seinem Willen zu richten und ihm jede Enttäuschung zu ersparen. Überdies brauchte Denys sie jetzt mehr denn je. Sie musste ihn pflegen und bei ihm bleiben, sie konnte nicht riskieren, weggeschickt zu werden, bevor er wieder gesund war.

Celina spürte, wie Tränen in ihr aufstiegen. Sie füllten ihre

Augen, bis sie den Vater kaum noch erkennen konnte. Genau diese Situation hatte sie immer gefürchtet. Nun wand sie sich wie ein Kaninchen in der Schlinge. All ihre Anstrengungen waren umsonst gewesen, hatten zu nichts geführt.

»Nimm den Federhalter, Celina. Unterschreib jetzt.«

Der Kampf um ihre Zukunft, die Hoffnung auf ein eigenes, selbstbestimmtes Leben, auf Freiheit und Glück, auf Liebe und Erfüllung – all dies war nun zu Ende. Ihre vermessenen Träume hatten nur denjenigen geschadet, die ihr am nächsten standen. Jetzt konnte sie nur noch gehorchen.

»Was ist mit Suzette?« Celina hob in einem Anflug von Trotz noch einmal das Kinn.

»Was soll mit ihr sein?«

»Sie soll in die Freiheit entlassen werden. Das hast du mir versprochen.«

»Ja, ja. Sie ist ein Teil deiner Mitgift. Du kannst mit ihr machen, was du willst … oder was dein Gatte will.«

Celina zögerte. Die letzten Worte gefielen ihr nicht. Gleichzeitig wusste sie, dass sie kaum mehr erwarten konnte.

Sie griff nach dem Federhalter, stützte die Hand auf der Platte des Schreibtisches ab, damit sie nicht zu sehr zitterte, und setzte ihren Namen unter das Schriftstück. Zumindest glaubte sie das. Die Tränen nahmen ihr die Sicht, und sie konnte den vertrauten Namenszug selbst kaum entziffern.

Der Vater nahm den Vertrag an sich, drückte den silbernen Tintenlöscher auf die Unterschrift und wedelte danach noch ein wenig mit dem Papier, damit die Tinte nicht verwischte. »Du hast das Richtige getan, du wirst sehen.«

»Hoffen wir es.«

»Ja. Der Graf wird sich sicher über die gute Nachricht freuen.«

Als Celina an die mögliche Reaktion des Mannes dachte, den sie heiraten musste, und an die Erwartungen, die er zweifellos hegte, stieg Panik in ihr auf. »Aber die Hochzeit muss doch nicht schon am Samstag stattfinden. Ich kann Denys nicht einfach sich selbst überlassen.«

»Es muss nicht unbedingt der Samstag sein. Aber sobald Denys wieder zu sich kommt, dürfen wir nicht mehr zögern. Das Gerede über dich muss ein Ende haben.« Der Vater ging zur Tür. »Ruf mich, wenn sich sein Zustand ändert«, sagte er noch.

»Selbstverständlich«, flüsterte Celina. In den letzten vierundzwanzig Stunden hatte der Vater seine Sorge um Denys und sie deutlicher gezeigt, als sie es je für möglich gehalten hätte. Er liebte sie beide auf seine Art, auch wenn es ihm schwerfiel, das zu zeigen. Doch selbst diese Erkenntnis war im Augenblick kein rechter Trost.

Als der Vater gegangen war, starrte Celina noch lange ins Leere. Sie fühlte sich wie ausgehöhlt. Eigentlich hätte sie jetzt Pläne für die Hochzeitsfeierlichkeiten schmieden, mit dem Geistlichen über die Trauungszeremonie sprechen, sich ein Kleid aussuchen, Einladungen schreiben, das Hochzeitsfrühstück zusammenstellen und tausend andere Dinge tun sollen. Doch daran wollte sie überhaupt nicht denken. Die Vorstellung, an der Seite des Grafen von Lérida vor dem Traualtar zu stehen, war so widerwärtig, dass Celina nicht wusste, wie ihre Beine sie in die Kirche tragen sollten. Trotzdem musste sie sich an den Gedanken gewöhnen.

Aber nicht jetzt gleich. Später, wenn sie nicht mehr derart müde war, würde es ihr vielleicht nicht mehr ganz so unmöglich und so unerträglich erscheinen, als Braut des Spaniers in die Kathedrale einzuziehen. Mit geschlossenen Augen ließ sie den Kopf gegen die Lehne des Stuhles sinken.

Nur das leise Quietschen eines Beschlags verriet ihn. Gerade war Celina noch mit ihrem Bruder allein gewesen, und nun stand Rio an der Balkontür des Zimmers. Der Balkon führte auf die Galerie hinaus, von wo aus man den Innenhof überblicken konnte. Rio sah aus wie immer. Nur an der linken Schulter war sein Mantel ein wenig stärker ausgebeult als sonst. Mit finsterem Blick nahm er den Hut ab und klemmte ihn gemeinsam mit dem Stock unter den Arm.

Celina sprang auf. Ihr Stickrahmen schlug geräuschvoll auf dem Fußboden auf. Sie trat an den Kamin und streckte die Hand nach der Klingelschnur aus. »Du musst sofort wieder gehen«, sagte sie entschlossen. »Sonst läute ich nach Mortimer.«

»Ich gehe, sobald ich mich davon überzeugt habe, dass es dir und deinem Bruder gut geht.«

»Uns fehlt nichts. Und nun lass uns bitte allein. Du hast kein Recht, hier zu sein.«

»Ich soll einfach so verschwinden? Ohne einen Abschiedskuss, ohne ein freundliches Lächeln? Und ohne ein paar Worte des Dankes?«

»Warum sollte ich dir dankbar sein, dass du meinen Bruder gerettet hast, wo du es doch warst, der ihn überhaupt erst in die Gefahr brachte?«

»Glaubst du das tatsächlich?« Rio musterte Celina mit ausdrucksloser Miene.

Es konnte an seiner Haltung oder an den tiefen Ringen unter seinen Augen liegen – jedenfalls fühlte sich Celina in ihrem gerechten Zorn plötzlich nicht mehr ganz wohl. Einen Augenblick lang zweifelte sie sogar an Rios Schuld. Ein wenig verlegen fragte sie: »Deine Schulter … ich meine, sie wird doch wieder ganz verheilen?«

»Ich denke schon.«

»Dann ist ja alles gut.«

Eine quälende Stille legte sich über den Raum. Nur Denys' rasselnder Atem war zu hören. Hin und wieder zischte die Walöllampe. Rio und Celina starrten in die kleine Flamme, die ihnen wie ein ferner Bote der Feuersbrunst in der letzten Nacht erschien. Einen Herzschlag lang trafen sich ihre Blicke, dann senkten beide wieder die Lider.

Rio fuhr sich mit den Fingern durchs Haar und ließ die Hand im Nacken liegen. Seine Stimme war die eines müden, erschöpften Mannes. »Ich könnte dir ein paar Dinge erklären, wenn du bereit wärest, mir zuzuhören.«

»Kannst du das wirklich? Und ich soll dir dann glauben?«

»Ob du mir glaubst, musst du selbst entscheiden.«

»Was hat dich nur dazu bewegt, meinen Bruder gefangen zu halten? Reichte es denn nicht, mich in der Hand zu haben?«

»Ich wollte schon gestern Abend mit dir darüber sprechen. Aber dann kam das Feuer dazwischen.«

»Du hast mich angelogen! Du hast geschworen, es sei ihm gut gegangen, als du ihn das letzte Mal sahst.«

»Und das stimmte auch. Als ich ihm heute Abend zum Essen ein Glas Wein in den Keller brachte, fehlte ihm nichts.«

»Mag sein, aber du hast mich dennoch hinters Licht geführt.« Offenbar war Denys wenigstens anständig behandelt worden. Aber davon wollte sich Celina nicht erweichen lassen.

»Ja, das stimmt«, antwortete Rio ohne sichtbare Reue.

Celina begann, unruhig auf und ab zu gehen. »Während wir noch darüber verhandelten, wie die Belohnung aussehen sollte, falls du meinen Bruder findest, saß er längst in deinem Keller. Du hättest ihn jederzeit freilassen können, aber du wolltest, dass ich nach deiner Pfeife tanze. Hast du denn nie daran gedacht, dass er mir erzählen würde, was ihm widerfahren ist, sobald er wieder frei war? Waren dir die Folgen völlig einerlei?«

»Und was, wenn ich bereit war, für die versprochene Belohnung jeden Preis zu bezahlen?«

Celina wich Rios unerbittlichem Blick aus. »Womöglich wolltest du meinen Bruder sogar umbringen.«

»Das glaubst du doch nicht im Ernst!«

»Ich weiß nicht mehr, was ich glauben soll!«, platzte Celina heraus. Sie fuhr herum und starrte Rio an. »Kannst du dir überhaupt vorstellen, wie erniedrigend das alles für mich ist? Hast du eine Ahnung, wie ich mich bei alledem fühle?«

»Ich glaube schon«, antwortete Rio. »Die Frage ist nur, was du nun zu tun gedenkst.«

»Nichts. Überhaupt nichts! Mir bleibt nur tiefe Abscheu, und ich hoffe, eines Tages wirst du dich genauso elend fühlen wie ich mich jetzt.«

»Du gehst davon aus, dass ich Denys aus purem Eigennutz festgehalten habe. Ich frage mich, warum das so ist.«

Celina funkelte ihn wütend an. »Welchen anderen Grund könntest du denn gehabt haben?«

»Möglicherweise wollte ich ihn in einem sicheren Versteck wissen, bis eine große Gefahr vorüber war.«

»Und von welcher Art von Gefahr sprechen wir in diesem Fall?«

»Eine Entführung wäre möglich gewesen, aber auch, dass man deinen Bruder mit Gewalt auf ein Schiff zerrt und ihn dort als Matrose schuften lässt. Selbst einen Mord halte ich nicht für unwahrscheinlich.«

»Das scheint mir ziemlich weit hergeholt.«

»Nicht unbedingt. Wer schreckt denn vor nichts zurück, um so schnell wie möglich an dein Vermögen zu kommen? Wer hätte denn am meisten zu verlieren, wenn Denys, der von gewissen Machenschaften in der Vergangenheit erfahren hat, dieses Wissen nicht für sich behielte? Wem würde es nutzen, wenn seine Braut die alleinige Erbin ihres vermögenden Vaters würde?«

Celina blinzelte erschrocken. Rios Worte ließen alles, was

in letzter Zeit geschehen war, in einem ganz neuen Licht erscheinen. Der Graf hatte es zugelassen, dass Denys eine Herausforderung annahm, die eigentlich für ihn bestimmt war. Auch als Broyard sie auf dem Ball belästigt hatte, war Denys nicht weit weg gewesen. Konnte man hier noch von Zufällen sprechen? Oder wollte Rio etwa nur von seiner eigenen Schuld ablenken, indem er auf Zusammenhänge verwies, die in Wirklichkeit gar nicht existierten? »Du sprichst vom Grafen. Dieser Mann mag viele Schwächen haben, aber ich kann nicht glauben, dass er meinem Bruder mit Absicht schaden würde.«

»Weil er ein Edelmann ist? Oder fällt es dir nur leichter, in mir den Bösewicht zu sehen?«

»Du hast Denys in deinem Studio eingesperrt. Das kannst du nicht leugnen.«

»Und ich habe dir gesagt, warum ich es tat. Denys traute dem Grafen nicht. Er erzählte mir von seinen Zweifeln. Eigentlich hatte er de Lérida im Hotel aufsuchen und mit ihm über die Dinge sprechen wollen, die er erfahren hatte. Aber der Graf war nicht da, und Denys wollte später noch einmal sein Glück versuchen. Ich konnte mir nicht vorstellen, dass de Lérida ihn nach diesem Gespräch noch einmal gehen lassen würde.«

»Du meinst, er hätte versucht, meinen Bruder dort in seinem Hotelzimmer zu töten? Das ist absurd.«

»Keineswegs. Das Feuer in meinem Studio wurde mit Absicht gelegt. Jemand muss gewusst haben, dass Denys bei mir ist. Der Graf ahnte, dass dein Bruder ihn zur Rede stellen wollte. Er musste ihn loswerden, bevor Denys anderen von seiner finsteren Vergangenheit erzählen konnte.«

»Und woher sollte der Graf wissen, wo Denys ist, wenn noch nicht einmal ich eine Ahnung hatte?«

»Ahntest du es wirklich nicht? Ich dachte, du wärst genau deshalb heimlich zu mir gekommen.« Das stimmte natürlich. Dass Denys zuletzt in Rios Salon gewesen war, hatte auch der Graf angenommen und dann vielleicht eins und eins zusammengezählt. Doch so leicht wollte sich Celina nicht beschwichtigen lassen. »Das Feuer im Hotel kam demnach recht gelegen. Man konnte den Brand in deinem Studio so aussehen lassen, als wäre er durch die herumfliegende Glut entstanden.«

»Es kam mehr als gelegen.«

»Willst du damit etwa sagen …?«

»Das Leben und der Besitz anderer Menschen sind Leuten wie dem Grafen nichts wert. Er wohnte in diesem Hotel. Ein paar Spritzer Lampenöl sind schon genug. Es wäre nicht das erste Mal, dass ein Feuer seinen Zwecken dient.«

»Und dann, im Schutze des Durcheinanders auf den Straßen, ein kurzer Abstecher zu deinem Studio?«

»Wenn ich nicht vorsichtshalber Olivier zurückgeschickt hätte, damit er Denys freilässt, hätte alles anders ausgehen können. Dein Bruder sollte sterben. Deshalb auch der Schlag auf den Kopf: Er sollte nicht flüchten können.«

Celina schluckte. Wenn Denys tatsächlich ohnmächtig gewesen war, hätte er ohne Rios beherztes Eingreifen niemals überlebt. »Willst du damit sagen, dass er nicht erst während seiner Rettung verletzt wurde, sondern schon vorher? Ich dachte …«

»Er war bereits bewusstlos, das schwöre ich dir.«

»Wie kann jemand so skrupellos und niederträchtig sein? Wie kann man darauf hoffen, dass ein Mensch in einem Feuer zu Tode kommt?« Fröstelnd schlang Celina die Arme um sich.

Rio hob eine Augenbraue. »Willst du lieber weiterhin glauben, ich hätte ihn festgehalten, um dich in mein Bett zu zwingen?«

»Darauf warst du schließlich von Anfang an aus.«

»Du hast ja keine Ahnung, was ich wirklich will oder was ich…« Rio brach ab und atmete tief durch. »Als ich eine Nacht mit dir als Belohnung verlangte, falls ich deinen Bruder zurückbringe, war ich wütend. Außerdem wollte ich wissen, ob du einwilligen würdest. Gegen deinen Willen hätte ich die Belohnung niemals eingefordert, dessen darfst du dir sicher sein.«

Gegen ihren Willen. Aber wahrscheinlich hätte sie es gewollt, das musste sich Celina zu ihrer Bestürzung eingestehen. »Wie soll ich dir nach allem, was geschehen ist, noch glauben? Fest steht doch nur, dass du meinen Bruder in deine Gewalt gebracht hast. Sonst läge er jetzt nicht hier.«

»Glaub, was du glauben musst. Ich habe Denys nichts zuleide getan, und ich würde auch dir nie etwas zuleide tun. Ich habe lediglich versucht, Schaden von dir und deiner Familie abzuwenden. Denn in gewisser Weise trage ich die Verantwortung an euren Schwierigkeiten.«

»Du trägst die Verantwortung? Es tut mir leid, aber ich sehe den Zusammenhang nicht.«

Rio sah Celina lange in die Augen. Dann schien er zu einer Entscheidung zu gelangen. »Es ist besser für dich, wenn du manche Dinge nicht weißt.«

»Für *dich,* meinst du wohl«, entgegnete Celina ärgerlich.

»Nein, *chèrie*. Die Mitgift einer toten Braut ist genauso schnell verprasst wie die einer lebenden. Vielleicht sogar noch schneller.«

Celina erschauerte. Eine tote Braut. »Versuchst du, mir Angst einzujagen?«

»Um deinetwillen und auch für Denys hoffe ich, dass mir das gelungen ist. Was er herausgefunden hat, könnte für euch beide gefährlich sein. Überleg dir gut, wessen Obhut du ihn in seinem derzeitigen Zustand anvertraust und wem du deine Zukunft in die Hände legst.«

»Aber bei dir soll ich eine Ausnahme machen und dir rückhaltlos vertrauen.« Celina hätte Rio am liebsten gesagt, dass sie vor wenigen Minuten den Ehevertrag unterzeichnet hatte. Doch sie unterdrückte diesen Impuls. Sie wollte sich nicht anhören, was er dagegen vorzubringen hatte.

»Vor allem um Denys' willen solltest du Vertrauen zu mir haben. Was dich selbst betrifft, vielleicht eher nicht.« Rio nahm Celinas Hand und führte sie an seine Lippen. Seine Stimme war kaum mehr als ein flüsternder Atemzug auf ihrer Haut, einem sanften Streicheln gleich. »Für dich bin ich die größte Gefahr und eine verlorene Hoffnung. Ich bin dein Schutzschild, aber auch das Schwert, dessen Spitze auf dein Herz gerichtet ist. Das musst du wissen, bevor du mir vertraust. Doch ich mag zwar eine Gefahr für deine Seelenruhe sein, mag nach deinem schönen Körper lechzen. Andere aber werden dir alles nehmen, was dir lieb ist, und auch vor deinem Leben nicht haltmachen.«

Celina wusste nicht, was sie darauf antworten sollte. Sie konnte keinen klaren Gedanken fassen. Wie versteinert stand sie da, als Rio sie losließ und sich von ihr abwandte. Er stützte sich mit der Hand im Rahmen der Balkontür ab, warf ihr über die Schulter ein Lächeln wie aus silbernem Stahl zu und sagte zum Abschied: »Ach ja, an eines wollte ich dich noch erinnern. Ich habe dir wie gewünscht deinen Bruder gebracht. Damit habe ich mein Wort gehalten. Von jemandem, der mit mir einen Handel schließt, erwarte ich natürlich dasselbe. Du schuldest mir eine Nacht in deinen Armen.«

»Aber du sagtest doch …«

»Ich werde dich zu nichts zwingen, das weißt du. Aber ich entbinde dich auch nicht von deinem Wort.«

Celina spürte, dass ihr heiß wurde, wie der Schweiß ihr gleich einem Gift aus allen Poren brach. Dabei wusste sie nicht, ob ihr Körper aus Wut oder aus Verlangen so heftig reagierte. »Wenn du auch nur einen Augenblick lang annimmst, dass ich unterwürfig wie eine Sklavin in dein Bett kriechen werde, dann täuschst du dich gewaltig.«

»Auf Unterwürfigkeit lege ich keinen Wert«, entgegnete Rio mit einem leisen Lachen. »Ob du im Zorn oder im Hass zu mir kommst, ob mit der Leidenschaftlichkeit einer Widerspenstigen, die mich mit ihren Küssen zu ersticken sucht: Kommen wirst du, und zwar bald. Schließlich ist das eine Frage der Ehre.«

Damit verschwand er geräuschlos wie ein Schatten. Celina lauschte angestrengt. Doch sie wartete umsonst auf ein Ächzen des Geländers, auf ein Kratzen am Fallrohr der Dachrinne oder auf den Klang von Füßen, die nach einem gewagten Sprung im Hof landeten. Alles blieb still, und bald war es, als hätte sie Rios neuerlichen Besuch nur geträumt. Doch dafür war sie viel zu aufgewühlt. Sie wusste nicht, wie sie den nächsten Tag überstehen sollte – und wie die vielen Tage, die ihm noch folgen würden.

Sechzehntes Kapitel

»Sie müssen aufhören, Monsieur Rio. Ihr Hemd ist schon ganz blutig.«

Mit einer Grimasse nahm Rio das Handtuch entgegen, das Olivier ihm bei dieser Aufforderung reichte. Nur folgen konnte er dem Rat des *Majordomo* noch nicht, denn einen großen Teil seines Lebensunterhalts bestritt er wohl oder übel mit dem Unterricht für ausgewählte Privatschüler. Die Arbeit mit den ehrgeizigen Klienten war überaus anstrengend und dauerte nun schon den ganzen Morgen. Rio wollte seine besten Kunden nicht einfach wegschicken. Abgesehen davon, konnte er sich das gar nicht leisten. Wurde erst einmal öffentlich darüber spekuliert, ob er den Anstrengungen der Übungsstunden überhaupt noch gewachsen sei, so würde es nicht lange dauern, bis die Aasgeier über ihm zu kreisen begannen.

In Rios Schulter pochte ein zermürbender Schmerz. Die Wunde, die seit dem Duell mit Broyard ohnehin kaum Zeit gehabt hatte zu heilen, war wieder aufgebrochen. Das musste geschehen sein, als er eine Kellertür eingedrückt hatte, um zu Denys Vallier zu gelangen. Die Fechtübungen mit seinen Schülern taten ein Übriges, um die Heilung zu verzögern. Rio spürte ein warmes Rinnsal an der Seite. Es sagte ihm, dass er die Wunde versorgen lassen musste, bevor außer seinem aufmerksamen Freund und *Majordomo* Olivier noch andere das Blut bemerkten. Im Studio stand augenscheinlich alles zum Besten. In dem Raum im Obergeschoss drängten sich die Männer dicht an dicht. Rios Ruhmestaten in der Brandnacht hatten sich herumgesprochen. Außerdem wollte man sehen, welchen Schaden das Feuer in seinem Haus angerichtet hatte. Die Besucher standen in Gruppen zusammen oder rauchten draußen auf dem Balkon Havannazigarren. Dabei tranken sie von dem Burgunder oder Claret, den ein Freund Oliviers, ein freier Mulatte, ausschenkte. Auf einer der beiden Fechtbahnen in der Mitte des Raumes standen sich gerade zwei junge Männer gegenüber. Sie trugen Schutzmasken und dick gepolsterte Westen. Das Klirren der Klingen, das einmal glockenhell, ein andermal hässlich kratzend klang, war so laut, dass die Umstehenden fast schreien mussten, um einander noch zu verstehen.

Die Gespräche drehten sich vor allem darum, ob und wann man das St. Louis Handelshaus und Hotel wieder aufbauen würde und welcher Architekt dafür infrage kam. Man diskutierte darüber, ob Pächter wie der Restaurantbesitzer Alvarez oder Candide Avinence, der Juwelier, wieder einziehen würden. Außerdem sprach man über die Baumwollpreise oder über die Schiffe, die demnächst einlaufen sollten, und tauschte schließlich allerhand pikante Histörchen über Ehrenschulden und die Vorgänge in gewissen Boudoirs aus. Die letzte Unterrichtsstunde, die Rio an diesem Morgen zu geben hatte, neigte sich dem Ende zu, und die nächste stand erst am späten Nachmittag auf dem Plan. Er konnte sich für ein paar Minuten zurückziehen.

In seinem Schlafzimmer schlüpfte er aus dem Hemd und wusch sich den Schweiß ab. Dann ließ er Olivier nach der Wunde sehen. Der Diener löste vorsichtig den Verband von Rios Schulter. Hier und da waren die Leinenstreifen mit der Wunde verklebt. Sie abzuziehen, verursachte höllische Schmerzen. Rio biss die Zähne zusammen und übte sich in Duldsamkeit. Alles Jammern und Klagen hätte ohnehin nichts geholfen.

»Die Leute sind heute ziemlich aufgekratzt«, sagte Olivier nach einer Weile. »Außerdem gibt es viele Neuigkeiten.«

»Hast du irgendetwas Wichtiges gehört?« Rio wusste aus Erfahrung, dass Olivier nur selten Belanglosigkeiten weitererzählte.

»Es wurde von Mademoiselle Vallier gesprochen. Vielleicht haben Sie das während des Unterrichts gar nicht mitbekommen.«

»Gibt es etwa schlechte Nachrichten über ihren Bruder?«

»Nein. Es heißt sogar, es ginge ihm ein wenig besser. Er bewegt sich und spricht im Schlaf. Aber die Leute erzählen sich, Mademoiselle Vallier sei in der Brandnacht hier in der Passage gesehen worden. Man munkelt, sie sei mit Ihnen verabredet gewesen und man habe Sie beide sehr vertraulich die Köpfe zusammenstecken sehen.«

Rio presste einen Fluch zwischen den zusammengebissenen Zähnen hervor. Genau das hatte er befürchtet. »Dann wird man sie jetzt wohl zwingen, den Grafen zu heiraten.«

»Falls er sie überhaupt noch will.«

»Davon gehe ich aus. Sie ist immer noch die Tochter eines reichen Plantagenbesitzers.« Rio wusste, dass dennoch nichts auf der Welt den Bräutigam davon abhalten würde, der Braut, die er inzwischen sicherlich verachtete, nach der Hochzeit das Leben zur Hölle zu machen.

»Dann wird wohl alles so kommen, wie es kommen muss.«

»Außer man tötet den Grafen.«

»Er wird sich Ihnen nicht stellen.«

»Klug von ihm«, sagte Rio grimmig.

»Aber die Dame könnte versuchen fortzulaufen.«

Rio musterte den *Majordomo* über die Schulter hinweg. »Und du meinst, ich soll ihr dabei behilflich sein?«

»Man könnte sie auch entführen. Vielleicht wäre sie ja nicht einmal abgeneigt.«

»Oder sie würde mich dafür hassen.«

»Ein Zustand von eher kurzer Dauer, der sich leicht beheben ließe. Dessen bin ich mir sicher.«

»Dein Vertrauen in mich ist schmeichelhaft, Olivier.« Noch während Rio das sagte, fiel ihm eine dritte Möglichkeit ein. Zunächst zögerte er und wog das Für und Wider erst einmal in Gedanken ab. Doch bald kam er zu dem Schluss, dass der Plan durchaus gelingen konnte. »Soweit ich weiß, gibt es in der Stadt gewisse Häuser, wo sich eine Dame in halbwegs angenehmer Umgebung und ohne größere Risiken für ihre Sicherheit diskret mit jemandem treffen kann. Ist dir das bekannt?«

»Durchaus.« Oliviers Tonfall klang unbeteiligt.

»Natürlich weißt du von diesen Orten. Dumme Frage.« Olivier hielt nicht viel von Verabredungen in derlei Etablissements, und Rio selbst erging es ähnlich. Er besuchte die Damen, mit denen er eine Liaison unterhielt, lieber in deren Häusern. Dann lag die Verantwortung für die Geheimhaltung des Treffens weitgehend bei ihm. Doch die Umstände machten es zu gefährlich, erneut ins Stadthaus der Valliers einzusteigen. »Könntest du eines der Häuser, von denen wir gerade gesprochen haben, ausfindig machen? Ich denke an etwas möglichst Respektables, aber gleichzeitig Verschwiegenes und Abgelegenes.«

»Man könnte durchaus Erkundigungen anstellen.«

»Stell sie an und arrangiere alles Notwendige. Ich glaube, ein Nachmittag wäre günstig, denn zu anderen Zeiten dürfte es für Mademoiselle Vallier schwierig sein, aus dem Haus zu kommen.«

»Wie soll sie zu dem Treffpunkt gelangen? Zu Fuß dorthin zu gehen, birgt gewisse Gefahren, und in der Familienkutsche kann sie sich wohl kaum fahren lassen.«

»Soweit ich weiß, stellt man für solche Zwecke in einer ruhigen Seitenstraße eine Mietdroschke bereit.«

Olivier neigte den Kopf. »Auch das lässt sich sicher einrichten.«

Rio zögerte. Inzwischen zweifelte er schon an der Klugheit dieser Idee. Vielleicht empfand Celina es als beleidigend, zu einem heimlichen Rendezvous einbestellt zu werden. Oder sie fürchtete den Skandal, den eine Entdeckung unwillkürlich auslösen würde. Doch dann stellte er sich vor, wie er Celina in den Armen hielt, dachte an süße Küsse und an mehr.

»Bitte kümmere dich darum«, sagte er abrupt. »Und geh dann zu Suzette. Sie soll ihrer Herrin von dem Plan erzählen.«

Rio kehrte ins Studio zurück. Er begrüßte Stammkunden, hieß bislang unbekannte Herren willkommen, beantwortete Fragen und tat auf Drängen der Herrschaften hin seine Meinung über so wichtige Angelegenheiten kund wie die Tanzvorführungen einer gewissen Madame Celeste und über das aussichtsreichste Pferd für die Rennen, die in zwei Wochen auf der Métairie-Bahn stattfinden würden. Doch das Gespräch mit Olivier hatte Rios Aufmerksamkeit geschärft. Er merkte, dass so manche Unterhaltung abgebrochen wurde, wenn er sich näherte, dass hier und da die Sprecher sogar ganz verstummten, wenn er an einer Gruppe vorbeiging. Auch fielen ihm die vielen neugierigen Blicke auf, mit denen er mehr oder weniger verstohlen gemustert wurde. Rio versuchte, sich nichts anmerken zu lassen, lächelte und verbeugte sich, bot Wein und Zigarren an. Doch dabei verfinsterte sich seine Stimmung zunehmend.

Er sorgte sich nicht um sich selbst, denn solange er es verstand, den Degen meisterhaft zu führen und sich in Fragen der Ehre als untadelig zu erweisen, sah man ihm die eine oder andere Schwäche nach. Aber es machte ihn wütend, dass diese Gentlemen aus gutem Hause, die sich so viel auf ihre Manieren einbildeten, hinter vorgehaltener Hand über Celina tuschelten und kicherten. Dass Rio sich selbst die Schuld an allem gab, was seine Kunden Celina als unschicklich ankreideten, machte die Sache nicht besser. Er hatte ihren Ruf ruiniert. Dabei hatte er genau das von Anfang an vermeiden wollen.

Rio beruhigte gerade einen jungen Gentleman, der seinen ersten Übungskampf verloren hatte und deshalb theoretisch tot war, da spürte er, wie von hinten jemand an ihn herantrat. Das unangenehme Prickeln im Nacken ließ ihn herumfahren.

»Vergeben Sie mir«, sagte Nicholas Pasquale. »Ich wollte mich nicht anschleichen.«

»Schon gut.« Rio deutete eine höfliche Verbeugung an.

Pasquale erwiderte den Gruß mit lässiger Eleganz. »Ein schönes Studio haben Sie hier, und einen beeindruckenden Kundenstamm.«

Rio dankte ihm für das Kompliment und sagte dann: »Ihr eigenes Studio ist heute nicht geöffnet, soweit ich weiß.«

»Leider nein. Sie, Croquere und Dauphin sind eine zu starke Konkurrenz. Von Llulla ganz zu schweigen. Ich unterrichte lieber an den Tagen, an denen die anderen Pause machen.«

»Das gilt auch für Caid O'Neill. Kennen Sie ihn?«

»Ja, wir sind einander schon begegnet. Ich mag ihn recht gern.«

Rio fragte sich, was er von dieser Bemerkung halten sollte. Handelte es sich nur um eine harmlose Feststellung, oder wollte Pasquale damit ausdrücken, dass er Rios Gesellschaft weniger schätzte als die gewisser anderer Maîtres? Wie auch immer die Antwort lautete, der Ton des Italieners gefiel ihm nicht. »Ja, Caid ist wirklich ein prima Kerl.«

»Er ist sehr beeindruckt von Ihnen, vor allem von Ihrem Geschick im Umgang mit dem Degen. Wo man auch hinhört, überall schwärmt man von Ihrer Fechtkunst. Selbst Leute, die sonst nicht so sehr von Ihnen eingenommen sind, halten Sie für einen großen Könner.« Ein leises Lächeln umspielte die Lippen des Italieners. »So viel Lob macht neugierig. Es wäre mir ein Vergnügen, die Klingen mit Ihnen kreuzen zu dürfen, wenn Sie mir die Ehre gewähren wollen.«

Rio war im Augenblick nicht in der Verfassung, sich mit einem anderen Fechtmeister zu messen. Zudem traute er dem Italiener nicht. Es wäre nicht das erste Mal gewesen, dass ein Fechtlehrer versuchte, einen anderen in dessen eigenem Atelier zu besiegen, um ihm Kunden abspenstig zu machen. »Es tut mir leid, aber im Moment kann ich Ihnen den Gefallen nicht tun«, antwortete Rio. »Vielleicht ein andermal.«

»Ganz wie Sie wollen.« Pasquale setzte ein vielsagendes Lächeln auf. »Ich verstehe Ihre Zurückhaltung. Wenn ich am Abend eine so liebreizende Besucherin erwarten würde, erginge es mir nicht anders.«

Rio starrte ihn einen Augenblick lang durchdringend an. »Wie darf ich das verstehen?«

»Ich bitte Sie, de Silva! Die ganze Stadt spricht doch von der neuesten Eroberung des Don Juan von New Orleans, des berühmten Silbernen Schattens. Soweit ich unterrichtet bin, ist Mademoiselle Vallier die Auserwählte. Sie sind zu beneiden.«

In diesem Augenblick fielen Rio Caids Worte wieder ein. Er hatte behauptet, der Graf suche nach einem Fechtmeister, der sich mit ihm anlegen würde. Offenbar hatte er den richtigen Mann gefunden. Dass Pasquale es wagte, derart offen von Celina zu sprechen, durfte Rio nicht überraschen. Viel zu viele Leute wussten inzwischen, dass er eine Schwäche für sie hatte.

Dabei war sich Rio so sicher gewesen, Celina vor einem Skandal schützen zu können! Und nun zeigte Pasquale ihm auf drastische Art und Weise, dass er sich geirrt hatte. Rios

Ärger darüber war gewaltig. Aber sein Zorn galt vor allem sich selbst.

Die Wut gab seiner Stimme Schärfe. »Hätten Sie wohl die Freundlichkeit, diese Behauptungen zurückzunehmen?«

»Und wenn ich es nicht tue?«, fragte Pasquale, die Liebenswürdigkeit in Person.

Man drehte bereits die Köpfe nach ihnen um. Die Gespräche verstummten. Plötzlich erfüllte die Anspannung, die stets mit einer solchen Konfrontation einherging, fast greifbar den Raum.

»Sie bringen die Dame in Misskredit. Das kann ich nicht zulassen.«

»Wollen Sie behaupten, die Gerüchte entbehrten jeder Grundlage?«

Rio durchbohrte sein Gegenüber mit Blicken – zumindest versuchte er das. »Ich behaupte, dass die Dame keinerlei Schuld an dem trifft, was über sie gesagt wird, und es nicht verdient, dass man derart respektlos über sie redet.«

»Daran hätten Sie denken sollen, bevor Sie sich an sie heranmachten.«

Der Italiener wagte es tatsächlich, Rio zu belehren. Dass er im Grunde recht hatte, machte seine Worte nur noch provokanter. »Offenbar sind Sie wild entschlossen, sich mit mir zu schlagen, Monsieur.«

»Um den Ruf der Dame zu schützen? Das ist wohl das Privileg ihres Verlobten.«

Eigentlich durfte Rio nicht überrascht sein. Aber er hatte das Gefühl, eine eisige Hand greife nach seinem Herzen. »Die Verlobung ist offiziell? Sie heiratet den Grafen?«

»Lange wird es nicht mehr dauern, nun, da die notwendigen Papiere unterzeichnet sind.«

»Aber wird der Graf auch bereit sein, die Ehre seiner Braut zu verteidigen?«

»Möglich. Aber wetten würde ich darauf lieber nicht.«

Das klang beinahe freundschaftlich und war doch bitterernst. Denn was hinter Pasquales Worten steckte, war deutlich: Möglicherweise glaubte der Bräutigam, die Braut habe inzwischen gar keine Ehre mehr, die es noch zu verteidigen lohnte. Rio hörte sich sagen: »Eine Dame kann nie zu viele Getreue haben. Meine Sekundanten werden sich mit den Ihren in Verbindung setzen.«

»Ich hatte nichts anderes erwartet. Darf ich Ihnen meine Bewunderung für Ihre Prinzipien aussprechen, auch wenn sie nicht jedem verständlich scheinen mögen? Ich freue mich schon auf den Vergleich mit Ihnen.«

Nicholas Pasquale wandte sich ab. Aufrecht, mit hoch erhobenem Kopf und beschwingten Schritten ging er davon. Ein wenig verwirrt beobachtete Rio seinen Abgang. Der Mann sah weder aus noch redete er wie ein gedungener Mörder. Aber was sollte er sonst sein?

Sich von dem Italiener zu einem Duell provozieren zu lassen, war ein Fehler gewesen. Rio hatte es gewusst, aber hatte er denn eine Wahl gehabt? Sein Gegner befand sich in einer großartigen Verfassung. Er war ausgeruht, denn er hatte sich in letzter Zeit vermutlich nicht bei irgendwelchen Duellen verausgabt. Rio wusste, dass er im Nachteil war. Aber es blieb ihm nichts anderes übrig, als Celinas Ehre zu verteidigen.

Am nächsten Morgen erfuhr Rio, dass nun zwei feste Verabredungen vor ihm lagen. Celina sollte er am Nachmittag treffen, und das Duell war für die frühen Morgenstunden des folgenden Tages angesetzt. Für diesen kleinen Aufschub hatte Caid als Rios erster Sekundant gesorgt. Zwar würde Rios Schulter nicht über Nacht heilen, aber ein Ruhetag konnte nicht schaden. Außerdem war es nach dem *Code Duello* möglich, einem Mann vor dem Zweikampf bis zu einer Woche einzuräumen, damit er seine Angelegenheiten ordnen konnte.

Gern ließ man zwischen der Herausforderung und dem Duell eine gewisse Zeit verstreichen, denn es war nicht ausgeschlossen, dass die Kontrahenten zur Vernunft kamen und der Streit durch eine Entschuldigung beigelegt werden konnte. In diesem Fall war damit allerdings nicht zu rechnen.

Bislang hatte Celina ihm nicht persönlich mitteilen lassen, ob sie zu dem Rendezvous erscheinen würde. Rio wollte gern glauben, dass sie ihn nicht umsonst warten lassen würde, aber eine Garantie gab es dafür nicht. Bei ihrem letzten Treffen hatte sie ihn nicht sehr freundlich behandelt, und er hatte ihr seither keinen Grund gegeben, ihre Meinung über ihn zu ändern. Außerdem wusste Rio, dass manche Frauen Männer mit Bedacht versetzten, um damit ihre Macht über das starke Geschlecht zu demonstrieren.

Aber Celina wollte eigentlich nur über ihr eigenes Leben, nicht über andere Menschen bestimmen. Bis zu der Brandnacht war ihr das auch leidlich gelungen. Doch nun würde sie bald den Grafen heiraten. Rio fragte sich, ob er auch daran – wie an so vielem anderen – die Schuld trug. Hatte Celina den Ehevertrag am Ende vor allem aus Zorn über ihn unterschrieben? Das konnte man ihr kaum verübeln. Gleichzeitig wollte Rio Celinas Ärger nicht als Entschuldigung gelten lassen, falls sie ihn versetzte.

Das Haus, welches für diskrete Treffen wie das geplante gemietet werden konnte, stand in dem Viertel namens Faubourg Marigny an der Rue d'Amour. Dieser Straßenname ärgerte Rio mindestens ebenso sehr, wie er Olivier amüsierte. Das Gebäude erwies sich als recht unauffällig. Obwohl von außen eher bescheiden, bot es im Inneren vier Räume von annehmbarer Größe – einen Salon, ein Speisezimmer und zwei Schlafzimmer. Außerdem gab es zwei Kabinette, wie man die kleinen Zimmer links und rechts der hinteren Galerie nannte. Sie waren mit den Schlafzimmern verbunden und dienten als

Ankleide- und Badezimmer. Letzteres war besonders wichtig, denn es galt, stets alle sichtbaren Spuren eines heimlichen Treffens zu beseitigen.

Die Einrichtung des Hauses wirkte nicht gerade billig, aber als besonders erlesen konnte man sie auch nicht bezeichnen. Die Holzeinfassungen der offenen Kamine waren so angestrichen, dass man von Weitem glaubte, sie seien aus Marmor. Die Sofas und den kleinen Stuhl vor dem Frisiertisch hatte man mit roséarbenem Samt bezogen. An den Wänden hingen cremefarbene Seidentapeten mit einem Moirémuster. Auf dem Bettüberwurf aus cremefarbenem Satin lagen zahllose Kissen, deren seidene Bezüge in allen Farben des Regenbogens schillerten. Wohin man auch blickte, überall gab es samtige Stoffe in Farben, die an Wein und Rosen erinnerten, und auch an Spitzenborten hatte man nicht gespart. Wer immer für die Ausstattung des Hauses verantwortlich war, hatte sich nach Kräften bemüht, ein verführerisch wirkendes Ambiente zu schaffen, und war dabei so manches Mal übers Ziel hinausgeschossen. Rio verursachte der Anblick der opulent möblierten Räume jedenfalls beinahe Zahnschmerzen. Er versuchte, nicht daran zu denken, was Celina von der schwülen Atmosphäre des Etablissements halten würde. Dabei wusste Rio noch immer nicht, ob sie sich überhaupt herablassen würde zu erscheinen.

Unruhig ging er von einem Zimmer zum anderen. Er betrachtete die Weinflasche, die in einem silbernen Eimer voller Eisstücke stand. Der edle Tropfen war in Massachusetts gekeltert worden. Auf kleinen Tabletts standen wahlweise herzhafte oder süße Häppchen bereit. Die Vorhänge waren geschlossen. Nur Kerzenlicht erhellte die Räume. Mit jedem schweren Herzschlag verging die Zeit, und Rios Hoffnung sank.

Dann hörte er, wie vor dem Haus eine Kutsche hielt, und hob

den Kopf. Draußen begrüßte Olivier Suzette, dann bat er den Kutscher, in zwei Stunden wieder vorzufahren. Rio stellte sich mit dem Rücken zum Kamin, starrte auf die Tür und wartete.

Celina fegte mit rauschenden Röcken herein. Sie brachte einen kühlen Luftzug mit sich. Ihr Cape umwehte sie wie eine Glocke, während sie sich schwungvoll umwandte und die Tür schloss. Endlich stand sie vor ihm und sah ihn an.

Ihre Augen leuchteten. Die Wangen waren von der Kälte, vielleicht auch durch die Aufregung gerötet. Sie atmete so heftig, dass nicht einmal die breite Borte aus schwerer Merinowolle vorn an ihrem Cape verbergen konnte, wie schnell sich ihre Brust hob und senkte. Sie wirkte frischer und schöner denn je. Doch gleichzeitig wusste Rio, dass sie ihm entgleiten würde, weil er ihrer nicht wert war.

»Ich fürchtete schon, du würdest nicht kommen«, sagte er. Dabei klang seine Stimme ein wenig rau.

Celina knöpfte die lavendelfarbenen Handschuhe aus Ziegenleder auf und stopfte sie achtlos in eine Tasche des Capes. Dann nahm sie die Haube ab und sagte: »Ich habe auch bis zuletzt gezögert.«

»Und was hat dich schließlich bewogen, doch zu kommen?« Rio zwang sich, auf Celina zuzugehen. Er nahm ihr Haube und Umhang ab und hängte beides an die Garderobe bei der Tür. Sie trug ein Kleid aus goldfarbener Seide mit einem herzförmigen Ausschnitt. Die Borte, die ihn säumte, zierte auch den Saum des schlichten Rockes. Der Stehkragen im Nacken des Kleides und die weit geschnittenen Ärmel waren mit überaus feiner Spitze besetzt und ließen Celina geradezu zerbrechlich wirken. Die unzähligen kleinen Knöpfe auf dem Rücken waren für das angenehme Kribbeln in Rios Fingern verantwortlich, und plötzlich hatte er das Gefühl, die Hose werde ihm zu eng.

»Meine Auffassung von Ehre und mein Pflichtgefühl, denke

ich«, antwortete Celina und wich Rios Blick aus. »Aber tut es denn überhaupt etwas zur Sache, warum ich hier bin?« Sie sah sich um. »Das Haus ist recht … gemütlich.«

»Darf ich dir ein Glas Wein anbieten?«

Ein schiefes Lächeln spielte um Celinas Mundwinkel. »Damit ich mir Mut antrinken kann, oder um die Leidenschaft anzufachen? Ach, einerlei – ich trinke einen Schluck.«

Rio nahm die Weinflasche aus dem Kühler. Dann zögerte er. »Wenn du lieber wieder gehen möchtest …«

»Davonlaufen? Ich denke nicht.« Celina ging zu einem Tisch, auf dem zahllose winzige Figürchen arrangiert waren. Sehr wertvoll mochten sie nicht sein, doch wer sich für fernöstliche Erotika erwärmen konnte, fand die Elfenbeinschnitzereien sicher amüsant. Celina nahm eines der kleinen Kunstwerke zur Hand, betrachtete es einen Augenblick lang und stellte es dann hastig wieder an seinen Platz zurück.

Rio musste ein Lächeln unterdrücken. Geflissentlich beschäftigte er sich mit den Weingläsern und trug sie zu dem Platz am Kamin, den sich Celina ausgesucht hatte. »Lieber feige sein als eine Märtyrerin.«

Rio reichte Celina ein Glas. Mit einiger Zufriedenheit bemerkte er, dass sie zusammenzuckte, als er dabei wie zufällig ihre Finger berührte. Sie war offenbar genauso nervös wie er.

»Ich kann mir nicht vorstellen, dass es dich wirklich interessiert, wie ich mich fühle.«

»Das solltest du nicht glauben. Und außerdem – wer ein Leben als Kurtisane erstrebt, sollte während der Lehrzeit wenigstens ein bisschen Spaß an der Sache entwickeln.«

»Ach, ich bitte dich«, sagte Celina. Endlich sah sie ihm für einen Augenblick ins Gesicht. »Das war doch alles nur dummes Gerede – wie wenn ein unbedarfter Jüngling davon spricht, zur See zu fahren oder sich Schaustellern oder anderem fahrenden Volk anzuschließen.«

Demnach schien ein Leben als Kurtisane Celina nicht mehr erstrebenswert. Damit vermochte sie weitere intime Kontakte mit Rio vor sich selbst also nicht mehr zu rechtfertigen. Rio war gleichzeitig enttäuscht und erleichtert.

Er nippte an seinem Wein. Das Spiel begann, ihm Spaß zu machen. »Du denkst also nicht mehr daran, nach Paris durchzubrennen?«

»Nein. Das ist vorbei.«

Offenbar hatte Celina nicht vor, ihm zu sagen, dass sie den Ehevertrag unterzeichnet hatte. Rio fragte sich, warum, denn sie hätte diese Tatsache gut als Entschuldigung dafür verwenden können, dass sie ihren Teil des Handels nun nicht mehr erfüllen konnte. »Eigentlich schade«, sagte er in einem Ton, von dem er hoffte, dass er vielsagend klang. »Ich hatte mich schon darauf gefreut, dein Lehrmeister zu sein.«

Celina verschüttete beinahe ihren Wein. Hastig nahm sie einen Schluck. Rio beobachtete, wie die weiße Haut an ihrer Kehle dabei zuckte, und stellte sich vor, wie er diese Stelle mit den Lippen liebkosen würde. Ein wenig würde er sich noch gedulden müssen. Für den Augenblick war es klüger, sich einem unverfänglicheren Thema zuzuwenden. »Wie geht es deinem Bruder?«

»Er spricht im Schlaf. Der Arzt sagt, dass er das Bewusstsein sicher bald wiedererlangen wird, es sei nur noch eine Frage der Zeit. Aber ich fürchte, der Mann will uns nur beruhigen.«

»Das glaube ich nicht. Denys ist jung und kräftig. Er wird wieder gesund werden.«

»Dafür bete ich. Ich weiß nicht, was mein Vater tun würde, wenn er stirbt.«

»Ich glaube nicht, dass wir uns darüber den Kopf zerbrechen müssen«, sagte Rio. »Aber abgesehen davon …«

»Abgesehen davon, scheint es ihm im Augenblick am allerwichtigsten zu sein, einen Skandal zu verhindern.«

»Das würden wohl die meisten Väter so sehen«, antwortete Rio.

»Ja.« Celina leerte ihr Glas und stellte es auf dem Kaminsims ab. »Aber sag, wie geht es dir?«

Rio legte fragend den Kopf schief.

»Bitte mach mir nichts vor.«

»Wenn deine Nachfrage meine Schulter betrifft – sie ist auf dem Wege der Besserung.« Wenigstens hatte die Wunde den ganzen Tag noch nicht geblutet.

»Es sei denn, jemand fordert dich heraus.« Wusste Celina von dem Duell? War das der Grund für ihr Kommen? Sorgte sie sich wegen des Kampfes gegen Pasquale? Rio wollte nicht fragen, denn Mitleid war ihm zuwider.

Überhaupt wollte er nur noch eines: Celina berühren, sie in seine Arme reißen, sie an sich drücken und ihre warme, nackte Haut an der seinen spüren. Aber das war noch nicht alles, was er sich wünschte.

»Sollen wir dieses seltsame Kräftemessen nicht beenden?« Celina sah Rio geradewegs in die Augen. »Schließlich befinden wir uns nicht bei einem Duell. Wir wissen doch beide, warum wir hier sind.«

Rio studierte ihr Gesicht. Er sah die Schatten, die die durchwachten Nächte und die Sorge um den Bruder auf der zarten Haut hinterlassen hatten, betrachtete die Mundwinkel, die immer wieder leise zitterten. Nun musste er doch fragen. Er atmete tief durch. »Warum bist du gekommen, *chèrie?*«

»Um meine Schulden zu begleichen natürlich. Und vielleicht auch, um mich später daran erinnern zu können.« Celinas Ehrlichkeit war beinahe so schmerzhaft wie der Ausdruck in den goldbraunen Tiefen ihrer Augen. Sie hatte den Mut zu tun, was sie für richtig hielt, auch wenn sie sich selbst damit schadete. Gegen den Aufschrei seines eigenen Begehrens sagte Rio: »Und wenn ich dich von deiner Schuld entbinden würde?«

»Bitte tu es nicht«, flüsterte sie.

»Tu es nicht?« Rio wollte seinen Ohren nicht trauen.

»Ich brauche ... Ich würde lieber Wort halten.«

In Rios Stimme schlich sich ein ironischer Unterton. »Aus reinem Ehrgefühl?«

»Ja, auch. Aber auch weil ... ach, alles ist so verfahren, aber ich muss mein Schicksal annehmen, wie es ist. Nur zu bald werde ich wie lebendig begraben sein, und du bist kein Teil des Daseins, das mich erwartet. Ich will wenigstens für ein paar Augenblicke alles von mir wegschieben und das Vergessen suchen.«

»Obwohl du mich verachtest? Oder gerade deshalb?«

»Du bist anders. Mit dir kann ich mich so geben, wie ich wirklich bin. Ich muss mich nicht verstellen. Mit dir kann ich für eine Weile den Gedanken daran verdrängen, wie meine Zukunft aussieht, und einfach ... fühlen.« Celina berührte Rios Kragen und strich sanft mit den Fingerspitzen darüber. Zwischen ihren Wimpern schimmerten Tränen. »Willst du mir dabei helfen?«

Rio stellte sein Weinglas ab und trat dicht vor sie hin. »Es wird mir ein Vergnügen sein«, flüsterte er. Dabei legte er eine Hand auf ihre von Seide umhüllte Taille und zog sie an sich. »Und eine große Ehre.«

Ihr Mund schmeckte nach Wein, nach dem Salz der Tränen und dabei doch so süß und verführerisch, dass Rio kaum hörbar aufstöhnte, als Celina seinen Kuss erwiderte. Die warmen Rundungen, die seine Handflächen durch die glatte Seide hindurch erforschten, brachten sein Blut zum Kochen. Das Wissen, dass er Celina haben konnte, stieg ihm zu Kopf wie ein fiebriger Schwindel. Das Blut sammelte sich in seinem Unterleib und löschte jeden vernünftigen Gedanken aus.

Nur der Instinkt und ein letzter Rest von Prinzipien blieben ihm noch.

Nie zuvor hatte er in den Armen einer Frau ein so überwältigendes Gefühl der Zärtlichkeit empfunden. Plötzlich wünschte er sich, er wäre in der Liebe noch so unerfahren wie Celina, damit sie gemeinsam die Wonnen der Leidenschaft entdecken konnten. Aber gleichzeitig war er froh, dass er über die notwendige Erfahrung verfügte, ihre Flucht in seine Arme zu einem Erlebnis zu machen, welches das Risiko rechtfertigte, das sie damit einging.

Sie war sein, er konnte sie haben. Aber er musste auch an die Folgen denken. Zu oft vergaßen Männer und Frauen im Strudel der Gefühle, welche Konsequenzen die Verschmelzung der Leiber mit sich bringen konnte. Er schob Celina ein wenig von sich fort und wollte etwas sagen.

»Nein, bitte nicht«, flüsterte sie. »Ich habe so viele Gründe gefunden, warum wir es nicht tun sollten, dass sie für uns beide ausreichen – und alle wieder verworfen. Ich weigere mich, irgendetwas zu bereuen, weder jetzt noch in Zukunft.«

Woher hatte sie gewusst, woran er dachte? Waren seine Bedenken so offensichtlich, oder war sie eine Zauberin, die seine Gedanken lesen, ihm den Atem nehmen und sogar heimlich sein Herz stehlen konnte? Rio wusste es nicht, und es war ihm auch einerlei. Unter dem unwiderstehlichen Bann ihrer Hingabe ließ er alle Zweifel und alle Vernunft fahren und unterwarf sich ganz Celinas unschuldigem Zauber.

In Rios Küssen mischte sich die Leidenschaft mit einer Spur von Verzweiflung. Celina ließ sich von seinen Berührungen neu formen. Sie lehnte sich an ihn und gab sich ganz den Händen hin, die streichelten, umfingen und forschten.

Das Blut rauschte durch Rios Adern wie glühende Lava. Celina heizte seine Leidenschaft noch weiter an, indem sie die Hände über seinen Nacken gleiten ließ und mit den Fingernägeln durch die dichten Locken fuhr, die bis auf seinen Kragen hinabfielen.

Rio erschauerte. Er war kurz davor, auch noch den letzten Rest von Selbstkontrolle zu verlieren. Dann atmete er tief durch. Celina verdiente mehr, und das galt auch für ihn.

Er legte den Arm unter ihre Knie und hob sie hoch. Den Schmerz in der verletzten Schulter spürte er kaum. Im Zimmer nebenan fand er einen Diwan. Er stand vor dem Kamin, in dem das Feuer schon fast heruntergebrannt war. Aber jetzt war keine Zeit, Kohle oder Holz nachzulegen. Sanft bettete Rio Celina auf das seidene Polster der Liege. Er beugte sich über sie und küsste sie erneut. Dann ließ er sich am Ende des Diwans nieder.

Mit geübten Handgriffen zog er Celina die Schuhe aus. Seine Hände liebkosten ihre Knöchel, ihre wohlgeformten Waden und schließlich ihre Knie, über denen die Strumpfbänder saßen. Genüsslich löste Rio die straffen Bänder und küsste die Abdrücke, die sie auf Celinas zarter Haut hinterlassen hatten. Er zog ihr die seidenen Strümpfe aus und ließ diese zu Boden fallen. Celinas fein geschwungene Fußwölbungen wollten ebenso liebkost werden wie ihre Knie. Von dort aus legte Rio eine feuchte Spur über Celinas schlanke Schenkel bis zu der Stelle, wo die Öffnung zwischen den spitzenbesetzten Beinen der Unterwäsche ihm Zugang zur pulsierenden Mitte ihres Körpers gewährte.

Rio konzentrierte seine Aufmerksamkeit nun ganz auf diese Stelle. Celina wand sich in atemlosem Protest. Er lächelte, doch er trieb die sanfte Erforschung dieses magischen Ortes unnachgiebig voran, hielt nicht inne mit seinen zarten Berührungen. Es war, als befühle er eine süße, saftige Frucht, die nur allzu leicht zerdrückt werden konnte. Und genauso erschien sie ihm auch, als er ihren Duft in sich aufsog und sie kostete wie einen exotischen Gaumenkitzel, der drohte, ihm die Sinne zu rauben.

Celina schrie auf, erbebte unter Rios Liebkosungen und lag schließlich, von der Heftigkeit ihrer Gefühle überwältigt, atemlos und in beinahe rührender Hilflosigkeit zwischen ihren verrutschten Röcken. Rios Herz zuckte, als habe man es mit einem Degen durchbohrt.

Er zog Celina an sich und öffnete die unzähligen Knöpfe auf dem Rücken ihres Kleides. Er befreite sie von der seidenen Hülle und von allem, was sie darunter trug. Sie zog ihm unterdessen den Mantel von den Schultern. Er ließ sie gewähren. Die übertriebene Vorsicht, die sie dabei walten ließ, damit die Wunde nicht wieder zu schmerzen begann, amüsierte und rührte ihn zugleich. Auch das Hemd zog Celina ihm aus. Sie ließ die Finger über seine Brust und seinen flachen Bauch wandern, bevor sie sich am Verschluss der Hose zu schaffen machte.

Celina hätte Rio die soeben durchlebten Wonnen auf dieselbe Weise zurückgezahlt, doch schon die zarteste Berührung ihrer Finger auf seinem heißen, prallen Fleisch drohte ihm den Verstand zu rauben. Rio nahm Celinas Gesicht zwischen die Hände und bemächtigte sich ihres Mundes. Er ließ sie seine Zunge fühlen und gab ihr eine Kostprobe dessen, was an anderer Stelle noch kommen würde.

Dann schälte er sich aus den Stiefeln, der Hose und den Strümpfen und legte sich zu Celina auf den Diwan. Ihre Finger verschlangen sich ineinander, während er Celina sein Gewicht spüren ließ und dabei versuchte, sich ihre seidigen Kurven für alle Zeiten ins Gedächtnis zu brennen. Rio spürte Celinas Hitze. Er wollte fast vergehen vor glückseliger Dankbarkeit, als sie bereitwillig die Schenkel für ihn öffnete. Der Schauer, der ihn dabei überlief, und die Gänsehaut, die sich zur gleichen Zeit auf seinem Körper ausbreitete, zeigten ihm, wie gefährlich nahe er dem Höhepunkt der Lust schon war.

Er fand den Weg ohne Mühe. Seine eigene Feuchtigkeit und

die von Celina ließen ihn mit Leichtigkeit an das süße Ziel gelangen. Ihr kehliges Stöhnen, als er sie ganz ausfüllte, brachte ihn fast um. Rio begann sich zu bewegen. Dabei suchte er wieder Celinas Mund. Der Rhythmus, den er vorgab, war langsam und lockend.

Celina folgte den einladenden Bewegungen mühelos. Und plötzlich war es, als flögen sie schwerelos dahin in der uralten Einheit aus Blut und Hirn, Herz und Vorstellungskraft. Immer höher trugen sie die Schwingen, immer schneller wurde der Takt der wilden Melodie der Wonnen, bis Rios zärtliche Zurückhaltung nur noch an einem seidenen Faden hing.

Als schließlich auch dieser riss, war nur noch der Drang zu besitzen und mit aller Macht zu nehmen in ihm. Er wollte alles fordern, was diese Frau zu geben bereit war. Rio öffnete die Augen. Ihre Blicke verschmolzen. Seine Augen sprachen von dem unbändigen Drang, dem Ende zuzustreben. Auch Celinas Blick war erfüllt von wilder, tiefer Sehnsucht, vermengt mit Verzweiflung. Rio bäumte sich auf. Nie zuvor hatte er einen Höhepunkt von derartiger Heftigkeit erlebt. Er vergrub sich in Celinas seidiger Hitze, wollte so tief in sie dringen, dass er ihr Herz berühren konnte. Dabei wusste er nur zu gut um die Vermessenheit dieses Wunsches.

Später lag er neben ihr, deckte sie zu, damit sie nicht fror, zog behutsam die Nadeln aus ihrem zerzausten Haar und glättete sanft die Strähnen. Rio beobachtete das Spiel aus Licht und Schatten, das die verglimmende Glut zärtlichen Liebkosungen gleich auf Celinas Gesicht zeichnete. Er betrachtete sie im Schlaf. In diesem Augenblick hätte er jeden, der es wagen wollte, sie zu wecken, mit bloßen Händen erdrosselt. Wie neu geboren fühlte sich Rio in diesen kostbaren Minuten. Er schwor bei allen Heiligen, die ihm einfallen wollten, dass er Celina keinem anderen überlassen würde, am wenigsten Damian Francisco Adriano de Vega y Ruiz, Conde de Lérida.

Er würde diese Frau nicht hergeben, nicht jetzt und nicht später, selbst wenn er dafür alle Träume und Hoffnungen begraben musste. Selbst wenn der Preis dafür sein eigenes Leben war.

Siebzehntes Kapitel

Wie sagte man einem Mann, der Verzückung und einem Traum zur gleichen Zeit Lebewohl? Celina war sicher, dass sie alles falsch gemacht hatte. Sie war zu kühl, zu beherrscht gewesen, weil sie gefürchtet hatte, ihr Herz werde sonst in tausend Stücke zerspringen.

Nackt war sie auf dem seidenen Diwan erwacht. Sie lag an Rios Brust geschmiegt. Ihre Beine waren ineinander verschlungen. Fest drückte sie sich an ihn. Sie wollte noch mehr von den Wonnen, die er ihr verschaffte, mehr von dem süßen Vergessen. Und er gab ihr, wonach sie sich sehnte. Rio zog sie auf seinen Leib, bis sie rittlings über ihm saß, machte ihr langes Haar zu einem Vorhang, der sie schützend umgab. Unter diesem seidig fließenden Mantel ließ er sie alles nehmen, was sie wollte und wie sie es wollte.

Und sie wollte so viel.

Als der Tumult der Gefühle verebbt war, ließ Celina die Fingerspitzen über Rios Körper wandern, versuchte sich einzuprägen, wie er sich anfühlte, wie er roch und schmeckte. Sie verlor sich in den glatten, den rauen, den harten und weichen Flächen, bewunderte die Perfektion der Muskeln und deren Kraft und versuchte dabei, jeden Gedanken an den fetten Leib des Grafen aus ihrem Kopf zu verbannen.

Sie fand heraus, wie groß und wie tief die Wunde an Rios Schulter war. Natürlich hatte Suzette, die ihr Wissen wiederum von Olivier bezog, ihr davon erzählt. Doch die Verletzung mit eigenen Augen zu sehen, war etwas anderes. Der kalte Atem der Angst streifte Celina, wenn sie an das Duell dachte, das Rio bevorstand. Fast wünschte sie sich, Olivier hätte Suzette nichts davon gesagt.

Rio konnte unmöglich sterben. Er war zu kräftig, zu stark. Ein Mann wie er musste einfach unbesiegbar sein. Ihm konnten die Schmerzen und Schicksalsschläge normaler Sterblicher nichts anhaben. Aber doch war er verwundet und geschwächt. Vielleicht war er trotz allem nicht unsterblich.

Celina fürchtete um sein Leben.

Während dieser nachmittäglichen Stunden hatte sie sich unsagbar geliebt und geborgen gefühlt. Rio bot ihr etwas zu essen an, aber sie brachte keinen Bissen hinunter. Sie wollte nur ihn, nur die geflüsterten Worte, die Berührungen, den glühend heißen Rhythmus, in dem ihre Körper zueinander sprachen. Sie wollte Rios Kraft tief in ihr, suchte die Erfüllung, die nur er ihr geben konnte.

Er liebte sie noch ein drittes Mal. Dieses Wort hallte in Celinas Gedanken wider, während sie sich verzweifelt an ihm festklammerte, aber sie sprach es nicht aus. Sie sagte es auch nicht, als Rio ihr beim Ankleiden half und dann nach Suzette rief, damit sie ihre Frisur in Ordnung bringen konnte. Auch als er sie zum Abschied ein letztes Mal küsste, brachte sie es nicht über die Lippen. Ohne das Wort aus ihrem Munde gehört zu haben, half er ihr in die Mietdroschke und gab dem Kutscher in knappen Worten ein paar Anweisungen. Warum hätte sie es aussprechen sollen?

Ihre Affäre – wenn man das, was zwischen ihnen geschehen war, denn so nennen konnte – war vorüber. Sie hatte mit den Pflichten, denen sich Celina nun stellen musste, und mit ihrer Zukunft nichts zu tun. Ihre Liebe würde ihnen nichts nutzen.

In der Kutsche musterte Celina ihre Zofe. Suzette starrte aus dem Fenster. Tränen rannen ihr über die Wangen. Einen

Augenblick lang überlegte Celina, wie sich Suzette und Olivier wohl die Zeit vertrieben hatten, und ob auch sie Abschied genommen hatten. Vielleicht waren auch für sie diese Stunden am Nachmittag die letzten gemeinsamen gewesen. Es würde keine geheimen Nachrichten mehr geben, keine Verabredungen, für die man eine Botin oder einen Mittelsmann brauchte.

Zwar hatte Rio in jener Nacht in den Schatten der Laube davon gesprochen, dass Celinas Schuld diesmal nicht mit einem einzigen Treffen zu begleichen sein würde, aber das war nun nicht mehr von Bedeutung. War Celina erst einmal mit dem Grafen vermählt, so würde sie sich nur allzu bald auf einem Schiff wiederfinden, das gen Spanien oder zu irgendeinem anderen fernen Ort segelte, und alles würde vorbei sein. Sie würde den Treueschwur, den sie ihrem Gatten am Altar geben musste, halten, wie sie jedes Versprechen hielt, das sie einmal gegeben hatte. Sie würde ihr Wort trotz allem nicht brechen.

Der Kummer drohte Celina zu überwältigen. Als die salzigen Tränen ihr die Sicht nahmen, griff sie nach der Hand ihrer Zofe. So fuhren sie zum Stadthaus zurück.

Später, als die Nacht schon hereinbrach und das letzte Tageslicht die Flügel der Tauben, die sich über die Dächer schwangen, noch einmal lavendelfarben aufschimmern ließ, kam Denys endlich zu sich. Celina stand gerade am Fenster. Sie hatte den Vorhang beiseitegeschoben und betrachtete das Farbenspiel am abendlichen Himmel. Plötzlich hörte sie die Kissen rascheln und dann ein heiseres Flüstern.

»Lina?«

Noch immer lauerten Tränen hinter Celinas Lidern. Sie blinzelte energisch dagegen an, bevor sie sich zum Bett umdrehte. »Endlich!«, sagte sie liebevoll. »Ich dachte schon, du wolltest dein ganzes Leben verschlafen.«

Denys streckte die Hand nach ihr aus, und Celina ergriff sie. Durch den Schleier ungeweinter Tränen hindurch lächelte sie ihn an. Seine Haut war fast so weiß wie der Verband, den er noch immer um den Kopf trug. Die wirren braunen Locken, die darunter hervorquollen, ließen ihn beinahe verwegen aussehen. Dabei blickten seine Augen so weich und liebevoll. Denys, ihr kleiner Bruder, wurde erwachsen, und alles ging viel zu schnell.

»Stupide«, sagte er. »Warum sollte ich das tun?« Er hielt inne und zog eine Grimasse. »Ich habe furchtbare Kopfschmerzen. Was ist eigentlich mit mir los? Was ist passiert?«

»Ich hoffte, diese Frage könntest du mir beantworten.«

»Ich kann mich an nichts erinnern. Aber warte… ich war in de Silvas Weinkeller. Es roch nach Rauch und ich hörte Geschrei. Ich glaube, jemand rief etwas von einem Feuer im Hotel. Aber ich konnte nichts tun. Ich legte mich auf die Pritsche, die man mir gebracht hatte, und wartete. Aber mehr weiß ich nicht.«

»Wirklich nicht?«

»Irgendwann spürte ich einen schrecklichen Schmerz an der Stirn, aber ich habe keine Ahnung, woher er kam. Jemand muss mir im Schlaf einen Schlag versetzt haben. Nur an mein Gespräch mit Rio de Silva erinnere ich mich noch gut. Danach rannte mir sein Diener auf der Straße hinterher und bat mich, noch einmal zurückzukommen. Er nahm mich mit in den Keller, und bevor ich recht wusste, wie mir geschah, war ich dort eingeschlossen.«

»Sicher auf Rios Anweisung hin. Aber was wollte er damit bezwecken? Ein solches Verhalten ist nicht zu entschuldigen.«

Denys lächelte schief. »Er wollte mich davon abhalten, zu Graf de Lérida zu gehen. Aber wenn ihm tatsächlich so viel daran lag, dass ich das nicht tue, hätte er es mir nur sagen müssen.«

»Es tut mir leid, aber ich verstehe die Zusammenhänge

nicht ganz.« Celina legte sich die Hand an die Kehle und starrte den Bruder durchdringend an.

»Ich ging zu Rio, weil ich etwas mit ihm besprechen wollte, was ich erfahren hatte. Er schien nicht sehr überrascht. So kam ich darauf, dass er alles bereits wusste. Wahrscheinlich spielt er irgendein Spiel, das ich noch immer nicht ganz durchschaue.« Denys imitierte Celinas Geste und legte sich ebenfalls die Hand an die Kehle. »Kann ich etwas zu trinken haben? Mein Hals ist so trocken wie der Staub in einem Hahnenkampfring.«

Celina schenkte ihm aus einer Kristallkaraffe ein Glas Wasser ein. Wahrscheinlich war es nicht gut, wenn Denys so viel redete. Er musste sich schonen. Aber Celina wollte unbedingt erfahren, was er wusste.

Sie stützte ihn und hielt ihm das Glas an die Lippen. »Was ist das für ein Spiel?«, fragte sie.

»Genau weiß ich es nicht«, antwortete Denys, nachdem er das Glas halb geleert hatte. »Möglicherweise hat es etwas mit Politik zu tun, aber ich kann mich auch irren... Wusstest du, dass der Graf Verbindungen zu den Mexikanern hat? Außerdem ist er gegen die Ausweitung der Vereinigten Staaten. Nein, das stimmt nicht. Ihm sind die mexikanischen Interessen genauso gleichgültig wie die amerikanischen. Er interessiert sich nur für das mexikanische Gold, das er braucht, um damit seine kostspieligen Gewohnheiten zu finanzieren.«

»Gold? Aber er ist doch ein reicher Mann.«

»Das möchte er uns gern glauben lassen. Aber in den Spielhallen heißt es, er könne seine Schulden nicht begleichen. Er gibt nur vor, ein reicher *Hidalgo* zu sein.«

»Deshalb spioniert er gegen Bezahlung?« Celina war überrascht, wie wenig diese Erkenntnis sie schockierte.

Denys trank noch einen Schluck. Dann zeigte er durch ein Nicken an, dass er genug hatte. »Ein richtiger Spion ist er wohl nicht. Er sollte nur gegen Geld seinen Einfluss geltend machen und diejenigen, die sich durch seine Aufmerksamkeit geschmeichelt fühlen, auf die Seite der Mexikaner bringen. Sie sollen unsere Nachbarn jenseits des Sabine River den Mexikanern überlassen.«

»Gibt es denn tatsächlich so viele wichtige Leute, die auf ihn hören?« Celina stellte das Glas auf den Nachttisch zurück.

»Ein paar finden sich immer, die ihr Fähnlein nach dem Wind hängen.«

»Und du glaubst, aufgrund dieser… Machenschaften ist der Graf Rio oder besser Monsieur de Silva ein Dorn im Auge?«

Denys wollte den Kopf schütteln, zog jedoch schon beim ersten Ansatz eine gequälte Grimasse und ließ sich in die Kissen zurücksinken. »Ich weiß es nicht. Aber die Abneigung scheint auf Gegenseitigkeit zu beruhen. Man könnte fast meinen, der Graf habe von Rio etwas zu befürchten. Er hat sogar versucht, ihn bei Nacht und Nebel von ein paar Banditen umbringen zu lassen, und es heißt, demjenigen, der de Silva im Duell tötet, winkt eine saftige Belohnung.«

»Gütiger Himmel«, flüsterte Celina. Sie hatte eingewilligt, die Frau eines Mannes zu werden, der einem Gegner nicht offen gegenübertrat, sondern durch allerlei Listen und Intrigen versuchte, ihn loszuwerden!

Aber warum interessierte sich jemand wie Rio so sehr für den spanischen Grafen? Inzwischen erkannte Celina, wie wichtig der Mann für Rio war. Nur um ihn zu provozieren, hatte der Fechtmeister vor einigen Tagen ihren Namen in die Öffentlichkeit gezerrt. Er hatte den Grafen zu einem Duell zwingen wollen und nicht damit gerechnet, dass dieser ihrem Bruder nur allzu gern den Vortritt lassen würde. Wahrscheinlich hatte Rio ihr deshalb den Gefallen getan und Denys verschont, obwohl er um die Folgen wusste. Möglicherweise war er sogar nur in ihr Zimmer eingestiegen, weil sie die Auserwählte des Grafen war und Rio in seinem Feldzug gegen den adeligen Spanier dienlich sein konnte. Das alles passte irgendwie zusammen, doch Celina fand den Gedanken unerträglich.

Aber warum sollte ein Mann wie Rio, der jede Frau haben konnte, sich sonst mit einem unerfahrenen jungen Ding wie ihr abgeben? Und sie hatte ihn zu allem Überfluss geradezu angefleht, ihr die Unschuld zu nehmen! Celina wollte vor Scham fast vergehen.

»De Silva bat mich sogar um Verzeihung, dass er mich einsperren musste«, sagte Denys. »Es war eine sehr höfliche Entschuldigung.«

Als ob damit alles vergeben sei. »Aber den Grund deiner Gefangenschaft nannte er dir nicht?«

»Er sagte, es sei zu meinem Besten«, antwortete Denys mit einer verlegenen Grimasse. »Er wolle mich vor einer großen Gefahr schützen.«

»Und nun ist er derjenige, um den wir uns sorgen müssen.«

»Aber warum denn?«

Celina sagte Denys alles, was sie wusste, und er staunte nicht schlecht. Er konnte sich an kein Feuer im Studio erinnern, und auch nicht daran, dass Rio ihn aus dem Haus getragen hatte. Außerdem wollte Denys kaum glauben, dass die vielen Duelle, die dem seinen gefolgt waren, nun ihre Fortsetzung in dem Treffen mit Pasquale finden sollten.

»Ich bin mir nicht sicher, was dahintersteckt«, sagte Celina. »Vielleicht geht es dem Italiener gar nicht um Rios Kundenstamm.«

»Warum sollte er sich sonst mit ihm duellieren wollen? Aber warte, was ist denn mit Rios Schulter?«

»Die Wunde scheint recht tief zu sein. Ich glaube, sie tut weh und könnte Rio auch behindern.«

»Und trotzdem will er das Duell wagen? Das ist Selbstmord!«

»Warum sagst du das?« Die Angst ließ Celinas Stimme schrill werden.

»Es heißt, Pasquale wisse mit der Klinge umzugehen wie kaum ein Zweiter. Außerdem kämpft er in der Position Sinister.«

»Was, um Himmels willen, heißt denn das nun wieder?«

»Er führt den Degen mit der linken Hand. Das gibt ihm einen Vorteil, weil sein Gegner zur Verteidigung eine ungewohnte Haltung einnehmen muss. Ein solches Duell kann doppelt so anstrengend sein wie ein vergleichbarer Kampf gegen einen Rechtshänder. Allerdings muss der Linkshänder seinem Gegner zwangsläufig auch die linke Seite bieten. Damit kann er sich leicht einen tödlichen Stich ins Herz einfangen.«

»Eine interessante Vorstellung.« Celina verzog das Gesicht.

»Du wolltest es wissen.«

Das stimmte, aber inzwischen bereute Celina, dass sie nachgefragt hatte. »Das Duell muss doch irgendwie zu verhindern sein.«

»Ich glaube nicht, dass du dich in die Angelegenheit einmischen solltest«, sagte ihr Bruder mit einem warnenden Unterton in der Stimme.

»Wahrscheinlich hast du recht.« Celina wandte sich ab. »Der Gedanke an das Duell ist mir unerträglich, aber gleichzeitig wünschte ich …«

»Ich auch. Meinst du, ich kann morgen schon aufstehen? Ich würde gern in der Kutsche hinaus zu den Eichen fahren und zuschauen.«

Celina fuhr herum. »Das darfst du auf keinen Fall tun!«, rief sie. »Der Arzt sagt, du musst dich schonen, sonst kannst du Gehirnfieber bekommen.«

Denys verzog das Gesicht und seufzte. »Das sollte ich vielleicht lieber nicht riskieren. Aber ich würde alles darum geben, mir dieses Duell ansehen zu können oder wenigstens aus erster Hand zu erfahren, was sich abgespielt hat.«

Celina sah ihn lange an. »Ich könnte ja für dich hingehen.«

»Unmöglich. Das schickt sich nicht für eine Frau. Außerdem würde der Kutscher dich ohne Papas Einwilligung niemals fahren.«

»Es gibt noch andere Möglichkeiten, zum Kampfplatz zu gelangen.«

»Sprichst du etwa von einer Mietdroschke? Was weißt du denn von solchen Dingen?«

»Das muss dich nicht kümmern. Wir haben ohnehin schon viel zu lange geredet. Ruh dich jetzt ein bisschen aus.«

Denys zog ein unglückliches Gesicht. »Wie kann ich das, wo ich doch weiß, dass du wieder einmal etwas Unerhörtes ausbrütest?«

»Es ist ja nur eine Idee. Wahrscheinlich wird gar nichts daraus«, sagte Celina beschwichtigend.

»Lina?«

»Bitte belehr mich nicht, Din-Din. Von meinem Gatten werde ich mir noch genug gute Ratschläge anhören müssen.«

Wie Celina gehofft hatte, schnappte Denys nach dem Köder. »Dein Gatte? Heißt das, du hast diesen unsäglichen Vertrag unterschrieben?«

»Ich habe mich in mein Schicksal gefügt«, antwortete Celina. »Ich dachte, du fändest das richtig.«

Während der Diskussion, die sich nun entspann, schien Denys zu vergessen, dass sie zu dem Duell fahren wollte. Aber Celina ging der Gedanke nicht mehr aus dem Kopf.

Im Morgengrauen die Außentreppe hinunterzuschleichen war schwieriger als erwartet. Celina musste die Stufen so schnell wie möglich überwinden, durfte dabei aber kein Geräusch verursachen. Dass der Bruder, der Vater oder gar die Tante erwachen könnten, fürchtete sie nicht. Aber die Köchin und Mortimer waren möglicherweise schon auf den Beinen und gingen ihren Pflichten nach. Auf keinen Fall wollte sie ins Haus zurückgescheucht werden wie ein unartiges Kind.

Doch in den Quartieren der Dienstboten regte sich nichts. Niemand schlug Alarm. Gemeinsam mit Suzette schlüpfte Celina durch die Pforte. Nur ein streunender Hund und zwei Choctaw-Indianerinnen, die Körbe zum Markt schleppten, um sie dort feilzubieten, waren schon unterwegs. An der Kreuzung wartete wie ausgemacht die Mietdroschke. Die Frauen sprangen in den Wagen, und der Kutscher schwang die Peitsche.

Die holprige Fahrt zu den Eichen von Allard dauerte eine Ewigkeit. Über dem Fahrweg hing dichter Nebel, der alle Geräusche verschluckte. Doch die Feuchtigkeit drang in die Kutsche ein. Drinnen roch es nach einer Mischung aus Tabak, Schweiß und etwas Säuerlichem, das den Gedanken nahelegte, einer der letzten Fahrgäste könne so betrunken gewesen sein, dass er sein Abendessen nicht bei sich behalten hatte. Auch die Kälte des Wintermorgens kroch bald zu den Frauen hinein. Doch Celina wusste, dass sie nicht aus diesem Grund fröstelte.

Endlich tauchten vor ihnen aus dem Nebel die Eichen auf. Der Kutscher ließ die Pferde auf einer Wiese in Sichtweite der beiden riesigen alten Bäume halten, die man die Zwillingsschwestern nannte. Dort würde auch dieses Duell stattfinden.

Offenbar waren sie ein wenig zu früh gekommen. Nur eine andere Kutsche stand noch da, und die Insassen hatten es nicht eilig auszusteigen. Celina nahm an, dass es sich um Rios Kontrahenten und dessen Begleiter handelte. Verstohlen schielte sie hinter dem ledernen Tuch hervor, das man zum Schutz gegen die Kälte über die Fensteröffnung ziehen konnte. Je weniger Aufmerksamkeit sie erregte, desto besser.

Suzette saß in eine Decke gehüllt auf der Bank gegenüber und starrte zu Boden. »Du bist heute Morgen sehr still«, sagte Celina nach ein paar Minuten. »Ist alles in Ordnung?«

Suzette schüttelte den Kopf.

»Los, heraus mit der Sprache. Was fehlt dir denn?«

»Nichts. Alles. Ich … Ach nichts.«

»Ist es wegen Olivier?«

Suzette presste einen Augenblick lang die Lippen aufeinander. Dann platzte sie heraus: »Es ist wegen allem. Verstehst du das nicht? Schon bei dem Gedanken an Klingen und Degen wird mir übel. Ich kann fast spüren, wie sie mich durchbohren. Duelle sind Irrsinn, der reine Irrsinn.«

»Ja, ich weiß genau, was du meinst.«

»Außerdem: Was wird aus Olivier, wenn Monsieur de Silva getötet wird? Wo soll er arbeiten? Wer wird seine Fähigkeiten und seine Ehrlichkeit zu schätzen wissen? Es ist so wichtig für ihn, ein Heim und einen Verdienst zu haben! Oh, ich weiß, wie unpassend es ist, gerade jetzt an solche Dinge zu denken, aber wie sollte ich das nicht? Und was ist, wenn Monsieur de Silva siegt? Du heiratest trotzdem den Grafen und folgst ihm nach Spanien. Und was wird dann aus mir? Schließlich gehöre ich nicht dir, sondern deinem Papa.«

»Oh, Suzette.« Celina hatte ihrer Zofe noch nichts von dem Handel mit ihrem Vater erzählt. Sie wollte es erst tun, wenn sie genau wusste, dass nichts mehr dazwischenkam. Nicht, dass Celina ihrem Vater nicht traute, sie machte sich eher Gedanken wegen des Grafen. Für Suzette war es sicher nicht gut, wenn der Spanier sie als seinen Besitz betrachtete. Ein Gatte durfte nämlich über die Mitgift seiner Frau nach Belieben bestimmen, Sklaven mit eingeschlossen. Nur wenn die Frau ein Geschenk aus ihrer Erbmasse erhielt, gehörte es allein ihr. Celina hoffte noch immer, dass ihr Vater vor der

Hochzeit die notwendigen Papiere unterzeichnen würde. Dann wäre Suzette ganz offiziell ein solches Geschenk, und sie konnte mit ihr tun, was sie wollte. All diese Gedanken gingen Celina durch den Kopf. War es angesichts von Suzettes Verzweiflung nicht grausam zu schweigen?

»Du brauchst dir keine Sorgen zu machen«, sagte Celina schließlich. »Vater hat mir versprochen, dass du mir gehörst, sobald ich dem Grafen das Ja-Wort gebe. Dann kannst du tun und lassen, was du willst.«

Suzette saß stocksteif da. »*Mam'zelle,* du hast doch nicht etwa nur wegen mir ... du kannst doch nicht ... Nicht nur wegen mir, *Mam'zelle.*«

Celina schüttelte den Kopf und lächelte schwach. »Nein, nicht nur wegen dir. Aber ich dachte, es schadet nichts, wenn ich wenigstens einen Menschen damit glücklich machen kann.«

»Das ist zu ... Ich weiß nicht, was ich sagen soll.«

»Dann sag einfach nichts, denn noch ist es ja nicht so weit.«

»Aber allein der Gedanke! Olivier wird es gar nicht glauben wollen.«

Mit einer Geste forderte Celina ihre Zofe auf zu schweigen. Es konnte noch so viel geschehen, und wenn Olivier davon wusste, würde er es sicher sofort seinem Herrn erzählen. Rio hatte ihr schon einmal vorgeworfen, sie mache sich zur Märtyrerin, und nun sah es wieder danach aus. »Es ist besser, damit noch zu warten.«

»Oh, aber Olivier muss es erfahren! Schließlich geht es auch um seine Zukunft und um sein Glück.«

Konnte es ein größeres Glück geben als das zweier Liebender, die sich auf ein gemeinsames Leben freuen durften? »Wenn du es ihm unbedingt sagen willst ...«, murmelte Celina. Dann starrte sie wieder aus dem Fenster.

Die Zofe fiel vor ihr auf die Knie und nahm ihre Hand. »Ich danke dir, *Mam'zelle*, von ganzem Herzen. Du bist so gut. Sicher wirst auch du eines Tages so glücklich sein wie ich jetzt gerade. Dafür bete ich.«

»Bitte.« Celina musste gegen den immer dicker werdenden Kloß in ihrem Hals ankämpfen. »Bitte tu das.«

Hufgetrappel und das Rattern von Rädern auf dem unebenen Boden kündigten die Ankunft einer Kutsche an. Noch bevor der Kutscher die Pferde zum Stehen gebracht hatte, erschienen weitere Wagen. Bald hatte sich ein ganzes Sammelsurium von Fuhrwerken auf der Wiese eingefunden. Bequeme Reisekutschen, Mietdroschken und sogar offene Sportwagen standen unter den Bäumen. Männer stiegen aus und spazierten durch das feuchte Gras. Lautstark tauschte man Begrüßungen aus, und bald wurden überall Wetten abgeschlossen. Im Licht der ersten Sonnenstrahlen blitzte eine Flasche auf. In der Luft mischte sich der scharfe Schweißgeruch der erhitzten Pferde mit den kräftigen Aromen von Whiskey, Zigarren und zertrampeltem Wintergras.

»Dort drüben ist Monsieur de Silva«, raunte Suzette. Sie nickte zu einer schwarzen Kutsche mit gelben Zierstreifen hin, aus der gerade vier Männer stiegen.

Rio und seine Begleiter gingen zu den Eichen, wo sein Kontrahent samt Sekundanten und Wundarzt ihn schon erwartete. Zwei Männer aus jeder Gruppe stellten sich etwa in der Mitte zwischen den beiden größten Eichen auf und schienen etwas zu besprechen. Dann warf einer eine Münze und man rief einander Anweisungen zu. Rio nahm seine Position an einem Ende der festgelegten Bahn ein. Er stand mit dem Gesicht zur Mietkutsche. Pasquale drehte Celina und Suzette den Rücken zu. Nun zogen die Männer ihre Mäntel und Westen aus. Sie legten die Krawatten ab und weiteten die Hemdkragen, um besser atmen zu können.

»Sie sehen aus, als wären sie gleich stark«, sagte Suzette mit tonloser Stimme.

Derselbe Gedanke war Celina soeben auch durch den Kopf gegangen. Die beiden Männer waren einander in Größe und Körperbau recht ähnlich. Sie hatten breite Schultern, schmale Hüften und die kräftigen Muskeln von Männern, die jede Woche viele Stunden mit Fechten zubrachten. Doch im Gegensatz zu Rio war Pasquale unverletzt und bestens in Form, während Ersterer den Oberkörper mit einer kaum wahrnehmbaren, aber doch vorhandenen Steifheit bewegte.

Die Vorbereitungen zogen sich noch über einige Minuten hin. Zwischendurch trug Olivier die von Rio abgelegte Kleidung zu seiner Kutsche. Dann wandte er sich wieder der Kampfbahn zu, deren Begrenzung die Sekundanten gerade mit Kalk ins Gras gezeichnet hatten. Suzette warf Celina einen fragenden Blick zu. Diese nickte. Die Zofe sprang aus der Kutsche und rannte zu Olivier. Es gelang ihr, ihn noch zwischen den Wagen einzuholen und dort – durch die Räder vor neugierigen Blicken verborgen – mit ihm zu sprechen. Ganz vertraut steckten die beiden die Köpfe zusammen.

Celina kam sich wie ein Eindringling vor, als sie ihre Zofe und Olivier dabei beobachtete. Sie lehnte die Stirn an den Fensterrahmen. Durch den schmalen Schlitz zwischen dem Holz und dem Ledertuch hindurch konnte sie sehen, dass die Zuschauer die Kontrahenten wie Rassepferde, die zum Verkauf standen, mit Blicken abschätzten. Man diskutierte offenbar die verschiedenen Fechtstile, konnte sich nicht einigen, wem bessere Chancen einzuräumen waren, und schloss dennoch weitere Wetten ab. Offenbar hatte niemand Skrupel, sich einen Kampf anzusehen, bei dem einer der Akteure womöglich sein Leben ließ. Celina schloss die Augen. Ihr war ein wenig übel geworden.

Die Menge der Zuschauer schwoll beständig an. Offenbar

war es eine große Attraktion, zwei Fechtmeister beim Duell erleben zu können. Gerade kam wieder eine Kutsche an. Celina hob den Blick. Die füllige Gestalt, die sich aus dem reich verzierten Gefährt stemmte, erkannte sie sofort. Ungeachtet aller Proteste bahnte sich der Mann rücksichtslos einen Weg durch die Menge. Die eigenwillige Kombination aus einem grünen Mantel, einer gelben Weste und karierten Hosen, in die er sich gezwängt hatte, wollte in Celinas Augen nicht so recht zu dem ernsten Anlass passen. Mit großer Geste zog der Spanier seine Brieftasche hervor. Aus den weit aufgerissenen Augen des Mannes, der den Geldbetrag in Empfang nahm, schloss Celina, dass der Graf einen gewaltigen Wetteinsatz gewagt hatte. Dann wandte er seine Aufmerksamkeit dem Kampfplatz zu. Als er Pasquales Blick auffing, deutete er eine Verbeugung an. Rio aber ignorierte er.

Graf de Lérida war gekommen, um sich das frühmorgendliche Spektakel anzusehen, und offenbar erwartete er, dass sich die Dinge ganz nach seinem Geschmack entwickeln würden.

»Mademoiselle Vallier? Verzeihen Sie die Störung. Aber ich würde Ihnen gern meine Dankbarkeit ausdrücken.« Olivier stand an der Tür der Kutsche. Während er sprach, half er Suzette die Stufe hinauf.

»Ich gönne Ihnen Ihr Glück von Herzen«, sagte Celina leise. »Aber Sie wissen, dass noch nicht eindeutig geklärt ist, ob Suzette tatsächlich freikommt.«

»Sie haben getan, was Sie konnten, und es ist mehr, als wir je erwarten durften.« Olivier legte sich die Hand auf die Brust. »Ich würde gern noch vieles andere sagen – alles, was in meinem Herzen ist. Aber ich finde keine Worte dafür, und jetzt ist auch nicht die Zeit für lange Reden.«

Hinter ihm traten Rio und Pasquale bereits auf die markierte Rasenfläche. »Ja, Sie müssen gehen. Nur einen Augenblick noch. Was wissen Sie über diesen Pasquale?«

Olivier presste die Lippen zu einer dünnen Linie zusammen. Dann sagte er zögernd: »Er ist ein Mann, dem man auf der Kampfbahn mit Respekt begegnen muss. Ich habe ihn bis jetzt noch nicht fechten sehen. Aber es heißt, sein Degen sei todbringend.«

Denys hatte also recht gehabt. Celina war alles andere als beruhigt. »Ist er tatsächlich so gut, wie man behauptet?«

»Ja, das ist er wohl. Aber Monsieur Rio ist der Beste von allen.«

»Aber er ist verletzt. Wird er dennoch bestehen können?«

»Wer weiß? Man sagt auch, Monsieur Pasquale sei ein fairer Gegner. Wir dürfen also hoffen.« Olivier hielt inne. Auf seiner Stirn hatte sich eine steile Falte gebildet. »Es fällt mir nicht leicht, diesen Vorschlag zu machen, Mademoiselle Vallier, aber …«

»Ja, Olivier?«

»Wollen Sie nicht lieber wieder nach Hause fahren? Jetzt gleich, bevor der Kampf beginnt?«

Celina biss sich nachdenklich auf die Unterlippe, doch dann schüttelte sie den Kopf. »Wie könnte ich das tun? Ich muss doch wissen, wie der Kampf ausgeht.«

»Monsieur Rio würde sicher nicht wollen, dass Sie sich das Duell ansehen. Nicht, wenn dieser Pasquale ihn besiegt.«

Es ging Olivier nicht nur um Sieg und Niederlage, das wusste Celina. Schon seit sie das Stadthaus verlassen hatte, hing der Gedanke, was alles geschehen konnte, wie eine dunkle Gewitterwolke über ihr. Aber jetzt davonzufahren, wäre ihr wie Verrat erschienen, so, als ließe sie Rio im Angesicht des Todes im Stich.

Sie würde bleiben, auch wenn sich die Angst wie ein Dolch in ihre Brust bohrte.

Celina befeuchtete ihre Lippen und sah Olivier in die dunklen Augen, die so sorgenvoll dreinblickten. »Vielleicht wird der große italienische Fechtmeister ja schon zufrieden sein, wenn er seinen Gegner bluten sieht.«

»Das wollen wir hoffen.«

»Ja«, flüsterte Celina. »Passen Sie gut auf ihn auf, Olivier.«

»Ganz wie immer, *Mam'zelle.*«

Olivier hatte sie absichtlich mit dem Kosenamen angesprochen, den sonst nur Suzette oder enge Verwandte benutzten. Celina war gerührt. »Danke«, sagte sie. Dabei streckte sie Olivier die Hand hin. Er ergriff sie und verbeugte sich mit vollendeter Höflichkeit. Dann wandte er sich ab und ging davon.

Als Celina ihm nachschaute, bemerkte sie, dass Rio in ihre Richtung starrte. Wahrscheinlich hatte er Suzette gesehen und ahnte, dass ihre Herrin ebenfalls zugegen war und das Duell von der Kutsche aus verfolgte. Würde ihn das eher anspornen, oder war ihre Anwesenheit eine Belastung für ihn? Celina wusste es nicht und konnte auch nur raten, was Rio von ihrem morgendlichen Ausflug hielt.

Dann hatte das Warten plötzlich ein Ende. Einer der Sekundanten trat mit dem Degen in der Hand zu den beiden Kontrahenten. Er streckte den Degen vor, und die Gegner kreuzten die Klingen darüber. »*En garde*!«, tönte es laut über die Lichtung.

Der Sekundant trat zurück. Dabei ließ er abrupt die Klinge sinken. Die Fechter hoben die Degen zum Gruß, dann klirrte Metall auf Metall.

Der Kampf hatte begonnen.

Achtzehntes Kapitel

Während er auf das Signal zum Anfang wartete, ließ Rio den Blick einen Moment lang zu den Zuschauern schweifen. Die Menge war beachtlich. Offenbar hatte sich die Kunde von dem Duell wie ein Lauffeuer verbreitet. Der Verdacht, dass der Graf die Werbetrommel für das morgendliche Stelldichein gerührt hatte, drängte sich auf. Ein Duell öffentlich bekannt zu machen verstieß zwar gegen die Etikette, doch der förmliche Code, dem sich die Kontrahenten unterwarfen, wurde davon nicht berührt. Rio unterstellte dem Grafen, dass dieser bestrebt war, ihn vor einem größeren Publikum von einem bezahlten Fechter demütigen zu lassen.

Grimmig dachte Rio, dass es nun an ihm lag, dafür zu sorgen, dass der Graf enttäuscht wurde.

Leicht würde der Kampf nicht werden, dessen war er sich sicher. Schließlich hatten die Italiener die Kunst des Fechtens so gut wie erfunden. Aus ihren Schulen stammten Meister, die alle anderen bei Weitem in den Schatten stellten. Pasquale verdankte nicht zuletzt diesem Umstand seinen hervorragenden Ruf. Doch Rio wusste, dass er die Lobeshymnen, die man auf ihn sang, durchaus verdient hatte. Der Mann hatte es nicht nötig, mit seinem Können zu prahlen. Das taten schon all diejenigen für ihn, die ihn einmal ernsthaft hatten kämpfen sehen.

Der Ausgang eines Duells wurde allerdings zu einem großen Teil durch Intelligenz und nicht allein durch sportliches

Können entschieden. Das hatte Rios Fechtlehrer ihm vor Jahren eingeschärft. Nun fragte er sich, ob auch Pasquale so dachte.

Rios Blick schweifte über die Kutschen, die auf der Wiese und längs der Fahrstraße abgestellt worden waren. An der offenen Tür einer Mietdroschke entdeckte er Olivier und Suzette. Noch bevor er einen Lidschlag lang das Profil eines blassen Gesichts und den Schimmer goldbrauner Locken gewahrte, wusste Rio, wer in der Kutsche saß.

Celina war zu dem Duell gekommen. Er mochte es kaum glauben. Dass sie ein derartiges Risiko einging, erstaunte ihn. Für eine Frau schickte es sich nicht, sich ein solches Spektakel anzusehen. Außerdem stellte die Gegenwart der holden Weiblichkeit eine Gefahr für die Konzentration der Akteure dar. Die Sorge um die Sicherheit und die Empfindsamkeit einer Frau konnte sich zu einer Ablenkung mit fatalen Folgen auswachsen.

Aber nun war Celina hier, und Rio konnte nichts dagegen tun. Er durfte sich durch ihre Anwesenheit nur nicht derart ablenken lassen, dass sie am Ende mit ansehen musste, wie er auf dem Kampfplatz verblutete. Rio wandte seine Aufmerksamkeit wieder dem bevorstehenden Duell zu.

Pasquale und er kreuzten die Klingen und ließen diese auf Caids Degen sinken. Der Ire fungierte erneut als Rios erster Sekundant, Gilbert als der zweite. In diesem Moment sah Rio nicht seinen Gegner an, sondern nur dessen Klinge. Wie ein Stern glitzerte die Spitze, während das Metall bis hinunter zum Griff mit dem blauen Licht eines Blitzes aufschimmerte. Rio hatte eine meisterlich gearbeitete Waffe vor sich, und die Hand, die sie führte, war ruhig. Hinter dem scheinbar so entspannten Griff seines Gegners verbargen sich Kraft und Können. Der Druck, mit dem er Rios Degen berührte, war in seiner Stärke weder bedrohlich noch zu schwach. Er zeugte von

Selbstbewusstsein und von der Bereitschaft, sich auf diesen uralten, gefährlichen *Pas de deux* einzulassen.

»Beginnt!«

Als Caid aus dem etwa dreißig Schritte langen Kampffeld trat, begann Pasquale mit einer blitzschnellen, heftigen Attacke. Rio wusste, dass der Italiener mit dieser Taktik versuchte, ihn so schnell wie möglich zu verwunden, ohne dabei selbst einen Treffer zu riskieren. Er parierte den Angriff ohne Schwierigkeiten und brachte sich in eine gute Position für einen Gegenangriff. Es folgte eine Reihe von Vorstößen, mit denen beide Gegner einander abtasteten und versuchten, die Schwachstellen des jeweils anderen auszuloten. Auch der Mut und die bevorzugte Strategie des Kontrahenten ließen sich auf diese Weise abschätzen. Man konnte in diesen Sekunden viel über den Menschen herausfinden, der einem gegenüberstand, bekam einen Eindruck von der Persönlichkeit, mit der man sich messen würde. Innerhalb weniger Augenblicke erfuhr Rio auf diese Weise oft mehr über einen Mann, als wenn er sich über Wochen immer wieder mit ihm unterhalten hätte. Pasquale erschien ihm mit einem Mal so vertraut wie ein Bruder, und das erstaunte ihn.

Der Italiener hatte keine offensichtliche Schwäche, machte keine Fehler. Er war diszipliniert, beweglich und intelligent, kämpfte schnell, aber nicht unbedacht. Pasquale beherrschte die Kunst des Fechtens aufs Trefflichste, war stärker als die meisten Gegner, mit denen Rio bisher die Klingen gekreuzt hatte, und schien mit einem überaus unbeugsamen Willen ausgestattet. Der Italiener zeigte kein spektakuläres Gebaren, wie es eitle Meister oder Männer mit einem übersteigerten Selbstbewusstsein oft an den Tag legten. Er schien auch kein Freund exotischer Techniken zu sein. Dabei waren seine Manöver überaus versiert. Er schien sein Gegenüber mit derselben Konzentration abzutasten, wie Rio es stets tat. In die

Perfektion, mit der Pasquale den Degen führte, mischten sich Inspiration und geniale Intuition. Das machte ihn zu einem wahrhaft schwierigen Gegner.

Dass sein Gegenüber ein Linkshänder war, empfand Rio als Nachteil für sich. Denn dieser Umstand zwang ihn in eine Haltung, in der sein rechter Arm ihm nur einen ungenügenden Schutz bot. Seine Paraden mussten schwungvoller und mit mehr Kraftaufwand als sonst geführt werden, damit er dem Gegner keine Möglichkeit bot, ihn zu treffen. Noch dazu kreiste die Klinge des Italieners gegen den Uhrzeigersinn und nicht mit ihm, wie es üblich war. Rio musste seine eigenen Bewegungen diesen Gegebenheiten notgedrungen anpassen. Pasquale war nicht der erste Linkshänder, gegen den er antrat. Auch hatte er diesen Kampfstil gelegentlich schon selbst erprobt. Dennoch war es sehr mühsam, gegen einen Linkshänder zu kämpfen, und verlangte noch mehr Wachsamkeit als üblich.

Ort und Zeit spielten nun keine Rolle mehr. Für Rio existierte nur noch der Mann, der ihm mit der tödlichen Klinge gegenüberstand. Der melodische Klang des Metalls gab den Rhythmus vor, in dem sie sich über den Grasstreifen bewegten. Rio kämpfte mit der Disziplin, die von Tausenden Übungsstunden herrührte, in denen auch seine Reflexe und sein Instinkt geschult worden waren. Sein Geist suchte den Einklang mit seinem Körper.

Abgesehen von der Intelligenz konnte der Mut zweier ansonsten ebenbürtiger Kontrahenten den Ausschlag für den Ausgang eines Kampfes geben. Es kam darauf an, wer von beiden den anderen mehr fürchtete und wie er mit dieser Angst umging. Rio vermochte an Pasquale keine Anzeichen von Furcht zu entdecken. Aber lauerte sie vielleicht in seinem eigenen Herzen? Erleichtert stellte er fest, dass dieses lähmende Gefühl ihn nicht beschlichen hatte. Nur Vorsicht wollte er walten lassen. Immerhin war er sich über die Absichten seines Gegenübers noch immer im Unklaren. Gleichzeitig wusste Rio, dass der Italiener wohl die größte Bedrohung darstellte, der er seit seiner Ankunft in New Orleans gegenübergestanden hatte. Nur in Caid hatte er bislang einen ähnlich starken Gegner gefunden. Aber diese Kämpfe waren mit stumpfen Waffen und lediglich als sportliches Kräftemessen ausgetragen worden, nicht mit der Absicht, den Gegner zu verletzen oder gar zu töten.

Auch der Italiener mochte nicht unbedingt boshaft sein. Doch er kreuzte sicher nicht nur aus sportlichem Ehrgeiz mit Rio die Klingen. Natürlich wollte Pasquale gewinnen.

Die aufgehende Sonne warf gleißende Strahlen durch die Äste der Bäume. Sie zeichneten Muster ins Gras, die das Auge verwirrten, und brannten wie Feuer auf Rios Rücken. Bald waren er und sein Gegner in Schweiß gebadet. Rio spürte, wie der Schweiß die Bandage durchdrang, und fühlte bald das Brennen in der offenen Wunde. Jede Bewegung erschütterte seine Schulter und machte alle zaghaften Heilungsprozesse zunichte, die in den letzten Stunden langsam eingesetzt hatten. Der Schmerz führte zwar nicht dazu, dass sich Rio zurückhielt, hatte aber doch einen Einfluss auf die Geschwindigkeit seiner Bewegungen.

Er war nicht in bester Verfassung, strebte vergeblich nach dem schwerelosen Zustand, in dem Geist und Körper ganz eins wurden, in dem der Kampf einem Tanz zu gleichen begann, und der Sieg gewiss war. Rio war sich dieses Handicaps bewusst und ging davon aus, dass auch Pasquale es verstand, seinen Gegner zu lesen. Zu ändern war an diesem bedauerlichen Zustand nichts. Rio konnte sich nur noch mehr Mühe geben als sonst. Sich angesichts der Verwundung keine Schwäche anmerken zu lassen, verlangte vielleicht mehr Courage als manche wirkliche Heldentat.

In einem Duell dauerte die erste Runde so lange, bis es zu einer Verletzung kam. So dehnte sich der Auftakt des Kampfes ewig hin, denn keiner der Gegner fand am anderen eine Schwäche, die er sich zunutze machen konnte. Vor und zurück bewegten sich die Männer über das Gras, während ihr Atem immer schneller ging und ihnen bald in der Kehle rasselte.

Pasquale verlor als Erster die Geduld. Er ließ sich zu einem stürmischen Ausfall hinreißen. Doch seine Klinge prallte so heftig auf Rios Degen, dass blaue und orangefarbene Funken stoben. Rio zog sich absichtlich ein wenig zurück. Er parierte den Angriff des Italieners mit einer Kraft und Eleganz, die ihn unter den gegebenen Umständen fast selbst überraschte. Doch schon erahnte Rio die gekalkte Linie hinter sich. Sie zu übertreten galt als feige. Er warf sich so schnell und geschmeidig herum, dass Pasquale Mühe hatte, ihn aufzuhalten. Der Blick des Italieners verengte sich.

Nun ging Rio in die Offensive. Er trieb Pasquale mit dem Degen ein paar Schritte vor sich her und schloss mit einem *Flèche,* einem Sturzangriff, ab. Nur ein gewagter Sprung mit einer gleichzeitigen Drehung bewahrte den Italiener davor, aufgespießt zu werden. Rios Klinge zerschnitt ihm den Hemdsärmel und schlitzte ihm die Haut am linken Arm auf.

Die erste Runde ging damit an Rio.

Schon bevor die Sekundanten das Kommando zum Abbruch geben konnten, ließ er die Klinge sinken. Der Ruf der Helfer ging beinahe im Beifallssturm der Zuschauer unter. Rio hätte sich darüber freuen können, aber das Gejohle der Menge ließ ihn ungerührt. Sein Gegner verdiente nicht, dass man sich freute, ihn bluten zu sehen.

Rio trat zurück und wartete, bis klar war, welches Ausmaß die Verletzung des Italieners hatte. Offenbar handelte es sich nur um einen oberflächlichen Schnitt. Pasquale ließ sich die

Wunde mit Alkohol abtupfen. Er verzichtete auf einen Verband oder ein Pflaster, damit seine Bewegungsfreiheit nicht eingeschränkt wurde.

Dann zog er sich das Hemd wieder an und ging zurück auf den Kampfplatz.

Pasquales Sekundant trat vor, verbeugte sich vor Rio und stellte die vorgeschriebene Frage. »Sir, sollen wir den Kampf beenden?«

Eigentlich erwartete das niemand. Die Wunde war nur ein Kratzer, der Kampf hatte kaum begonnen. Dennoch zögerte Rio. Die Wut, die ihn dazu treiben konnte, einen Mann zu töten, wollte sich nicht einstellen. Es gelang ihm nicht einmal, für den bezahlten Fechter des Grafen Verachtung zu empfinden. Der Kampf erschien ihm mehr als Demonstration des Könnens zweier Meister denn als eine Auseinandersetzung auf Leben und Tod. Genau genommen fand Rio es schrecklich, dass einer von ihnen aus einem so nichtigen Grund sein Leben lassen konnte. Doch die Neugier gewann die Oberhand. Konnte er diesen Mann besiegen? War er dazu in der Lage?

»Wir fahren fort«, hörte er sich sagen.

Wieder salutierten die Gegner einander. Caid trat vor und rief: »*En garde*!«

Rio hob die Klinge.

Pasquale folgte seinem Beispiel nicht. Vielmehr trat er einen Schritt zurück und schleifte die Spitze des Degens dabei achtlos durchs Gras. Die Brauen über den dunklen Augen zu einer finsteren Linie zusammengezogen, starrte er auf Rios Schulter. »Sie sind verletzt, Freund, und die Wunde stammt nicht von meinem Degen.«

Rio begutachtete sein Hemd. Am linken Ärmel zeigte sich ein langer, roter Streifen. Auch hinten an der Schulter spürte er plötzlich eine seltsame Kühle, so als hätte das Blut aus der offenen Wunde inzwischen die Bandage durchdrungen.

Ein Raunen ging durch die Zuschauermenge. Rio hörte die erregte Stimme des Grafen. Offenbar war er mit der Wendung der Dinge alles andere als einverstanden.

»Es ist nichts Schlimmes«, sagte Rio. »Bitte achten Sie nicht weiter darauf.«

Sein Gegner musterte ihn aus zusammengekniffenen Augen. »Das ist völlig ausgeschlossen. Ich will nicht, dass man später behauptet, ich hätte ein Handicap meines Gegners ausgenutzt.«

»Das könnte man auch von mir sagen, wenn wir nun weitermachen.«

»Dieser Vergleich hinkt. Ich habe nur einen Kratzer davongetragen. Außerdem spürt man eine Verletzung, die man sich in der Hitze des Gefechtes zuzieht, kaum. Bei einer alten Wunde hingegen …« Pasquale hob vielsagend die Schulter. »Für mich ist dieses Duell beendet. Ich entschuldige mich in aller Form für die Bemerkungen, die uns hierhergeführt haben. Aber ich werde die Waffe nicht noch einmal gegen Sie erheben.«

Rio fiel es nicht leicht, auf den ehrenhaften Vorschlag seines Gegenübers einzugehen. Doch er musste sich seine Bewunderung für die Ehrlichkeit und Offenheit des Italieners eingestehen. Dieser erwies sich als wahrer Gentleman, indem er sich an die uralten Gesetze hielt, die verlangten, dass bei einem Duell stets nur die besten Eigenschaften eines Mannes zum Vorschein kamen. Großzügigkeit und Anstand durften nicht zum Opfer niederer Gefühle wie Rachsucht oder Blutdurst werden. Damit lieferte Pasquale Rio den Beweis, dass er ebenso wenig ein gedungener Mörder war wie er selbst.

»Warum?«, fragte Rio so leise, dass nur Pasquale ihn hören konnte. »Warum haben Sie dieses Duell dann überhaupt erzwungen?«

»Sie haben mir ein freundschaftliches Kräftemessen verweigert. Aber das war nur einer meiner Gründe.«

»Ich will nicht weiter in Sie dringen, aber ich frage mich natürlich, warum Sie einen Handel mit dem Teufel geschlossen haben.«

Die Sekundanten, die das Geschehen beobachteten, zogen ein wenig verwirrt die Stirn kraus und begannen nun ihrerseits eine Besprechung. Dass einer der Kontrahenten aus Gründen des Anstands nicht weiterkämpfen wollte, war an sich nichts Ungewöhnliches. Aber dass er sich dafür rechtfertigen musste, hatte man noch nie erlebt. Die Zuschauer hielten mit ihrem Unmut über das frühe Ende des Kampfes nicht hinter dem Berg. Sie reckten die Hälse, um verstehen zu können, was auf dem Kampffeld gesprochen wurde, und ergingen sich in wilden Spekulationen über den Grund des Abbruchs.

»Möglicherweise wollte ich nicht untätig dabei zusehen, wie ein Fechtmeister mit weniger festen Prinzipien aus reiner Geldgier meinen Platz einnimmt«, antwortete Pasquale leise.

»Dann wollten Sie mich also schützen?«

Pasquales kaffeebraune Augen blitzten amüsiert auf. »Sagen wir, ich wollte sicherstellen, dass es einen fairen Kampf geben würde.«

»Das ist sehr ehrenhaft, aber ich weiß noch immer nicht, wie Sie dazu kommen, sich derart für mich einzusetzen.«

»Ich gebe zu, das ist nicht leicht zu verstehen.« Pasquales Lächeln war von einer entwaffnenden Offenheit. »Es war mir auch zuwider, eine Dame in diese Angelegenheit hineinziehen zu müssen. Aber Sie sollten wissen, dass Ihr Feind auch der meine ist.«

Damit konnte nur der Graf gemeint sein. »Und deswegen kämpfen Sie für ihn?«, fragte Rio sarkastisch. »Das ist eine ungewöhnliche Art, Rache zu üben.«

»Ich wollte nur das vorzeitige Ableben eines Mannes verhindern, der mir zum Verbündeten werden könnte. Darin gleicht die Rache dem Fechten, mein Freund. Manchmal kann man den Sieg nur durch Hartnäckigkeit und strategische Winkelzüge erringen. Der Meinung sind Sie doch sicher auch.«

»Das muss bei jedem Kampf neu entschieden werden«, sagte Rio ausweichend. Forschend blickte er seinem Gegenüber ins Gesicht.

»Und wie liegen die Dinge in diesem Fall?«

»Ich akzeptiere Ihre Entschuldigung, und wir setzen unsere Diskussion an einem anderen Ort fort.«

»Wohl eher nicht, mein Freund.«

Diese Abfuhr kam einer Beleidigung gefährlich nahe. Rio schwankte zwischen Misstrauen und Ärger. Doch er sagte: »Ich nehme an, Sie sagen das nicht ohne Grund.«

»Dessen dürfen Sie gewiss sein.« Pasquales dunkle Augen blickten ein wenig spöttisch. Dann drehte er sich um, trat aus dem Kampffeld, stellte sich breitbeinig vor die Menge und hob die Arme. Den Degen hatte er noch immer in der Hand. »Messieurs!«, rief er. »Ich bitte um Ihre geschätzte Aufmerksamkeit.«

Erwartungsvoll wandte sich die Versammlung dem hoch gewachsenen Italiener zu. Bald war es so still, dass man das ferne Krächzen einer Krähe vernehmen konnte. Der Graf hatte sich an den Rand der Gruppe zurückgezogen. Er machte kein sehr glückliches Gesicht.

»Ich bin Nicholas Pasquale, auch La Roche genannt, und kam erst vor Kurzem aus Kuba an diesen schönen Ort. Vorher lebte ich in Spanien, Frankreich und natürlich in meinem geliebten Italien. Ich reiste nicht zum Vergnügen durch die Welt, vielmehr trieb der Wunsch nach Rache mich voran. Wie ich schon sagte: Ich bin ein Italiener! Geboren als Sohn einer Frau aus bestem Hause und eines adeligen englischen Abenteurers, der sie verführte, aber leider schon verheiratet war. Ich bin ein Bastard. Aber Sie müssen wissen, dass ich einen jüngeren Bruder hatte, der anders als ich ehelich zur Welt kam. Er war ein sensibler junger Mann, ein Poet, der die Worte und die Damen gleichermaßen liebte. Er lebt nicht mehr. Mein Bruder starb durch seine eigene Hand, weil er Schande über die Familie gebracht hatte. Schuld daran ist ein Mann, der vorgab, von edlem Geblüt zu sein, und doch nichts anderes ist als die Schlechtigkeit in Person. Er benutzte meinen Bruder, um sich Zugang zu den höchsten Kreisen Roms zu verschaffen. Manch einen brachte er um sein ganzes Vermögen, nur um danach feige die Flucht zu ergreifen. Mein Bruder war es, an dem sich der ganze Ärger der Geschädigten entlud. Mit derselben List erschlich sich der bewusste Übeltäter das Vertrauen der reichsten und mächtigsten Bürger von Paris und Havanna. Erprobt hatte er das infame Spiel in Barcelona, von wo er stammt. Dann segelte der Unhold gen New Orleans. Ich folgte ihm, genau wie ich ihm durch halb Europa und in die Karibik gefolgt war. Denn – wie ich bereits sagte – ich bin Italiener, und die Familie ist mir heilig. Wer den Meinen Schaden zufügt, muss meine Rache fürchten.«

»Und wer ist dieser Mann?«, rief einer der Zuschauer. »Wir wollen seinen Namen hören.«

»Er gibt sich, als sei er von hohem Stand, obwohl seine Absichten niedriger nicht sein könnten. Ich spürte ihn in der Stadt auf, erkannte ihn anhand der Beschreibungen, die ich von ihm hatte. Dann sorgte ich dafür, dass man uns bekannt machte, erwarb sein Vertrauen – und was glauben Sie, was dann geschah?«

Pasquale war redegewandt und kühn, das musste Rio neidlos zugeben. Außerdem hatte er die Gabe, andere Menschen in seinen Bann zu ziehen. Allein durch seine Persönlichkeit und durch sein inneres Feuer machte er sich das Publikum gefügig. Die Männer hingen an seinen Lippen.

»Er forderte mich auf, für ihn zu töten.«

Die Zuhörer hielten den Atem an. Selbst Rio, der eigentlich nicht überrascht sein durfte, war schockiert.

»Unglaublich, nicht wahr?« Pasquale unterstrich die Frage durch seine Gestik. »Man will seinen Ohren nicht trauen, und doch ist es so. Ich sollte einen berühmten *Maître d'Armes* herausfordern und ihn auf dem Feld der Ehre abschlachten. Der noble Spanier wollte das nicht selbst tun. Das Risiko war ihm zu groß.«

Ein älterer Herr trat vor. Mit ernster Stimme fragte er: »Und dieses Duell ist das Ergebnis?«

Pasquale verbeugte sich. »Genau so ist es. Gefochten habe ich schon, seit ich denken kann. Aber erst hier in dieser Stadt erklärte man mich zum *Maître d'Armes*. Natürlich brannte ich darauf, mich mit einem der Besten zu messen, vielleicht mit dem Besten überhaupt. Das mag ein Zeichen von Eitelkeit sein. Aber was soll's? Außerdem fühlte ich mich in der Verantwortung. Wenn *ich* nicht bereit war, zum Degen zu greifen, akzeptierte vielleicht ein anderer das Angebot. Dann hätte ich mir die Schuld geben müssen, falls de Silva starb. Deshalb ließ ich mich auf den Vorschlag ein. Allerdings wusste ich zu diesem Zeitpunkt noch nicht, dass der Fechtmeister schwer verletzt war, das schwöre ich. Graf Damian Francisco Adriano de Vega y Ruiz aber wusste es. Er kam zu mir und bot mir ein kleines Vermögen, wenn ich sofort zuschlagen würde. Er versicherte mir, ich könne gar nicht verlieren. Erst jetzt weiß ich, warum. Nun kennen Sie den wahren Charakter des Mannes, Messieurs, der seit einigen Wochen in der Stadt großes Ansehen genießt.«

Pasquale hatte den Grafen in aller Öffentlichkeit einen Feigling genannt. Die Augen sämtlicher Anwesender richteten sich auf den Spanier.

»Leeres Geschwätz«, erboste dieser sich. »Dieser Pasquale gibt offen zu, ein Niemand zu sein. Er ist ein Glücksritter, ein

Bastard, der hofft, mithilfe seines Degens zu Geld zu kommen. Mit solchem Gesindel gebe ich mich nicht ab.«

Rio ahnte, dass Pasquale dem Grafen eine Falle gestellt hatte. Und dieser war – geblendet von seiner grenzenlosen Arroganz – kopfüber hineingestolpert. Schon einen Augenblick später sollte sich diese Vermutung bestätigen.

»Ich bitte um Verzeihung, Sir«, sagte Pasquale freundlich. »Ich glaube, Sie haben mich soeben einen Bastard genannt.«

»Ja, das habe ich. Warum auch nicht? Schließlich haben Sie selbst …«

»Was ich selbst über mich sage, ist eine Sache – was ich mir von einem anderen bieten lasse, eine ganz andere. Mein Sekundant wird sich mit dem Ihren in Verbindung setzen.« Pasquale wandte sich an Rio. »Würden Sie mir die Ehre erweisen, Monsieur?«

»Mit dem größten Vergnügen«, antwortete Rio. Die Ironie dieses Rollentausches war ihm nicht entgangen.

»Nein!« Der Graf fixierte die Umstehenden wie eine in die Enge getriebene Ratte.

»Sie lehnen ab?«

»Keiner kann von mir verlangen, dass ich gegen einen Mann antrete, der nicht meiner Schicht angehört.«

»Dann wiederholen Sie also, dass ich ein Niemand sei?« Pasquale richtete den Degen auf den Grafen und trat einen Schritt vor.

»Weder von Ihrem gesellschaftlichen Rang her, noch was Ihre Herkunft betrifft, können Sie mir das Wasser reichen. Wollen Sie das etwa bestreiten?«

»Ich bestreite gar nichts«, antwortete Pasquale. »Aber ich will Ihnen sagen, dass ich den Titel eines Bastards ehrlich erworben habe, während andere den ihren stehlen mussten. Ich weiß von mindestens einem Titel, der dem rechtmäßigen Erben durch Blut und Feuer entrissen wurde. Dachten

Sie wirklich, niemand würde je davon erfahren? Meinem Bruder haben Sie höhnisch ins Gesicht gelacht. Sie sagten ihm, er sei genauso schwach wie Ihr eigener älterer Bruder und Ihr Neffe, die Sie beide zur Hölle geschickt hätten. Vieles von dem, was Sie ihm an den Kopf geworfen haben, steht in dem Brief, den er schrieb, bevor er aus dem Leben schied. Viele Namen und Taten sind darin festgehalten. Was soll man nun von einem Mann halten, der den Titel, den er trägt, seinen toten Angehörigen entrissen hat und sich außerdem wie ein wahrer Bastard benimmt?«

Offenbar kannte Pasquale Rios Geschichte, wusste von dem gestohlenen Titel und dem gestohlenen Besitz. An diesen Gedanken musste sich Rio erst gewöhnen. Er sah, wie der Graf ihn aus hasserfüllten Augen anstarrte. Offenbar hatte der spanische Adelige ihn längst erkannt, wusste, wen er vor sich hatte und vor allem, wer sein Gegenüber früher einmal gewesen war. Wie der Graf das herausbekommen hatte, war Rio ein Rätsel, aber es erklärte einiges. Der Mann wollte ihn sicher nicht allein aus Angst um seine Heiratspläne aus dem Weg schaffen lassen.

»Leeres Gewäsch!«, schrie der Graf. Er war blass geworden. Tiefrot zeichneten sich die noch kaum verheilten Kratzer von Celinas Fingernägeln auf seinem Gesicht ab.

»Beweisen Sie es«, sagte Rio kalt. Er stellte sich neben Pasquale. »Beweisen Sie hier auf dem Kampfplatz, dass Sie kein Feigling sind, dass Sie den Degen selbst zu führen vermögen und es nicht nötig haben, andere dafür zu bezahlen.«

Pasquale nickte zustimmend. »Genau. Und tun Sie es jetzt gleich, wenn Sie es wagen.«

Das war zu viel für den Grafen. Stocksteif stand er da und starrte die beiden Fechtmeister an. Dass er keine Ehre hatte, die es zu verteidigen lohnte, hätte man ihm in New Orleans vielleicht nachgesehen. Hier konnte selbst ein skrupelloser

Bandit zu gesellschaftlichem Ansehen kommen. Aber seine Feigheit würde man dem Grafen niemals verzeihen. Für die Bürger der Stadt war er so gut wie tot.

Erst wandten sich nur ein paar Männer ab und begannen mit ihren Nachbarn zu tuscheln, doch bald bildeten sich überall Gruppen, in denen aufgeregt diskutiert wurde. Ein Mann spuckte auf den Boden, und im Handumdrehen stand der Graf ganz allein da.

Von nun an würde man ihn schneiden. Seine Zeit in der Stadt war abgelaufen, er war erledigt und wusste es auch.

Wütend griff er nach seinem Stock, zog sich den Hut ins Gesicht und machte sich auf den Weg zu seiner Kutsche. Mit steifen Schritten und grimmiger Miene ging er davon.

Rio beobachtete ihn misstrauisch. »Ich denke …«, begann er.

»Ich auch, mein Freund.«

Rio und Pasquale verständigten sich mit einem kurzen Blick, dann rannten sie der sich entfernenden Gestalt hinterher.

Alarmiert durch das Geräusch ihrer Schritte blickte sich der Graf um. Er warf seinen Stock beiseite und begann zu laufen. Die stämmigen Beine wirbelten, die Arme schlenkerten an seinen Seiten. Viel schneller, als man es einem Mann von seiner Körperfülle zugetraut hätte, legte er den Weg zu den Kutschen zurück. Anfangs sah es so aus, als steure er auf sein eigenes protziges Gefährt zu. Doch im letzten Augenblick schwenkte er um zu der Mietdroschke, die der Fahrstraße am nächsten stand.

Rio verdoppelte seine Anstrengungen.

»Was hat er vor?«, rief Pasquale, der sich dicht an Rios Seite hielt.

»In der Kutsche sitzt Mademoiselle Vallier.«

»Wenn er ihr etwas antut …«

Rio warf dem Italiener einen finsteren Blick zu. »Oder wenn er sie kompromittiert...«

Mehr mussten die beiden Männer nicht sagen. Der Ruf der jungen Dame war bereits geschädigt, und der eine oder andere betrachtete eine Heirat, ganz gleich mit wem, unter diesen Umständen sicherlich als einzige Möglichkeit, den guten Namen der Familie noch zu retten. Außerdem wussten Rio und Pasquale nur zu genau, wozu der Graf fähig war, wenn es für ihn brenzlig wurde. Sie konnten sich durchaus vorstellen, dass er Celina aus schierer Wut umbrachte – oder auch nur, damit kein anderer sie bekam.

Sie stürzten vorwärts. Die Fechter waren durchtrainiert und nur halb so alt wie der Graf. Nur noch ein paar Schritte, und sie hätten ihn eingeholt.

Doch da blieb der Graf überraschend stehen und schob eine fette Hand in seine Westentasche. Mit einer kleinen Pistole bewaffnet, drehte er sich zu seinen Verfolgern um. Seine Hand und sein Arm zitterten, sein Gesicht war feuerrot und sein Atem kam stoßweiße und pfeifend. Doch die Stimme des Grafen glich dem Knurren eines in die Enge getriebenen Tieres, als er nun rief: »Halt! Bleibt stehen, oder einer von euch wird sterben.«

Rio und Pasquale stemmten die Beine in den Boden. Einen Augenblick lang standen die drei Männer einander so unbeweglich gegenüber, als hätte ein Maler sie in dieser Haltung auf eine Leinwand gebannt. Vom Kampfplatz her wurde geschrien und gerufen. Caid und Olivier waren bereits zur Stelle, und gleich darauf kam auch Gilbert hinzu.

Der Graf hatte kaum einen Blick für die Versammlung übrig. Rückwärts bewegte er sich auf die Droschke zu. Er ertastete den Griff der Tür und riss sie auf. Rückwärts erklomm er auch die Stufe, die ins Innere des Wagens führte. Dabei rief er dem Kutscher zu, es sei ihm zehn Silberstücke wert, wenn er vor jedem anderen Gefährt die Stadt erreiche.

Der Mann, der das Geschehen bislang mit offenem Mund verfolgt hatte, beeilte sich, die Bremse zu lösen, und griff nach der Peitsche. Der Knall der schwarzen Schlange über den Köpfen der beiden Pferde war wie ein Pistolenschuss. Unsanft setzte sich der Wagen in Bewegung.

Der Graf warf sich in die Kabine. Rio erhaschte einen kurzen Blick auf Celinas blasses Gesicht. Er sah, wie sie von der Tür wegsprang und sich in den äußersten Winkel des engen Kastens drückte, um nur ja weit fort von dem fetten Spanier zu sein. Krachend fiel die Tür hinter ihm zu.

Schon wirbelten die Räder der leichten Kutsche den Staub der Fahrstraße auf, der sich wie eine weiße Wolke hinter dem holpernden Gefährt in die Lüfte erhob.

Neunzehntes Kapitel

Die Droschke schlingerte die Straße entlang, gefährlich schwankte sie von einer Seite zur anderen, während die Wagenräder durch Spurrillen und Schlaglöcher holperten. Celina war durch ihren Sprung und den rasanten Beginn der Fahrt aus dem Gleichgewicht geraten und zu Boden gestürzt. Sie rappelte sich wieder auf und setzte sich in Fahrtrichtung auf die Bank neben Suzette. Auf der Bank gegenüber verstaute ihr Verlobter gerade die Pistole in der Westentasche. Er riss den ledernen Vorhang vom Fenster, steckte den Kopf hinaus und starrte zurück zu den Eichen, wo die Menge, die dem Duell beigewohnt hatte, gerade in einer Staubwolke verschwand.

Celina warf einen Blick auf ihre Zofe. Diese hielt sich krampfhaft an einer Halteschlaufe fest, um nicht durch das wilde Schlingern des Wagens von der Bank geworfen zu werden. Suzette war blass, wirkte aber gefasst. Sie starrte den Grafen unbeweglich an. Celina folgte ihrem Blick. Dabei ergriff eine Abneigung, die an Hass grenzte, von ihr Besitz. Der Anblick der Pistole, die noch vor einem Augenblick auf Rio gerichtet gewesen war, hatte ihr die Kehle zugeschnürt. Und nun steckte der Graf die Waffe so beiläufig weg, als stellten sie und Suzette keinerlei Bedrohung für ihn dar. Celina begann vor Wut zu zittern.

»Was soll das? Lassen Sie die Kutsche sofort anhalten und steigen Sie aus!«

»Halten Sie den Mund«, herrschte der Graf sie an.

»Sie haben mir gar nichts zu sagen. Immerhin sind wir nicht verheiratet und werden es nach allem, was ich soeben beobachtet habe, auch nie sein. Das ist meine Kutsche …«

»Soweit ich sehen kann, ist das eine Mietdroschke, und von den Männern dort hinten weiß außer de Silva und seinem neuen Freund kaum einer, dass Sie darin sitzen. Aber das könnte sich schnell ändern. Es wäre mir nämlich ein Leichtes, Sie auf die Straße hinauszuwerfen.«

»Monsieur de Silva wird uns folgen.«

»Ich wüsste nicht, warum er das tun sollte. Und nun hören Sie mit dem Gewinsel auf. Ich muss nachdenken.«

Celina konnte nur mit Mühe den Impuls unterdrücken, selbst die Tür aufzureißen und aus dem Wagen zu springen. Doch einerseits wollte sie Suzette nicht einfach zurücklassen. Andererseits glaubte sie nicht, dass ihr dieses Vorhaben gelingen würde. Im schlimmsten Fall gab sie dem Grafen damit sogar einen Vorwand, sich noch einmal an ihr zu vergreifen. Sie musste ihr Temperament zügeln und sich einen besseren Ausweg aus dieser scheußlichen Situation überlegen.

»Wohin fahren wir?«

»An einen Ort, an dem wir ungestört sind«, antwortete der Graf. Dabei starrte er unentwegt angestrengt hinter der Kutsche die Straße hinunter. »Dort werde ich Sie dann Gehorsam lehren. Unter anderem.«

»Man wird Alarm schlagen und nach mir suchen lassen.«

Der Graf streifte Celina mit einem eisigen Blick. »Es wird einige Zeit dauern, bis man Sie gefunden hat. Und dann ist es zu spät.«

Der hämische Unterton in der Stimme dieses Scheusals bestätigte Celinas schlimmste Befürchtungen. Einen Augenblick lang drohten Angst und Ekel sie zu überwältigen. Doch dann gewannen Wut und Entschlossenheit wieder die Oberhand. Dieser Mann wollte sie mit Gewalt nehmen, sie kompromittieren. Aber sie würde ihm die Sache so schwer wie möglich machen.

Suzette griff nach Celinas Hand. Sie war nicht allein, sollte das wohl heißen. Der Graf hatte es mit zwei Gegnerinnen zu tun. Celina war ihrer Zofe ungeheuer dankbar für die kleine Geste, aber in Wirklichkeit glaubte sie nicht, dass Suzette ihr helfen konnte. Wenn der Graf seine Drohung wirklich in die Tat umsetzen wollte, würde ihr auch die Anwesenheit einer Anstandsdame nichts nutzen.

Die Droschke hatte einen gewissen Vorsprung, aber sicher wurden sie bereits verfolgt. Celina konnte nicht sehen, wie dicht man ihnen auf den Fersen war. Doch aus dem gehetzten Gesichtsausdruck ihres Entführers schloss sie, dass ein zweites Gefährt in Sichtweite sein musste. Der Graf schrie dem Fahrer zu, er solle den Pferden gefälligst Beine machen. In einer Kurve gelang es Celina, hinter dem Wagen eine zweite Staubwolke auszumachen. Sie bewegte sich schnell, war aber noch beunruhigend weit entfernt.

Bald erreichten sie die ersten Gebäude der Stadt. Wieder gab der Graf dem Kutscher Anweisungen. Der Wagen bog in eine enge Seitenstraße ein, die kaum mehr war als eine holprige Gasse. Ein paar Ecken weiter ließ der Graf die Droschke noch einmal abbiegen. Draußen blieb alles still. Als sie noch ein drittes Mal abgebogen waren, lehnte sich der Graf mit einem zufriedenen Grinsen auf der Sitzbank zurück.

»Ich denke, wir haben sie abgehängt. Die beiden glaubten wohl schon, sie hätten mich. Aber um einen alten Fuchs wie mich zu schnappen, müssen sie schon früher aufstehen.«

»Das scheint mir auch so«, sagte Celina. Sie hatte Mühe, sich ihre Verzweiflung nicht anmerken zu lassen. »Offenbar haben Sie Übung darin, zu fliehen und sich zu verstecken.«

»*Mam'zelle*«, raunte Suzette warnend.

»Ihre Zofe scheint klüger zu sein als Sie, Mademoiselle. Ich habe genug von Ihren Beleidigungen. Sie werden für jede einzelne teuer bezahlen.«

Celina starrte ihm geradewegs ins Gesicht. »Wenn Sie mich anrühren, werden Sie es bereuen.«

Das kurze Auflachen des Grafen klang eher erwartungsvoll als belustigt.

Celina wäre ihm am liebsten an die Gurgel gegangen. Der Drang war so stark, dass ihre Hände zitterten. Aber dies war nicht der richtige Zeitpunkt für einen Angriff. Der Graf war auf der Hut, und sie waren auf engstem Raum in einer fahrenden Kutsche eingeschlossen. Celina wandte sich ab und starrte aus dem Fenster.

Die Gasse, durch die sie fuhren, musste am Rand des Viertels mit dem Namen Faubourg Tremé entlangführen. Celina war noch nie hier gewesen. Sie kannte die Gegend nur aus Erzählungen. Anstelle von Häusern säumten ärmliche Verschläge die Straße. Auf den Treppen vor den Türen saßen zerlumpte Arbeiter, deren Frauen und Kinder. Im Hof neben einem Gebäude stand eine Frau über einem dampfenden Kessel. Es musste sich um eine Wäscherin handeln, denn sie rührte mit einem hölzernen Stab in kochender Lauge, während sie ein wachsames Auge auf zwei kleine Kinder hielt.

Wieder bog die Kutsche ab. Die Gasse, durch die sie nun rumpelten, war ruhiger und wirkte ordentlicher als die vorige. Die weiß gestrichenen kleinen Gebäude mit ihren schweren Fensterläden waren allerdings kaum mehr als Hütten. Sie standen auf handtuchschmalen Grundstücken und wurden im Volksmund Flintenhäuser genannt. Denn ein Geschoss, das man auf die Haustür abfeuerte, konnte nacheinander durch jeden einzelnen der hintereinander liegenden Räume dringen und durch die Hintertür wieder austreten. Noch nie in ihrem Leben hatte Celina diesen obskuren Winkel der Stadt betreten, doch sie wusste sofort, wo sie sich befand.

Dies war die Rue des Rampart, die Straße im Vieux Carr, durch die einst der hintere Teil der alten Stadtmauer verlaufen war. Nur wenige Straßenzüge von der Rue Royale entfernt tat sich eine völlig neue Welt vor Celina auf, vor allem, was den Status ihrer Bewohner und deren Respektabilität anging. Hier standen die Häuser, in denen wohlhabende Gentlemen sich ihre Quadronenmätressen hielten.

Die Kutsche hielt vor einem der bescheidenen kleinen Gebäude an. Der Graf stieg aus und befahl dem Kutscher zu warten. Dann streckte er die Hand aus, um Celina aus dem Wagen zu helfen.

»Das kann nicht Ihr Ernst sein«, sagte sie, ohne sich von der Stelle zu rühren. »Hier steige ich ganz bestimmt nicht aus.« Celina scherte sich nicht um den Ruf des Viertels. Es hätte ihr noch nicht einmal etwas ausgemacht, der Geliebten des Grafen vorgestellt zu werden. Aber sie fürchtete, dass sie hier an diesem Ort deren Platz einnehmen sollte.

»Machen Sie keine Szene. Dafür ist jetzt keine Zeit. Sie werden aussteigen. Jetzt sofort.« Der Befehl war eindeutig. Um seinen Worten Nachdruck zu verleihen, zog der Graf die Pistole und richtete sie auf Suzette. Dabei sah er die Zofe nicht einmal an. Er behandelte sie, als sei sie nichts weiter als ein Möbelstück.

Celina raffte die Röcke und stieg aus der Kutsche. Dabei übersah sie die ausgestreckte Hand des Grafen geflissentlich. Aufrecht und mit hoch erhobenem Kopf ging sie, von Suzette gefolgt, die wenigen Schritte bis zur Haustür. Der Graf drängte sich an ihnen vorbei, stieß die Tür auf und trat in das Haus.

In einem Türbogen, der vom vorderen Salon offenbar direkt zum Schlafzimmer führte, erschien eine junge Frau. Ihre weichen Züge waren die eines Mädchens, das die Zwanzig noch längst nicht erreicht hatte. Doch unter ihrem dünnen, seidenen, mit Spitzen besetzten Nachthemd zeichneten sich volle weibliche Rundungen ab. Wie eine Wolke fiel ihr das kastanienbraune Haar um die Schultern, und der Farbton ihrer makellosen Haut erinnerte an altes Pergament. Ihr Blick huschte von Celina zu Suzette und schließlich zu dem Mann in ihrer Begleitung. Der jungen Frau stieg die Röte in die Wangen, während sie verlegen den Kragen des dünnen Nachthemds bis zum Kinn hochzog.

»*Monsieur le Comte*, ich habe Sie nicht erwartet«, stammelte sie.

»Steh nicht herum, zieh dich an«, kommandierte er. »Ich habe einen Auftrag für dich.«

»Aber ich muss mich um Ihre Gäste kümmern.« Wie jede Frau, die im Nachtgewand überrascht wird, wirkte auch diese junge Dame äußerst unglücklich.

»Hast du mich nicht gehört? Fort mit dir!«, herrschte der Graf sie an. Dabei stieß er sie unsanft zur Tür des Schlafzimmers.

Celina überlegte, ob dieser Unhold seine Geliebte immer so schlecht behandelte, oder ob er das nur jetzt tat, um sie damit einzuschüchtern. Wie dem auch sein mochte, die junge Frau tat ihr leid, und sie wollte nicht der Grund für diese garstige Behandlung sein. »Wie kommen Sie dazu, die Frau einfach davonzujagen?«

»Ach, Sie möchten gern Zuschauer haben? Oder dachten Sie an eine vergnügliche Runde zu dritt in einem Bett?«

»Etwas so Vulgäres wäre mir niemals eingefallen!«

»Eigentlich schade.«

Der Graf warf seinen Hut auf einen Stuhl und griff dann nach Celinas Arm. Er zerrte sie zu einem kleinen Sofa und drückte sie darauf nieder. Dann ging er zu dem Schreibtisch, der in einer Ecke stand, nahm ein Blatt Papier und einen Federhalter zur Hand und begann zu schreiben. Einige Augenblicke lang war das Kratzen der Feder auf dem groben Papier das einzige Geräusch im Zimmer.

Celina sah sich um. Der kleine Salon war nicht schlecht eingerichtet. Brokatpolster zierten das Sofa, ein pastellfarbener Teppich und eine hölzerne Kaminumrandung sorgten für Gemütlichkeit. Über dem Kamin hing ein Ölgemälde, das eines der derzeit gern gemalten romantischen Motive zeigte: die Ruine einer römischen Villa. An einem Stuhl lehnte ein Stickrahmen, und in der Luft mischte sich der Geruch eines Kohlenfeuers mit einem Hauch Möbelpolitur, dem Duft von Bienenwachs und von frischem Kaffee. Alles in allem wirkte der Salon zwar nicht opulent, aber doch recht geschmackvoll. Zu ihrer Enttäuschung konnte Celina nirgends einen Schürhaken oder auch nur ein Obstmesser oder einen Brieföffner entdecken. Sie brauchte unbedingt eine Waffe.

Der Graf rollte einen silbernen Tintenlöscher auf seinem Schriftstück hin und her. Als er den Papierbogen zusammenfaltete, fragte Celina: »Was tun Sie da?«

»Ich kümmere mich um unsere Zukunft, wenn Sie es genau wissen wollen.« Damit entzündete er am Kohlenfeuer eine Kerze und versiegelte das Schreiben mit dem tropfenden Wachs.

»Wie meinen Sie das?«

Celina erhielt keine Antwort, denn die Geliebte des Grafen kehrte zurück. Sie hatte sich die Haube unter den Arm geklemmt und nestelte noch hastig an den Knöpfen ihres Kleides. Der Graf drückte ihr den Brief und ein paar Geldscheine in die Hand. »Bring das hier sofort zum Kapitän des Frachtschiffes *Paul Emile*. Es fährt nach Tampico. Ich habe eine Doppelkabine bestellt. Wir laufen mit der Flut heute Abend aus. Lass dich von dem Kerl nicht übers Ohr hauen. Das Geld muss auch noch für die Droschke reichen.«

Die Augen der jungen Quadrone weiteten sich. »Wir reisen nach Mexiko?«

»Ich reise. Du bleibst hier.«

»Aber *Monsieur le Comte …*«

»Dank deiner Mutter, dieser Hyäne, gehört dieses Haus nun dir. Das dürfte doch wohl reichen. Und jetzt verschwinde und komm so bald nicht wieder.«

Die junge Frau maß den Spanier mit einem langen Blick, dann verließ sie das Haus. Offenbar war sie froh, nicht bleiben zu müssen. Das konnte man ihr nicht verübeln.

»Scheinbar haben Sie vor, mich nach Mexiko zu verschleppen«, sagte Celina. »Das wird allerdings nicht möglich sein.«

»Ich wüsste nicht, warum es ein Problem darstellen sollte«, entgegnete der Graf. Dabei warf er einen Blick aus dem Fenster, wohl um sicherzugehen, dass die Quadrone seinen Auftrag ausführte. »Wir werden auf See heiraten und Ihren Vater von Tampico aus informieren, wohin er die Mitgift schicken soll. Den Erlös aus dem Verkauf Ihrer Wertsachen und Ihres sonstigen Besitzes können wir später noch abholen.«

»Sie glauben doch nicht im Ernst, dass sich mein Vater darauf einlässt?«

Der Graf warf Celina über die Schulter einen hämischen Blick zu. »Glauben Sie mir, er wird es tun. Und nach den Stunden, die wir beide heute noch gemeinsam verbringen, wird er auch noch dankbar dafür sein.«

Celina wandte sich ab. Nachdenklich kaute sie an ihrer Unterlippe. Vielleicht hatte der Graf sogar recht. Sein Plan war längst nicht so abstrus, wie sie gern glauben wollte. Mit fremder Hilfe konnte sie im Augenblick nicht rechnen. Ihr musste selbst ein Ausweg einfallen.

Celinas Blick fiel auf eine Tasse, die auf einem Tischchen am Kamin stand. Sie stand auf, legte Haube und Umhang ab und sagte steif: »Meine Zofe und ich sind heute früh schon vor dem Frühstück aufgebrochen. Wäre es vielleicht möglich, einen Milchkaffee und ein Stück Brot zu bekommen?«

»Die Küche ist hinter dem Haus. Ihre Zofe kann für uns beide ein Frühstück zubereiten.«

»Es wäre auch angenehm, einen gewissen Ort aufsuchen zu können. Wie ich schon sagte, wir sind sehr früh aus dem Haus gegangen.«

»Tun Sie, was Sie nicht lassen können. Aber ich werde Sie dabei im Auge behalten.«

Celina hatte auf eine Gelegenheit gehofft, einen Augenblick lang allein mit Suzette reden zu können. Aber offenbar wollte der Graf ihr diese Möglichkeit nicht geben. »Vielleicht ist es ja doch nicht so dringend, wie ich dachte.«

»Das hätte mich unter diesen Umständen auch gewundert«, sagte der Graf spöttisch.

Celina hätte ihn am liebsten geohrfeigt. Doch dann kam ihr ein Gedanke. Ihr Vater war wegen Denys zu Hause geblieben.

Er konnte innerhalb weniger Minuten hier sein. Die Heirat würde er vielleicht nicht verbieten, aber seine Anwesenheit würde sicherlich weitere Zudringlichkeiten vonseiten des Grafen unterbinden.

Sie wandte dem Edelmann den Rücken zu, richtete den Blick auf Suzette und formte mit den Lippen die Worte: »Papa. Hol Papa.« Dann sagte sie laut: »Du hast sicher verstanden, was du zu tun hast.«

Suzette war nicht auf den Kopf gefallen. »Ja, *Mam'zelle«*, antwortete sie. »Einen Milchkaffee für dich und den Gentleman. Sicher muss ich erst frisches Wasser aufsetzen. Es wird also ein paar Minuten dauern.«

Damit eilte sie aus dem Zimmer. Die Hintertür, von der aus man zur Küche gelangte, fiel hinter ihr ins Schloss. Celina hoffte, dass der Graf wirklich glaubte, Suzette würde ihnen nun einen Kaffee brauen.

Sie musste verhindern, dass er sich Gedanken über die Abwesenheit der Zofe machte. Vielleicht half es, ihn in ein Gespräch zu verwickeln. »Sie wollen also die Stadt verlassen. Ich glaube tatsächlich, Sie haben keine andere Wahl.«

»So, glauben Sie.«

Celina ließ sich durch diese barsche Antwort nicht entmutigen. »Ich habe gehört, wie Sie Monsieur Pasquales Herausforderung abgelehnt haben. Hier in der Stadt wird niemand mehr etwas mit Ihnen zu tun haben wollen. Auf der Straße werden sich die Damen abwenden, und in den Kaffeehäusern und Trinkhallen wird man Sie nicht mehr kennen. Sehr angenehm stelle ich mir das nicht vor.«

Der Graf antwortete mit einer wegwerfenden Handbewegung. »Als ob es mir auf die Meinung dieser Leute ankäme.«

»Vielleicht ist die gehobenere Gesellschaft von Tampico ja weltläufig genug, gewisse charakterliche Mängel zu übersehen. Wir wollen es hoffen, sonst wird der Aufenthalt dort wahrscheinlich ähnlich abrupt enden wie hier. Sie müssen sich vorsehen, sonst gehen Ihnen bald die Länder aus, in denen Sie den noblen Edelmann spielen können.«

»Spielen?«

Offenbar war sie zu weit gegangen. »Zumindest wenn es stimmt, was der italienische Fechtmeister gesagt hat.«

»Dieser Pasquale ist eher ein Meister im Lügen.«

»Aber wenn man ihm glaubt …«

»Dann werden Sie die Schande an meiner Seite ertragen müssen.«

»Ach, tatsächlich?« Celina hob trotzig das Kinn. »Vielleicht würde ich ja lieber in New Orleans in Schande leben. Die ewig gleichen Einladungen und Empfänge sind auf Dauer ohnehin recht öde. Ich glaube, ich könnte darauf verzichten. Abgesehen davon, stelle ich es mir nicht sehr amüsant vor, ein Kind nach dem anderen zur Welt zu bringen, während mein Gatte sich in einer fremden Stadt amüsiert. Hier könnte ich wenigstens den Haushalt meines Bruders führen oder ins Kloster gehen.«

»Es würde Ihnen nicht gefallen, in Demut nur noch Gott zu dienen oder gar die Magd Ihres Bruders zu sein.«

»Woher wollen Sie das wissen?«

»Sie haben Ihren eigenen Willen. Das gefällt mir ja so gut an Ihnen. Heulsusen, die sich kampflos ergeben, sind mir zuwider.«

»Aber zähmen wollen Sie mich trotzdem. Ist das nicht ein Widerspruch?«

»Ich liebe Herausforderungen dieser Art.«

»Es gefällt Ihnen, andere zu unterdrücken und zu beherrschen.« Celina wusste kaum, was sie sagte, so sehr konzentrierte sie sich darauf, den Mann am Reden zu halten.

»Gut erkannt.« Die Zunge des Grafen fuhr über seine fleischigen Lippen. Gierig musterte er sein Gegenüber.

»Dann werden wir kein gutes Paar abgeben. Ich bin entschlossen, alles andere als eine unterwürfige Ehefrau zu werden.«

»Sie dürfen vorher meine wilde Geliebte sein.«

»Unvorstellbar. Wie können Sie so etwas auch nur denken?«

»Würden Sie Ihre Tage lieber mit einem dahergelaufenen Fechtlehrer wie de Silva beschließen?«

De Silva war tatsächlich der einzige Mann, mit dem Celina sich eine Zukunft vorstellen konnte. Diese Erkenntnis traf sie wie ein Blitz aus heiterem Himmel.

Der Graf hielt ihr Schweigen offenbar für Nachdenklichkeit. »Nicht, dass Sie die Wahl hätten. Sie werden mit mir nach Mexiko fahren.«

»Aber warum denn nur? Ich bedeute Ihnen doch gar nichts.«

»Seien Sie bitte nicht naiv. Zum einen werde ich mir das

Vergnügen nicht entgehen lassen, Ihren Willen zu brechen, zum anderen werden Sie mir als Zuchtstute gute Dienste leisten, und Ihre Mitgift ist auch nicht zu verachten. Ihr Vermögen ist Anreiz und Notwendigkeit zugleich.«

»Wenn Papa herausfindet, dass Sie mich entführt haben, werden Sie gar nichts bekommen.«

»Er ist ein vernünftiger Mann. Er wird verstehen, dass ich keine andere Wahl hatte.«

Celina spürte, wie ihr Zorn noch heftiger wurde. »Glauben Sie wirklich, es ist ihm einerlei, was aus mir wird? Immerhin ist er mein Vater!«

»Und Sie sind eine undankbare Tochter, die sich seinen Wünschen widersetzt und seine Autorität nicht anerkennt. Wahrscheinlich wird er sich freuen, Sie los zu sein.«

»Aber mit einem Betrüger und Spieler, der andere dafür bezahlt, die Drecksarbeit für ihn zu erledigen, würde er mich niemals verheiraten. Niemals!« Das sagte Celina, obwohl die Angst an ihr nagte, dass der Graf recht haben könnte.

»Nun, da sein Sohn verletzt ist, wird das Wohlergehen seiner widerspenstigen Tochter Ihren Vater kaum ernstlich kümmern. Ein Sohn ist wichtiger als eine Tochter.«

»Wie können Sie es wagen, Denys ins Spiel zu bringen? Sicher würde sich Vater gern einmal mit Ihnen über das Wohlergehen seines Sohnes unterhalten, bevor er meine Mitgift auszahlt. Es dürfte ihn durchaus interessieren, was geschah, als Denys Sie im Hotel besuchen wollte.«

»Hat der erbärmliche junge Trottel seinem alten Herrn etwa alles erzählt? Oder ist er noch zu krank, um zu sprechen?«

»Wenn Sie ihn einmal besucht hätten, wie man es von einem Mann erwarten würde, der in eine Familie einheiraten möchte, wüssten Sie es.«

»Ich war sehr beschäftigt. Außerdem stand es wohl nicht

allzu gut um Ihren Bruder.« Der Graf lächelte unschuldig. »Ich wollte mich in dieser schweren Zeit nicht aufdrängen.«

»So viel Feingefühl würde Ihnen zur Ehre gereichen. Aber leider kann ich Ihnen nicht glauben.«

»Sie zweifeln an meinen Worten? Ich bin zutiefst verletzt.«

»Wenn Sie auch nur einen Hauch von Feingefühl besäßen, würden Sie mich nicht gerade jetzt entführen.«

»Ich nehme Ihrem Vater nur die Bürde der Verantwortung für Sie ab. Seine Zweifel an mir werde ich mit Leichtigkeit zerstreuen. Keine Angst, Teuerste. Wir werden heiraten, und der heutige Tag wird in Vergessenheit geraten.«

»Sie mögen ihn vielleicht vergessen, ich nicht.« Dass der Graf tatsächlich glaubte, er könne ihrem Vater jede beliebige Lüge auftischen, machte Celina unsäglich wütend. Sie wollte diesem aufgeblasenen Gockel eine Lehre erteilen, die er nicht vergaß. Dafür war sie zu fast allem bereit.

»Auch Sie werden bald nicht mehr daran denken«, sagte der Graf mit einer lässigen Handbewegung. »Dafür werde ich schon sorgen. Außerdem kommen Sie als frischgebackene Komtess sicher bald auf andere Gedanken.«

Diese zynische Einschätzung ihres Charakters brachte für Celina das Fass endgültig zum Überlaufen. »Seltsam, dass Sie einer Frau, die Sie für allzu einfältig halten, eine solche Ehre erweisen wollen. Ich hätte eher erwartet, dass Sie sich unter den hochwohlgeborenen Damen Europas umtun oder wenigstens die Tochter eines spanischen Edelmannes ehelichen. Mich wundert, dass Sie sich stattdessen mit einer Braut begnügen, die gewisse Makel aufweist.«

»Gewisse Makel?«

Der Graf stutzte. Eigentlich hätte sich Celina freuen können, dass es ihr gelungen war, ihm den Wind aus den Segeln zu nehmen. Doch der harte Zug um seinen Mund entging ihr nicht. »Nun, ich bin zum Beispiel nicht mehr unberührt«, erklärte sie dennoch mit fester Stimme. »Diese Veränderung ergab sich vor nicht allzu langer Zeit. Aber sicher werden Sie mir zustimmen, dass sie nicht unwesentlich ist.«

»Warum weiß ich nichts davon?«

»Weil ich meinem Vater nichts gesagt habe.«

Vor Celinas Augen blies sich der Graf auf wie ein Frosch. »Und wie kam es dazu? Wer ist der Bastard, der Sie entjungfert hat?«

»Tut das etwas zur Sache?«, fragte Celina. Sie versuchte, einen herablassenden Ton anzuschlagen. »Eigentlich kommt es doch nur auf das Ergebnis an.«

»Es war de Silva, habe ich recht? Er ist Ihnen nachgestiegen, hat Sie entjungfert und geschwängert, um sich an mir zu rächen. Aus reiner Boshaftigkeit und Rachsucht hat er Sie Ihrer Ehre beraubt. Und Sie haben aus Dummheit und Eitelkeit die Beine für ihn breit gemacht. Sie haben sich einem schneidigen jungen Haudegen an den Hals geworfen. Ich könnte Sie umbringen.«

Den Worten des Grafen fehlte die übliche Schwülstigkeit. Aus seiner Stimme sprach eiskalter Hass. Celina hatte ihn auf eine Art und Weise gedemütigt, die er ihr niemals verzeihen würde. Mit seinem Kommentar wollte er sie im Innersten treffen. Und es war ihm gelungen.

Celina hatte geahnt, dass Rio aus Gründen zu ihr gekommen war, die mit Liebe und Verlangen nur wenig zu tun hatten. Aber dass ihn allein Berechnung und Rachsucht zu ihr getrieben hatten, wäre ihr nie in den Sinn gekommen. Die Zärtlichkeit seiner Berührungen, die magischen Augenblicke ihres Liebesspiels konnten doch unmöglich derart niederen Gefühlen entspringen! Dennoch musste sich Celina eingestehen, dass der Graf wahrscheinlich recht hatte.

»Nun sind Sie schockiert, nicht wahr? Wie drollig. Haben Sie etwa Ihr kleines Herz an diesen Mann gehängt, geglaubt, er begehre Sie um Ihrer selbst willen? Meinen Sie wirklich, er sorgt sich jetzt um Sie? Sie sind tatsächlich noch naiver, als ich dachte. De Silva ist ein Besessener. Er ist von den Toten auferstanden, um mich zu jagen. Er hat nur einen Grund, mich über Kontinente und Ozeane zu verfolgen, und der heißt Rache. Wenn es seinen Zwecken dient, ist diesem Mann nichts heilig – am wenigsten eine Frau, die sich zum Werkzeug seiner Rache machen lässt. Hat sie ausgedient, so lässt er sie fallen wie eine heiße Kartoffel und vergisst sie.«

Jedes Wort war wie ein Hieb. Innerlich zuckte Celina jedes Mal zusammen, doch sie wollte den Spanier nicht merken lassen, wie sie litt. Das Atmen wurde ihr schwer. Ihre Augen brannten, und ihre Kehle schmerzte vor unterdrückten Tränen. Sie würde keine Schwäche zeigen. »Wenn Rache alles ist, was für ihn zählt, warum hat er Sie dann nicht längst umgebracht? Nichts wäre einfacher gewesen. Schließlich ist er ein *Maître d'Armes*.«

»Mein Tod wäre ihm nicht genug. Er will mich finanziell ruinieren und mich in aller Öffentlichkeit lächerlich machen.«

»Ich glaube, das ist ihm heute gelungen.«

»Ohne Zweifel. Er versteht es, die Schwächen eines Mannes oder auch einer Frau auszunutzen. Aber das wissen Sie ja so gut wie ich.«

»So war es aber nicht!«

»Wie war es dann? Hat er von Liebe gesprochen? Ihnen Versprechungen gemacht? Nein, das ist nicht seine Art. Möglicherweise hat er sogar etwas für Sie empfunden. Wer weiß das schon? Aber wenn dem so war, könnten Sie sich doch nun wunderbar an ihm rächen, indem Sie mich heiraten. Werden Sie meine Frau, und seine Absichten müssen Sie nicht mehr kümmern.«

»Das kann ich nicht.«

»Sie wollen sich also für ihn aufsparen? Das lasse ich nicht zu. Lieber heirate ich eine unreine Braut.«

»Von Versprechungen war nie die Rede«, setzte Celina mühsam dagegen.

Der Graf schürzte die Lippen. »Das hätte auch keinen Sinn gehabt. De Silva weiß, dass Ihr Vater Sie nie einem dahergelaufenen Fechtlehrer zur Frau geben würde. Aber Sie reizt offenbar das Verbotene.«

War es tatsächlich so? Träumte sie nur davon, als Rios Geliebte oder gar als seine Frau mit ihm leben zu können, weil das ganz und gar unmöglich war? Oder wollte sie an seiner Seite stehen, gemeinsam mit ihm die Unwägbarkeiten seines Berufsstandes ertragen, ihn lieben und achten und ihm Kinder schenken? Wie dem auch sein mochte – ein solcher Traum konnte niemals in Erfüllung gehen. Und doch musste sich Celina eingestehen, dass sie ihn insgeheim im Herzen getragen hatte. Vielleicht würde er bald alles sein, was ihr geblieben war.

»Wie töricht von Ihnen«, fuhr der Graf mit einem heiseren Lachen fort. Dabei machte er einen Schritt auf Celina zu. »Aber auch de Silva hat sich nie um Verbote geschert. Wird das Wissen, dass Sie nun mir gehören, ihn zugrunde richten? Möglich wäre es. Also lassen wir das Gerede und kommen wir endlich zum Wesentlichen.«

Celina wusste, dass der Graf sie für ihre Weigerung, ihn zu heiraten, bestrafen wollte. Aber noch schwerer wog, dass sie Rio den Vorzug gegeben hatte. Zumindest würde das dem ekelhaften Kerl als Vorwand dienen. Während sie vor ihm zurückwich, sagte sie: »Er wird Sie umbringen, das ist Ihnen doch klar.«

»Das halte ich für unwahrscheinlich. Zu einem Duell bin ich nicht bereit, und zu einem heimtückischen Mord ist er nicht fähig. Das ist eine Schwäche, die ich nicht teile.«

»Er wird Sie verfolgen, Sie aufspüren, wo immer Sie sich verstecken.«

»Um Ihretwillen? Sind Sie sich da ganz sicher?«

»Auch ohne mich hat er genügend Gründe dafür«, sagte Celina verächtlich. »Und Sie sollten Pasquale nicht vergessen. Auch der Italiener wird Ihnen stets auf den Fersen sein. Kein Mann ist so gewieft, dass er diesen beiden auf Dauer entwischen kann.«

Mit einem Fluch griff der Graf nach ihr. Celina warf sich herum, doch seine Finger krallten sich in ihre bauschigen Röcke. Sie riss sich los und spürte, wie dabei der Stoff an ihrer Taille riss. »Warum hassen Sie Rio so sehr?«, fragte sie atemlos, um den Grafen von seiner Absicht abzulenken. »Warum?«

»Ich hasse ihn erst, seit ich weiß, dass er mir zuvorgekommen ist. Vorher hasste ich nur den Vater, nicht den Sohn. Riordan stellte nur eine Bedrohung dar, derer ich mich entledigen musste.«

»Riordan?«

»Das ist der Mädchenname seiner englischen Mutter. Hat er Ihnen das etwa nicht gesagt?«

»Ich kenne nur den Namen Rio, aber Sie …«

»Ich war bei seiner Taufe zugegen. Er wurde nach mir benannt, denn ich bin sein lieber Onkel und auch sein Taufpate. Aber seine Mutter, die englische Hexe, mochte mich nie und rief ihren Sohn bei einem Namen, der ihr besser gefiel.«

»Sie sind sein Onkel!«

»Eigentlich geht das niemanden etwas an. Aber Sie haben es verdient, dies zu erfahren, denn immerhin hat er Sie in unserer kleinen Familienfehde als Waffe benutzt.«

»Sein Vater war der Bruder, dessen Tod Sie Ihren Titel verdanken«, sagte Celina. Die vielen Teile des Mosaiks fügten sich langsam zu einem Bild. »Aber nein, das ergibt keinen Sinn. Sicher hätte ihn doch sein Sohn beerbt.«

»Leider war der junge Mann nicht auffindbar.«

»Dafür haben Sie gesorgt, nicht wahr? Sie haben seine Familie ausgelöscht und dann …«

»Eigentlich sollte auch der junge Riordan sterben. Aber die gierigen Bastarde, die ich für diese Aufgabe angeheuert hatte, wollten zweimal kassieren. Sie verkauften ihn an einen arabischen Kapitän, dessen Schiff nach Algier segelte.«

»Doch er entkam und ist Ihnen seither auf den Fersen.«

»Das behauptet er. Aber kann er es auch beweisen? Die ganze Sache ist lange her. Mein Neffe war damals noch keine achtzehn Jahre alt, ein kräftiger Bursche zwar, aber das reicht sicher nicht aus, um dem Dey von Algier zu entkommen.«

»Sie haben seine Familie auf dem Gewissen. Die armen Leute sind bei lebendigem Leibe verbrannt.«

»Nein, nein. Sie waren schon tot.«

Aus dem Munde des Grafen hörte es sich an, als habe er seinen Opfern damit eine große Gnade erwiesen. Celina brachte kaum mehr als ein Flüstern zustande. Doch sie musste die Frage stellen. »Auch seine Schwestern?«

»Ich gebe zu, das war eine Verschwendung. Aber das wird es auch sein, wenn ich Sie ins Jenseits befördere«, antwortete der Graf kühl. »Ich ahnte nicht, dass Rio und Sie einander so nahestehen, aber ich hätte es mir denken sollen. Er hat Ihnen viel zu viel erzählt.«

Mit einem Sprung war der Graf bei Celina und packte sie am Arm. Sie war über das Gehörte noch viel zu schockiert, um sofort reagieren zu können. Er zog sie an seinen fetten Leib. Sein Arm umfing Celinas Taille wie ein Schraubstock. Es gelang ihm, sie an seine Seite zu ziehen. Celina wand sich und trat nach ihm. Doch er zerrte sie ungerührt in das kleine Schlafzimmer.

Das Bett füllte fast den ganzen Raum aus. Der Graf warf sie auf die Matratze und wäre sicher auf sie gefallen, wenn sie sich nicht schnell zur Seite gerollt hätte. Fluchend griff er in ihren weiten Rock und zerrte sie daran zurück in seine Reichweite. Celina kämpfte. Sie biss die Zähne so fest aufeinander, dass ihre Kiefer knackten. Ihre Nägel zerkratzten die Handgelenke des Grafen, suchten nach seinen Augen und zwangen ihn, den Kopf zurückzureißen. Dennoch gelang es ihm, sie vor sich auf die Matratze zu ziehen und sich auf ihre Brust zu werfen. Während sie sich verzweifelt unter ihm wand und dabei versuchte, sich auf einen Ellbogen zu stützen, um ihn abschütteln zu können, spürte Celina einen harten Gegenstand an den Rippen. Das konnte nur die kleine Pistole sein, die der Graf noch immer in der Westentasche trug. Wenn sie die Waffe doch nur hätte erreichen können!

Plötzlich erstarrte ihr Peiniger und stieß einen Laut aus, der wie eine Mischung aus Quaken und Grunzen klang.

»Du benimmst dich wie ein Schwein, lieber Onkel«, kam es spöttisch von oben. »Ich schlage vor, du lässt die Dame los. Sonst spieße ich dich auf wie einen Röstbraten.«

Rio.

Er hatte ruhig und fast besonnen gesprochen, doch es gab keinen Zweifel daran, dass er seine Drohung in die Tat umsetzen würde. Er war hier und stand mit dem Degen in der Hand über dem Grafen. Die Spitze der Waffe grub sich in die Speckfalte an dessen Kinn. Ein einzelner Blutstropfen kam zum Vorschein. Rio betrachtete ihn ungerührt.

Der harte Griff des Grafen erschlaffte. Celina gelang es, sich wegzurollen. Ihr Ekel verwandelte sich in eiskalte Wut. Vorsichtig drehte sich der Graf zu Rio um und stemmte sich in eine sitzende Position. Dabei drückte er eine Hand auf seinen Bauch. Seine hervortretenden Augen hingen an dem blauen Stahl der Klinge, deren Spitze ihm die Haut an der Kehle ritzte.

»Rio«, begann Celina. Sie sah, wie sich der Graf den Bauch rieb, als sei ihm übel. »Er hat …«

»In der Tat«, sagte der Graf. Dabei hob er die Hand, in der nun die kleine Pistole lag. Wie ein tödliches schwarzes Auge starrte die Öffnung des Laufs direkt in Celinas Gesicht. »Nun wollen wir sehen, wer hier stirbt wie ein Schwein. Oder sollte ich lieber sagen, wie eine Sau?«

Zwanzigstes Kapitel

»Nein!«, schrie Rio. Dann sprach er ruhiger weiter. »Nein. Tu es nicht. Dein Zorn gilt nur mir allein. Die Dame zu bedrohen ist unnötig.«

»Bettle ruhig um ihr Leben. Dann wird es mir nur noch mehr Freude machen, deine Hure zu töten. Und jetzt nimm den Degen weg, sonst schmücke ich ihren schlanken Hals mit einer Kugel. Aus dieser Entfernung werde ich sie kaum verfehlen.«

Celina sah das kurze Aufflackern in Rios Augen. Wenn er die Klinge wegnahm, brachte er sich selbst um seinen Vorteil und lieferte sie beide der mehr als ungewissen Gnade des Grafen aus. Celina entging auch der Blick nicht, den Rio auf die Hand seines Onkels warf. Offenbar überlegte er, ob er es wagen sollte, ihn mit einem schnellen Stoß zu entwaffnen.

Rio presste die Lippen zusammen. Seine Augen wurden hart. »Ich könnte dich aufspießen, bevor du dazu kommst abzudrücken.«

»Versuch es ruhig, wenn du das Risiko eingehen willst.«

Der Schweiß des Grafen vermengte sich mit der Pomade aus seinem Haar und rann ihm in dicken Tropfen über das zerkratzte Gesicht. Trotzdem sprach er mit dem Hochmut eines Mannes, der sich für unbesiegbar hält. Er glaubte nicht daran, dass Rio ihn töten würde. Obwohl er selbst viele Menschenleben auf dem Gewissen hatte und nicht gezögert hätte, einen weiteren Mord zu begehen, schien er es nicht für möglich zu halten, dass es auch ihm einmal an den Kragen ging.

Rio richtete die dunklen Augen auf Celina. Dann senkten sich seine Lider. Mit einer schnellen Bewegung zog er den Degen zurück. Die Klinge blitzte in den Strahlen der Morgensonne auf, die durch das Fenster hereinfielen.

»Das war sehr klug«, sagte der Graf mit einem sarkastischen Lächeln. Er stemmte sich vom Bett hoch und rückte mit einer unwirschen Geste seine Kleidung zurecht. »So gefällt mir die Sache schon viel besser. Aber wie hast du uns so schnell gefunden?«

»Das war nicht schwer«, sagte Rio. »Du konntest kaum eine widerstrebende Frau mit ins St. Charles Hotel nehmen, wo du seit dem Feuer wohnst. Und auf die Schnelle einen anderen Ort zu finden, an den du sie bringen konntest, wäre nicht so einfach gewesen. Dieses Haus hingegen stand dir jederzeit zur Verfügung. Hier hast du dich in den letzten Wochen ausgiebig vergnügt. Ich brauchte also nur eins und eins zusammenzuzählen.«

Rio wirkte äußerlich völlig gelassen. Die Spitze des Degens zeigte zu Boden. Aber Celina vermutete, dass er sich ruhiger gab, als er in Wirklichkeit war. Sicher lauerte er nur auf den Moment, an dem die Wachsamkeit des Grafen nachließ.

»Du hast dich hereingeschlichen wie ein Dieb«, sagte der Graf und ließ ein böses Lachen hören. »Dabei faselst du doch die ganze Zeit von Ehre.«

Rio legte den Kopf schief. »Das musst du mir nachsehen. Es ist eine meiner typischen Eigenheiten. Außerdem war die Hintertür nicht abgeschlossen.«

»Ihre Zofe ist in die Küche gegangen. Was macht sie dort eigentlich so lange?« Graf de Lérida starrte Celina finster an.

»Sie kennt sich in der fremden Küche nicht aus«, antwortete Celina. »Vielleicht ist sie auch weggelaufen. An ihrer Stelle hätte ich auch Angst gehabt.«

»Oder Sie haben sie weggeschickt.« Die Hand des Grafen

schloss sich noch fester um die Pistole. »Wohin ist sie gegangen?«

»Ich bin hier, Monsieur«, antwortete Suzette, die nun plötzlich in der Tür des Schlafzimmers stand.

»Genau wie ich«, sagte Celinas Vater. Dabei schob er die Zofe beiseite, marschierte in das kleine Zimmer, nahm den Hut ab und begann, mit der Krempe gegen sein Bein zu klopfen. Er war nicht allein gekommen. An seinem Arm hing Tante Marie Rose, die einer Ohnmacht nahe schien. Ihre Pflicht als Celinas Anstandsdame wollte sie offenbar trotzdem wahrnehmen.

Rio lachte kurz auf. Celina, die noch immer in die Mündung der Pistole blickte, konnte an der Situation nichts Amüsantes entdecken. Der Graf stieß eine Serie blumiger Flüche aus.

»Was hat das zu bedeuten, *Monsieur le Comte*?«, wollte Celinas Vater wissen. »Man sagte mir, Sie hätten meine Tochter entführt.«

Der Graf leckte sich die Lippen. »Das war nicht zu vermeiden, Monsieur. Es tut mir leid, Ihnen sagen zu müssen, dass Ihre Tochter sich auf ein Techtelmechtel mit diesem … diesem *Maître d'Armes* eingelassen hat. Ich wollte ihren Ruf retten, indem ich sie auf der Stelle eheliche.«

»Hör nicht auf ihn, Papa!«, schrie Celina. »Er wollte mich nach Mexiko verschleppen, aber nur, um an meine Mitgift zu kommen!«

»Aber vorher wollte er Celina noch kompromittieren«, fügte Rio hinzu. »Natürlich aus reiner Selbstlosigkeit.«

»Meine Absichten sind nicht schlechter als die deinen«, entgegnete der Graf zähnefletschend. »Du hast dich an ihr vergriffen, damit sie nicht meine Frau werden kann.«

»Das stimmt nicht«, erklärte Celina zu aller Überraschung. »Ich habe ihn darum gebeten.«

»Schweig!«, herrschte ihr Vater sie an.

»Oh meine arme Kleine!«, rief Tante Marie Rose. Mit Tränen in den Augen machte sie sich vom Arm ihres Schwagers los. Sie stürzte zum Bett, warf ungeachtet der Pistole, die noch immer auf Celina gerichtet war, die Arme um ihre Nichte und drückte sie an ihre nach Lavendelwasser duftende Brust.

Zusammenhangslose Gedanken jagten durch Celinas Kopf. Sie merkte, dass ihre Nerven angespannter waren, als sie geglaubt hatte, denn außer tiefer Dankbarkeit dafür, dass die Tante sie wiegte wie ein kleines Kind, empfand sie gar nichts. Dennoch versuchte sie, die ältere Frau so gut es ging aus der Schusslinie zu halten.

»Offenbar war es höchste Zeit, dass Celina mich holen ließ«, sagte der Vater grimmig. »*Monsieur le Comte*, leider muss ich feststellen, dass Sie meine Tochter mit einer Pistole bedrohen. Lassen Sie die Waffe auf der Stelle sinken.«

»Dieser Mann hielt mir bis vor wenigen Augenblicken den Degen an die Kehle und wartet nur darauf, mich aufspießen zu können.«

»Vielleicht bin ich voreingenommen, aber mir scheint, Sie sollten lieber auf den Mann zielen, der Ihnen nach dem Leben trachtet.«

»Sie ist auf seiner Seite«, erklärte der Graf. Dabei fuchtelte er gefährlich mit der Pistole herum. »Sie ist seine Hure.«

»Sie fühlen sich als Verlobter betrogen und wollen Celina dafür töten? Glauben Sie denn, das würde mir nichts ausmachen? Sie ist meine Tochter, ist mein eigen Fleisch und Blut. Wenn Sie sie umbringen, töten Sie damit auch mich.«

In Celinas Kehle bildete sich ein dicker Kloß. Offenbar kümmerte es ihren Vater tatsächlich, was aus ihr wurde. »Danke, Papa«, presste sie hervor. »Aber der Graf kennt das Gefühl der Sorge um die Seinen gar nicht. Er hat seinen älteren Bruder und dessen Familie von gedungenen Mördern umbringen lassen. Rio ist sein Neffe. Er sollte mit den anderen sterben, doch er entkam. Der Graf wünscht noch immer seinen Tod. Er hetzte ihm Banditen auf den Hals, die ihn bei Nacht und Nebel beseitigen sollten. Als das nichts fruchtete, brachte er einen anderen Fechtmeister dazu, sich mit Rio zu duellieren, obwohl er verletzt ist. Sicher hätte der Graf keinerlei Skrupel, seinen Neffen zu erschießen, wenn es hier nicht so viele Zeugen gäbe.«

»Lügen und leeres Geschwätz!«, schrie de Lérida. Doch nun richtete er die Pistole tatsächlich auf Rio. »De Silva ist nicht mein Neffe. Er ist ein Schwindler!«

Tante Marie Rose, die Celina noch immer im Arm hielt, hob den Kopf. »Sie irren, Monsieur.«

»Ich habe bislang keine derartige Behauptung aus Monsieur de Silvas Mund gehört«, sagte Celinas Vater streng. »Aber selbst wenn er sich als Ihr Neffe ausgeben sollte, ist das noch lange kein Grund, ihn zu töten. Nun stecken Sie doch endlich das Schießeisen weg, sonst kommt noch jemand zu Schaden.«

»Er wird mich abschlachten.«

»Vor Zeugen? Das glaube ich kaum. Monsieur de Silva?«

Rio zuckte die Achseln. »Ich halte mich schon seit meiner Ankunft in New Orleans zurück, also kann ich mich auch noch ein wenig länger gedulden.«

»Da hören Sie es!«, schrie der Graf. »Er gibt zu, dass er mir nach dem Leben trachtet.«

Celinas Vater musterte Rio finster. »Sie kamen also in der Absicht, Rache zu nehmen, in die Stadt?«

»Ja, das muss ich zugeben, Monsieur. Seit ich erfuhr, dass meine Familie ausgelöscht war, hielt mich der glühende Wunsch nach Rache am Leben. Er ließ mich Schläge, Hunger und Sklaverei an Bord eines Schiffes, das nach Algier segelte, ertragen. Auch während meines kurzen Aufenthaltes im Palast des Dey dachte ich an nichts anderes. Dann nahmen die Franzosen die Stadt ein und brachten mich nach Paris.«

»Lügen, nichts als Lügen!«

»Die Männer, die dafür bezahlt worden waren, mich zu töten, glaubten nicht, dass ich je aus der Sklaverei entkommen würde. Deshalb machten sie sich nicht die Mühe, irgendetwas vor mir zu verbergen. Ich erfuhr, dass mein Onkel ihnen viel Gold versprochen hatte. Dafür mussten sie meine Angehörigen im Schlaf töten. Er händigte ihnen sogar den Hausschlüssel aus, damit sie es einfacher hatten. Die Mörder mussten ihm anschließend diejenigen beschreiben, die sie im Schlaf abgeschlachtet hatten, und ich war nicht darunter. Die Wut meines Onkels kannte keine Grenzen. Also erhielten die Kerle den Auftrag, mir aufzulauern. Als ich im Morgengrauen des folgenden Tages heimkehrte, überwältigten sie mich. Ich sollte heimlich verscharrt werden, damit es so aussah, als wäre auch ich dem Feuer zum Opfer gefallen, das man legte, um die schreckliche Tat zu vertuschen. Aber mein Onkel war seinen Schergen einen Gutteil ihres Lohnes schuldig geblieben. Also beschlossen sie, mich zu verkaufen. Ich erfuhr von ihnen, wer hinter den Morden steckte, und fortan hielt nur der Hass mich am Leben. Er trieb mich in die harte Schule des berühmtesten Fechtmeisters von Paris. In jedem Gegner sah ich meinen Onkel. Doch ich lernte, meine Wut zu beherrschen. Sie wurde zu einer Waffe, die ich nur auf einen einzigen Mann zu richten gedenke.«

»Was für eine rührende Geschichte«, sagte der Graf sarkastisch. »Schade nur, dass kein Wort davon wahr ist.«

»Oh, aber ich ...«, begann Tante Marie Rose aufs Neue.

Monsieur Vallier hob die Hand. »Lassen wir den Mann zu Ende erzählen.«

Rio deutete eine Verbeugung an. »Viel gibt es nicht mehr zu sagen. Als ich schließlich bereit war, es mit meinem Onkel, einem weltgewandten und skrupellosen Mann, aufzunehmen, suchte ich zuerst in Spanien nach ihm. Ich erfuhr, dass er den größten Teil des Vermögens – das an ihn gefallen war, weil man mich für tot hielt – längst verspielt hatte. Sicher hätte er das gesamte Anwesen verloren, wenn unser Erbrecht dies nicht erschwert hätte. Er musste vor seinen Gläubigern und Feinden aus dem Land flüchten und hoffte wohl, anderswo zu Geld zu kommen. Ich folgte ihm nach Rom und Havanna, aber es war überall dasselbe: Man jagte ihn nach wenigen Wochen oder Monaten davon. Denn er verführte andere Männer zum Spielen und zu vielerlei anderen Lastern und nahm sie nebenher aus. Dann hörte ich, er sei auf dem Weg nach New Orleans, und folgte ihm hierher.«

»Genau wie ich, und aus ähnlichen Gründen.«

Die Stimme gehörte Nicholas Pasquale. Seine Worte verhallten in der nachdenklichen Stille, die sich nach Rios Erzählung über den Raum gelegt hatte. Nun trat der Italiener in das Schlafzimmer, als gehöre er hierher. Caid und Olivier hatte er gleich mitgebracht. Sie blieben wie eine Ehrenwache vor der Tür des Zimmers stehen, in dem es inzwischen recht eng geworden war. Pasquale stellte sich an Rios Seite. Er ließ den Blick über die Versammlung schweifen und sagte dann: »Sie glauben gar nicht, wie enttäuscht ich war, als ich den Grafen aufgespürt hatte und feststellen musste, dass er ein Feigling ist, der andere dafür bezahlt, die Drecksarbeit für ihn zu erledigen. Offenbar ist ihm das inzwischen zur Gewohnheit geworden.«

Tante Marie entfuhr ein leiser Aufschrei, ob vor Bewunderung oder Abscheu war nicht zu ergründen.

»Ja«, sagte Celina. »Er ließ es zu, dass Denys an seiner Stelle meine Ehre verteidigte. Rio, oder vielmehr Monsieur de Silva, hatte meinen Namen ins Spiel gebracht, um den Grafen damit zu einem Duell zu zwingen.«

»Das war verwerflich, denn ich begab mich so auf dieselbe niedrige Stufe wie der Mann, hinter dem ich her war«, sagte Rio finster.

Celina hätte gern darauf geantwortet, doch der Graf kam ihr zuvor.

»Ich gebe zu, diese Aufführung ist bühnenreif. Aber muss ich wirklich tatenlos erdulden, dass de Silva seine Getreuen um sich schart, damit sie mich überwältigen können?«

»Oh, es war nicht Rio, der uns hierhergeführt hat«, sagte Pasquale mit einem kurzen Blick zu Olivier und Caid. »Sie selbst, Monsieur, haben uns mit Ihrem Schreiben an den Kapitän der *Paul Emile* auf die richtige Spur gelenkt. Die junge Dame, der Sie den Botengang aufgetragen hatten, war um Mademoiselle Valliers Wohlergehen besorgt. Da sie gewisse Gerüchte gehört hatte, kam sie mit dem Brief ins Studio meines Freundes de Silva. Wir kehrten gerade vom Duellplatz zurück, da stand sie in der Tür. De Silva hatte die Wiese unter den Eichen ein wenig überstürzt verlassen und konnte die Nachricht leider nicht selbst entgegennehmen. Wir mussten also etwas unternehmen, hielten es gar für möglich, dass man de Silva hier im Haus eine Falle stellen wollte. Folglich beschlossen wir, uns die Sache einmal anzusehen.«

»Und wo Sie schon einmal da sind, werden Sie auch Stein und Bein schwören, dass Ihr Freund die Wahrheit spricht. Ich hätte wissen müssen …«

»… dass ich es Ihnen übel nehme, wenn Sie mich gegen einen verletzten Mann zum Duell antreten lassen? In der Tat. Wenn Sie auch nur die geringste Ahnung von den Prinzipien derer hätten, die ihren Lebensunterhalt mithilfe ihrer Fechtkunst bestreiten müssen, wären Sie nie auf diesen abstrusen Gedanken gekommen. Wir halten uns an einen rigorosen Ehrenkodex. Sonst müssten wir jedes Mal, wenn wir uns zum Kampf aufstellen, fürchten, die Kampfbahn als Krüppel zu verlassen. Sich für ein Duell kaufen zu lassen, ist eigentlich unverzeihlich. Ich habe Ihr Angebot nur aus zwei Gründen angenommen: Einerseits wollte ich verhindern, dass ein Mann, der weniger Skrupel hat als ich, meinen Platz einnimmt. Ich denke da an einen wie Broyard. Andererseits machte ich mir gewisse Sorgen um Mademoiselle Valliers Bruder.«

»Um Denys?« Celina stellte die Frage, die wohl allen auf der Zunge lag. »Was hat er mit der ganzen Sache zu tun?«

Pasquale blickte ihr ernst ins Gesicht. »Vor ein paar Tagen sprach ich ihn an, weil ich von der Verbindung des Grafen mit Ihrer Familie erfahren hatte. Ihr Bruder ist ein sehr charmanter junger Mann. Er erinnert mich an Giovanni, meinen eigenen Bruder, der durch Selbstmord starb. Wir unterhielten uns in einer Bar, und im Laufe des Gesprächs sagte ich ihm, was ich aus Giovannis Abschiedsbrief über den Grafen wusste. Danach wollte Ihr Bruder unbedingt mit dem Grafen und dann vielleicht auch mit Rio sprechen. Ich fürchtete um seine Sicherheit und hoffte, ihn schützen zu können. Dafür musste ich natürlich die Nähe des Grafen suchen und ihn bei Laune halten.«

Der Graf schnaubte und prustete. In seinen Mundwinkeln sammelten sich Speichelfetzen. »Diese Höllenhunde stecken alle unter einer Decke. Hurensöhne sind sie allesamt, die lügen, wenn sie das Maul aufmachen!«

»Das ist nicht wahr«, meldete sich Tante Marie Rose aufgeregt zu Wort. »Schon die ganze Zeit will ich sagen, dass meine liebe Freundin Madame Calve beinahe die Besinnung verlor, als sie Monsieur de Silva kürzlich abends im Garten eines Hauses erblickte. Sie sah ihn nur kurz, am Rande einer Abendunterhaltung. Aber ihr war, als sei ihr der Geist jenes galanten Kavaliers begegnet, der ihr als junges Mädchen in Barcelona den Hof gemacht hatte. Monsieur de Silva ist einem gewissen Don Antonio José de Vega, dem damaligen Grafen de Lérida, wie aus dem Gesicht geschnitten. Vielleicht ist er ein wenig größer und hat etwas hellere Augen, aber sonst gleicht er ihm aufs Haar. Meine Freundin war zutiefst berührt, denn einst hatte sie gehofft, Don Antonios Frau zu werden. Noch heute bewahrt sie diese große, unglückliche Liebe in ihrem Herzen. Und sie hat mir etwas gegeben. Sie wollte, dass ich das Geschenk ihres Geliebten demjenigen zukommen lasse, dem es eher zusteht als ihr. Dafür erbittet sie sich lediglich, dass Monsieur de Silva sie einmal besuchen kommt. Gern würde sie bei Tageslicht noch einmal seine Ähnlichkeit mit Don Antonio bewundern und mit dem Enkel über den Großvater sprechen.«

Mit diesen Worten hielt die Tante ein schweres, silbernes Amulett in die Höhe. Darin prangte eine hervorragend gearbeitete Miniatur: das in Öl gemalte Konterfei eines stolzen spanischen Edelmannes. Sein Oberkörper steckte in Kleidern, wie sie schon seit über fünfzig Jahren niemand mehr trug. Aber abgesehen davon war dieser gebieterisch dreinblickende, sehr gut aussehende dunkelhaarige Mann Rio zum Verwechseln ähnlich.

Der Graf schrie wütend auf. Mit der freien Hand wollte er nach dem Amulett greifen. Doch Celina kam ihm zuvor, riss der Tante das Schmuckstück aus der Hand und drückte es an ihre Brust. Fluchend richtete der Graf die Pistole wieder auf sie.

Die dunkle Mündung des Pistolenlaufes erschien Celina plötzlich so riesig wie die Mündung einer Kanone. Sie sah, wie sich der Finger am Abzug krümmte.

Dann blitzte ein Licht auf, ein Silberstreif, der in der Morgensonne aufstrahlte. Ein Donnerschlag erschütterte die Welt. Etwas traf Celina, und sie wurde gegen die Wand geworfen.

Der Schmerz drohte ihren Kopf zu zerreißen. Nur schwach hörte sie den Schrei ihrer Tante, Rufe und aufgeregte Stimmen. Der Lärm hatte keinerlei Bedeutung für sie. Ihr Blick war verschleiert, und sie konnte nur ein weißes Glühen ausmachen. Kräftige Bänder umschlangen sie, hielten sie fest. Das hätte sie beunruhigen müssen, aber es kümmerte sie nicht. Sie fühlte sich beschützt und geborgen. Celina schloss die Augen.

Endlich in Sicherheit.

»Sag mir, wo du getroffen wurdest, *querida«*, murmelte Rio. Warm strich sein Atem über ihre Schläfe. »Sag es mir.«

Die Bänder waren seine Arme, das strahlende Weiß die Brust seines Hemdes. Und sie war von seiner Schulter getroffen worden. Er hatte sie aus der Schusslinie gestoßen.

»Ich habe das Amulett«, murmelte Celina.

»Das ist jetzt völlig unwichtig. Ich schwöre bei allen Heiligen, wenn er dir etwas angetan hat…«

»Mir fehlt nichts. Aber ich glaube… ich habe mir den Kopf gestoßen.«

»Das tut mir leid. Das wollte ich nicht. Aber ich musste schnell reagieren.«

»Ich weiß«, sagte Celina. Sie schmiegte den Kopf an Rios Schulter. »Ich weiß.«

Ein Mann kniete neben ihr nieder. Celina wusste schon bevor er sprach, dass es sich um Caid handelte. »Der Graf ist tot. Kein schöner Anblick, muss ich sagen. Wir sollten Mademoiselle hier wegbringen.«

Celina legte den Kopf zurück und sah Caid überrascht an. »Tot? Aber wie…?«

»Pasquale. Er hat Rio den Degen entrissen. Pasquale stand dem Grafen am nächsten, und Rio hatte eine andere Pflicht zu erfüllen. Wollen wir gehen?«

Eine Pflicht. Dieses Wort hatte einen unschönen Klang. Aber jetzt war nicht der Augenblick für Fragen. Celina musste aufstehen und weggehen. Eigentlich wollte sie das nicht und wusste auch nicht, ob sie es konnte. Aber sie musste es wenigstens versuchen.

Es erwies sich als gar nicht so schwer. Rio stand auf und reichte ihr die Hände. Er stützte sie, bis ihre Benommenheit ein wenig nachließ. Die anderen Fechter bildeten mit ihren mächtigen Körpern einen Sichtschutz. Sie sollte die blutüberströmte Leiche des Grafen nicht anschauen müssen. Rio führte Celina in den kleinen Salon, wo Tante Marie Rose bereits intensiv mit ihrem Riechsalz beschäftigt war. Nur mithilfe des scharfen Geruchs, der der kleinen Flasche entströmte, gelang es ihr, die drohende Ohnmacht abzuwehren. Neben der Tante wartete Suzette. Celinas Vater schob alle aus dem Haus, hinaus zur Kutsche. Schon wenige Augenblicke später fuhren sie davon, ließen Chaos und Tod in dem kleinen Haus zurück.

Celina lehnte den Kopf an die harte lederne Lehne der Sitzbank und schloss die Augen. Zwar pochte der Schmerz noch in ihrem Kopf, doch sie spürte das Leben in jedem Pulsschlag, fühlte das Herz warm in ihrer Brust schlagen. Sie lebte noch, und es war vorbei. Endlich.

Das Amulett hielt sie nach wie vor fest umklammert. Die scharfen Kanten des silbernen Rahmens gruben sich in ihre Handflächen. Das schmerzte, aber sie ließ das Schmuckstück nicht los.

»Mademoiselle, Besuch ist da.«

Mortimer ließ seine Ankündigung sehr wichtig klingen. Außerdem hatte er die Tür hinter sich geschlossen, bevor er überhaupt etwas sagte. Celina blickte von ihrem Stickrahmen auf. Trotz der Kühle, die schon den ganzen Tag herrschte, war ihr plötzlich warm. »Besuch? Für mich?«

»*Mais non*, für Ihren Herrn Papa. Sie sind gerade im Arbeitszimmer. Ich soll ihnen Wein bringen.«

Celina legte nachdenklich die Stirn in Falten. »Und wie ist der Name des Besuchers?«

»Das ist es ja, *Mam'zelle*. Er nennt sich …«

Wieder wurde die Tür aufgerissen. Diesmal stürzte Suzette

in den Salon. »Monsieur Rio ist da, *Mam'zelle*! Komm, du musst dich umziehen.« Verwundert starrte sie den Butler an. »*Tiens,* warum stehen Sie hier herum? Bringen Sie den Herren sofort ihren Wein. Schnell, schnell!«

»Ja. Ich danke Ihnen, Mortimer«, sagte Celina. Dabei legte sie den Stickrahmen beiseite und erhob sich. Als der alte Mann endlich durch die Tür war, fragte sie: »Nach mir hat man noch nicht geschickt?«

»Noch nicht, aber es kann jederzeit so weit sein.«

»Dann warte ich einfach hier.« Celina nahm wieder Platz und griff nach der Nadel.

»Was soll das, *Mam'zelle*? Du wirst doch wohl wissen, warum Monsieur Rio hier ist!«

»Nein, das weiß ich nicht. Schließlich hat mir das noch niemand gesagt. Seit zwei Tagen habe ich nichts mehr von ihm gehört. Es wird wohl kaum mehr sein als ein Höflichkeitsbesuch.«

»Oh, *Mam'zelle*!«

Mit einem ruinierten Ruf, so hatte Celina festgestellt, lebte es sich wie mit einer Krankheit. Jeder ging davon aus, dass sie keinerlei Interesse daran hatte, das Haus zu verlassen. Die Tante sprach sie nur mit gedämpfter Stimme an, ganz so, als sei sie in Trauer. Auch der Vater und Denys, der inzwischen fast wieder völlig genesen war, hielten es nicht anders. Natürlich glaubte niemand ernsthaft, dass sie um den Grafen trauerte. Aber alle wussten nur zu gut, was das blutige Ende ihrer Verlobung angesichts ihres ruinierten Rufs zu bedeuten hatte. Das Mitleid, das man Celina entgegenbrachte, verdankte sie dem Umstand, dass sich nun wohl kein Bräutigam mehr für sie finden würde.

Celina fand das Leben mit der Schande längst nicht so schrecklich, wie sie befürchtet hatte. Die Erleichterung darüber, den Grafen niemals wieder sehen zu müssen, wog manches andere auf. Innerlich spürte sie keine Veränderung. Sie war weder krank, noch fürchtete sie, binnen Jahresfrist zu verkümmern. Eigentlich fühlte sie gar nichts. Eine seltsame Benommenheit hatte von ihr Besitz ergriffen und vertrieb die Verzweiflung, die sich in ihrem Herzen einzunisten drohte.

Celina wusste, dass diese vor allem daher rührte, dass Rio nichts von sich hören ließ. Eigentlich hatte sie damit gerechnet, eine Nachricht von ihm zu erhalten, hatte gehofft, dass er wieder einmal wie ein Geist in ihrem Zimmer erschien oder wenigstens der Familie einen Höflichkeitsbesuch abstattete. Aber seit den Ereignissen in der Rue des Rampart hatte sie nichts mehr von ihm gehört.

Natürlich war er ihr zu nichts verpflichtet. Celina hatte kein Recht zu erwarten, dass er sich noch einmal bei ihr meldete. Dennoch, was zwischen ihnen vorgefallen war, ging über ein oberflächliches Techtelmechtel weit hinaus. Insgeheim hoffte sie noch immer, dass auch ihm die gemeinsamen Stunden etwas bedeutet hatten. Aber Rio ließ sie noch nicht einmal wissen, was er nun zu tun gedachte. Sein Feind war tot. Er konnte New Orleans jederzeit verlassen und gehen, wohin er wollte.

Aber jetzt war er hier, und Suzette, die unverbesserliche Optimistin, glaubte tatsächlich noch immer an Rios romantische Absichten. Dabei wollte er sich wahrscheinlich nur beim Herrn des Hauses dafür entschuldigen, dass er die Valliers in seine Familienfehde hineingezogen hatte, und sich dann verabschieden. In diesem Fall bekam Celina ihn wahrscheinlich gar nicht mehr zu Gesicht. Oder man würde in aller gebotenen Kürze in der Öffentlichkeit Abschiedsgrüße austauschen. Das konnte sie sehr gut auch in ihrem einfachen Hauskleid aus französischer Merinowolle und ohne jeden Schmuck hinter sich bringen. Auch der strenge Dutt, zu dem sie sich das Haar hatte aufstecken lassen, schien dem Anlass durchaus angemessen. Was machte es schon, wenn man sie in diesem Aufzug tatsächlich für eine Trauernde hielt?

»Du willst dich wirklich nicht umziehen?«, fragte Suzette noch einmal.

»Nein.«

»Wenn du mich nicht brauchst, würde ich jetzt gern gehen. Olivier ist unten, und ich …«

»Ja, geh nur. Geh.« Celina wedelte müde mit der Hand.

Das ließ sich die Zofe nicht zweimal sagen. Celina hörte, wie ihre eiligen Schritte auf der Galerie verhallten. Mit einem traurigen Lächeln nahm sie den Stickrahmen wieder zur Hand.

Eigentlich musste sie nicht im Salon herumsitzen. Sie konnte so tun, als hätte sie im Arbeitszimmer etwas zu erledigen, und einfach hineingehen. Zu gern hätte sie gewusst, was Rio mit ihrem Vater zu bereden hatte. Und so besorgt, wie dieser zurzeit um sie war, würde er sie wahrscheinlich nicht einmal wegschicken. Nur die Angst davor, was sie im Arbeitszimmer hören könnte, hielt Celina auf ihrem Stuhl. Vielleicht war es besser, wenn sie nie erfuhr, was die Männer miteinander besprachen.

Doch es dauerte nicht lange, bis Mortimer sie holen kam. Celina fuhr sich mit der Hand übers Haar und strich ihre Röcke glatt. Dann ging sie vor dem Butler her über die Galerie zum Arbeitszimmer. Mortimer öffnete die Tür für sie und trat beiseite.

»Komm herein, *chère*«, sagte Monsieur Vallier. Gemeinsam mit Rio stand er am Fenster und winkte sie zu sich. »Du kennst diesen Gentleman, allerdings unter einem anderen Namen. Darf ich vorstellen? Don Damian Francisco Adriano de Vega y Riordan, den wahren Grafen de Lérida.«

Er wurde nach mir benannt, hatte der Graf gesagt. Offenbar war das ganz und gar wörtlich gemeint gewesen. Nur dass Rio den Mädchennamen seiner Mutter eingefügt hatte, wie es den spanischen Gepflogenheiten entsprach. Diesen Teil seines Namens hatte er in den letzten Jahren als Rufnamen benutzt. Der Graf, der Rios Vater den Titel gestohlen hatte, war tot, und Rio konnte sein rechtmäßiges Erbe antreten. Doch der Gedanke war noch zu neu für Celina. Dass der Fechtmeister plötzlich ein Graf sein sollte, erschien ihr seltsam unwirklich. Wie es sich gehörte, bot sie ihm die Hand.

»*Monsieur le Comte*«, sagte sie mit einer Stimme, die ihr selbst fremd erschien.

»Mademoiselle Vallier«, antwortete Rio. Sein Ton war ernst, doch seine Augen leuchteten, als er Celinas kühle Finger mit seiner warmen Hand umschloss und eine Verbeugung andeutete. Er war überaus korrekt gekleidet. Angefangen von der ordentlich geknoteten Krawatte über den Mantel aus feinem Tuch bis zu der schwarzen Zierborte an der Außennaht seiner Hose und den schwarzen Stiefeln aus weichem Leder entsprach er ganz dem Bild eines vornehmen Edelmannes.

»Es wird dich freuen zu hören, dass der Besuch des Grafen einen offiziellen Charakter hat, Celina«, fuhr ihr Vater fort. »Er hat mir alles über eure Bekanntschaft erzählt, was nötig war, und löblicherweise erklärt, dass er gern den Vertrag übernehmen würde, der im Namen seiner Familie mit der unseren geschlossen wurde. Zwar ist er nicht der Bräutigam, der eigentlich vorgesehen war, doch er betrachtet es als seine Pflicht, den Platz seines Onkels einzunehmen. Die Ehre seiner Familie hat Schaden genommen. Der Graf muss sie wiederherstellen, und die Heirat mit dir ist der erste Schritt dazu.«

»Die Ehre seiner Familie«, wiederholte Celina tonlos.

»Das soll eine kleine Entschädigung sein für alles, was du durch die Hand meines Onkels erleiden musstest«, sagte Rio in ruhigem Ton. »Und durch die meine.«

Celina spürte, wie die schützende Benommenheit von ihr abglitt. Wie befürchtet, trat ein tiefer Schmerz an ihre Stelle, aber auch ein nagender, brennender Zorn. Er stahl sich in ihre Stimme, als sie nun antwortete: »Ich erwarte keine Entschädigung.«

»*Chère*, ich bitte dich«, begann ihr Vater.

»Ich wurde von einer Verlobung erlöst, die mir zuwider war. Alles andere geschah mit meinem Einverständnis. Ich wusste um die Folgen und habe sie akzeptiert. Ein Vertrag, den ich unter Zwang unterschrieben habe, ist für mich kein Grund zum Heiraten. Und auf keinen Fall will ich einen Mann, der mich aus reinem Pflichtbewusstsein zu seiner Frau macht.«

»Sei nicht albern«, erwiderte der Vater streng. »Das Angebot des Grafen ist ein Geschenk des Himmels, das wir nicht erwarten durften. Wag nicht, es zurückzuweisen!«

»Monsieur.« Rio legte ihm beschwichtigend die Hand auf den Arm.

»Auf ein solches Geschenk verzichte ich«, sagte Celina zornig. »Ich verdiene etwas Besseres als einen Gatten, der durch eine Heirat nur den Namen seiner Familie reinwaschen möchte.«

»Celina, ich verbiete dir …«

»Monsieur Vallier!« Rios Stimme hatte die Schärfe einer Degenklinge angenommen, als er nun Celinas Vater das Wort abschnitt. »Bitte sagen Sie nichts mehr. Ich möchte gern für mich selbst sprechen, und zwar mit Celina allein.«

Monsieur Valliers Blick wanderte unsicher zwischen Rio und Celina hin und her. »Das ist nicht üblich.«

»Dasselbe ließe sich über den Inhalt von Celinas Ehevertrag sagen. Außerdem haben Sie auch dem ersten Bräutigam erlaubt, unter vier Augen mit Ihrer Tochter zu sprechen.«

»Und ich bedauere es zutiefst.«

»Ich verspreche, dass es auf keinen Fall zu einem Übergriff kommen wird.«

Der Vater zögerte, doch schließlich nickte er. »Na schön. Aber nur fünf Minuten. Ich schaue auf die Uhr.«

Rio dankte ihm. Monsieur Vallier verließ den Raum, ließ aber die Tür offen stehen. Celina schlang die Hände ineinander. Sie bewegte sich ein wenig von Rio fort. Dann sah sie ihn an wie ein Reh, das einem Raubtier gegenübersteht. Ihre Kehle war so trocken, dass sie kaum sprechen konnte. Mühsam rang sie nach Worten.

»Warum tust du das? Es gibt keinen Grund dafür.«

»Oh doch, sehr gute Gründe«, erwiderte Rio. Mit wenigen geschmeidigen Schritten stand er wieder an ihrer Seite. »Aber sag mir zuerst, wie es dir geht. Was ist mit deinem Kopf? Deine Haut ist von Natur aus sehr hell, aber heute bist du so blass, dass das blaue Mal an deiner Schläfe einer Anklage gleichkommt.« Sanft strich Rio über die Stelle, mit der Celina an die Wand geprallt war, als er sie aus der Schusslinie gestoßen hatte.

»Lass das.« Erneut wich sie zurück. Rios zärtliche Geste hatte sie beinahe um den letzten Rest ihrer mühsam aufrechterhaltenen Fassung gebracht.

»Es tut mir leid, dass ich dir wehtun musste, und ich entschuldige mich von ganzem Herzen dafür.«

»Das ist nicht nötig. Mir fehlt ja nichts.«

»Ich wünschte, das könnte ich auch von mir sagen«, seufzte Rio. »Meine Schulter tut höllisch weh, ich habe gemeinsam mit dem Titel einen riesigen Schuldenberg und völlig ungeordnete Verhältnisse von meinem Onkel geerbt, und nun habe ich scheinbar auch noch dich gegen mich aufgebracht. Dabei versuche ich doch nur, ein wenig von dem Schaden, den mein Onkel und ich in deiner Familie angerichtet haben, wiedergutzumachen. Warum willst du meinen Antrag denn nicht annehmen?«

Wenn Rio das nach dem, was er soeben gesagt hatte, nicht

selbst wusste, konnte Celina es ihm kaum erklären. Sie schüttelte nur hilflos den Kopf.

»Ist es, weil ich nur ein *Maître d'Armes* bin? Das ist kein unehrenhafter Beruf, und außerdem sind diese Zeiten nun vorbei. Ich muss zurück nach Spanien, um meinen Titel und mein Erbe auch formal wiederzuerlangen, und von meinem elterlichen Anwesen retten, was zu retten ist. Es wird viel Zeit und Arbeit kosten, bis das Land wieder etwas abwirft. Aber wenn das geschafft ist, werde ich, wenn du es willst, den Müßiggang pflegen, wie man es von einem Gentleman erwartet.«

»Dass du ein Fechtlehrer bist, hat nichts damit zu tun. Daran habe ich mich nie gestoßen.«

Rio musterte Celina eingehend. Seine silbernen Augen blickten nachdenklich. »Fürchtest du, ich könnte ein unsteter Ehemann sein? Du glaubst gar nicht, wie ich mich danach sehne, endlich ein solides, respektables Leben zu führen! Du brauchst keine Angst zu haben, dass du dich meiner schämen musst. Und ab heute nehme ich nur noch Herausforderungen an, die ich nicht ablehnen kann, ohne meine Ehre zu verlieren.«

»Etwas anderes habe ich nicht erwartet.«

»Ich fürchte, du siehst in mir noch immer den Don Juan, als den man mich so gern beschreibt. Du hast Angst, dass ich stets auf neue Eroberungen aus sein werde. Aber in Wahrheit bin ich gar nicht so. Du wärest von nun an die einzige Frau in meinem Herzen und in meinem Bett. Das schwöre ich dir.«

Die einzige Frau in seinem Herzen. Der tiefe Klang von Rios Stimme ließ Celina die Kehle eng werden. Sie musste gegen die Tränen ankämpfen. »Bitte nicht. Ich … Es ist doch einerlei.«

»Liegt es vielleicht daran, dass du New Orleans nicht verlassen möchtest? Natürlich hätte ich dich lieber bei mir in Katalonien, aber ich werde nicht darauf bestehen. Ich kann dort alles Nötige in die Wege leiten und in ein paar Wochen hierher zurückkehren. Danach würde ich vielleicht einmal im Jahr nach Spanien fahren und nach dem Rechten sehen.«

»Das würdest du tun?« Celinas Augen weiteten sich vor Überraschung.

»Wenn es dich glücklich macht? Was muss ich denn noch sagen, um dich zu überzeugen, Celina? Ich brauche dich als Beschützerin meiner Ehre. Vor lauter Rachsucht hätte ich sie fast verloren. Erst du hast mir in jener ersten Nacht in deinem Zimmer deutlich gemacht, in welcher Gefahr ich mich befand, indem du mir sagtest, dass du niedere Gründe hinter meinem Tun vermutest. Deine klaren Worte haben mir gezeigt, wie nahe ich schon daran war, genauso wie der Mann zu werden, den ich so sehr hasste. Es ging mir nur noch um meine eigenen Interessen. Dafür hätte ich alles andere geopfert.«

»Du wusstest doch längst selbst, dass es so nicht weitergehen konnte«, sagte Celina kopfschüttelnd. »Sonst hättest du auf sofortiger Bezahlung bestanden, als ich unserem Handel zugestimmt hatte, und …«

»Und alles wäre ganz anders gekommen? Das glaube ich nicht. Ich begehrte dich schon von dem Augenblick an, als du zum ersten Mal in meinem Zimmer standest. Für dich hätte ich auf alles andere verzichtet.«

»Ja«, sagte Celina. Sie dachte an den Augenblick, in dem er den Degen gesenkt hatte, weil er nicht wollte, dass der Graf auf sie schoss. Auch später hatte er lieber sie aus der Schusslinie gestoßen, als den Degen gegen den Grafen zu richten. »Ja«, sagte sie noch einmal. »Selbst auf deine Rache.«

»Angesichts der Gefahr, dich zu verlieren, hatte sie keine Bedeutung mehr. Du bist alles Gute, Helle, alles, was so lange keinen Platz in meinem Leben hatte. Durch dich habe ich wieder gelernt, etwas, was mir lieb und teuer ist, zu schützen.

Ich habe den Wert einer Familie wieder erkannt. Gemeinsam mit dir könnte ich nun ehrenhaft leben, mich auf jeden Tag freuen und mir den Respekt aller Menschen verdienen. Ohne dich bin ich nur ein Fechter, ein Meister, der sonst nichts vermag.«

»Wie kannst du das sagen? Du hast erst Denys gerettet und dann mich.«

»Deinem Bruder war ich es schuldig, dass ich ihn in Sicherheit brachte. Schließlich geriet er erst in Gefahr, weil ich ihn in meinem Keller eingesperrt hatte. Und dich habe ich beschützt, weil es die einzige Möglichkeit war, mich selbst zu retten.«

»Deine hohe Meinung von mir ehrt mich. Aber jetzt bist du der Graf von Lérida. Wenn du nach Spanien zurückkehrst, wirst du bei Hofe und in den allerhöchsten Kreisen willkommen sein. Keine Tür ist dir verschlossen, die einflussreichsten Familien werden dich einladen, und ihre heiratsfähigen Töchter werden dir ihre Herzen öffnen. Du kannst alles haben, was du willst.«

»Und wenn ich nur dich zu meiner Braut haben möchte?«

»Das wird sich ändern, wenn du dich erst einmal an den Gedanken gewöhnt hast, dass du jetzt ein Graf bist, dem man kaum einen Wunsch abschlagen wird.« Celina wusste nicht, ob sie das wirklich glaubte oder damit nur eine ihrer heimlichen Befürchtungen aussprach.

»Ausgeschlossen.«

»Wie willst du das wissen? Der Titel und die Privilegien, die damit verbunden sind, sind doch noch ganz neu für dich.«

»Ich pfeife auf den Titel. Heirate mich, Celina. Zieh mit mir in die Welt hinaus.«

Was wünschte sie sich jetzt, in diesem Augenblick? Genügte ihr das, was er gesagt hatte? Würde es ihr reichen, wenn die Nächte lang und dunkel wurden, wenn sie fern von denen war, die sie liebte, wenn sie als Fremde in einem anderen Land lebte? »Ich kann dich nicht heiraten.«

»Du könntest es, aber du willst es nicht tun.«

»Ja, so ist es.« Nur mit größter Mühe gelang es Celina, diese Worte auszusprechen. Sie hoffte, dass Rio nicht merkte, wie sehr ihre Knie, ihre Hände zitterten.

Er wandte sich ab und machte zwei schnelle Schritte von ihr fort, bevor er sich wieder zu ihr umdrehte. »Ich könnte dich zwingen, meine Frau zu werden. Dein Vater würde die Heirat sicher erlauben.«

»Das bringst du nicht fertig!«

Rio starrte Celina finster an. Dann schloss er die Augen, atmete tief aus und seufzte dabei. »Nein, du hast recht. Das könnte ich dir nicht antun. Schließlich bin ich nicht wie mein Onkel.«

Celina hörte, wie Rio an den Schreibtisch ihres Vaters trat. Er griff nach der Papierrolle, die dort lag, und fand auch die Phosphorhölzer in dem silbernen Ständer neben dem Humidor, in dem der Vater seine Zigarren verwahrte. Rio zündete eines der Hölzchen an und hielt es an das Papier.

Schon kringelte sich am Rand des Schriftstückes eine graue Rauchwolke. Das Papier wurde braun und wellte sich, während sich die orangeblaue Flamme langsam weiterfraß. Bald würde sie alle Paragraphen und Klauseln, alle Bedingungen und sogar die Unterschriften verzehrt haben.

Der Ehevertrag brannte.

Und mit ihm zerfielen Celinas Hoffnungen und Träume, ihre Zukunft und die der Kinder, die sie sich gewünscht hatte, zu Asche. Hier verbrannte die Familie, die sie nie haben würde. Das Feuer raubte ihr die langen Nächte voller Leidenschaft, die sie so sehnsüchtig herbeigesehnt hatte, die Liebe ihres Lebens. Es war, als versenge es ihr Herz.

Schon leckten die kleinen Flammen an der Rose, die mit

seidenen Bändern und Siegelwachs an dem Papier befestigt war.

»Nein!«

Rio ließ das Schriftstück zu Boden fallen und trat die Flammen mit dem Stiefel aus. Dann hob er den verkohlten Rest des Vertrags auf und reichte ihn Celina.

»Er gehört dir«, sagte er. »Du kannst damit machen, was du willst.«

»Ich heirate dich.«

»Und ich akzeptiere diese Antwort mit Freuden«, sagte Rio sofort. »Aber warum? Was ist nun anders als noch vor ein paar Minuten?«

»Ich habe meine Meinung geändert. Ich dachte …«

»Was denn? Bitte sag es mir.«

Verzweifelt suchte Celina nach einer Antwort, hinter der sie den wahren Grund für ihre Entscheidung verbergen konnte. »Suzette«, sagte sie schnell. »Vater hat versprochen, sie mir zur Hochzeit zu schenken. Dann kann ich sie freigeben und sie kann Olivier heiraten. Ich will sie nicht enttäuschen.«

»Das ist ein triftiger Grund, aber den gab es auch schon vorher.« Rios Stimme war ernst, doch seine Augen blitzten amüsiert auf. Er machte einen Schritt auf Celina zu. »Und nun heraus mit der Sprache. Was steckt wirklich hinter diesem plötzlichen Sinneswandel?«

»Ich möchte gern eine Komtess sein!«

»Nichts leichter als das«, sagte er. Dabei legte er die Arme um sie. »Und was noch?«

»Ich war noch nie wirklich von zu Hause weg und möchte einmal in einem großen Dampfschiff über den Ozean fahren.« Celinas Stimme wurde zu einem erstickten Murmeln, weil Rio sie sanft an seine Brust zog.

»Und was noch?«

»Der Hof«, flüsterte sie. »Ein Diadem zu tragen und vor der Königin einen Knicks zu machen ist sicher …«

»Todlangweilig«, sagte Rio. »Aber wenn du möchtest, machen wir der Königin natürlich unsere Aufwartung. Und wenn du willst, könntest du jetzt sagen, dass du mich liebst.«

»Das tue ich«, antwortete Celina mit erstickter Stimme. »Ich liebe dich schon seit jener ersten Nacht, in der du in mein Zimmer gekommen bist. Und ich werde dich noch immer lieben, wenn wir Kinder haben und wenn unsere Enkel zu Besuch kommen und wenn wir zu alt und zu grau sind, um noch viel mehr zu tun, als uns an den Händen zu halten.«

»Das«, sagte Rio so inbrünstig, dass Celina es einfach glauben musste, »wird nie geschehen.«

»Niemals?«

»Niemals, meine Angebetete. Nicht, solange ich noch einen Tropfen Blut in den Adern habe«, sagte Rio. Und dann erstickte er jeden Widerspruch mit seinen heißen Lippen.

Celina schmiegte sich an ihn, sog seinen Geruch in sich ein und ließ sich von seinen Armen halten. Als ihre Hände Rios Nacken suchten, flatterte der Ehevertrag zu Boden.

Dort konnte er ihretwegen noch ein wenig vor sich hin qualmen. Nur die Rose hatte Celina nicht losgelassen. Die behielt sie fest in der Hand.